사랑은
조금 빠르게

Savage Thunder
by *Johanna Lindsey*

Copyright ⓒ 1989 by Johanna Lindsey
All Rights Reserved.
Korean translation copyright ⓒ 1999 by Hyun Dae Munhwa Center.
The Korean translation rights arranged with AVON, New York
through Eric Yang Agency, Seoul.

본 저작물의 한국어판 저작권은 에릭양 에이전시를 통해
AVON사와 독점 계약한 현대문화센타가 소유합니다.
저작권법에 의해 한국 내에서 보호를 받는 저작물이므로 무단전재와 복제를 금합니다.

JOHANNA LINDSEY

사랑은 조금 빠르게
Savage Thunder

조안나 린지
김윤경 옮김

Savage Thunder

1

1878년, 미국 와이오밍

  날카로운 채찍 소리가 눈부신 여름날의 햇살 사이로 퍼져 나갔다. 사람들이 대여섯 잔디밭에 모여 있었지만, 칼란 목장엔 기분 나쁠 정도로 적막만이 감돌았다. 램지가 휘두르는 채찍 소리 외엔 아무 소리도, 심지어는 숨소리조차도 들리지 않았다.
  '채찍의 명수'로 불리는 소몰이꾼 램지는 종종 자기의 재능을 사람들 앞에서 뽐내 보였다. 손목만 한 번 까딱해서 총잡이 손에 들린 권총을 떨어뜨리기도 했고, 말은 전혀 건드리지 않으면서 말 궁둥이에 앉은 파리를 잡아 보이기도 했다. 그는 총잡이들이 총을 자기 분신처럼 휴대하듯 그렇게 채찍을 항상 지니고 다녔다.
  하지만 오늘은 다른 때와 달랐다. 그저 자랑삼아 솜씨를 뽐내는 게 아니라, 실제로 사람 등가죽을 벗기고 있었던 것이다. 물론 처음 있는 일은 아니었다. 상대방이 죽을 때까지 채찍질을 하기도 이미 여러 번이었다. 오늘은 목장주 칼란의 명령으로 채찍을 휘두르고 있었지만, 램지는 자신의 일처럼 상당히 즐거워하고 있었다. 다른 사람은 할 수 없는 자신만의 일이 있다는 사실이 뿌듯하고 가슴 벅찼던 것이다.

사실 램지는 총잡이와 달랐다. 총잡이는 나름대로 공정하게 한답시고 총을 하나씩 든 상태에서 똑같이 수를 세고 나서 상대를 향해 방아쇠를 당겼지만, 램지는 먼저 상대의 무기부터 빼앗고 나서 천천히, 아주 천천히 상대를 죽음의 늪으로 몰아넣었다. 고통에 몸부림치는 모습을 즐기면서. 비열하다고 지탄받을 행동이었지만, 그래서 항상 뒤에서 수군거리는 소릴 들었지만, 오늘 같은 경우는 주인의 명령인데다 희생자가 인디언 혼혈아였으므로 어느 누구도 반기를 들지 않았다.

램지는 평소 사용하는 소몰이용 채찍 대신 짧고 가느다란 말채찍을 휘두르고 있었다. 소몰이용 채찍을 쓰면 한번 휘두를 때마다 살점이 뚝뚝 떨어져 나가 쇼가 너무 싱겁게 끝날 것을 걱정한 칼란의 명령이었다. 등판을 갈기갈기 찢으면서 고통도 곱절로 주고, 시간도 더 오랫동안 끌려는 의도이리라.

램지는 기꺼이 주인의 뜻을 따랐다.

팔힘만 빠지지 않으면 녀석의 생명줄이 끊어질 때까지 하루고 이틀이고 계속할 자신이 있는데……. 칼란 씨는 지금 이를 바득바득 갈며 이 잡놈을 천천히, 햇빛에 거머리를 말려 죽이듯 그렇게 천천히 죽여 주길 바랄 거야. 쯧쯧, 아마 그래도 속이 시원하지 않을걸!

주인의 맘을 꿰뚫고 있었기 때문에, 램지는 사람들 앞에서 이런저런 기교를 선보이며 인디언 혼혈아를 희롱했다. 살갗이 찢겨 나가면서 선홍빛 피가 등줄기를 타고 쉴새없이 흘러내렸다. 그래도 상처는 그리 깊지 않을 게 분명했다. 하지만 차라리 죽는 게 더 나을 성싶을 만큼 고통은 심하리라.

그런데도 인디언 혼혈아는 신음소리 한번 내지 않았다. 숨소리조차 거칠어지지 않다니, 지독한 놈이었다. 채찍을 더욱 댕렬히 휘둘러 봤지만 마찬가지였다. 그렇다고 뭐 서둘 필요는 없었다. 시간은 충분했으니까.

램지는 칼란의 기분을 이해하고도 남았다. 자기 외동딸과 사귀는 놈이, 그것도 기회 봐서 결혼까지 허락할까 했던 그놈이 인디언 혼혈이라니, 하늘이 무너지는 기분이었으리라. 그놈이 백인이 아니라고는 정말 꿈에도 생각지 못했을 테니까 말이다. 물론 가장 충격을 받은 사람은 뭐니뭐니해도 제니 칼란이었다. 제니는 그 소식을 듣는 순간 얼굴이 하얗게 질려 까무러쳤다. 하지만 지금은 정신을 추슬렀는지 아버지와 함께 한때 사랑했던 남자가 채찍질 당하는 모습을 말없이 지켜보고 있었다. 처음엔 오해라고, 그럴 리 없다고 자기 애인을 두둔했겠지만, 지금은 속은 걸 생각하며 분을 삭이고 있으리라.

예쁜 아인데 불쌍하게 됐군. 이 일로 한동안 사람들 입길에 수없이 오르내릴 텐데…… 불쌍한 것, 이젠 시집가긴 완전히 글렀지. 어떤 남자가 인디언 놈과 놀아난 아일 거들떠보겠어? 걸려도 아주 더럽게 걸렸다니까. 그런데 참, 이 자식 체이스 씨의 친구잖아? 어떻게 인디언 혼혈아가 체이스 씨의 친구일 수 있지!

지금 묵묵히 채찍질을 받아내고 있는 이 남자가 백인이 아니라고 생각한 사람은 정말이지 단 한 명도 없었다. 피부색이 조금 어둡고 머리칼이 약간 검고 뻣뻣했지만, 옷차림은 물론이고 말투나 태도는 의심할 여지 없이 백인이었던 것이다. 어느 인디언이 머리도 짧고 자르고 허리엔 권총을 차고 다니겠는가?

듀란트가 알려 주지 않았으면 칼란 목장 사람들은 아직도 콜트

사랑은 조금 빠르게 7

선더의 정체를 까맣게 몰랐을 것이다. 체이스의 목장에서 해고당해 어제 날짜로 칼란 목장에 취직한 듀란트는 그곳에서 말을 타고 있는 콜트 선더를 보고 의아하게 여겨 옆 사람에게 저 사람이 왜 여기 있느냐고 물었고, 그 사람에게서 콜트가 목장주의 외동딸인 제니 뒤꽁무니를 석 달째 쫓아다니고 있는데 곧 결혼할지도 모른다는 대답을 들었다. 실로 충격적인 얘기였다. 콜트는 체이스의 부인인 제시와 절친한 친구가 아닌가.

친구까지는 이해한다 해도, 백인 여자가, 그것도 목장주의 딸이 인디언 혼혈 놈과 결혼을?

그가 알기로, 콜트는 3년 전까지 분명 샤이엔족의 용사였다. 이것저것 따져 볼 필요도 없었다. 듀란트는 곧장 주인에게 달려갔다.

일꾼들이 셋이나 함께 있는 자리가 아니었다면, 칼란은 이 문제를 조용히 해결했을 것이다. 크게 떠벌려 봤자 가장 피해 볼 사람은 자기 딸일 게 뻔하니까. 하지만 하인들이 모두 알게 된 이상, 명예와 위신 때문에라도 그 괘씸한 놈을 살려 둘 수 없었다. 그는 바로 하인들을 불러모았다. 잠시 후, 제니와 소풍을 가려고 도시락을 싸 들고 나오던 콜트의 배에 권총 여섯 개가 겨누어졌다. 뜻밖에 당한 일이라, 콜트는 미처 총도 꺼내 들지 못했다.

세 달씩이나 칼란 목장을 들락거렸지만, 그리고 지금 자기들이 총을 겨누고 있지만, 그들은 콜트가 인디언이라고는 믿어지지 않았다. 늘 웃는 얼굴의 콜트와 사납기로 정평이 난 인디언 야만인은 아무래도 하나로 연결이 되지 않았다. 누구나에게 상냥하고 다정하던 그가 북부 원주민 샤이엔족 출신이라니! 샤이엔족이라면 2년 전 몬태나의 리틀빅호른 계곡에서 수족과 연합해 커스터 중령의 군대를 완전히 박살을 내 버린 부족이 아니던가. 하지만 콜트가 한쪽 눈을 질끈 감고 얼굴을 일그러뜨리자, 사람들은 그에게서 용맹하고 잔인하고 사나온 샤이엔족 용사의 모습을 보았다. 순간 알 수 없는 공포가 감돌았다.
 콜트는 총이 단지 자기를 위협하기 위한 소품 정도임을 알아채고 재빨리 몸을 날렸고, 바로 격투가 벌어졌다. 온몸에 멍이 들고 코피가 터지는 등 여섯 일꾼 중 성한 사람은 하나도 없었지만, 중과부적이라 콜트는 결국 말뚝에 묶이는 신세가 되고 말았다. 칼란의 쩌렁쩌렁한 목소리가 목장에 울려 퍼졌다.
「램지, 저 개자식에게 본때를 보여 줘!」
 씩씩거리던 일꾼들마저 그 말에 콜트를 동정했다. 하지만 정작 램지의 채찍 맛을 볼 당사자는 전혀 동요하지 않았다. 악에 찬 처벌이 이어졌다.
 콜트는 피를 철철 흘리면서도 자세 한번 흐트러뜨리지 않고 말뚝에 묶인 채 똑바로 서 있었다. 무릎이 꺾일 때도 됐건만, 고통을 참기 위해선지 분노를 참기 위해선지 고개를 꼿꼿이 들고 주먹을 불끈 쥔 모습은 전혀 흐트러짐이 없었다. 당당해 보이기까지 했다.
 램지는 은근히 오기가 났다. 이런 일은 한번도 없었다. 텍사스에서 혼쭐내 줬던 놈들도 서너 대에 확실히 보내 줬고, 콜로라도에서도 그랬다. 채찍만 들면 사람들은 비명부터 질러 댔다. 그런데 지금은 뭔가? 하긴 인디언 놈이었으니까. 인디언들은 채찍질 정도와는 비교도 안 될 정도로 고통스런 자기 극복 의식을 치른다고 하지 않던가. 이 인디언 놈의 등판이나 가슴팍에도 그때 남은 흉터가 몇 개쯤 있으리라.
 이놈 입에서 나온 비명을 듣는 건 아무래도 쉽지 않겠는걸.
 짜증이 났다. 지금부터 본격적으로 채찍 맛을 보여 주리라.
 가는 말채찍이 하늘로 높이 치솟는가 싶더니, 찢어질 듯 날카로운 소리와 함께 붉고 가는 줄이 콜트의 등에 선명하게 찍혔다. 채찍은 다시 하늘에서 춤을 추고 있었다. 살 타는 냄새만 났더라면 모두 콜트의 등에 불이 붙은 줄 착각했으리라.
 콜트는 이를 악물고 신음소리를 삼키며 제니의 눈을 똑바로 바라보았다. 제니가 보고 있는 한 눈썹 하나 까딱하지 않을 것이었다. 제니의 눈은 파랬다, 제시가 끼고 있는 사파이어 반지보다 더.
 제길, 왜 하필 이럴 때 제시 생각이 나지? 이런 꼴을 당하고 있는 걸 알면 가만있지 않을 텐데…….
 제시는 수호천사처럼 늘 자신을 보호해 줬다. 특히 3년 전 함께 살게 된 후부턴 더욱 그랬다. 인디언 촌놈이던 자기를 백인 신사로 다시 태어나게 해준 사람……, 피투성이가 된 자기 시신을 부여안고 울부짖을 제시의 모습이 눈에 선했다. 하지만 그런 생각을 할 때가 아니었다. 지금은 제니만 바라보고 있어야 했다.
 젠장, 도대체 몇 대나 맞은 거야? 여섯 대? 아니, 일곱 댄가?
 제니는 아름답고 사랑스런 금발의 백인 소녀였다. 제니네 가족이 이곳 와이오밍에 정착한 지는, 수족과 샤이엔족이 '인디언 전쟁'에서 패배하고 보호란 명목하에 이곳에 감금된 직후에 왔으니까, 기껏해야 일 년? 그 정도밖에 되지 않았다. 인디언 전쟁이 한창 치열했던 무렵, 콜트는 제시 부부와 함께 시카고에 있었다. 제시는 인디언이 전쟁에서 밀리고 있단 소식을 들으면 콜트가 바로 싸움터로 달려갈까 봐 그 소식을 절대 비밀에 부쳤다. 그래서 전쟁이 끝나 다시 이곳으로 올 때까지, 콜트는 인디언이 전쟁에서 패배했다는 사실은 물론이고 자기 부모님과 동생들이 금 도굴꾼에게 무참히 살해당했다는 사실도 전혀 몰랐다.
 샤이언족에게 불행의 회오리가 불어닥친 건 인디언 마을 한가운데에서 금맥이 발견된 후부터였다. 1874년 금맥이 발견되자, 백인들은 와이오밍으로 떼를 지어 몰려들었다. 그들은 그 지역에 무단 침범한 것도 모자라 나중에는 군대까지 밀고 들어왔다. 인디언 전쟁은 그렇게 시작되었다. 인디언은 리틀빅호른 강에서 백인 군대를 맞아 대승을 거뒀지만, 그게 마지막이었다.
　인디언의 비극을 예견한 콜트의 어머니는 아들이 계부와 싸우도록 일을 꾸미고는, 아들에게 인디언은 더 이상 백인을 당해 낼 힘이 없으니 고향을 떠나라고 종용했다. 고향을 떠나는 동시에 자기 인생도 끝이라 여겼던 콜트로선 청천벽력 같은 얘기였지만, 어머니는 뜻을 굽히지 않았다. 끝은 새로운 시작과 맞물려 있음을 잘 알았던 것이다. 그때 어머니 말씀을 듣지 않았다면, 설사 전쟁에서 살아남았다 하더라도, 콜트는 인디언 보호구역에 갇혀 살아야 했으리라. 그런 꼴을 당하지 않은 건 순전히 어머님 덕분이었다.
　스물다섯 대쯤 맞았나? 아니면 서른 대?
　전에도 램지의 전설적인 채찍 솜씨는 몇 번 본 적이 있었다. 자기 재주에 자부심이 대단한 그는 오늘도 사람들 앞에서 한치의 오차도 없이 같은 자리를 내리치는 솜씨를 한창 뽐내는 중이었다. 할 수만 있다면 하루고 이틀이고 계속해서 채찍을 휘두를 사람, 벌렁코에 어깨까지 늘어뜨린 덥수룩한 머리털, 아무렇게나 자란 수염이 꼭 원시인 같았다.
　쉰다섯 대쯤 됐을까?
　그는 여전히 같은 자리만 내리치고 있었다. 부츠 속으로 피가 고여드는 느낌이 들었다.
　제니는 언제까지 저기 서 있을 생각이지?
　고향을 떠날 때 어머니는 조그만 주머니를 하나 건네주었다. 로키 산맥에 와서 주머니를 열어 보았더니, 놀랍게도 금이 들어 있었다. 그걸로 목장을 사서 제니와 함께 따뜻한 보금자리를 꾸미려고 했는데……

제니를 처음 보는 순간 콜트는 사랑에 빠졌다. 눈치 빠른 제시는 콜트의 마음을 알아채고는 매일 놀려댔다. 하지만 잘해 보라며 용기를 준 사람도 제시였다.

콜트는 오래 망설이지 않았다. 제니 역시 처음 만날 때부터 호감을 보였으니 더 머뭇거릴 이유도 없었다. 두 사람은 서로에게 깊이 빠져들었다. 제니는 만난 지 한 달도 안 돼 콜트에게 순결을 내주었고, 그날 밤 콜트는 제니에게 청혼했다. 그때부터 콜트는 칼란에게 결혼을 허락받기 위해 낮이나 밤이나 수시로 칼란 목장을 드나들었다. 체이스 목장 소들이 풀을 뜯는 계곡이 칼란 목장 근처라 찾아가기도 아주 쉬웠다. 내심 사윗감으로 생각하고 있던 차에 이런 일을 당했으니, 칼란이 화를 내는 것도 당연했다.

미리 제니에게 고백하지 않은 게 잘못이었다. 자신은 백인이 아니고, 이름도 콜트 선더가 아니라 화이트 선더라고, 콜트는 제시가 지어 준 이름이라고 미리 밝혔어야 옳았다. 처음 제니에게 다가갈 때는 제니가 자신을, 백인 여자를 희롱하려는 인디언 정도로 알까 봐 전전긍긍했지만, 걱정은 이내 사라졌다. 제니는 추호의 의심도 없이 그를 백인으로 알았던 것이다. 그때 모든 걸 그대로 방치해 둔 게 문제였다. 그래, 그게 문제였다!

모든 꿈과 희망이 산산조각 났다. 이제 제니에게 자신은 더 이상 연인이 아니었다. 제니의 눈동자에 떠오른 증오의 빛이 그 증거였다. 손가락을 걸고 했던 사랑의 맹세도, 수많은 밤을 지샜던 달콤한 사랑의 행위도 이제 아무런 의미가 없었다. 그래도 만신창이가 되어 가는 콜트를 보기가 힘들었는지, 제니는 자기 아버지의 냉랭한 표정을 한번 건네다 보더니 눈을 감아 버렸다. 눈물을 흘리지는 않았다. 콜트는 이제 주제넘게 백인 소녀와 사랑을 꿈꾼 건방진 인디언 혼혈아에 지나지 않았다.

점점 다리의 힘이 풀리고, 시야가 흐려졌다. 머릿속에서 불길이 활활 타오르다 폭발할 것만 같았다. 지금까지는 '태양의 춤' 의식을 떠올리며 고통을 견뎌 냈지만 이젠 그럴 힘도 없었다. 게다가 제니도 눈을 감지 않았는가. 제니가 다시 눈을 뜬다 해도 이제 소용없었다. 더는 고통을 참아 낼 수가 없었으니까. 콜트는 힘없이 눈을 감고 고개를 떨구었다.

칼란이 손을 들어 램지에게 그만두라고 신호를 보냈다.

「어이, 건방진 인디언 놈, 설마 벌써 죽은 건 아니겠지? 겨우 이 정도로?」

입을 열면 고통에 찬 울부짖음이 터져 나올 것만 같아 대답하지 않았다. 이렇게 이를 악물고 고통을 참는 건, 인디언의 명예를 훼손하지 않기 위해서가 아니라, 장렬한 죽음을 맞이하는 백인이 되고 싶어서였다. 그런다고 사람들이 자신의 용기에 박수를 보내리라고는 기대하지 않았다. 하지만 침묵은 그에게 자존심이었다.

콜트가 고개를 푹 떨어뜨린 채 아무 대답도 않자, 숨을 죽이고 있던 사람들 사이에서 웅성거림이 일었다. 누군가가 죽었는지 살았는지 확인해 보자며 물을 한 동이 가져와 끼얹었다. 콜트의 눈꺼풀이 보기에도 힘겹게 올라갔다.

「진짜 대단한 놈일세. 직접 봤지만 도저히 믿을 수가 없어!」

「누가 아니래. 지독해, 정말 지독해.」

사람들이 저마다 혀를 내두르며 수군거렸다.

다시 채찍질이 시작되었다.

「야, 아직도 자기 발로 서 있네. 인간이 어떻게 저럴 수 있지?」

「인디언 혼혈이잖아. 그럼 절반은 동물이지. 저건 저놈 몸에 짐승의 피가 흐르니까 가능한 거야.」

램지는 여기저기서 들려 오는 소리엔 전혀 신경 쓰지 않고 오직

사랑은 조금 빠르게 13

채찍질하는 데에만 몰두했다. 같은 자리로 계속해서 채찍이 떨어졌다.

지독한 놈, 아직까지 비명 한번 지르지 않고 버티다니. 그래, 누가 이기나 한번 해보자!

인디언 따위한테 질 수는 없었다. 비명소리도 듣지 않은 채 그대로 죽이고 마는, 그런 치명적인 오점을 남길 수는 없었다.

그때 말발굽 소리가 요란하게 울리면서 체이스 부부가 일꾼을 스무 명 가량 이끌고 나타났다. 하지만 신들린 사람처럼 채찍질에 열중하던 램지는 그 소리를 전혀 듣지 못했다. 램지가 채찍을 한껏 들어올렸을 때였다. 총성과 함께 총알이 귀 옆으로 스치고 지나갔다. 램지는 그대로 그 자리에 얼어붙었다. 자신을 향해 겨누어진 제시의 총구가 눈에 들어왔다. 총을 쏘려는 찰나에 체이스가 아내의 팔을 치지만 않았다면 램지는 그대로 저세상행 기차를 탔으리라.

제시의 발포를 신호로 함께 왔던 남자들이 일제히 총을 꺼내 들었다. 칼란은 멍한 얼굴로 그 상황을 지켜보았다. 그제야 자기가 무슨 일을 저지르고 있는지 깨달았다. 인디언을 진짜로 죽일 생각은 아니었지만 누가 그 말을 믿어 주겠는가? 증명할 도리가 없었다.

램지는 겁에 질린 얼굴로 천천히 채찍을 내려놓았다. 자신이 아무리 채찍의 달인이라 해도 그렇게 많은 사람을 채찍 하나로 상대할 재간이 어디 있겠는가?

「저 극악무도한 사람을 살려 주다니, 당신 미쳤어요?」

제시는 남편에게 화를 버럭 내며 말에서 황급히 뛰어내렸다. 그리고 무리 지어 있는 사람들을 밀치며 미친 듯이 앞으로 달려나갔다. 지금껏 제시가 그렇게 흥분한 적은 한번도 없었다. 남편과 심하게 다툴 때에도 그렇게까지 이성을 잃지는 않았다.

제시는 이내 창백한 얼굴로 그 자리에 멈춰 섰다. 흥건한 핏물에 발을 담그고 서 있는 콜트의 처참한 몰골을 보는 순간, 머릿속이 하얗게 비면서 화를 내는 것도, 통곡을 하는 것도 완전히 잊었다. 그렇게 한참을 서 있던 그녀의 입술 사이로 목젖을 찢는 듯한 신음소리가 흘러나왔다. 그리고 이어서 숨넘어갈 듯한 통곡 소리가 터져 나왔다.

체이스가 달려와 아내를 품에 안았다. 그도 속이 편치 않았다. 콜트는 자신과도 절친한 친구가 아닌가. 물론 제시와 더 가까웠지만 말이다. 제시는 콜트를 친형제처럼 아꼈고, 콜트 역시 제시에게 좋은 말동무가 되어 주었다. 그렇게 두 사람은 각별했다.

제시는 자기가 너무 늦게 도착한 데 대한 죄책감에 사로잡혔다. 체이스의 생각도 그랬다. 너무 늦었다. 슬픈 일이지만, 콜트는 심장마비가 아니면 과다 출혈로 곧 숨이 끊어질 게 뻔했다.

「여보, 어떻게 좀 해봐요! 제발, 제발 콜트 좀 살려 줘요!」

제시가 남편에게 매달리며 울부짖었다.

「벌써 사람을 보냈어. 자, 진정해. 곧 의사가 올 거야.」

「그럼 너무 늦어요! 당신이 어떻게 좀 해봐요. 지금 당장 지혈을 해야 해요. 아니 세상에, 아직 풀어 주지도 않았잖아요!」

제시는 횡설수설하며 비틀비틀 콜트에게 다가갔다. 가까이서 보니 콜트는 멀쩡한 것 같기도 했다. 얼굴이 창백하고 숨소리도 희미했지만, 숨결이 매우 규칙적이었다. 손을 대면 상처를 자극하게 될까 봐, 콜트를 따뜻하게 감싸 안고 싶은 마음을 꾹 참았다. 몸에 가볍게 손만 대도 무척 괴로우리라.

「세상에, 콜트, 이게 무슨 일이야? 어떻게 된 거야?」

콜트는 울먹이는 제시의 목소리를 들었다. 눈을 뜨고 싶었지만 용기가 없었다. 친구의 눈물을 보면 힘겹게 붙들고 있던 의식마저 놓쳐 버릴 것만 같았기 때문이다. 몸에 손을 대면 어쩌나 두려우면서

사랑은 조금 빠르게 15

도 그녀의 부드러운 손길이 그립기도 했다. 그는 고통을 참으며 힘겹게 입을 열었다.
「울지…… 마……. 울지 마, 제시.」
「그래, 안 울게. 안 울게. 아무 말도 하지 마. 이제 내가 다 알아서 할게. 내가 칼란을 죽여 버릴 거야. 그러니까 안심해. 알았치?」
제시는 눈물을 줄줄 흘리며 콜트에게 다짐했다.
「아무도…… 아무도 죽이면…… 안 돼…….」
「쉿! 알았어, 알았어. 시키는 대로 할게. 지금은 힘드니까 아무 말도 하지 마.」
제시는 눈물을 꿀꺽 삼키며 남편을 돌아보았다.
「체이스, 이 끈 좀 풀어 줘요. 우선 지혈부터 해야겠는데…….」
끈에서 풀려 났지만, 콜트는 그대로 그 자리에 꼼짝 않고 서 있었다. 체이스가 보였다.
「여보, 더러운 채찍으로 맞았으니 지혈보단 감염되지 않도록 소독부터 하는 게 순서요. 곧 의사가 올 테니 좀 기다려 봅시다.」
한동안 무거운 침묵이 흘렀다. 드디어 제시가 결연한 표정으로 말문을 열었다.
「아니요, 지혈부터 해야 해요.」
「여보, 진정해야…….」
「빨리요!」
콜트는 비로소 안도의 숨을 내쉬었다. 제시가 현명하게 모든 일을 처리하리라. 다시 제시의 목소리가 들려 왔다.
「저기, 톰, 들것이 있어야겠는데……; 그래, 매트리스 같은 게 좋겠어. 어디서 좀 찾아다 줘. 그리고 부축해 줄 사람도 두어 명 필요해. 아주 조심스럽게 옮겨야 하니까.」
제시의 지시에 따라 매트리스를 가지러 집안으로 들어가려던 톰 앞을 칼란이 가로막고 섰다.
「저 따위 더러운 인디언에게 내줄 매트리스 같은 건 없네. 그런 건…….」
주절주절 떠드는 칼란의 말에 잊고 있던 분노가 되살아났다. 제시는 입을 꾹 다물고 천천히 칼란 앞에 서 있는 톰에게 다가갔다. 그리고 그의 허리춤에서 잽싸게 권총을 빼서 칼란을 겨냥했다. 이번에는 체이스도 아내를 말릴 기분이 아니었다. 정적이 흘렀다.
「혹시 총에 맞아 본 적 있으세요, 칼란?」
제시는 톰에게 안으로 들어가라고 손짓해 보이고는 층을 만지작거리며 칼란을 노려보았다.
「사람이 총을 맞았다고 다 죽는 건 아니에요. 피가 많이 나지 않으면서도, 차라리 지옥이 낫단 말이 실감날 정도로 아픈 부위가 어딘지 알아요? 발가락이나 손가락, 그리고 거기, 알죠? 중요한 부분. 뭐 그런 데죠. 5센티미터 정도 간격으로 촘촘히 박으려면 총알이 몇 개나 필요할 것 같아요? 세 개?」
「미쳤군.」
칼란이 겁에 질려 덜덜 떨면서 총으로 손을 가져갔다. 제시는 가만있었다.
그래, 차라리 총을 꺼내라!
하지만 그런 마음을 눈치챘는지 칼란이 총에서 천천히 손을 거두었다. 제시는 피식 비웃음을 흘렸다.
「겁쟁이 같으니라고……. 오늘 해가 지기 전에, 짐을 싸서 여길 떠나요. 다신 보고 싶지 않으니까. 내 말을 우습게 알았다간 생지옥이 어떤 건지 경험하게 해줄 테니 그리 알아요. 비겁하게 숨을 생각 따위는 하지 않는 게 나을 거예요. 어떻게든 찾아내서 복수해 줄 테니까.」

「절대로 그럴 수 없어!」

칼란은 그렇게 소리치고는 애원하는 눈빛으로 체이스를 바라보았다.

「체이스, 자네 부인 좀 말려 줄 수 없겠나? 한번만 도와 주게.」

「벌써 한 번 도와 줬는데, 모르겠나? 내가 말리지 않았으면 저 잔인한 소몰이꾼하고 자네는 지금쯤 이세상 사람이 아니었을 걸세. 이제 죽이든 살리든 제시에게 맡기겠네. 당해도 싸니까 반항하지 말고 시키는 대로 하게. 당신 일꾼 중 하나가 술친구의 우정을 생각해서 우리 목장 관리인한테 이 얘길 했으니 망정이지, 안 그랬으면 무슨 일이 일어났을까? 생각만 해도 소름이 끼치네. 어떻게 사람을 이 지경으로 만들 수가 있나? 그러고도 자네가 인간인가?」

「내 처지도 좀 생각해 주게. 자네 같으면 자네 딸 신세를 망쳐 놓은 놈을 가만 놔두겠는가? 저 인디언 놈은 내 딸을 농락했네.」

「뭐라구요! 이봐요, 칼란, 입은 삐뚤어져도 말은 바로 하랬다고, 당신 딸이 꼬여 낸 거예요! 우리 순진한 콜트를 말이에요」

제시는 거칠게 한마디 내뱉고는 칼란의 집 앞에 침을 퉤 뱉었다. 톰이 매트리스를 들고 나오자, 다른 일꾼들이 헛간에서 마차를 끌고 나왔다. 제시의 시선이 다시 칼란에게 향했다.

「칼란, 내 말 명심해요. 만에 하나라도 콜트에게 무슨 일이 생기면 당신도 무사하지 못할 거예요. 그리고 되도록 빨리 이곳을 떠나는 게 좋을 거예요.」

「보안관이 알면 가만히 있지 않을걸?」

「허, 보안관이요? 맘대로 하세요. 죽고 싶으면 뭘 못 하겠어요? 하지만 당신이 그렇게 멍청하지 않았으면 좋겠군요. 칼란, 똑똑히 들어요. 만약 그런 불상사가 발생하게 되면, 하늘에 대고 맹세하건대, 내 손으로 당신을 직접 없애 주겠어요. 내 말이 우습게 들리나 본데, 여자가 한을 품으면 오뉴월에도 서리가 내린다죠?」

제시는 욕지거리를 참으며 돌아섰다. 뒤에서 불만에 찬 칼란의 목소리가 들려 왔다.

「젠장, 저 여자가 인디언 잡놈한테 저렇게 신경 쓰는 이유가 도대체 뭐야?」

순간 제시가 걸음을 멈추고 칼란에게 휙 돌아섰다.

「인디언 잡놈? 당신이 무슨 자격으로 콜트를 그렇게 욕해? 콜트 발뒤꿈치도 못 따라가는 주제에! 당신은 짐승만도 못한 사람이야, 알아? 그리고 참고로 말해 주자면, 당신이 만신창이로 만들어 놓은 사람은 바로 내 동생이야. 한번만 더 입을 함부로 놀렸다간, 다시는 입 다물 일 없도록 쫙 찢어 놓을 테니 그리 알아!」

제시는 칼란이 제대로 알아들었는지 확인하려는 듯 잠시 그를 뚫어져라 노려보았다. 그러고는 콜트에게 다가갔다. 두 사람의 시선이 한참 동안 서로에게서 떨어질 줄 몰랐다.

「제시, 알고…… 있었어?」

「얼마 전에. 넌?」

「집에서 나올 때.」

제시는 손가락을 들어 콜트의 입술을 지그시 눌렀다.

「너의 어머니가 다 말씀해 주셨구나? 뜻밖인데! 난 널 처음 봤을 때부터 무척 친근하다고 생각했어. 이유는 알 수 없었지. 네 동생들에게서도 느낄 수 없던 감정을 유독 너에게서만 느끼는 이유가 뭘까 항상 궁금했어. 그래서 결국 너의 어머니를 찾아가서, 혹시 너와 나, 한 핏줄이 아니냐고 물었지. 네 어머닌 아무 대답도 않으셨어. 뭐라 말씀하시기가 힘드셨겠지. 하지만 침묵은 곧 긍정 아니겠어?」

「여보, 지금은 이런 얘기 할 때가 아니잖아?」

제시는 체이스에게 고개를 끄덕여 보이고는 콜트의 뺨을 가만히

사랑은 조금 빠르게 19

어루만졌다. 그러자 뒤에 있던 일꾼 둘이 앞으로 다가와 콜트의 팔을 잡았다.
「미안하네, 친구.」
체이스가 은근한 얼굴로 쳐다보자 콜트는 다시 눈을 감았다.
「여보, 무슨 짓을 하려는 거예요? 설마…….」
「고통이 참기 힘들 정도로 심할 땐 차라리 잠깐 쉬는 게 나아.」
체이스는 놀라 눈을 동그랗게 뜬 아내를 외면하고는 콜트의 턱을 향해 힘껏 주먹을 날렸다.

Savage Thunder

2

1878년, 영국 체셔

　바네사 브리튼은 자수판을 무릎 위에 올려놓고 앉아, 고개를 푹 숙인 채 방 안을 서성대는 공작부인을 바라보았다. 신경을 잔뜩 곤두세우고 이층에서 나는 조그만 소리에도 안절부절못하는 모습이 몹시 안돼 보였다.
　바네사는 자신이 열아홉 살짜리 공작부인의 말동무가 될 줄은 꿈에도 몰랐다. 나이 어린 여자들이 부와 명예에 혹해서 나이 많은 귀족과 결혼하는 일이 흔하다고는 해도, 자기 주위에서 그런 일이 벌어지리라곤 생각지도 못했던 것이다. 그렇게 따지면, 조셀린 플레밍의 선택은 탁월했다. 이턴 주의 여섯 번째 공작인 에드워드 플레밍은 둘째가라면 서러워할 정도로 재력가인데다 중년을 넘어선 나이에 병까지 앓고 있으니, 그야말로 '돈 많고 명 짧은 신랑감'으로는 최고

가 아니겠는가.

하지만 바네사의 선입견은 얼마 못 가 깨지고 말았다. 에드워드와 결혼할 당시, 조셀린은 말 그대로 땡전 한푼 없는 비렁뱅이 신세였다. 아버지가 데번셔에서 꽤 괜찮은 목장을 운영했지만, 그런 일을 하는 사람들이 흔히 그렇듯, 도박에 취미를 붙였다가 쫄딱 망하는 바람에 빚더미에 올라앉은 채로 그대로 세상을 떠났던 것이다. 어떻게 보면 조셀린은 에드워드에게 구원받은 셈이었다. 하지만 사람들 생각처럼 조셀린은 자기 불행을 막아 볼 생각으로 에드워드를 꼬신 게 아니었다. 돈을 위해서는 물불 가리지 않고 자기를 내던지는 여자들, 런던에서 그런 여자들만 보고 살아 왔던 바네사로선 조셀린도 그런 부류로 치부할 수밖에 없었다. 상황이 워낙 그럴듯했으니까. 하지만 멍청하다 싶을 정도로 순수하고 솔직한 조셀린의 행동을 보고, 특히 이층에서 죽어가고 있는 남자를 진심으로 사랑하고 걱정하는 모습을 보고는 자신의 오판을 인정하지 않을 수 없었다.

에드워드 공작은 지난 몇 달 동안 아주 특별한 여행을 준비했다. 처분할 수 있는 부동산을 모두 팔아 현금으로 바꿔 모두 국외로 빼내고 여행에 필요한 물건을 아주 소소한 것까지 이것저것 다 구입했다. 이제 떠나기만 하면 되었다. 짐까지 다 꾸린 상태였으니까.

처음에 바네사는 에드워드가 괜한 짓을 하고 있다고 생각했다. 하지만 이내 그의 걱정이 단순한 노파심이 아님을 직시했다. 그만큼 에드워드의 친척들은 탐욕배였던 것이다. 그들은 에드워드가 세상을 떠나기가 무섭게 재산을 가로챌 위인들이었다. 먹이를 발견한 독수리처럼 잽싸게 말이다. 특히 에드워드의 상속인으로 되어 있는 모리스는 탐욕스럽기가 이루 말할 수 없을 정도였다. 에드워드는 자식도 없는데다 사촌도 모리스 하나뿐이었지만, 그를 무척 싫어했다. 집에서 내쫓기까지 했을 정도니 알 만하지 않은가. 하지만 집안 어른들을 부양할 법적 의무를 질 만한 사람이 그뿐이어서, 싫어도 나 칠 수 없는 상황이었다.

모리스는 에드워드의 죽음을 손꼽아 기다리고 있었다. 에드워드가 세상을 떠나는 순간 모든 재산이 자연스럽게 자신의 손에 떨어질 판이었으니, 어찌 안 그러겠는가. 욕심 많은 그는 스파이까지 보내 공작의 병세를 체크하고 있었다. 공작이 눈을 감는 순간 바로 현관문을 두드릴 계획이리라.

가엾게도 조셀린은 플레밍 집안의 아귀다툼 한가운데에 놓여 있었다. 에드워드 친척들은 처음부터 둘의 결혼을 심하게 반대했다. 하지만 결혼식이 계획대로 거행되자, 그 이후엔 은근히 조셀린을 윽박질렀다. 먼저 기선을 제압해 이후에라도 재산을 빼앗기는 불상사를 맞지 않을 속셈이었으리라. 그러니 에드워드는 어린 신부의 미래를 위해 조치를 취해 놓을 수밖에 없었다

바네사도 공작이 죽은 후 조셀린이 거리로 내몰리는 건 원치 않았다. 에드워드의 뒤를 이을 모리스는 충분히 그리고도 남을 인간이었다. 자기 재산이 조셀린에 의해 축나는 걸 배 아파할 인간이었다. 그런 탐욕스런 인간에게 재산을 몽땅 빼앗기고 싶어하지 않는 에드워드의 마음은 이해할 만했다. 사랑스럽고 착한 아내에게, 그 동안 성실하고 헌신적으로 아내의 역할을 해낸 데 대한 보상으로 자기 재산을 주고 싶어하는 건 어찌 보면 당연했다.

바네사는 눈물 많은 이 어린 공작부인에게는 자신의 충고와 보살핌이 절실히 필요하단 걸 잘 알았다. 새로운 것을 두려워하는 어린 아이처럼, 조셀린은 절대 영국을 떠나지 않겠다며 남편과 여러 번 실랑이를 벌였다. 남편이 세상을 뜨고 모리스가 재산을 모두 독차지하면 자신에게 어떤 위험이 닥쳐올지 전혀 깨닫지 못하고 말이다. 하지만 바네사는 앞으로 벌어질 일이 눈에 훤했다. 지금은 공작부인

이고, 에드워드가 죽고 나면 공작 미망인이 되겠지만, 조셀린은 곧 모리스의 부인에게 모든 권위를 넘겨주어야 하리라. 변변히 저항도 못 해보고.

「마님.」

하녀가 우물쭈물 조셀린을 불렀다. 옆에는 의사가 서 있었다.

「마님?」

'마님' 소리를 세 번이나 듣고서야 조셀린은 천천히 고개를 들어 그들을 바라보았다. 바네사는 조셀린의 얼굴에서 실낱같은 희망의 빛을 보았다. 아직도 버리지 못한 희망을 다그치기라도 하듯, 의사의 얼굴은 딱딱하게 굳어 있었다. 희망의 빛은 사라졌다.

「얼마나 남았지요?」

조셀린은 결연한 얼굴로 나지막하게 물었다.

「오늘밤을 넘기시기 힘들 것 같습니다, 예상대로.」

「지금 만나 볼 수 있을까요?」

「물론입니다. 기다리고 계십니다.」

조셀린은 입을 악물고 고개를 끄덕였다. 힘들고 어려운 시간일수록 마음을 굳게 먹고 의연해야 한다던 남편의 말이 떠올랐다. 울지 않으리라, 아랫사람이 보는 데서는 특히.

에드워드는 쉰다섯이었다. 조셀린을 처음 만났던 4년 전쯤부터, 그는 머리가 조금씩 희끗희끗해 있었다. 조셀린은 사냥용 말을 한 마리 사러 온 그에게, 보기엔 수수하지만 용감하고 인내력이 있는, 자기가 가장 아끼던 말을 추천해 주었다.

다음해 그는 경주용 말을 몇 마리 구입하러 다시 목장에 왔고, 역시 조셀린이 추천해 주는 말을 샀다. 조셀린은 천하를 얻은 기분이었다. 말과 함께 생활하다시피 해서 말에 대해서라면 자신 있었지만,

아무도 나이 어린 소녀의 얘기엔 관심을 가져 주지 않아 의기소침하던 차에 명망 높은 공작의 신뢰를 얻었으니 당연히 우쭐할 수밖에.

에드워드는 그녀가 추천해 준 말 덕분에 큰돈을 벌어들였고, 그렇게 싹튼 신뢰로, 비록 나이 차이가 많았지만 그들은 아주 좋은 친구가 되었다.

그러던 어느 날, 조셀린의 아버지가 돌아가셨다. 에드워드는 그 소식을 듣자 바로 목장으로 달려와 주었다. 그리고 아주 간절히 부탁을 하나 했다. 고작해야 몇 달밖에 남지 않은 자신의 삶을 함께 해줄 동반자와 자신의 죽음에 눈물 한 방울 흘려 줄 친구가 필요한데, 그 역할을 해줬으면 좋겠다는 것이었다. 조셀린은 차마 그 부탁을 거절하지 못했다.

함께 사는 동안, 에드워드는 어린 아내 때문에라도 더 오래 살아야겠다고 항상 입버릇처럼 말했고, 그 몇 달이 조셀린에게는 가장 행복하고 소중한 시간이었다. 그는 그녀에게 아버지요, 오빠요, 인생 선배요, 우상이요, 삶 그 자체였다. 하지만 단 하나, 남자는 되어 주지 못했다. 벌써 몇 년 전에 성적 능력을 상실했던 것이다. 하지만 열여덟 살의 순진한 신부는 자신이 무엇을 갖지 못했는지 깨닫지 못했고, 그래서 아쉬움도 없었다. 그저 마음으로 남편을 사랑할 뿐이었다.

에드워드를 만나서 조셀린은 다시 태어난 기분이었다. 어머니는 너무 일찍 돌아가셔서 별다른 기억이 없었고, 아버지 역시 대부분 런던에서 생활한데다 가끔 데번셔로 돌아와도 그다지 다정하게 대해 주지 않아 애틋한 추억 같은 건 없었다. 유일하게 정을 느꼈던 대상이 있다면 말들뿐이었다. 그렇게 삭막하게 살던 자신에게 에드워드는 새로운 세계를 보여 주었다. 예쁜 옷과 보석, 행복한 가정과 좋은 친구, 지금껏 꿈도 꿔 보지 못했던 새로운 세상이었다. 그런데 이제 에드워드의 도움 없이 혼자 살아야 했다. 험한 길을 인도해 주던 등불이 없어졌다!

조셀린은 병실에 들어가기 전에 호흡을 가다듬었다. 문을 열자 고약한 냄새가 훅 끼쳐 왔지만 마스크는 쓰지 않았다. 그런 식으로 남편을 대할 수는 없는 일이었다.

남편은 큼직한 방 한가운데 힘없이 누워 있었다. 눈은 이미 초점을 잃어 멍했고, 피부는 송장처럼 창백했다. 몇 주 전만 해도 어찌나 원기 왕성한지, 정말 이 사람이 죽음을 선고받은 환자인가 싶었다. 그런데…….

「우리 귀여운 아내, 자, 웃어. 괜히 슬픈 척하지 말고.」

목소리까지 변해 있었다. 병마가 남기고 간 고통이 어느 정도인지 가히 짐작할 만했다. 코끝이 시큰했다. 끝까지 눈물을 보이지 않고 웃으며 떠나 보낼 수 있을까? 조셀린은 남편의 손을 들어 가만히 입을 맞췄다. 남편의 얼굴에 희미한 웃음의 흔적이 드리워졌다.

「가슴이 찢어지는 것 같아서 웃을 수가 없어요. 척하는 게 아니라고요, 에디.」

'에디'라는 호칭에 에드워드는 눈을 빛냈다. 조셀린이 아니면 누가 그렇게 불러 줄 것인가.

「그래, 당신은 참 솔직한 사람이지. 난 당신의 그 점이 가장 마음에 들어.」

「지난번에는 말 고르는 안목이 제일 맘에 든다고 했잖아요?」

「그것도 좋아.」

조셀린은 눈물을 꿀꺽 삼키며 억지웃음을 지어 보였다.

「많이 힘들어요?」

「응. 지금까지 아팠던 건 아무것도 아니란 생각이 들 정도야.」

「약 좀 달라고 하지 그랬어요?」

「마지막인데 맑은 정신으로 작별 인사를 하고 싶었어.」
「오, 에디, 안 돼요. 싫어요.」
참고 있던 눈물이 볼을 타고 주르르 흘러내렸다. 얼른 고개를 돌리고 눈물을 닦았지만, 남편의 얼굴을 보자 다시 울음이 터져 나왔다.
「조셀린, 당신이 우는 건 정말 못 보겠어. 웃으며 날 보내 줘.」
「미안해요. 하지만 당신을 떠나 보내야 한다고 생각하니 가슴이 찢어질 것 같아요. 에드, 당신을 정말 사랑해요.」
에드워드의 눈도 빨개졌다. 하지만 눈물은 흐르지 않았다.
「내가 당신에게 청혼한 게 잘못이었어. 짧은 시간 동안만이라도 행복하게 해주고 싶어서 그랬는데, 그런데 당신을 더 아프게 하다니…….」
「아뇨, 당신과 함께 했던 순간들은 내 생애에서 가장 행복한 시간이었어요. 나한테 시간을 조금만 더 줘요. 지금껏 받기만 했으니 이제 내가 주고 싶어요. 지난번에도 잘 견뎌 냈잖아요. 이번에도 그럴 수 있죠?」
정말이지 더 살고 싶었다. 늦게 찾아온 행복을 이렇게 놓치고 싶지 않았다. 행복하게 해주겠단 명목으로 청혼을 한 건 모두 자신의 이기적인 행동이었다. 하지만 조셀린과 함께 했던 시간들을 후회하진 않았다. 너무 짧아서, 그래서 아픔이 될 줄은 미처 몰랐다. 이 사랑스런 여자를 두고 어떻게 맘 편히 떠날 수 있으리.
에드워드는 조셀린의 애원에 대답이라도 하듯 손을 힘주어 잡아주고는 한숨을 쉬며 눈을 감았다. 하지만 잠시라도 아내의 얼굴을 더 봐야겠다는 생각에 힘겹게 눈을 떴다. 누가 이 말을 들으면 팔불출이라고 비웃을지 모르겠지만, 조셀린은 눈이 부실 정도로 아름다웠다. 불꽃같이 붉은 머리칼이며 새하얀 피부에 도드라진 초록색 눈동자, 달걀형 얼굴에 조그맣고 날카로운 콧날, 작고 귀여운 입술, 어디 한 군데 빠지는 구석이 없었다. 턱이 약간 고집스러워 보이긴 했지만, 조셀린이 고집을 피운 건 딱 한 번뿐이었다. 영국을 떠나지 않겠다고 투정을 부릴 때 말이다. 하지만 곧 고집을 꺾으리라. 그리고 키는 약간 큰 편이었다. 그래 봐야 에드워드 가슴팍에도 못 미쳤지만. 얼마 전까지만 해도 몸에 보기 좋게 살이 붙어 있었는데, 지난 몇 달간 병간호하느라 눈에 띄게 해쓱해져 있었다.

너그럽고 사람 좋은 에드워드였지만 유독 조셀린에게만은 질투가 심했다. 다른 남자들이 그녀에게서 매력을 느끼지 못하는 걸 오히려 다행으로 여길 정도로. 처음부터 성적 매력을 느껴서 접근한 게 아니었으므로, 조셀린의 외모는 그에게 아무 의미도 없었다.

「당신이 내 아내가 돼 줘서 얼마나 고마웠는지 얘기했지?」

「한 백번쯤은 했을 거예요.」

「그래, 영국을 떠날 준비는 다 된 거야?」

「에디, 그 얘긴……」

「어서 말해 봐. 오늘밤에 당장 떠나야 해. 알았지?」

「그건 안 돼요.」

「장례식 때문에 그러는 거 알아. 하지만 그건 신경 쓰지 말고 되도록 빨리 여길 떠나. 내 소원이야. 난 당신이 안전하기만 하면 장례식이고 뭐고 다 상관없어. 알았어?」

조셀린은 마지못해 고개를 끄덕였다.

「유언장 사본을 모리스에게 보냈어. 당신이 이미 떠났다는 걸 알면 자기 몫만 갖고도 감지덕지할 거야. 먹고살기에 충분하게 줬으니까.」

유언장은 읽어 볼 필요도 없었다. 모리스에게 남긴 걸 제외하면 모두 조셀린 명의로 바뀌어 있을 것이다.

「조셀린, 절대 모리스에게 내 재산을 빼앗기면 안 돼. 당신은 아직 미성년자라, 여기 있다간 그 음흉한 자식한테 다 뺏기고 말 거야. 그러니 이 나라를 떠나 긴 여행을 하고 와. 경호원도 구해 놨으니까 안전하게 다녀올 수 있을 거야. 그리그 성년이 돼서, 아니 아예 결혼까지 하고 돌아와.」

「결혼 얘기 같은 건 하지 말아요.」

「하지만 당신은 젊어. 언젠가는……..」

「에디, 그만 해요.」

「알았어. 난 당신이 행복했으면 좋겠어. 내 마음 알지?」

말을 너무 많이 한 탓일까? 에드워드는 이제 기진맥진해 눈을 뜨고 있을 기운도 없었다. 아직도 하고 싶은 말이 많은데…….

「당신…… 하고 싶은 거 …… 다 하고 살아」

「알았어요. 당신 말대로 이것저것 다 모험해 보면서, 보고 싶은 거 보고, 하고 싶은 거 하면서 살게요.」

조셀린은 남편이 정신을 잃을까 봐 재빨리 손을 붙잡았다. 그가 다시 한 번 눈을 떴다.

「낙타도 타고, 코끼리도 타고, 아프리카에서 사자 사냥도 해보고, 이집트에 가서는 피라미드에도 올라가 볼 거여요.」

「잊으면…… 안 돼. 당신, 말 기르기로 한 것도…….」

「걱정 말아요. 제일 좋은 말만 길러 낼 테니. 에디?」

「사랑해…… 조셀린.」

에드워드가 눈을 감았다. 손가락에서 스르트 힘이 빠졌다.

「에디? 에디!」

Savage Thunder

3

1881년, 미국 애리조나

　마차는커녕 노새가 지나가기에도 비좁은 길이라 앞으로 나아가기가 쉽지 않았다. 커다란 암벽 사이에 갇히거나 계곡에서 옴짝달싹하지 못할 때마다, 조셀린 일행은 많은 시간을 지체해 가며 길을 넓혀야 했다. 그나마 여행 물품 중에 삽과 곡괭이 같은 장비들이 포함되어 있었으니 망정이지 그렇지 않았으면 오도가도 못하는 신세가 될 뻔했다.
　멕시코보다 낫긴 했지만, 7월치고는 날씨가 무척 더웠다. 조셀린 일행에게 불행이 시작된 건, 어젯밤 멕시코 국경을 넘고 나서 가이드가 그대로 증발해 버린 순간부터였다. 길을 몰라 우왕좌왕하다가 들어온 길이 하필 좁고 험한 산길이었다. 길을 아는 사람은 없지, 가도가도 보이는 건 산등성이뿐이지, 더군다나 좁아 터진 길을 가려면 삽질까지 해야지, 정말이지 여행하는 동안 이렇게 최악의 경우는 없었다. 어떻게든 이곳을 벗어나 비즈비로 가려면, 아니 벤슨까지 가도 상관없었다. 그러려면 길을 안내할 만한 사람이 필요했다. 물론 헤매다 보면 어떻게든 갈 수 있겠지만 말이다. 멕시코에서 발을 떼자마자 사라져 버린 멕시코인 가이드는 몇 달 전에 고용한 사람이었다. 그 사람 덕에 아무 사고 없이 국경을 벗어나긴 했지만, 북미 쪽도 자기 손금 보듯 훤하다던 말은 분명 거짓말이었을 것이다. 그렇지 않고서야 말 한마디 없이 이렇게 자취를 감출 이유가 없었다.

사실 급할 건 없었다. 식량도 한 달은 거뜬히 버텨 낼 만큼 있었고, 마차도 튼튼하니 뭐가 걱정이겠는가. 돈걱정이야 할 필요도 없고 말이다. 그럼 문제는 다음 목적지를 정하는 일이었다. 비즈비나 벤슨에 가면 그 다음엔 어디로 간다?

캘리포니아로 갈까 생각 중이었다. 처음 영국을 떠날 때도 그랬고, 조셀린은 주로 동전 던지기로 다음 여행지를 결정했다. 하지만 이번에는 '조셀호'와 합류하기로 한 곳이 그곳이라 그게 제일 낫겠다 싶었던 것이다. 그리고 거기서 캐나다나 남미 쪽으로 빠지면 될 것 같았다. 하지만 꼭 그래야 할 필요는 없었다. 일정이 바뀌면 언제든 선장에게 연락만 하면 되니까. 기왕 온 것이니 미국에서 좀더 머물면서 이곳저곳 돌아볼까?

여행의 즐거움을 택할 것인가, 안전을 택할 것인가, 그것이 문제였다. 맘 같아선 서부 쪽, 특히 켄터키에 있다는 말 목장에 꼭 가 보고 싶었다. 가서 괜찮은 암말을 한 마리 구해, 여행길 내내 길동무가 되어 준 종마 조지와 짝지어 주고 싶었다. 하지만 그럼 롱노우즈에게 추격을 당할 게 뻔했다. 지긋지긋하고 치가 떨리는 이름, 롱노우즈.

롱노우즈는 3년 전 조셀린 일행이 영국을 떠날 때부터 끈질기게

사랑은 조금 빠르게 31

따라다니는 청부살인업자였다. 필요하다면 군대를 동원해서라도 지구 끝까지 쫓아올 사람이었다. 하지만 아직 본 적도 없고, 이름이 무엇인지도 몰랐다. 롱노우즈는 임의로 붙여 놓은 이름일 뿐이었다.

아무래도 캘리포니아에서 배를 타고 가는 편이 안전할 듯했다. 그럼 잠깐이나마 그를 따돌릴 수도 있을 성싶었다. 이리저리 떠돌아다닌 지 벌써 3년, 짐도 제대로 못 챙기고 갑작스럽게 길을 떠난 것이 몇 번이며, 호텔이며 이름은 또 얼마나 자주 바꿔야 했던가.

「조셀린, 또 무슨 생각을 그렇게 골똘히 해요? 난 더워서 아무것도 못 하겠는데……. 무슨 날씨가 이렇게 찌죠?」

바네사는 짜증스럽게 부채질을 해댔다.

「여기보다 훨씬 더운 데도 많았는데요, 뭘.」

「그건 그래요.」

입을 다물고 창문 너머로 시선을 돌리는 바네사를, 조셀린은 말없이 바라보았다. 기분이 상할 때면 항상 그런 식으로 화를 삭이는 바네사 덕에, 둘은 오랫동안 함께 여행을 하면서도 소리 높여 다툰 적이 한번도 없었다. 위험한 고비를 겪을 때마다 두 사람의 우정은 깊어만 갔고, 이젠 감출 비밀도, 못 할 말도 없을 만큼 서로에 대해 잘 알게 되었다.

언뜻 보기에 두 사람은 너무 달라, 전혀 친한 친구로 보이지 않았다. 조셀린은 피부나 머리, 눈 색깔이 모두 선명하고 진해서 강해 보이는 반면, 바네사는 피부도 창백하고 머리도 회색인데다 눈 색깔마저 옅은 갈색이라 무척 유해 보였다. 바네사는 나이가 서른다섯이나 되지만, 10년은 더 젊어 보일 정도로 몸이 풍만하고 탄력적인 반면, 조셀린은 깡말라 상대적으로 키만 껑충해 보였다. 각국의 산해진미도 그녀에겐 별 도움이 되지 못한 모양이었다. 또, 바네사는 인상이 친근해서 누구나 쉽게 다가왔지만, 조셀린은 그렇지 않았다.

이제 조셀린은 바네사의 도움 없이는 아무것도 할 수 없었다. 그 동안 어렵고 힘든 일이 생길 때마다 옆에 있어 준 바네사에게 얼마나 많은 위안을 얻었던가. 조셀린과 달리, 바네사는 모험과 여행을 좋아해서 호텔 시설이 아무리 형편없거나 날씨가 궂어도 불평 한마디 하는 법이 없었다.

바네사말고도 조셀린 곁에 남아 있는 사람은 많았다. 우선 여행을 하기 전부터 조셀린의 시중을 들었던 두 하녀 바베트와 제인이 있었고, 노숙할 때마다 그 진가를 톡톡히 발휘하는 하인 시드니와 피어슨, 그리고 마부 셋이 있었다. 이들은 모두 조셀린을 바로 옆에서 도와 주는 사람들이었다. 그리고 일행의 끼니를 책임진 프랑스인 주방장 필리페 마리보가 있는데, 그는 처음에 있던 주방팀이 중간에 다 그만 두는 바람에 이태리에서 새로 영입한 사람이었다. 나중에 그를 도울 조수도 둘 더 고용했다. 그 외에 경호원들이 있었는데, 처음에 열여섯 명이던 사람들이 네 명이 중도 하차하고 열두 명만 남았다. 그들은 모두 고향을 등지고 언제 끝날지도 모르는 여행에 따라나선 고마운 사람들이었다. 어디서 이런 사람들을 다시 구할 수 있으랴.

「길이 이렇게 좁은데 별일 없을까요?」

시간이 한참 흐른 뒤 바네사가 다시 말문을 열었다.

「가다 보면 길도 넓어지겠지요.」

「조셀린, 아까 무슨 생각을 하고 있었는지는 모르겠지만, 뉴욕에 있는 사람 생각은 아니었으면 좋겠군요. 처녀 딱지를 어떻게 해결하기 전까지는 그 사람하고 결혼하지 않기로 한 거 안 잊었죠?」

조셀린은 이전처럼 얼굴을 붉히지 않았다. 처녀 딱지를 떼지 못한 미망인, 이젠 그런 얘기를 들어도 덤덤했다.

「네, 그럴 거예요. 찰스는 에드워드와 잘 아는 사이니까 더더욱 그래야죠. 무슨 일이 있어도 에드워드가 성불구였다는 사실을 사람

사랑은 조금 빠르지 33

들이 모르게 할 거예요. 그런 식으로 에드워드 이름에 먹칠할 수는 없으니까요.」
 「하지만 앞으로 찰스와 점점 더 가까워지면 어떻게 할 거예요? 지난번에도 당신을 침대로 끌어들여 거의…….」
 「조심해야겠죠.」
 조셀린은 얼른 바네사의 말을 막으며 얼굴을 붉혔다. 그때 일은 생각하면 할수록 창피했다. 찰스는 이미 청혼까지 한 상태였는데, 그 앞에서 술에 취해 한껏 분위기를 잡았으니, 그런 일이 벌어지는 건 당연지사였다. 그날 조셀린은 술 때문에 자신의 비밀을 잠깐 잊고 있었다. 찰스가 은근한 눈빛을 빛내며 다가올 때 바네사가 들이닥치지 않았다면, 조셀린은 그에게 비밀을 들켰을 것이다. 에드워드 공작의 미망인이 아직 처녀라는 비밀을.
 「모로코에서 만났던 그 남자만 안 놓쳤으면 지금쯤 찰스와 멋지게 연애할 수 있었잖아요? 근데 그 사람, 이름이 뭐였죠? 아니, 아니에요. 이름은 알아서 뭐하겠어요, 기차는 이미 떠나 버렸는데. 그래도 당신 처녀 딱지 떼는 데는 그 사람이 안성맞춤이었는데, 아쉽네요. 에드워드는커녕 당신이 미망인인 줄도 몰랐잖아요, 그 사람. 게다가 영어도 몇 마디밖에 못 하니까 소문 퍼뜨리고 다닐 위험도 없고.」
 「그땐 마음의 준비가 안 돼 있었어요. 에드워드를 보내고 얼마 안 지나서 만났잖아요.」
 「여자의 욕구도 남자 못지않게 강한 거예요. 그렇게 오래 참을 필요 없어요.」
 「전 그런 거 잘 몰라요.」
 「아직은 잘 모르겠지만 이제 알게 될 거예요. 그땐 일부러 참을 필요 없어요, 알았죠? 그런데 이런 얘기 듣는 거 불편해요?」
 「아뇨, 이제 저도 알 때가 됐는걸. 말만 들어서는 이해하기 힘든 점이 닮지만, 그렇다고 아무하고나 그럴 수는 없잖아요?」
「물론이죠. 그저 그런 사람보다는 목소리만 들어도 가슴 설레는 그런 사람과 해야죠. 걱정 말아요. 곧 그런 사람을 만날 테니.」
「알았어요.」
「찰스를 만나기 전에 이런 결정을 내렸으면 좋았을 텐데.」
「다시 결혼하고 싶어질 줄은 몰랐어요.」
「내가 전에 얘기했죠? 사랑에 빠질 걸 미리 알고 있는 사람은 없다고요.」
「처음엔 정말 혼자 살 생각이었어요. 결혼하면 자유롭게 살지 못할 테니까요.」
「당신을 있는 그대로 이해하고 사랑해 주는 사람을 만나면, 믿고 의지할 사람이 옆에 있으니까 혼자 사는 것보다 오히려 더 든든하고 좋을 거예요.」

조셀린은 뉴욕에서 멕시코로 가는 내내, 바네사와 결혼 문제에 대해 얘기를 나누었다. 바네사 말대로, 남아 있는 날들을 위해 결혼하는 게 낫다면 우선 처녀 딱지부터 떼는 게 순서였다. 그것만이 죽은 에드워드의 자존심을 지켜주는 길이었으니까. 그리고 그건 스물두 살의 미망인에게도 그리 자랑스러운 일은 아니었다.

방법은 의사를 찾아가는 것과 남자를 찾아가는 것, 딱 두 가지였다. 하지만 차가운 기계가 몸 안을 이리저리 헤집고 다니는 건 생각만 해도 등골이 오싹했다. 그럼 방법은 하나, 남자를 찾아가야 했다. 그렇다면 어떤 남자를? 물론 에드워드에 대해 전혀 모르는 사람, 특히 문제를 해결하고 나서는 우연이라도 다시 마주칠 일이 없는 사람, 그런 사람이어야 했다. 그렇게만 되면, 뉴욕의 찰스에게 돌아갈 수도 있었고, 아니면 다른 적당한 사람을 만나 결혼할 수도 있었다. 에드워드의 비밀은 영원히 묻어 둔 채로.

조셀린은 멕시코에서 마음에 드는 남자를 꽤 많이 보았다. 하지만 자신에게 관심을 보이는 남자는 하나도 없었다. 아니, 있었어도 몰랐을 것이다. 남자와 어울린 적이 거의 없어, 그들이 보내는 시선이나 은밀한 신호를 전혀 눈치챌 수 없었으니까. 남자를 유혹하는 것도 쉬운 일이 아니었다. 게다가 롱노우즈의 추적을 피하느라 한곳에 오래 머물지 못했기 때문에 누군가를 침대로 끌어들이기에는 시간이 촉박했다. 차라리 누군가가 자기 욕망을 적극적이고 솔직하게 드러내며 다가오기를 기다리는 게 나을 성싶었다.

조셀린은 아직도 자기의 뒤를 밟고 있을 거머리 같은 추적자를 생각하며 입을 열었다.

「찰스에 대해 심각하게 생각해 본 적 없어요. 사실, 찰스 생각은 아주 가끔 할 뿐이거든요. 바네사, 내가 그 사람을 생각보다 그다지 좋아하지 않는단 생각 안 들어요?」

「조셀린, 당신은 찰스가 어떤 사람인지 잘 모르잖아요. 사랑은 첫눈에 반하는 거라고 말하는 사람도 있지만 내 생각은 달라요. 사랑은 조금씩 키워 가는 거예요. 우리가 뉴욕에 있던 몇 달 동안, 당신은 찰스와 겨우 3주 만났어요. 뭐라 결정하기엔 이른 감이 있고, 난 당신이 남자에 관심을 보이기 시작했다는 것만으로도 좋은 징조라 생각해요. 아, 그건 그렇고 롱노우즈는 따돌렸다고 생각해요?」

「아뇨, 그렇진 않을 거예요. 지난번에 영국으로 돌아가려다 막판에 방향을 남미로 바꿨는데도 금세 알고 뒤쫓아왔잖아요.」

「뉴욕으로 갔을 때도 어떻게 귀신같이 알아서 우릴 쫓아왔잖아요? 제아무리 앉아서 천리를 본다 해도 어떻게 우리 이동 경로를 알아낼 수 있었을까요? 아무래도 이상해요. 혹시…… 우리 쪽 사람을 매수한 게 아닐까요?」

조셀린의 눈이 단번에 커다래졌다. 믿고 의지하며 함께 난관을 극복해 온 사람들이었다. 그런데 그들을 의심해야 하다니, 그건 생각만 해도 끔찍했다.

「세상에, 그럴 리 없어요!」

「우리 일행 중에 있다는 말이 아니에요. 내 생각엔 아무래도 배가 문제인 거 같아요. 뉴올리언스에서 뉴욕으로 갔을 때도 그렇고, 다시 멕시코로 왔을 때도 그렇고, 선원이 계속 교체됐잖아요. 기억 나죠? 우린 선장하고 긴밀하게 연락을 취해 왔는데, 만에 하나 롱노우즈가 선원 중 하나를 매수했으면 우리 이동 경로를 알아내는 건 식은 죽 먹기겠죠. 안 그래요?」

그 말을 듣자 조셀린은 두려움보다 화가 치밀었다. 지금까지 자기는 롱노우즈를 잠시나마 따돌릴 수 있을 거라 기대했다. 한데 그 망할 자식은 조셀린 일행이 어디 있는지, 어디로 갈 건지 다 알고 있었단 말이 아닌가? 영원히 그의 손바닥 안에서 벗어나지 못하면 어쩌나!

「그렇다면 목적지를 바꿔야겠네요. 캘리포니아는 안 되겠어요.」

「조셀린, 흥분하지 말아요. 난 그냥 내 생각을 말한 것뿐이에요.」

「이제 그가 어떻게 우리를 귀신같이 쫓아다닐 수 있었는지 알 것 같아요. 바네사, 나도 참을 만큼 참았어요. 이대로 당하고 있진 않을 거예요. 처음엔 그저 잡아서 영국에 보내려고 하더니, 내가 성인이 된 다음부턴 아주 죽이려고 덤비고 있잖아요. 살려면 어쩔 수 없어요, 맞서 싸울 수밖에.」

「어떻게 하려고 그래요?」

「잘 모르겠어요. 하지만 궁리해 봐야죠.」

바네사가 걱정스러운 눈빛으로 조셀린을 보았다.

Savage Thunder

4

「형, 그래도 사람은 죽일 수 없어.」
「왜 안 된다는 거야? 그 여잔 외국인이야. 미국인이 아니라 영국인이라구. 우리랑 말하는 것도 다르고 옷 입는 것도 달라. 괜히 꺼림칙해할 필요 없어.」
 클라이델은 한쪽에 서 있는 영국 남자를 힐끗 보았다. 키가 크고 호리호리한 그 남자는 옷차림이나 행동거지가 눈에 거슬릴 정도로 깔끔하고 절제되었다.
 분명히 벼랑에서 함께 잤는데, 어떻게 저 사람만 말짱하지?
「그래도…….」
「내 말 들어. 저 사람이 아니었으면 우리는 평생 멕시코에서 살아야 했을 거야. 길가에 침 뱉고 오줌을 갈겨도 간섭하는 이 하나 없는 이곳, 난 여기도 다시 돌아온 게 얼마나 기쁜지 몰라. 그러니 이젠 빚을 갚아야지. 좋든 싫든 해야 하는 일이니까, 짜샤, 잔말 말고 시키는 대로 해, 알았어!」

드웨인이 잽싸게 말을 가로채 일장 연설을 늘어놓자, 클라이델은 입을 다물었다. 형이 이렇게까지 말하는데 무슨 말을 더 하겠는가? 사실 형 드웨인도 이 일이 썩 내키지는 않은 듯했다. 하지만 동생을 설득해야 했기 때문에, 어쩔 수 없이 맘에도 없는 소리를 지껄이고 있는 게 분명했다. 옛날 역마차를 털 때는 가축 같은 것에는 손도 안 대도 꽤 살 만했다. 하지만 은행을 털고 경찰에 쫓겨 멕시코로 도피하면서부터 모든 게 달라졌다. 함께 일을 벌였던 패거리들이 돈주머니를 챙겨 그대로 튀었던 것이다. 입에 풀칠이라도 하기 위해선 어쩔 수 없이 더럽고 조그만 술집에서 일을 해야 했는데, 거기서 지내는 몇 달 동안 두 사람은 뼈에 사무치도록 타향살이의 설움을 절감했다. 두 번 다시 고향 땅을 못 밟고 죽으려나 했는데 그때 구세주처럼 영국인 신사가 나타났다.

형 말이 옳았다. 그들 형제는 불평할 입장이 아니었다. 게다가 자기가 끌어들인 네 사람도 전혀 반발하지 않잖은가. 이번 일에 난색을 표하는 사람은 클라이델 한 사람뿐이었다.

클라이델은 작전 내용을 듣는 동안 내내 속이 메슥거렸다. 한 사람을 죽이기 위해 그렇게까지 치밀한 작전을 세우다니, 놀라웠다. 다행히도 그는 다른 세 사람과 함께 절벽 위에서 바위만 밀면 되었다. 바위 작전이 실패하면 밑에서 기다리고 있던 두 사람이 여자를 직접 해치우기로 했다.

각기 자기가 맡은 임무를 다하기 위해 준비를 끝내고 기다리고 있는데, 언덕에서 망을 보고 있던 멕시코인이 목표물이 오고 있다고 알려 왔다. 클라이델은 어금니를 지그시 깨물었다.

사랑은 조금 빠르게 39

엘리엇 스틸은 주머니시계를 꺼내 보았다. 12시가 다 돼 가고 있었다. 예정보다 조금 늦은 시각이었다. 아무리 치밀하게 작전을 세워도 늘 비껴가기만 한 조셀린이었지만, 이번에는 왠지 느낌이 달랐다. 언제가 됐든 그들은 이 길을 지날 수밖에 없었다. 외길이었으니까. 덫에 걸려드는 건 시간 문제였다.

그 동안 엘리엇이 수도 없이 일을 꾸몄지만, 조셀린은 아직도 멀쩡하게 살아서 잘도 돌아다니고 있었다. 하느님의 특별한 보살핌을 받는 게 분명했다. 그렇지 않고서야 어떻게 번번이 그의 함정을 피해 다닐 수 있었겠는가?

엘리엇은 자타가 공인하는 최고의 해결사였다. 아무리 어려운 일이라도, 한번 일을 맡으면 깨끗하게 모든 걸 해결했다. 실패의 고배를 마신 적은 단연코 없었다. 이턴 주의 새로운 공작, 모리스의 일을 맡기 전까지는 말이다. 모리스가 의뢰한 일은 아주 간단했다. 조셀린이라는 공작 미망인을 찾아 영국으로 데려오기만 하면 되는 일이었다. 기한은 미망인이 성년이 되기 전까지, 그러니까 2년이었다. 그 어린것이 돌아다녀 봤자 지구 안이 아니겠는가? 세계 각국에 연결망이 구축돼 있는 엘리엇으로선 몇 달이면 충분한 일이었다. 하지만 공작이 모든 경비를 대기로 약속한 2년이 지나도록, 그는 조셀린을 잡아가지 못했다.

조셀린은 항상 플레밍가의 문장으로 장식한 푸른색 마차에 누가 봐도 명마임이 확실한 회색 암말 여섯 마리, 수많은 수행원들을 이끌고 다녔다. 그런 행차는 어딜 가나 눈에 띄게 마련이었지만, 조셀린은 한번도 다른 마차를 바꿔 타거나 몰래 어디론가 숨거나 하지 않았다. 그런데도 엘리엇이 그녀를 잡은 건 딱 한 번, 그것도 아주 잠시뿐이었다.

어찌 보면 그건 당연한 일이었는지도 모른다. 조셀린은 소규모 군대 병력과 맞먹는 경호원들에게 철저히 호위받고 있었으니까. 조셀린이 납치되었을 때도, 그들은 득달같이 달려와 엘리엇의 부하를 넷씩이나 죽이고 그녀를 구출해 갔다.

엘리엇에게 있어 조셀린을 납치하는 것은 이제 별 의미가 없었다. 성인이 된 미망인의 재산을 가로챌 명목은 어디에도 없었기 때문에, 모리스는 더 이상 돈을 들여가며 그녀를 찾으려 하지 않았던 것이다.

엘리엇은 수고비 한푼 받지 못하고 해고되었다. 하지만 돈이 문제가 아니었다. 2년이란 시간은 물론이고, 그 동안 쌓아 온 명성까지 완전히 날려 버린 꼴이 아닌가. 이렇게 물러설 수는 없었다. 어떻게든 복수하고 싶었다. 그래서 잃어버린 명예를 되찾고 싶었다. 그럼 방법은 하나, 그 얄미운 빨강머리를 죽이는 것뿐이었다. 유언장도 없이 죽으면, 재산은 자연히 플레밍가의 상속자인 모리스에게 돌아갈 것이다. 그때 가면 모리스도 모른 척하지 않으리라. 시간이 얼마나 걸리든, 돈이 얼마가 들든 상관없었다. 죽이는 건 납치보다 훨씬 쉬웠다. 방법은 얼마든지 있었다.

반드시 죽이리라. 반드시 복수하리라.

기회는 의외로 빨리 왔다. 조셀린 일행이 멕시코로 여행길을 잡았던 것이다. 멕시코처럼 험한 곳에서는 일이 더 간단했다. 도시만 벗어나면 인적도 드문데다 망망한 황야가 끝도 없이 펼쳐져 하루에도 몇 번씩 살인사건이 일어났다. 게다가 공작부인 일행은 대부분 노숙을 했다. 이런 절호의 기회가 또 있겠는가. 밤에 기습할 사람들만 모으면 됐다. 한데 거기서부터 일이 어긋났다. 아무 쓸데 없는 기사도 정신, 그게 문제였다. 사람들을 구하러 발바닥에 땀나게 돌아다녔지만, 여자 죽이는 일에 동참하려는 멕시코 남자를 구할 길이 없었던 것이다. 이번에도 조셀린은 손가락 하나 까딱하지 않고, 오직 멕시코

사랑은 조금 빠르게 41

남자들의 기사도 정신 덕에 다시 한 번 그를 쓰러뜨렸다. 허망한 실패였다.

　그러던 차에 드웨인과 클라이델을 만났다. 엘리엇은 첫눈에 그 미국인 형제가 자기의 고민을 해결해 줄 사람들임을 간파했다. 역시나 그 형제는 자기들과 처지가 비슷한 놈들을 넷씩이나 데려옴으로써 제 임무를 거뜬히 해냈다. 그렇게 모인 엘리엇 악당은 비즈비에서 집결하기로 하고 일단 흩어졌다. 엘리엇은 약속한 날짜보다 하루 일찍 도착해 근처를 샅샅이 살피며, 일을 해치우기에 적당한 장소를 물색했다.

　양옆이 낭떠러지인 길은 앞뒤만 막아도 적들을 손아귀에 넣을 수 있어서 좋았지만, 그런 길은 찾기가 쉽지 않았다. 시간만 넉넉했어도 어떻게든 알아봤을 텐데 지금은 그럴 만한 시간이 없었다. 이제 어서 빨리 조셀린 일행을 맞이할 준비를 해야 했다.

　결국 그가 찾아낸 장소는 산자락을 거의 벗어날 즈음에 있는 비탈길이었다. 바위를 굴려서 마차를 밀어 버리면 될 듯했다. 하지만 비탈길 아래쪽에 나무가 많은 게 마음에 걸렸다. 만일 바위가 엇나가서 마차를 슬쩍 건드리기만 하면, 마차는 굴러 떨어지다 나무에 걸려 멈춰 설 것이고, 그럼 조셀린을 저세상으로 보낼 기회는 또다시 날아가 버리는 것이었다. 바위가 정통으로 마차를 박아 주기만 하면 문제는 없는데, 어쩐다? 엘리엇은 바위가 굴러갈 길만 잡아 놓기로 결정했다. 비탈이 하도 가팔라서 바위가 다른 데로 빠지지만 않으면 마차는 박살이 날 것이었다.

　다음날, 나머지 사람들이 도착했다. 먼저 하려는 일과 계획을 설명하고 각자에게 임무를 일러 줬다. 그리고 조용히 조셀린 일행을 기다렸다. 멀리서 마차 소리가 들리는가 싶더니 이내 말 울음소리가 가까이서 들렸다.

「앞에 몇 명이지?」
「여섯입니다.」
 예상대로였다. 즈셀린은 여느 때처럼 앞의 제일 화려한 마차에 탔고, 경호원들은 여섯씩 나누어 마차의 앞뒤를 호위했다. 이제 뒤쪽에서 총소리가 들리면 앞의 수행원들이 모두 뒤쪽으로 합세할 테고, 그럼 그때 바위가 굴러가 마차와 함께 조셀틴을 납작하게 뭉갤 것이다. 혹시라도 바위가 빗나가면, 바위를 굴린 네 놈이 총을 난사해 수행원들의 발을 묶고, 밑에서 기다리던 두 사람이 혼란을 틈타 조셀린을 처치하기로 되어 있었다.
「정해진 위치로 가서 내가 신호할 때까지 기다려.」
 엘리엇이 조셀틴 일행의 출현을 알리러 온 멕시코인에게 명령했다. 옆에 있던 드웨인이 궁금증을 참지 못하고 물었다.
「저 멕시코인은 여자가 죽는다는 거 모르죠?」
 엘리엇은 싸늘한 눈빛으로 그를 보았다. 일을 시킬 때는 가능한 한 말을 적게 하는 편이 좋았다. 멕시코인들에게 거절당한 얘기며, 저 멕시코인을 가이드로 위장시켜 공작부인 일행을 이쪽으로 유인한 일을 굳이 설명해 줄 이유가 어디 있는가?
「그래.」
 엘리엇은 자기 자리로 돌아가는 멕시코인을 물끄러미 쳐다보았다. 그가 숨어 있는 곳은 망보기에 정말 안성맞춤이었다. 아래쪽은 잘 내려다보이는 데 반해 아래에서는 위가 전혀 보이지 않았고, 말을 숨겨 둔 곳까지 지름길이 나 있어, 만에 하나 들킨다 해도 바로 도망칠 수 있었다.
 다시 벼랑 아래로 시선을 돌린 엘리엇의 눈에 경호대장 파커 그레이엄이 보였다. 이집트에서 얘기도 몇 마디 나누고 술도 몇 잔 함께 마신 적이 있었기 때문에, 엘리엇은 조셀린의 경호원들에 대해 훤히 꿰뚫고 있었다. 마음만 먹었으면 멍청한 하녀 바베트도 꼬여낼 수 있었는데……. 하지만 그들은 엘리엇에 대해 몰랐다. 혹시 의심이라도 사게 될까 봐 같은 사람에게는 한 번 이상 접근하지도 않았던 것이다. 아마 지금 다시 만나도 전혀 기억하지 못하리라.
「자, 준비.」
절벽 위에 아슬아슬하게 놓인 거대한 바위에 여덟 개의 손이 얹혔다. 살짝 밀기만 하면 모든 게 끝이었다. 엘리엇은 눈에 힘을 주었다. 두 눈 똑바로 뜨고 마차가 산산이 부서지는 광경을 지켜보리라. 앞에 있는 경호원들이 지나가고 막 말들이 들어설 때쯤 총성을 울릴 생각이었다.
「뒤에서 총소리가 나고 경호원들이 다 뒤로 빠지면 마부가 마차를 세울 거야. 그때 마부를 없애도록 해. 그럼 말들이 놀라서 날뛸 테고, 그때 바위를 굴리면 되는 거야.」
「걱정 마세요. 덩치가 커서 맞히기 쉽겠어요.」
덩치 큰 마부를 보며 드웨인이 대답했다.
엘리엇은 혹시나 하는 마음으로 마부를 보았다. 스페인 놈이 아니었다. 뉴욕에서 자기 부하를 죽였던 그 악랄한 놈이길 바랐는데, 아쉽게 됐다.
경호원들이 벼랑 밑으로 다가왔다. 조금만, 조금만 더…….
「자, 총소리!」
탕!
엘리엇은 숨을 죽이고 조셀린 일행의 동태를 살폈다.
파커는 신중하게도 여섯 명의 경호원들 중 둘만을 뒤로 보냈다. 마부는 마차를 세우더니 일어서서 주위를 두리번거렸다.
탕!
다시 한 번 총성이 울렸다. 그러자 경호원들이 마차를 피신시키려고 부산하게 움직였다. 마부가 고삐를 잡아당기려는 찰나, 드웨인이 마부를 향해 총을 쏘았다. 마부는 고삐를 놓치고 바닥으로 떨어졌다. 말들이 놀라 날뛰면서 그곳은 아수라장이 되었다.

「지금이야!」

바위가 천둥소리를 내며 아래로 굴러 내려갔다. 한데 어처구니없는 일이 발생했다. 중간쯤 갔을까, 바위가 갑자기 사방으로 파편을 튀기며 산산조각 나는 게 아닌가. 결국 마차를 덮친 것은 돌멩이와 흙먼지뿐이었다. 엘리엇은 이를 갈며 아래를 내려다보았다. 말들이 미친 듯이 날뛰며 마차를 매단 채 어디론가 달려가고 있었다. 경호원들이 곧 조셀린을 구하러 마차를 쫓아가리라. 실패할 경우를 대비해 비탈 아래쪽에서 기다리고 있는 두 사람이 보였다.

「지금 말을 타고 마차를 따라간다. 전속력으로 마차를 따라잡되, 한 놈도 살려 둬선 안 된다. 한 놈도!」

Savage Thunder

5

「바네사? 바네사, 괜찮아요?」
「괜찮아요. 아니, 안 괜찮은 것 같아요.」
 조셀린은 바닥에 너부러져 있었다. 아니, 바닥이 아니라 문 위였다. 미친 듯이 달리던 마차가 결국 옆으로 넘어져서, 문은 바닥이 되고 바닥은 하늘을 향해 똑바로 솟은 벽이 되고 말았다. 둘 다 크게 다치진 않았지만 그리 상태가 좋지도 않았다.
「흉터가 좀 남겠는데요?」
「흉터뿐이겠어요? 난 아무래도……..」
「많이 아파요?」
 얼굴을 잔뜩 찡그리고 관자놀이를 꾹꾹 누르는 바네사를 보며 조셀린이 걱정스러운 듯 물었다.

「머리를 부딪혔나 봐요. 팔도 삔 것 같구…….」

「자세를 조금 옆으로 틀어 봐요. 그럼 좀더 몸이 편할 거예요.」

조셀린은 바네사가 몸을 움직일 수 있도록 옆으로 조금 비켜 주었다. 정신이 멍했다. 옷은 엉망이 되고, 머리장식은 다 떨어져서 여기저기 굴러다녔다. 조셀린은 머리에서 거치적거리는 핀을 모두 떼어 던져 버렸다. 머리가 또 아픈지 바네사가 얼굴을 찡그렸다.

「바네사, 이게 어떻게 된 일일까요?」

「또 롱노우즈가 들이닥친 거겠죠.」

조셀린이 아랫입술을 깨물었다.

「하지만 그 사람이 어떻게 우리보다 먼저 여기 와 있죠? 또 우리가 그 길로 올 거라는 건 어떻게 알았구요?」

「우리가 멕시코에서 좀 오래 걸렸잖아요. 앞지르자고 마음단 먹었으면 시간은 충분했을 거예요. 내 생각엔, 가이드를 매수한 게 아닌가 싶어요. 우리를 이쪽 길로 끌어다 놓고는 말도 없이 사라진 게 아무래도 수상해요.」

바네사는 눈을 감은 채 대답했다.

「그건 그렇고 다부는 어떻게 된 걸까요?」

「지금 여기에 없는 건 확실해요. 그가 말고삐를 잡고 있었다면 말들이 이렇게 미친 듯이 달리지도 않았을 거고, 적어도 고함 소리는 들렸겠죠. 아까 총에 맞은 게 아닌가 싶은데…….」

「그런 끔찍한 생각은 마세요. 말들이 총소리에 놀라 날뛰는 바람에 마차에서 떨어졌겠죠.」

「그래요, 그럴 거예요.」

바네사도 순순히 동의했다. 그렇게 생각하니 마음이 훨씬 편했다. 순식간에 모든 것이 분명해졌다.

「마차가 넘어질 때 말도 고삐가 풀려서 도망간 것 같아요.」

「그랬겠죠. 하지만 금방 찾을 수 있을 거예요. 그런데 조셀린, 지금 뭐하는 거예요?」
 바네사가 의아한 표정으로, 머리 위로 나 있는 문을 열어 보려고 애쓰는 조셀린을 지켜보았다.
「어떻게든 밖으로 나갈 방법을 찾아봐야 하잖아요. 저 문만 열면 될 것 같은데…….」
「괜히 힘 빼지 말아요. 사람들이 금방 올 거예요. 어, 조셀린, 이 소리 들려요?」
 말굽 소리가 들렸다. 바네사가 입을 다물고 귀를 쫑긋 세웠다.
「봐요, 금방 온다고 했잖아요.」
 점점 가까워지던 말굽 소리가 바로 옆에서 멈추었다.
 누구지? 경호원 중 하난가?
 경호대장 파커일 확률이 높았다. 성실하고 충성스런 그는 롱노우즈의 모략에 유난히 분개하는 사람이었다.
 누군가 마차 위로 올라오는 것 같더니, 곧 문이 열렸다. 쏟아져 들어오는 눈부신 햇살 사이로 한 남자의 실루엣이 어른거렸지만, 누군지 똑똑히 알아볼 수가 없었다.
「파커 경?」
「아니오.」
 굵고 느릿한 목소리였다.
 조셀린은 저도 모르게 손가방을 쳐다보았다. 거기엔 뉴올리언스에서 구입한 권총이 들어 있었다. 하지만 그 총을 꺼내 쏘자면 시간이 좀 지체될 것이다. 그때 짜증이 잔뜩 묻은 목소리가 들려 왔다.
「나올 거요, 말 거요?」
「어떻게 할지 생각 중이에요.」
 조셀린은 잠시 고민에 휩싸였다. 누군지도 모르는 사람한테 도움을 받기가 영 내키지 않았다. 롱노우즈의 수하에 있는 사람일지도 모르는 일 아닌가. 우연히 길을 가던 사람이길 바라는 건 지나친 욕심일 것이다. 사실 죽일 생각이면 굳이 여기서 꺼내 줄 필요도 없긴 했다. 얼굴을 볼 수 있으면 좋으련만……

「당신은 누구죠? 여기서 뭘 하고 있었는지 말해 줄 수 있어요?」

바네사가 긴 침묵을 깨고 조셀린의 가려운 곳을 긁어 주었다.

「강가에서 굴레를 매단 채 전력 질주하는 말들을 봤소. 마차를 끌던 놈들 같아서 근처 어딘가에 마차가 곤란한 지경을 당하고 있을 거라 생각했소.」

「그래서 무슨 일인가 싶어 와 봤다는 말이죠? 그러니까 영국인과는 전혀 관계가 없다는 말이네요?」

조셀린은 한시름 놓았다.

「그 영국인이 누군지 모르겠지만, 나올 생각이 있는지 없는지만 말하시오. 내 손을 잡기가 영 꺼림칙해서 그러는 거라면 다른 사람이 올 때까지 기다리시든가. 그런다고 당신을 탓하거나 하진 않을 테니 괜히 마음 쓸 건 없고……」

「아니, 아니에요. 손이 더러워지면 씻으면 되죠, 뭐.」

왠지 믿어도 될 사람 같았다. 조셀린은 살짝 웃어 보이기까지 하며 위로 손을 쭉 뻗었다. 순식간에 마차 위로 올라왔다. 이렇게 간단히 빠져 나오다니, 픽 헛웃음이 나왔다. 바네사도 빨리 꺼내 줘야겠다는 생각에 마차 안에 고개를 들이밀고 소리쳤다.

「바네사, 손을 쭉 올려요. 내가 금방 꺼내 줄게요.」

「아뇨, 난 그냥 여기 있으면서 두통 좀 가라앉혀야겠어요. 힘들게 밖에 나가 봤자, 어디 쉴 데도 없잖아요. 마차만 빨리 원상 복귀되면 좋을 텐데.」

「그럼 그렇게 해요. 파커 경이 금방 오겠죠.」

사랑은 조금 빠르게 49

조셀린은 천천히 일어서며 자신을 꺼내 준 남자에게 돌아섰다.
「저분은 꺼내 주지 않아도 돼요. 머리를 심하게 부딪혀서 움직이지 않는 게……」

남자의 얼굴을 보는 순간, 조셀린은 다리의 힘이 풀리고 정신이 아득해지면서 눈앞이 아찔했다. 할말을, 아니 말을 하고 있었다는 사실을 잊었다. 피라미드를 처음 봤을 때 기분이 이랬던가? 가슴이 너무 세차게 뛰어서 숨을 쉬기가 힘들었다. 남자가 한 걸음 뒤로 물러서자, 그의 모습이 더욱 똑똑히 보였다. 잘생기고 강인해 보이는 얼굴, 검고 윤기 나는 머리칼, 떡 벌어진 어깨와 구릿빛 피부, 남성미가 물씬 풍겼다. 그는 챙 넓은 모자를 쓰고, 허리춤엔 총을 차고, 짙은 푸른색 바지에 술 장식이 달린 가죽 재킷을 입고, 역시 술이 달린 무릎 길이의 황갈색 부츠를 신었는데, 특이하게도 셔츠는 입고 있지 않았다. 재킷 속으로 부드럽고 매끈한 피부가 보였는데, 다른 미국인들과는 달리 가슴에 털이 한 올도 나 있지 않았다. 그래도 멋있었다. 정말이지 이렇게 멋진 남자는 처음이었다.

「옷은 늘 그렇게 반만 입고 다니나요?」
「구해 줬더니 한다는 말이 고작 그거요?」
「실례였다면 용서하세요. 기분 나쁘게 할 생각은 아니었는데, 내 말투가 조금 무례했죠?」

남자는 뭐라고 중얼거리며 마차에서 뛰어내리더니 자기 말이 있는 쪽으로 걸어갔다. 말은 허리부터 궁둥이께까지가 점박이였는데, 주인 못지않게 잘생기고 튼튼해 보였다. 그런 말을 보면 늘 타 보고 싶어 안달하던 조셀린이었지만, 지금은 남자 때문에 말이 눈에 들어오지 않았다.

「설마 그냥 가진 않겠죠?」
남자는 돌아보지도 않고 말했다.

「누가 곧 오기로 되어 있다고 하지 않았소? 내가……」
「가지 마세요!」
조셀린은 다급한 마음에 버럭 소리를 질렀지만, 이내 무안해져서 기어 들어가는 목소리로 변명했다.
「아직 고맙다는 인사도 못 했잖아요. 그리고 그냥 가 버리면 난 여기서 어떻게 내려가죠?」
남자가 피식 웃으며 되돌아와 손을 내밀었다.
「자, 뛰어내려요.」
조셀린은 망설이지 않고 그의 손을 잡고 뛰었다. 자기 할 일이 끝나자, 남자가 다시 돌아서서 걸어갔다.
「잠깐 기다려요.」
하지만 남자는 멈추지 않았다. 조셀린은 치맛자락을 들고 종종걸음치며 남자를 쫓아갔다.
「그렇게 급히 가야 할 일이라도 있나요?」
그제야 남자는 걸음을 멈추고 뒤를 돌아보았다.
「이봐요, 아가씨. 난 셔츠랑 다른 물건을 강가에 그냥 두고 왔단 말이오. 빨리 돌아가지 않으면 누가 다 집어 가 버릴 거요.」
「잃어버린 물건은 다 보상해 드릴게요. 그러니 우리 일행이 도착할 때까지 가지 마세요. 산에서 발이 묶인 모양인데, 좀 도와 주세요.」
「길이 이 길밖에 없으니 기다리면 곧 올 거요.」
「그게 문제가 아니라, 우릴 해치려는 사람들한테 쫓기는 중이라서…….」
「그럼 일행이 누구요?」
「내 수행원들이요. 여행에 따라온 경호원과 하인들 달이에요.」
남자는 호기심 가득한 눈빛으로 조셀린과 마차를 번갈아 보았다.

여자가 입고 있는 벨벳 스커트며 주름 잡힌 실크 블라우스가 아주 고급스러워 보였다. 그리고 마차는 푸른색이었는데, 겉이나 안이나 눈이 부실 정도로 화려했다. 이렇게 사치스러운 마차는 본 적이 없었다. 넘어져 있는 마차를 발견하고 다가갈 때만 해도 그 안에 여자가 있을 줄은, 그것도 백작부인쯤 돼 보이는 여자가 있을 줄은 몰랐다. 분명히 미국인은 아니었다. 그런 차림의 미국인은 없었으니까. 불타는 듯한 붉은 머리와 나뭇잎처럼 초록색인 눈동자를 보았을 때, 그에게는 예전의 아픈 기억이 떠올랐다. 하지만 마음속에서는 야릇한 흥분이 끓어올랐다. 여자에게 매력을 느껴 본 지가 얼마이던가.
「그럼 당신은 누구요?」
「아, 미안해요. 아직 내 소개도 하지 않았군요. 난 조셀린 플레밍이에요.」
롱노우즈가 지척에 있는 마당에 가명을 쓸 이유가 없을 것 같아, 조셀린은 솔직히 자기 이름을 얘기하며 손을 내밀었다. 하지만 남자가 물끄러미 바라보기만 해서 곧 손을 거두었다.
「내 말은 뭐하는 사람이냐는 뜻이오. 혹시 남편이 금광업자쯤 되오?」
「아니에요. 남편은 몇 년 전에 세상을 떠났어요. 우리는 영국에서 왔죠. 방금 멕시코 국경을 넘었구요.」
「영국 사람이란 말이오?」
「네.」
조셀린은 남자의 말투가 마음에 들었다.
「당신은 미국인이죠?」
미국인? 처음 듣는 말이었다. 원주민은 자기 부족의 이름으로 불릴 뿐이었다. 서부에 온 지 얼마 되지 않은 외국인이니 인디언에 대해 모르는 게 당연했다. 그는 긴장했다. 미국인이었으면 그렇게 거리

낌없이 자기 손을 잡지는 않았을 것이다. 마차에서 자기를 빤히 쳐다보기만 한 것도 인디언이라 꺼렸던 게 아니었던 것이다. 이제 다시 만날 일이 없는 사람과 굳이 거리를 둘 필요가 있을까? 물론 그래야 했다. 매력을 느꼈다는 것 자체가 위험한 일이였으니까. 다시 실수하지 않으려면 정신을 바짝 차려야 했다.

「여기서 태어나긴 했지만 미국인이라고 할 순 없소. 난 인디언 혼혈이요.」

조셀린은 남자의 자조적인 말투를 애써 무시하며 아무렇지도 않게 말했다.

「재미있군요. 순종이니 잡종이니 뭐 그런 얘기로 들리는데요? 동물도 아니고 사람들도 그렇게 분류하나요?」

남자의 눈빛이 차갑게 변했다.

「그런 얘기가 아니오. 나는 반만 백인이오.」

조셀린은 잠시 생각에 잠겼다가 입을 열었다.

「그럼 나머지 반은요?」

「인디언이오. 와이오밍이라는 곳의 샤이엔족 출신이오. 기분 잡치게 해서 미안하오.」

조셀린은 의아한 얼굴로 남자를 쳐다봤다.

「왜 그렇게 생각하죠?」

「이봐요, 아가씨. 다음부터 다른 나라로 나다닐 땐 좀 알아보고 다니시오.」

「물론 그러고 있어요. 난 여기에 대해 많이 알아보고 왔다구요.」

「그렇다면 인디언이 백인과는 원수라는 사실만 빼먹었나 보군. 마을에 도착하거든 사람들에게 물어 보시오. 당신이 나와 이렇게 마주 서서 이야기하면 왜 안 되는지 친절히 설명해 줄 거요.」

「당신 말대로 백인들한테 원한이 있다 해도, 나와는 관계없는 일

사랑은 조금 빠르게 53

아닌가요? 난 당신의 적이 아니에요. 당신 눈에는 어떻게 비쳤을지 모르지만 난 그저 고마워할 뿐이라구요.」
 그는 고개를 흔들며 짧게 웃었다.
「알았소 하지만 여기 오래 있을 거라면 그런 건 새겨 두는 게 좋을 거요.」
「그럼 이제 우린 친구가 될 수 있는 거죠? 우선 당신 이름이 뭔지부터 알고 싶어요.」
「콜트 선더요.」
「콜트요? '콜트식 권총' 할 때 그 콜트 말인가요? 어떻게 총 이름을 따서 이름을 지었죠?」
「제시가 원래 좀 특이한 사람이오.」
「아버지 이름이 제시예요?」
「아버지 딸이오. 우린 몇 년 전에야 그 사실을 알게 됐지만. 그 전까진 우린 아주 가까운 친구였소.」
「알았어요. 그럼 콜트는 진짜 이름이 아니란 말이군요? 나도 가명을 많이 사용했죠. 나를 쫓아다니며 괴롭히는 사람이 있어서요.」
 콜트는 아무것도 묻지 않기로 했다. 그래야 더 쉽게 잊을 수 있을 테니까. 하지만 허리 밑에서 찰랑이는 붉은 머리와 초록빛 눈동자는 쉽게 잊혀지지 않을 듯했다.
 그런데 왜 자꾸 저런 눈빛으로 쳐다보는 거지?
 콜트는 자기를 유혹하려는 듯한 눈빛에 정신을 차릴 수가 없었다. 그런데 그때 조셀린이 팔에 손을 얹는 게 아닌가. 이젠 아무 소리도 귀에 들어오지 않았다. 잠시 엉뚱한 상상이 머릿속을 가득 채웠다.
 빌어먹을. 저 여자는 자기가 지금 얼마나 위험한 짓을 하고 있는지 모를 거야.
 그때 어디선가 총알이 날아와 모자를 치고 지나갔다. 콜트는 그때서야 퍼뜩 정신이 들었다. 재빨리 돌아서서, 맹렬한 기세로 말을 달려오는 사람들에게 연속해서 총을 두 발 쏘았다. 한 사람이 앞으로 푹 고꾸라졌고, 다른 사람은 총을 떨어뜨린 채 어깨를 감싸쥐고 왔던 길로 그대로 도망했다.

콜트는 총을 다시 허리춤에 찼다. 도망치는 사람을 뒤에서 쏘고 싶지는 않았기 때문이다. 주인을 잃은 말이 두 사람을 향해 달려오는 게 보였다. 흥분한 말을 세우려면 직접 올라타서 고삐를 잡아당기는 길밖에 없었다. 어느새 그는 말 위에 있었다.

조셀린은 자기 눈을 의심했다. 허리춤에서 총이 빠져 나와 불을 뿜었던 것도 그렇고, 전속력으로 달리는 말을 직접 올라타 세운 것도 그렇고, 정말 순식간에 일어난 일이었다. 그렇게 빨리, 유연하게 움직이는 사람은 다시 보기 힘들리라.

「조셀린? 조셀린, 무슨 일이에요?」

멍하니 서 있던 조셀린은 바네사의 걱정 어린 물음에 괜찮다고 대답해 주었다. 그리고 얌전해진 말을 부드럽게 쓰다듬고 있는 콜트에게 다가갔다. 말 등자에 한 시체가 발이 걸린 채로 매달려 있었다. 그는 목이 부러진 채로 죽어 있었다. 총알은 관자놀이를 스쳤을 뿐이었다.

「멍청한 놈이 머리를 숙였군.」

콜트는 불쾌한 듯 중얼거렸다.

「원래 어딜 맞히려고 했는데요?」

「오른쪽 어깨. 그저 무기만 놓치게 하려고 했는데, 그런데 아는 놈이오?」

맑고 투명한 푸른색 눈동자가 조셀린을 뚫어져라 쳐다보았다.

모자에 가려 보이지 않던 눈이 이렇게 매력적일 줄은 몰랐다. 구릿빛 피부에 푸른색 눈동자라니! 조셀린은 숨이 막혔다. 마주 보고 있으면 목소리가 나오지 않을 것 같아 얼른 눈을 내리깔았다.
「둘 다 처음 보는 얼굴이에요. 롱노우즈가 보낸 게 분명해요. 어디에서건 현지 사람에게 일을 맡기는 게 그 사람 특징이죠. 당신 덕에 살아났군요」
「정신이 제대로 박힌 놈이면 당신을 죽일 생각 같은 건 안 할 텐데. 다른 마음을 품은 거라면 몰라도」
콜트가 떨어진 모자를 주우며 중얼거렸다.
조셀린은 마음이 들떴다. 자신의 외모에 관심을 갖는 남자가 그리 많지 않아서 그런 사람이 있으면 금세 알아채곤 했는데, 이 남자는 잔뜩 찌푸린 얼굴로 서둘러 돌아가려고만 해서 그런 생각을 하고 있으리라고 전혀 생각하지 못했다. 방금 던진 말이 칭찬이었다면, 어쩌면 그도 자기에게 호감을 갖고 있는지도 모를 일이었다.
「롱노우즈가 나를 죽이려고 한 건 작년부터였어요. 그 전에는 나를 납치해 영국으로 데려가려고 했죠. 나는 필사적으로 피해 다녔죠. 벌써 삼 년이 지났군요. 이젠 저도 지쳤어요」
콜트는 모자를 다리에 툭툭 쳐 흙을 털어 내고는, 머리에 비뚜름하게 올려놓았다.
「나한테 그런 얘기할 필요 없소」
「그렇지 않아요. 이렇게 될 줄은 몰랐지만, 당신은 벌써 내 일에 끼여들었어요. 그러니 피하려 해도 피할 수 없죠」
콜트는 무슨 말 같잖은 소리냐는 듯 픽 웃더니 돌아서려 했다.
「선더 씨, 아직 내 말 다 안 끝났어요」
「아가, 아니 미망인이라고 했지! 이봐요, 부인. 듣기 거북하니까 그냥 콜트라고 부르시오」
「그러죠. 콜트, 난 당신처럼 총을 잘 다루는 사람은 처음 봤어요. 꼭 총하고 한몸 같았다니까요」

「그래서?」

「그래서 말인데, 나 좀 도와 주지 않겠어요?」

「내가 롱노우즌가 하는 사람을 죽여 줬으면 좋겠소?」

콜트의 거침없는 말에, 조셀린은 잠시 당황했으나 곧 감정을 가라앉혔다.

「아니에요. 붙잡아서 재판을 받게 하려는 거예요. 내 변호사를 살해한 혐의로 수배 중이거든요.」

「누굴 살해했다고?」

「내 미국인 변호사요.」

「그 사람이 당신 변호사를 죽인 이유가 뭐요?」

「내 유언장을 훔치러 왔는데 공교롭게도 변호사가 거기 있었던 거죠. 없어진 건 유언장뿐인데다, 그에게 길을 가르쳐 줬다는 사람들도 몇 명 있어요. 목격자들 말로는 분명히 영국인이었대요.」

「얘길 들어보니, 나보다는 청부업자를 고용하는 편이 낫겠소 아니면 마을 보안관을 찾아가서 자초지종을 얘기하든가. 이름하고 인상착의만 설명해 주면 나머지는 다 알아서 할 거요.」

「하지만 난 그 사람 이름도, 얼굴도 모르는걸요. 롱노우즈도 우리가 만들어 낸 이름이에요. 내가 아는 건 그 사람도 나처럼 영국인이라는 것뿐이죠.」

「그럼 그 사람을 유인해 내는 수밖에 방법이 없겠군. 경호원들이 있다고 했소?」

「네. 하지만……」

「그러면 당신이 직접 총을 갖고 있을 필요는 없겠군.」

채 말이 끝나기도 전에, 그의 총이 다시 불을 뿜었다. 조셀린은 머리가 날아간 채 아직도 몸을 꿈틀거리고 있는 뱀을 보았다. 바로 뒤에까지 와 있었는데도, 아무런 기척을 느끼지 못했던 것이다. 조셀

사랑은 조금 빠르게 57

린은 몸을 부르르 떨었다.

콜트는 뱀을 발로 툭 차 냈다. 잠깐이었지만, 그 사이 여자는 마차가 부서지는 사고를 겪었고, 누군가의 표적이 되기도 했으며, 지금은 뱀에 물릴 뻔하기까지 했다. 이전에 얼마나 많은 일을 겪었을지 알 만했다. 하지만 그녀는 호들갑을 떨며 소란을 피우지 않았다. 뱀을 보고도 입을 꾹 다물었을 뿐이었다. 말이 좀 많은 편이었지만, 오히려 친근하게 느껴졌다.

멀리서 뽀얀 흙먼지가 다가오고 있었다. 콜트는 그들이 여자가 얘기하던 경호원들이길 바라며 총에 탄약을 채웠다. 조셀린이 손수건을 꺼내 이마의 땀을 닦는데, 향긋한 냄새가 났다. 금세 피가 뜨거워졌다. 대책 없이 여자의 매력에 빠져드는 자신을 감당하기 힘들었다. 몇 년 전에 이 여자를 만났다면 앞뒤 볼 것 없이 당장 품에 안았겠지만, 지금은 아니었다. 지금은 본능보단 이성에 따라 행동하기로 굳게 마음먹은 터였다. 두 번 다시 그때의 실수를 반복하지 않기 위해. 하지만 힘들었다. 본능을 참고 열정을 잠재우기가 쉽지 않았다. 되도록 빨리 여길 떠나야 했지만, 그렇다고 위험에 처한 여자를 놔두고 혼자 갈 수는 없었다. 설사 가 버린다 해도 계속 걱정하게 될 게 뻔했다.

「저 사람들, 당신 경호원들이오?」

조셀린은 총소리 때문에 귀가 멍멍해져 콜트의 말을 알아듣지 못했다. 게다가 머릿속엔, 어떻게 해야 이 남자를 붙잡을 수 있을까 하는 생각뿐이라 다른 말엔 신경 쓸 겨를도 없었다. 왠지 이 남자를 그냥 떠나 보내면 안 될 것 같은 생각이 들었다.

사람들이 다가왔다. 역시 파커가 맨 앞에 있었다.

「콜트, 내 경호원들이에요.」

「그럼 난 이만 가 보겠소 여기서 동쪽으로 조금만 가면, 당신 말들이 강가의 나무에 묶여 있을 거요. 누가 와서 훔쳐 가지만 않았다면 말이오.」
「고마워요. 금방 찾을 수 있겠군요. 그런데 정말 마음을 바꿀 순 없나요?」
「당신이 데리고 있는 사람들만도 대단한 규모요. 내가지 있을 필요 있겠소?」
「하지만 길을 안내해 줄 사람이 없어요.」
「툼스톤에 가서 찾아보시오.」
조셀린은 말에 오르는 콜트를 지켜보며 초조하게 입술을 잘근잘근 씹었다.
「거기가 어딘데요?」
「여기서 10킬로미터쯤 쭉 가거나 산페드로 마을을 가로질러 가면 되오. 꽤 큰 마을이니 금방 찾을 수 있을 거요.」
「당신도 거기 사나요?」
「아니오.」
「그럼, 거기 가면 만날 수 있을까요?」
「글쎄.」
순간 조셀린의 얼굴에 실망의 기색이 떠올랐다. 콜트는 그 표정을 놓치지 않았다.
저 여자. 도대체 나에게 바라는 게 뭐지? 저런 표정이 내 마음을 얼마나 뒤흔드는지 알고나 있는지 몰라.
「다시 생각해 봤으면 좋겠는데, 어대요?」
「난 그런 일에 휘말리고 싶지 않소」
조셀린은 우두커니 서서 콜트의 뒷모습을 바라보았다. 그런 위험한 일에 그를 끌어들이려고 했던 자신을 탓하견서.

사랑은 조금 빠르게 59

Savage Thunder
6

 아파치들이 판치는 남서부의 애리조나로 떠나는 에드 쉬플린에게 누군가가, 거기 가 봤자 건질 수 있는 거라곤 당신 묘비뿐일 거라고 경고했다. 하지만 에드는 경고를 무시하고 애리조나로 향했고, 뜻한 대로 금광을 발견해 '툼스톤(묘비)'이라 이름을 붙였다. 그 후 사람들이 금광 주위로 모여들면서, 급기야는 1877년에 금광 이름을 딴 '툼스톤'이라는 마을이 생겨났고, 그 4년 후엔 건물이 5백 채가 넘고 인구는 만 명을 훌쩍 넘는 큰 마을이 되었다. 그 중 백 채 가량이 술집이었는데, 반 이상은 6번가를 지나 동쪽 끝단에 형성된 창녀촌에 밀집해 있었다.
 콜트는 자기가 방문할 곳을 사전에 꼭 알아보는 습관이 있었다. 투손을 지나면서는 벤슨에 대해 알아보았고, 벤슨을 지나면서는 툼스톤에 대해 알아보았다. 직접 와 보니, 열일곱 살짜리 도망자가 여길 떠나지 못하고 지체하는 이유를 알 것도 같았다. 그만큼 생기가 넘치고 활기가 가득한 곳이었다. 이번에는 꼭 빌리를 찾아내야 했다. 넉 달 전 세인트루이스에서 한 번 잡았다가 또 놓쳐 버린 후엔 정말 다 집어치우고 싶었지만, 제시가 부탁한 일이라 그럴 수도 없었다.

도대체 어딜 가서 그 앨 찾지? 여긴 꽤 큰 호텔만 해도 다섯 개나 되었고, 모텔은 여섯 개쯤 되었다. 마을을 이 잡듯 뒤지면 못 찾을 리 없겠지만, 빌리가 본명을 사용할지도 의문이었다. 혹시라도 가명을 사용하면 문제는 더욱 복잡해질 것이다.

콜트는 마을 분위기가 험악하단 이야길 귀동냥으로 들었다. 전에도 몇 번 부딪친 적이 있는 보안관 어프 형제와 폭력배들 사이가 폭발하기 일보 직전이라고 했다. 쥐죽은듯 조용한 마을을 걷는데 문득 빨강 머리 여자가 떠올랐다.

내가 그 여자한테 이 얘길 해줬던가?

자신이야 빌리를 찾으면 즉시 이곳에서 빠져나갈 생각이었지만, 아무것도 모르는 그 여자는 괜히 여기서 머물다가 화를 당할지도 모를 일이었다. 지금이라도 가서 툼스톤에 오래 머물지 않는 게 좋을 거라 얘기해 줘야 할 것 같았다. 아니, 그 여잘 다시 만나는 건 그리 좋은 생각이 아니었다. 차라리 빨리 빌리를 찾아서 말을 전하게 하는 편이 안전했다.

어쩌다 또 그 여자 생각을 했지!

콜트는 자신을 책망하며 착잡한 마음으로 발걸음을 옮겼다. 그렇게 한참을 걷다가 문득 자신이 3번가에 다 왔음을 깨달았다. 누군가 3번가와 4번가 사이에 있는 '플라이 하숙집'을 추천해 줬으니 거기로 가 볼 생각이었다. 조금만 더 가면 찾을 수 있을 것 같았다. 알

사랑은 조금 빠르게 61

렌 거리를 가로질러 4번가로 향했다. 술집과 식당을 지나자 길 건너편에 커피숍이 보였다. 음식점이 눈에 많이 띄니 반가웠다. 음식점을 못 찾아 온 마을을 헤집고 다닐 때도 많은데, 이렇게 힘들이지 않고 찾았으니 아무래도 오늘은 운이 좋았다. 게다가 주위를 둘러보니 비어 있는 마구간도 여럿 보였다.

 우선 숙소에 가서 짐부터 풀고 마을에 있는 숙박업소를 모조리 훑고 다니며 빌리를 찾아볼 생각이었다. 좀더 가니, 철물점과 금은방, 가구점이 나오고, 그 길 끝에 총포상이 있었다. 그쯤에서 왼쪽으로 돌아 프리몬트 거리로 접어드니, 툼스톤의 두 신문사가 경쟁하듯 마주 보고 서 있었다. 한쪽 어귀에 또 술집이 보이고, 그 뒤로 플라이의 하숙집이 보였다. 빌리도 거기 묵고 있길 바라며 콜트는 말을 재촉했다. 오늘부터 당장 빌리를 찾아 나서리라. 오늘은 유난히 운이 좋으니, 근처 술집에서 빌리를 발견할지도 모르잖는가.

 빌리 어윙은 떨리는 손으로 머리를 쓸어 넘겼다. 괜히 총 맞고 싶지 않으면 여기서 빨리 빠져나가야 했다. 이곳은 클랜턴 패거리의 숙적인 어프 보안관 형제가 운영하는 술집이 아닌가. 클랜턴가의 막내이자 자신의 '새 친구'인 빌이 여기까지 찾아올 줄은 정말 몰랐다. 와이어트 어프가 없는 틈을 타서 왔겠지만, 공교롭게도 그들과 마주치게 되면 무슨 일이 생길지 아무도 모르는 일이었다.
 빌은 이제 나이가 열여섯이었지만, 킬러가 된 지 이미 오래였다. 빌리와 빌은 벤슨에서 우연히 만나 툼스톤까지 함께 동행한 사이였다. 빌리는 이곳 지리에 밝은 동행자를 만난데다, 빌이 겔리빌 근처의 클랜턴 목장에서 일자리를 얻어 주겠다고 제안해 내심 얼마나 기뻐했는지 모른다. 마침 돈도 거의 떨어진 상태였고, 여름이면 와이오밍에 있는 누나네 목장에서 일을 도왔던 터라 목장 일이라면 자신 있었기 때문이다.

하지만 얼마 지나지 않아, 빌리는 자신을 고용할 사람들이 툼스톤에서 악명 높은 강도 패거리임을 알게 되었다. 겔리빌 근처에 있다던 목장은 사실 그들의 아지트일 뿐이었다. 그것도 빌이 직접 말해 준 게 아니라, 그가 빌과 어울리는 것을 본 광부들이 귀띔해 준 것이었다. 처음엔 그 말을 믿을 수가 없어, 지나가는 사람들을 붙잡고 일일이 물어 보았다. 하지만 사람들의 대답은 광부들에게서 들은 것과 똑같았다. 클랜턴 패거리가 이곳에 정착한 건 벌써 몇 년 전 일이다, 처음 클랜턴파를 조직한 사람은 맥 클랜턴이었는데 지금은 죽어서 곱슬머리 빌 브로시우스가 두목의 자리에 앉아 있다, 그들은 이곳 보안관인 어프 형제와 오래 전부터 앙숙이다, 뭐 그런 얘기였다. 그리고 클랜턴 패거리의 신상명세와 살아온 내력도 들었다.

두목인 빌 브로시우스를 제외하고 클랜턴 패거리 구성원은 골칫덩어리 세 형제 아이크, 핀, 빌 클랜턴과, 얼마 전 어느 술집에서 루이스 핸콕을 살해한 존 링고, 뻔질나게 문제를 일으키는 프랭크와 톰 맥로리 형제, 그리고 자신을 비웃었다는 이유로 사람을 셋이나 죽이고는 체포되었다가, 맥로리 형제와 아이크의 도움으로 하루 만에 탈옥한 빌리 클레이본이 있었다.

빌은 자기 아버지를 죽음으로 몰고 간 과달루페 계곡 사건에 연루되어 있었다. 사람들 말에 의하면, 지난해 유월, 클랜턴 패거리는 당나귀를 타고 가는 일행을 습격해 멕시코인 열아홉 명을 살해하고 은을 훔쳤다. 그로부터 몇 주 후 멕시코인 몇 명이 친구들의 복수를 위해 클랜턴 패거리를 습격했고, 그때 두목인 맥 클랜턴이 살해당했다. 빌은 운 좋게도 그 싸움에서 죽음을 모면했다.

어쩌다 내가 이런 자들과 얽히게 됐지?

빌리는 어떻게 해야 이 악의 소굴에서 빠져나갈 수 있을지 암담

하기만 했다. 한번은 빌에게 솔직한 심정을 털어놓은 적이 있었다. 그랬더니 그는 권총을 만지작거리며 싸늘한 목소리로 겁쟁이의 최후에 대해 이야기하는 게 아닌가. 그 다음부터 빌리는 될 수 있는 한 빌을 피해 다녔다. 하지만 내일이 함께 목장에 가기로 한 날이라, 오늘은 빌이 여기까지 찾아 나선 모양이었다.

「어이, 빌리! 여기 있었군? 왜 이런 구질구질한 곳에 왔어? 사람들도 얼마 없잖아.」

빌리는 반 정도 차 있는 술집을 둘러보았다. 구질구질? 아니 이 친구가 정말 말썽이라도 일으킬 생각인가? 빌리는 불안했다.

「에이, 아직 해도 안 떨어진 시각이니까 사람이 없지. 난 지금 저녁 먹으러 갈 참인데, 같이 가겠어?」

빌리는 얼른 말을 돌렸다. 맘에는 없었지만, 이 순간을 모면하기 위해 어쩔 수 없이 한 말이었다.

「아니, 난 배 안 고파. 그런데 빌리, 자네 말투가 꼭 동부 사람 같은걸? 어디 출신이라고 했지?」

「그게 뭐 대수야?」

빌리는 대수롭지 않게 말했다.

「하긴 그래. 어, 저기 봐!」

클랜턴은 막 술집에 들어와 주위를 두리번거리는 남자를 향해 재빨리 총을 겨누었다.

「빌리, 난 아파치도 코만치도 아니지만 1킬로미터 전방에 있는 인디언 냄새를 아주 잘 맡아. 척 보니 저놈은 혼혈이야. 곧 재미있는 일이 생기겠는데…….」

「젠장!」

빌리는 낮게 욕설을 중얼거리고는, 모자를 푹 눌러쓰고 의자 깊숙이 몸을 묻었다. 클랜턴이 이상한 듯 쳐다보았다.

「아는 놈이야? 아니면 원래 혼혈이라면 벌벌 떨어?」
「바보 같은 소리 마. 저 사람은 네가 생각하듯 그렇게 만만한 상대가 아니야. 몇 년 전까지만 해도 용맹스러운 샤이엔 용사였어. 부족을 떠난 후로는 총 다루는 데 귀신이 됐고.」
빌리는 아차 싶었다. 빌도 총에는 어느 정도 솜씨가 있다고 자부하던 터였다.
「아는 사인가 보지? 그럼 널 찾아온 거야?」
그때 콜트의 시선이 빌과 빌리 쪽으로 향했다.
「빌, 자꾸 쳐다보지 마!」
「우리 쪽으로 오고 있는데?」
빌리는 테이블 밑으로라도 숨고 싶은 심정이었다.
「콜트!」
빌리가 울상이 된 채 콜트를 알은척했다. 콜트는 고개를 한 번 끄덕해 보이고는 자리에서 벌떡 일어서는 빌 쪽으로 눈길을 돌렸다. 그의 손에 이내 총이 들려 있었다. 어린 소년은 자리에서 채 일어서기도 전에 얼굴이 하얗게 질린 채 다시 제자리에 주저앉았다.
빌리는 천천히 일어섰다. 형이 어떻게 알고 여길 왔는지, 의아하기만 했다.
빌의 얼굴은 분에 못 이겨 빨갛게 달아올랐다. 사람들이 보는 앞에서 너무 쉽게 진 것이 분했지만 얌전히 앉아 있었다.
「따라가지 않아도 돼, 빌리. 우리 형들한테 말만 하면……」
「아니, 난 가야 해.」
빌리는 한숨을 내쉬며 말했다. 어쨌든 콜트 덕에 이 끔찍스런 '새 친구'에게서 벗어날 기회를 잡았다.
「왜 저런 놈을……」
「아, 깜빡 잊고 말을 안 했구나. 우리 형이야.」

Savage Thunder

7

 술집을 빠져 나올 때까지, 빌리는 무표정한 얼굴 뒤에 통쾌한 마음을 감추고 있다가 밖으로 나오자 비로소 씽긋 웃었다. 긴장이 풀리자 콜트가 여기에 나타난 이유가 궁금해졌다. 우연히 여기에 온 건 아닌 게 분명했다.
「말은?」
 콜트가 짧게 물었다. 빌리는 다른 술집 앞에 묶여 있는 형의 말을 발견하고 얼굴을 찌푸렸다.
「노블 호텔에. 내 숙소거든. 거기서 걸어왔어.」
「그럼 이리 와.」
 그들 둘은 키가 비슷했다. 아니 비슷해 보였다. 사실 빌리는 콜트보다 작아 보이지 않으려고 뒤꿈치를 잔뜩 세워 걷고 있었다.

「엄마가 형을 보낸 건 아닐 테고, 그래 엄마는 분명히 아닐 거야.」
「엄마가 그러셨을 것 같니?」
「아니라니까. 엄만 제시 누나한테 편지했을 거고, 누나는 체이스한테 나를 찾아달라고 부탁했을 거야. 누나는 뭐든지 체이스한테 맡기니까. 맞지?」
「결혼하기 전에는 그랬겠지. 하긴 체이스가 집에 있었다면 그랬을지도 모르겠구나. 나를 보낸 건 너희 어머니가 아니라 제시야. 나라면 너를 쉽게 찾을 거라고 생각했나 봐. 사실은 전혀 아닌데 말이야.」
「잘못했어.」
「널 어떻게 손봐 줄지 아직 결정하지 못했으니까, 그런 얘기는 나중에 하자.」
 빌리는 멈칫했다. 대체 지금 어떤 표정으로 저런 말을 하고 있을지 무척이나 궁금했지만, 형은 몇 걸음이나 앞서 걷고 있었고, 말을 할 때도 뒤 한번 돌아보지 않아 얼굴을 볼 수가 없었다. 얼마나 화가 나 있는지 알아야 마음의 각오라도 할 텐데…… 하긴 얼굴을 봐도 별로 달라지는 게 없을 터였다. 좀처럼 감정을 드러내지 않는 사람이었으니까.
 지난 어린 시절은 놀라움의 연속이었다. 시카고에서 별 문제 없이 살고 있던 어린 소년 빌리에게 변화의 바람이 일기 시작한 건 아홉 살 때였다. 그때 빌리의 어머니는 아버지를 여의고 혼자 남은, 제시라는 소녀의 후견인이 되러 와이오밍에 갔는데, 어머니와 동행했던 빌리는 거기서 지금 아버지가 계부이고, 고아 소녀가 자신의 친누나임을 처음 알았다. 빌리와 제시는 둘 다 토마스 블레어의 자식이었던 것이다.

제시는 꼭 사내아이 같았다. 너덜너덜한 옷에 허리엔 총을 차고 소를 몰고 있는 아이를 누가 여자로 보겠는가. 한데 어린 빌리의 눈엔 그런 모습이 멋져 보이기만 했다. 그런 까닭에 빌리는 제시가 친누나임을 알았을 때 오히려 기뻐했다.

빌리는 엄마의 손에 이끌려 다시 시카고로 돌아갔고, 2년 후에 로키 계곡에 다시 왔다. 그리고 그때, 그 당시만 해도 화이트 선더라 불리던 콜트를 처음 보았다.

빌리는 전부터 샤이엔족의 용사이자 제시의 가까운 친구라는 콜트에 대해 많이 듣고 있었다. 하지만 반은 벗은 차림에 머리를 등허리까지 기르고 있는 그 야만인이 귀가 따갑게 듣던 누나의 친구라고는 전혀 생각지 못했다. 하지만 콜트가 다른 인디언들과 달리 아주 유창한 영어로, 그것도 누나와 아주 흡사한 말투로 수족과 샤이엔족이 위험에 처해 있다고 말하는 걸 듣고 그가 콜트임을 알았다.

열한 살의 소년 빌리는 제시에게 빠져들 듯 콜트에게도 빠져들었다. 하지만 곧 시카고로 돌아갔기 때문에 콜트가 '백인'으로 다시 태어나는 과정을 지켜보지 못했다. 그래서 1년쯤 후 다시 콜트를 만났을 땐 그를 알아보지 못했다. 완전히 딴사람이 되어 있는 그에게선 예전의 딱딱하고 보수적인 모습은 찾아볼 수 없었다. 하지만 그에겐 여전히 빌리를 주눅들게 하는 뭔가가 있었다. 그때까지만 해도 빌리는 콜트가 또 한 번 변신하리라고는 생각지 못했다. 칼란 목장에서 초죽음이 되어 돌아온 이후, 콜트는 더 이상 가까이 가기가 무서울 정도로 차갑고 냉소적인 사람으로 변했다.

칼란 목장 사건으로 놀라운 사실이 밝혀졌다. 단순히 제시의 친한 친구인 줄로만 알았던 콜트는 제시의 형제였다, 이복형제. 제시나 빌리나 콜트나 다 같은 토마스 블레어의 자식이었던 것이다. 하지만 그 사실도 빌리와 콜트를 더 친밀하게 해주지는 못했다. 형제든 아니든 콜트는 빌리에게 클랜턴보다 훨씬 더 어렵고 두려운 존재였다.
　빌리의 마음을 읽었는지 콜트가 물었다.
　「그 성질 급한 친구와는 어떤 사이야?」
　빌리가 대답할 사이도 없이, 콜트는 마침 지나고 있던 가게의 벽으로 빌리를 밀어붙이더니 멱살을 잡았다.
　「너, 이 녀석, 정신을 어디다 두고 다니는 거야? 그 패거리랑 어울리면 안 된다는 소문이 파다하던데?」
　「몰랐어. 아니, 알긴 알았는데 너무 늦게 알았어. 므르고 걸려든 거야. 나는 목장에서 일하게 될 줄 알았다구.」
　빌리는 콜트를 쳐다보지도 못한 채 변명했다.
　「이런 멍청한……」
　「나도 그렇게 될 줄은 몰랐어. 돈이 떨어져서 일자리가 필요하던 참에 마츤 빌을 만난 거야.」
　「돈이 없으면 집에 전보라도 쳤어야지!」
　「그럼 당장 집으로 끌려갈걸.」
　「알았어. 그 얘긴 그만 해.」
　콜트는 아까 나온 술집을 돌아보았다. 따라나온 사람은 없었다. 내심 안도하며 빌리의 어깨를 툭툭 쳤다.
　「그래, 이제 그 자식들하고 연은 끊을 거야?」
　「응. 한데 클랜턴 패거리가 가만있을지 모르겠어.」
　「네가 여길 떠나는 걸 방해하는 사람이 있으면 내가 상대해 줄 테니까 호텔에 가서 짐부터 챙……」
　콜트는 무장한 열두 남자가 호위하고 있는 푸른 마차를 보고 순간 말을 잃었다. 그 뒤로 푸른 마차만큼 크고 화려하진 않지만 그래도 꽤 고급스러워 보이는 마차 한 대와 짐을 산더미처럼 실은 짐마차가 따라가고 있었다.

「우와, 굉장한데!」

빌리가 마차 행렬을 보며 탄성을 질렀다. 다른 사람들의 반응도 모두 빌리와 똑같았다. 길 가던 사람들은 걸음을 멈추었고, 건물 안에 있던 사람들은 유리창에 매달렸다. 아이들은 소리를 지르며 신나게 마차 뒤를 따라갔다. 팡파르만 울리면 영락없이 서커스단이 온 줄 알았으리라.

「도착한 지 한참 됐나 보군.」

콜트는 맨 앞의 마차에 눈을 고정한 채 멍하니 중얼거렸다. 빌리가 의아한 눈초리로 형을 곁눈질했다.

「아는 사람들이야?」

「여기 오다가 우연히 만났어. 일행과 길이 엇갈린데다가 마차는 뒤집혀 있기에 도와 줬지.」

콜트는 말을 매어 둔 말뚝으로 다가가면서 무심한 척 대답했다. 하지만 빌리는 형이 애써 저 대단한 구경거리를 외면하고 있음을 눈치챘다.

「그래? 그런데 저 사람들은 누구야?」

「여자만 봤는데, 영국인이었어. 경호원들은 못 봤지만, 그들도 우리 나라 사람이 아닐 거 같애.」

「내가 봐도 그래.」

빌리는 멋지게 늘어진 옷을 차려 입고, 모자 대신 큰 수건 같은 걸 두른 마부를 보았다. 경호원들은 붉은 코트에 짧은 망토, 검은 줄을 덧댄 푸른 바지를 입고 있었다.

「저것 봐, 형. 마차가 섰어!」

마차는 술집 앞에 멈춰 섰다. 콜트는 뒤를 돌아보더니 낮게 투덜거렸다.

「빌어먹을, 하필이면 저기서 설 게 뭐람?」

경호원 중 하나가 마차로 다가가더니 문을 열었다. 콜트는 붉은 머리의 여자가 마차에서 내리는 걸 보며 얼른 말에 올라탔다.
「어, 형? 마차에서 내린 여자가 형한테 오는 것 같애.」
콜트는 여자를 다시 만나고 싶지 않았다. 근처에 있다는 사실만으로도 벌써 피가 뜨거워졌는데 마주 보고 서 있으면 어떻게 되겠는가.
「나중에 호텔 앞에서 만나자.」
빌리의 눈이 휘둥그레졌다.
「그냥 갈 거야?」
「저 여자가 나 같은 사람이랑 얘기하고 있는 걸 보면 사람들이 가만히 있을 것 같애?」
빌리는 형이 그런 식으로 자신을 비하하는 게 정말 싫었다. 여자가 오는데 얘기나 하고 가라고 했지만, 콜트는 아무 말도 않고 어디론가 갔다. 콜트의 뒷모습을 보며 당황해하는 붉은 머리 여자를 보자, 빌리는 억지토라도 형을 쫓아가 끌고 오고 싶은 심정이었다.
구경하던 사람들은 마차에서 내린 여자가 누구와 얘기하려고 했는지 궁금해하며 웅성거렸다. 여자는 붉은 머리칼을 휘날리며 다시 마차가 있는 쪽으로 되돌아가더니, 경호원에게 뭐라 얘기하고는 마차에 올라탔다.

8

바네사는 복도를 내다보았다. 바베트가 호텔 복도에서 시드니와 낄낄대고 있었다.

「바베트, 이리 좀 와 봐.」

바네사가 복도로 나와 못마땅한 눈길을 던지자, 시드니는 황급히 사라졌다.

「조셀린 말이야, 침대에 눕혀 놓고 얼음찜질까지 해줬는데도 안절부절못하네. 알론조가 올 때까지는 계속 저럴 것 같애. 아직 무슨 소식 없어?」

바베트가 곱슬머리를 찰랑이며 방으로 달려왔다.

「그 미국인이 어디로 가는지는 알아냈는데요, 거기 얼마나 있을지는 잘……」

「그 정도면 됐어. 어디 있는지만 확인되면 그 다음은 조셀린이 알아서 다 할 테니까. 어떻게 할지는 모르겠지만 말이야.」

바네사는 이마를 찌푸리며 조셀린의 침실 쪽을 한번 바라보고는 말을 이었다.

「함께 일하자고 제안했다가 거절당했다나 봐. 다시 마주치지만 않았어도 괜찮았을 텐데. 아까는 울기까지 하더라니까. 공작이 세상을 떠나고 처음 한 달간도 저러더니만.」

「산에서 겪은 일 때문에 놀라서 그러시는 게 아닐까요?」

「그럴 수도 있겠지.」

산에서 그런 일을 당하긴 했지만 처음 겪는 일도 아니고, 크게 부상당한 사람도 없었다. 다친 사람이 둘 있긴 했지만, 의사가 당장 다시 길을 떠나도 좋다고 할 정도로 가벼운 상처였다.

「하지만 그것 때문이 아닌 것 같애. 남자한테 자꾸 마음이 쓰여서 그러는 게 아닌가 싶은데…….」

「그 사람은 마님을 못 봤겠지요?」

「그랬겠지.」

조셀린이 남자한테 저렇게 집착하다니, 의외였다. 바네사는 조셀린을 도와야 할지 판단이 서지 않았다. 자신이 보기엔 좀 이상한 사람 같았기 때문이다.

「혼혈이 어떤 건지도 알아 왔대?」

바베트가 눈동자를 굴렸다.

「네. 근데 들으면 별로 안 좋아하실 거예요」

「좋은 얘기일 거라고 기대하지도 않았어.」

바네사는 무심히 대꾸하며 조셀린의 침실 문을 열었다. 창 밖으로 아직 보랏빛으로 물든 하늘이 보였지만, 해가 이미 넘어간 다음이라 방 안은 어둑어둑했다. 침대에 일어나 앉은 조셀린의 모습이 어슴푸

사랑은 조금 빠르게 73

레하게 보였다.
「바베트, 우선 불부터 켜. 그리고 조셀린, 간단한 식사를 주문했어요. 식사할 수 있겠죠? 곧 도착할 텐데, 다른 소리 하지 않았으면 좋겠어요.」

조셀린은 눈살을 찌푸렸다.

「침대에 누워서 쉬어야 할 사람은 바네사 당신이에요. 오늘 내내 두통에 시달렸잖아요. 난 멀쩡한데 왜 환자 취급…….」

「저녁 먹고 쉰다고 약속하면 더 이상 참견하지 않을게요!」

바네사의 목소리가 높아졌다.

조셀린은 한숨을 내쉬었다. 호텔에 도착해 울음을 터뜨린 게 문제였다. 그때부터 바네사는 엄마처럼 자신을 걱정하며 일일이 챙겨 주었다. 이럴 때는 그냥 입을 다무는 게 상책이었다. 바베트는 아직도 바쁘게 움직이며 등이란 등에 불을 밝히고 있었다. 이 방엔 등이 여섯 개나 됐다.

여기 '그랜드 호텔'은 시골 호텔치고는 시설이 괜찮은 편이었다. 미국 서부에서 이 정도 규모의 호텔을 찾는 건 그리 쉬운 일이 아니었다. 동부에 있는 '그랜드 호텔'만큼은 아니지만, 이 건물도 나름대로 꽤 신경 써서 지은 것 같았다. 조셀린 일행은 안전을 위해 2층 전체를 통째로 빌렸다.

「알아들었으니 그만 해. 그런데 알론조 말을 다 믿어도 되는 거야?」

바베트는 조셀린의 의중을 눈치채고 피식 웃었다.

「사람들 시선이 그렇다는 거지, 사실 그렇게 심한 정도는 아닐 거예요. 혼혈아는 인디언이랑 똑같은 취급을 받는대요. 인디언은 모욕과 혐오의 대상이구요.」

「모욕? 왜 그러는 거지?」

「두려움을 숨기기 위해서죠. 여기서는 아직 인디언이 두려운 존재거든요. 아직도 마을을 습격해서 사람을 죽이고……..」
「어떤 인디언들 말이야?」
「아파치족이요. 그 사람들 얘기는 멕시코에서도 들었잖아요?」
「그랬지. 하지만 그렇게 공격적인 사람들이란 얘긴 들은 기억이 없는데?」
「제로니모만 그런 거고, 다른 아파치족 사람들은 안 그래요. 제로니모는 멕시코에 숨어사는 소수 변절자 무리의 추장인데, 그 사람도 가끔 국경 지방을 습격한다나 봐요.」
「그렇구나. 하지만 콜트 선더는 아파치족이 아니라 샤이엔족이야. 샤이엔족에 대해서는 뭐 알아 온 거 없어?」
「이 부근에는 잘 알려지지 않은 부족이라던데요.」
「그렇다면 왜 내가 자기를 꺼릴 거라고 생각했을까?」
옆에서 듣고 있던 바네사가 답답한 얼굴로 끼여들었다.
「조셀린, 선입견이라는 게 있잖아요. 문제가 되는 건 그가 혼혈아라는 거예요. 여기 서부에서는 혼혈아는 다 같은 취급을 받는다잖아요. 어느 부족 출신인지 상관없이 말이에요.」
「그건 말도 안 돼요. 콜트 선더 같은 사람은 무시당할 이유가 없어요. 그는 내가 만난 사람들 중에 가장 예의바른 사람이었어요. 남을 도울 줄도 알구요. 내 목숨을 두 번이나 구해 줬다구요.」
물론 콜트는 참을성 없고, 성질도 급하고, 말투도 거칠었다. 하지만 그런 말은 할 필요가 없었다.
「조셀린, 그 사람이 우릴 도와 준 건 정말 고마운 일이에요. 우리는 그 일을 영원히 잊을 수 없겠지만, 그에게는 별 특별한 일이 아닐 수도 있어요. 그래서 아까 우릴 보고도 그냥 간 걸 거예요.」
「이해해요. 그때도 내가 붙잡는데 그냥 가 버렸으니까요. 그 사람은 나와 마주 보고 있는 것만으로도 자기가 내 품위에 손상을 입힌다고 생각해요. 바보 같은 생각이죠.」

「그래서가 아니에요.」

「아뇨, 내 말이 맞아요. 그 사람은 나를 피하는 게 나를 보호하는 거라고 생각하고 있어요. 그럴 필요 없는데……. 난 사람들 눈치를 보며 살 생각 없어요. 내가 다가서고 싶은 사람에게는 다가설 거예요. 누구도 날 말릴 수 없어요.」

바네사는 고집스럽게 입을 다물고 있는 조셀린을 보며 눈썹을 꿈틀했다. 공작은 자기 아내를 따뜻하고, 유순하고, 다른 사람의 말에 귀 기울일 줄 아는 사람이라고 했다. 오늘 자신은 공작이 모르는 조셀린의 새로운 모습을 하나 발견했다.

「어떤 식으로 다가가겠다는 거죠?」

조셀린이 어깨를 으쓱해 보이고는 눈동자를 빛냈다.

「구체적으로 생각해 본 건 아니지만 아마 아침에 얘기했던 방법으로 할 것 같아요.」

바네사는 길게 한숨을 내쉬었다.

「그것만은 아니기를 바랐어요.」

Savage Thunder
9

「내가 나가 볼지.」

빌리는 침대에 걸터앉아 형이 면도하는 도습을 지켜보다가 문으로 뛰어가며 소리쳤다.

찰칵!

손잡이에 손을 가져가던 빌리는 순간 움찔했다. 누군지 확인도 안 하고 문브터 열면 안 된다고 그렇게 주의를 들었는데 또 실수를 한 것이었다 콜트는 뒤에서 총을 겨냥하고 서 있었다. 그러고 보니 빌 클랜턴도 아직 마을을 떠나지 않았다. 설마 뒤를 밟진 않았겠지만, 그래도 혹시 모르는 일이었다.

어젯밤 방문 잠그는 걸 깜빡 잊었을 때드 형에게 심하게 잔소리를 들었다. 이번에도 그냥 넘어가지는 않겠지만, 형의 기분이 어제보다는 훨씬 좋아 보여 다행이었다.
「어서 열어. 그리고 옆으로 바로 비켜서.」
 빌리가 손잡이를 잡은 채 머뭇거리자, 콜트가 조그맣게 속삭였다.
 빌리는 형의 말을 되뇌며 문을 여는 순간 바로 옆으로 비켜났다. 전에 누나에게서도 비슷한 얘길 들은 기억이 났다. 그런데 지금껏 새까맣게 잊고 있었다니, 빌리 스스로 생각해도 자신이 여기까지 무사히 온 게 신기할 따름이었다.
 곧 괜한 걱정이었음이 밝혀졌다. 복도에 서 있던 두 사람은 빌 클랜턴도 아니었고, 무장 강도도 아니었다. 그들은 웃통을 벗은 채 총을 겨누고 있는 콜트를 보자 놀라서 꼼짝도 하지 못했다. 콜트는 그들을 보자 총을 다시 세면대에 올려놓고 안으로 들어가 하던 일을 계속했다. 하지만 그 순간 문 밖 사람들의 얼굴이 새하얗게 질렸다. 콜트의 맨 등을 본 것이었다.
 빌리는 사람들의 시선을 자기 쪽으로 모으기 위해 얼른 밖으로 나갔다. 형이 눈치채기 전에 얼른 화제를 돌려야 했다. 콜트는 자신의 상처를 겁에 질린 얼굴로 바라보는 사람이나 동정하는 사람을 모두 싫어했다. 아니 분노하고 증오했다. 제시는 그것이 자존심 때문이라고 했다. 자신의 아픈 과거와 고통을 누구에게도 동정 받고 싶지 않은 자존심 말이다.
「무슨 일 때문에 오셨나요?」
「당신이 선더 씨 같지는 않는데, 어떻습니까?」
 짧은 밤색 머리의 키 큰 남자가 여전히 콜트에게 시선을 떼지 못한 채 물었다.
「물론 아니에요.」
 빌리는 웃음을 참으며 대답했다.
「그럼 저분이 선더 씨입니까? 전할 말이 있습니다.」

콜트가 '선더 씨'라는 호칭을 싫어한다는 걸 아는 빌리는 장난기 어린 얼굴로 형을 불렀다.
「선더 씨, 이분들이 하실 말씀이 있답니다.」
「관심 없다고 해.」
콜트는 무심하게 툭 던지며 셔츠를 둘러 입었다.
빌리는 누가 보낸 전령인지 알 것 같았다. 형은 관심 없을지 몰라도, 그는 무슨 일인지 궁금하기 짝이 없었다.
「형, 무슨 얘긴지 한번 들어나 보자구. 그건 괜찮잖아?」
콜트는 단추도 채우지 않은 셔츠를 바지 속에 아무렇게나 쑤셔 넣더니 문 앞으로 다가왔다. 두 영국인이 뒤로 주춤 물러섰다. 아마도 콜트의 큰 덩치에 주눅이 든 모양이었다.
「그럼 들어봅시다」
둘 중 키 큰 사람이 목청을 가다듬더니 말문을 열었다.
「이턴 주의 공작 미망인께서 당신을 초청하셨……」
「공작 미망인?」
빌리가 놀란 목소리로 외쳤다. 콜트는 빌리를 쳐다보았다.
「빌리, 공작 미망인이란 게 그렇게 대단한 거야?」
「당신은 지금, 그러니까 설마? 어떻게 그렇게……」
「조용히 하시오. 힐을 막아 버리기 전에.」
콜트가 노려보자, 키 큰 남자는 바로 입을 다물었다. 빌리의 얼굴이 발갛게 달아올랐다. 흥분을 가라앉힐 수가 없었다.
「공작부인이라면 영국의 귀족이야, 형. 영국의 귀족들은 등급이 있어. 공작, 후작, 백작, 뭐 이런 순서일 거야. 공작은 그러니까, 인디언 부족으로 따지면, 부족장쯤 될 거야. 왕족이 되지 않는 한, 공작보다 더 높은 위치는 없으니까.」
콜트가 두 영국인에게 돌아섰다.

「저 애 말이 맞소?」

「거의 맞습니다.」

키 큰 남자가 대답했다. 재산의 규모와 정치적 위치에 따라 영향력이 달라진다는 말까지 할 필요는 없을 것 같았다. 되도록 빨리 말을 전하고 여기서 벗어나고 싶었다.

「그럼 하던 말을 계속하지요. 선더 씨, 정오에 메, 메…….」

「메종도레.」

여태껏 한마디도 하지 않던 사람이 속삭였다.

「맞아요. 메종도레 레스토랑, 거기서 함께 점심식사를 하자고 하십니다.」

「됐소. 생각 없다고 하시오.」

콜트는 짧게 대답하고는 바로 돌아섰다.

「선더 씨, 잠깐만요. 당신이 거절하실 때를 대비해 또 다른 지시를 내리셨습니다. 공작부인께서 그랜드 호텔로 좀 들러 주십사 하십니다. 괜찮으시다면 말입니다.」

「괜찮지 않소.」

「네?」

「그 여자를 만날 생각이 없단 말이오. 알아듣겠소?」

두 사람은 적잖이 충격을 받은 것 같았다. 콜트가 초대를 거절했기 때문이 아니었다.

「공작부인을 지칭하실 때는 적절한 용어를 쓰셔야 합니다. '부인'이라든가 '플레밍 여사'라고 하셔야지, '그 여자'라고 하시면 곤란합니다.」

「못 들은 걸로 하겠소. 빌리, 저 사람들 보내.」

빌리는 형의 말이 떨어지기가 무섭게 그들 앞에 버티고 섰다.

「당신들이 말씀을 잘못하셨군요.」

키 큰 남자가 불만스러운 듯 목소리에 힘을 주었다.
「전 더들리 리랜드, 그러니까 백작의……」
「이것 봐요, 영국 신사님. 뭘 잘못 알고 계신가 본데, 여기는 미국입니다. 신분 차별을 없애려고 당신네 선조들과 백년 전에 전쟁을 치른 미국이란 말입니다. 동부에 사는 역사 선생이나 찾아가면 모를까, 여기서 당신들의 신분에 관심 가져 줄 사람은 아무도 없어요. 특히 샤이엔족 용사는 더더욱 그렇지요.」
「아, 죄송합니다. 당신 말이 맞습니다. 사과 드린다고 전해 주십시오. 그런데 아직 당신 친구분께 전할 말이 남았습니다.」
빌리는 콜트를 돌아보았다. 그는 창가에 서서 하숙집 옆 공터를 내려다보고 있었다. 특별한 볼거리도 없는 공터였다. 아마 형도 더들리의 얘기를 듣고 있었을 것이다.
「저한테 말씀하시는 게 낫겠군요. 제가 전해 드리지요.」
더들리는 빌리의 제안에 고개를 끄덕였다.
「부인께서는 아마도 두 가지 다 거절당할 거라고 하시면서, 출생에 관련된 문제라면 전혀 상관하지 않는다고 전하라 하셨습니다. 선더 씨가 그 점을 감안하시고 다시 한 번 생각해 주신다면 감사하겠습니다.」
콜트는 여전히 그대로 서 있었다. 다시 생각해 볼 가치도 없다는 뜻이었다. 빌리는 창틀을 붙잡고 있는 콜트의 몸이 팽팽하게 긴장하고 있음을 눈치챘다.
「저, 보셔서 아시겠지만 아무래도 어렵겠군요. 가서 공작부인께……」
「빌리, 입다물어! 그리고 아무 말도 하지 말고 문 닫아.」
등뒤에서 콜트가 소리쳤다.
빌리는 그들을 향해 자기도 어쩔 수 없다는 듯이 어깨를 으쓱해

사랑은 즈금 빠르게 81

보이고는 문을 닫았다. 그리고 속으로 수를 셌다. 50까지 세면 마음이 가라앉으리라 생각했지만, 도저히 참을 수 없었다.
「형! 왜 그렇게 무례해? 그 사람들이 공작부인에게 가서 뭐라고 하겠어? 그대로 다 전하지 않겠어?」
「상관없어.」
콜트는 아무렇지 않게 대답했다.
「정말 이해할 수가 없어. 어제 일도 그렇고 오늘 일도 그래. 내가 보기에는 참 괜찮은 여자 같던데. 예쁘고 또…….」
「백인이지.」
콜트는 총을 허리에 차고 침대 발치에 놓인 가방을 집어 들었다.
채찍에 만신창이가 될 때, 마음도 함께 갈기갈기 찢겨 나간 것이리라.
빌리는 형을 이해했다. 그 아픈 상처가 완전히 아물기 전까지 형은 자유롭지 못하겠지만, 그래도 기다려야 했다. 형에겐 스스로 상처를 치유할 시간이 필요했다. 누구보다 훌륭하고 용감한 형이 쓰라린 기억을 안고 사는 게, 빌리로선 너무나 마음 아픈 일이었다.
「형의 핏줄이 어떻든 상관없다잖아! 내가 잘못 들은 건 아닌 것 같은데?」
「고마워서 하는 소리야, 빌리. 그게 다야.」
「그러면 그 하인들한테 그렇게 대할 게 뭐 있어? 사례는 필요 없다는 거야? 그리고 내 생각엔, 그 부인이 형을 그렇게 만나고 싶어 하는 이유가 고작 고맙다는 인사를 하고 싶어서는 아닐 것 같애. 잘 생각해 봐, 형.」
「자, 그만 조용히 하고, 오케이 마구간으로 가서 말이나 몰고 와. 15분 후에 하숙집 앞에서 만나자. 좀 서두르면 저녁때쯤엔 벤슨에 도착할 수 있을 거야.」

쳇, 지금 몇 신지나 아나? 말이 잘도 버텨 내겠군.

빌리는 입을 비죽거리며 투덜거렸다. 벌써 정오가 다 되었고, 벤슨까지는 30킬로미터도 넘는 거리였다. 말을 절대 혹사시키지 않는 형이 이렇게 나오는 건 순전히 공작부인을 다시 만나지 않기 위해서임이 분명했다.

콜트는 계산서를 들고 카운터로 갔고, 빌리는 짐을 챙겨 마구간으로 향했다. 오케이 마구간은 플라이 하숙집 뒤에 있는 화랑을 지나면 바로 있었다. 계산을 마치고 밖으로 나온 콜트의 눈에 길에서 혼자 어슬렁거리는 빌리가 보였다. 말은 어디에도 안 보였다.

「그렇게 보지 마. 갑자기 말발굽이 떨어져서 끌고 나올 수가 없었어. 몇 시간이면 된대.」

「몇 시간?」

「스미스 씨가 바쁘다는데 어쩔 수 없잖아. 점심 좀 일찍 먹고 알렌 거리에 있는 당구장에서 당구나 몇 게임 치면 될 것 같애.」

「문제 생기면 어떻게 하려고?」

「빌 때문이라면 걱정 안 해도 돼. 오늘 아침에 클랜턴의 형인 아이크가 어프 형제 중 하나한테 협박을 당했게. 내 생각엔 와이어트 어프 같은데, 그 자식은 머리에 빙 돌아가며 총알을 박는 취미가 있대. 클랜턴은 지금쯤 자기 형을 데리고 목장으로 가고 있을 거야. 우리 어디 가서 점심 먹을까? 메종도레?」

콜트는 대답 대신 빌리의 등을 가볍게 툭 쳤다.

Savage Thunder

10

애디 보랜드 부인의 양품점은 역무소와 진료실 사이에 있었다. 조셀린은 수행원들에게 모자를 하나 사야 한다고 말했지만, 사실 속셈은 따로 있었다. 양품점은 플라이 하숙집 건너편에 있었고, 거기서라면 콜트가 언제 밖으로 나오는지 망을 볼 수 있었던 것이다. 바네사는 차라리 집 앞까지 가서 기다리라고 했지만, 그건 왠지 망설여졌다. 아침에 다녀온 사람들도 냉대를 받았다는데 자신이라고 후대할 사람이 아니었다. 하지만 우연히 마주친 것처럼 하면 그도 화를 내진 못할 것이고, 그럼 잘만 하면 이야기를 나눌 기회도 가질 수 있을지 모를 일이었다. 저번처럼 어이없는 일은 또다시 벌어지지 않도록 하리라.

조셀린 일행은 두 시가 안 돼 양품점에 도착했다. 마차를 구경하러 몰려든 사람들은 마차가 사람만 내려놓고 사라져 버리자 모두 뿔뿔이 흩어졌다. 밖에서 보기에 양품점은 여느 때와 다르지 않았다. 하지만 안쪽은 경호원 여섯에다 조셀린과 바네사까지 북적북적했다. 보랜드 부인은 가게에 손님이 꽉 찬 적이 처음이었는지 상당히 당황한 기색이었다. 하지만 조셀린이 이것저것 물건을 고르자 금세 활기를 되찾았다.

조셀린은 창가에 앉아 콜트가 지나가는지 내다보는 틈틈이 모자를 고르느라 분주했다. 본래 이렇게 물건을 뜯들이며 사는 성격은 아니었지만, 오늘은 어떻게든 가게에 오래 붙어 있어야 했기 때문에, 괜히 가게 주인에게 원하는 스타일의 모자를 상세히 설명하기도 하고, 마음에 드는 물건을 고르지 못해 망설이는 척하기도 하면서 시간을 끌었다. 보랜드 부인은 선뜻 물건을 사지 않는 손님 때문에 안달이 난 것 같았다. 미안했지만 어쩔 수 없었다. 이러다가 가게문을 닫을 때까지 콜트가 나타나지 않을까 걱정이었다.

「조셀린, 저기 좀 봐요. 무슨 일이 있나 본데…….」

조셀린은 바네사 옆에 가서 창 밖을 내다보았다. 보랜드 부인도 무슨 일인가 싶어 뒤에 와서 섰다. 검은 양복에 나비넥타이를 매고, 콧수염을 멋들어지게 기른 네 남자가 먼지를 일으키며 공터를 향해 걸어오고 있었고, 허름한 옷차림의 다섯 남자가 공터에서 그들을 기다리며 건들거리고 있었다. 아홉 사람 모두 총을 들고 있었다.

「어머, 큰일났네! 정말 큰일났어.」

보랜드 부인이 흥분해서 소리쳤다.

「큰일이라니요?」

「결전의 날이 왔어요. 언젠가 벌어질 일이었어요.」

조셀린과 바네사의 휘둥그레진 눈이 보랜드 부인에게 향했다.

「결전? 무슨 결전이요?」

사랑은 조금 빠르게 85

바네사의 물음에, 부인은 잠시 동안 눈만 끔벅끔벅하더니 이내 웃음을 터뜨렸다.

「이 근처에 사시는 분들이 아닌가 보죠? 여기 사람들은 저 두 패거리가 언젠가 맞붙을 걸 예상했죠. 이제 총싸움이 벌어질 거예요. 저기 걸어오는 네 사람은 우리 마을 보안관인 버질 어프와 그들의 형제인 와이어트와 모건, 그리고 와이어트의 친구인 홀리데이 씨예요. 홀리데이 씨는 의사지요.」

「의사요? 의사가 왜 저기 있어요? 여기 의사는 총싸움도 하나 보죠?」

「저 사람은 동부에서 치과의사 일을 했대요. 지금은 내기를 해서 먹고살아요. 아침엔 집안에 틀어박혀서 꼼짝도 않고 있다가 밤에만 나와서 돌아다니죠.」

「그러면 저기서 기다리고 있는 사람들은 누구예요?」

보랜드 부인의 설명이 이어졌다.

「저 사람들이요? 설명할 가치도 없는 소문난 망나니들이에요. 클랜턴 패거리의 조직원들이죠. 아이크와 빌 클랜턴, 프랭크와 톰 맥로리, 그리고 오늘은 빌리 클레이본까지 합세했네요. 클랜턴 패거리도 모르시는 걸 보니, 진짜 여기 온 지 얼마 안 됐나 봐요? 저들은 어프 보안관 형제의 숙적이에요.」

「우리는 어제 오후에 여기 도착했어요. 그런데 보안관이 왜 저들과 대결을 해야 하죠? 그냥 체포해 버리면 되잖아요. 그게 더 합법적이고 편할 텐데.」

「그러고야 싶겠죠. 하지만 저 망나니들이 고양이를 만난 쥐처럼 순순히 붙잡혀 주겠어요? 어떻게든 무력으로 대항하겠죠. 안 그래요?」

구름처럼 몰려들어 돈을 걸고 내기를 하는 사람들 때문에 공터

주변은 아수라장이었다. 검은 옷의 네 남자는 공터에 다다르자 양품점 쪽을 등지고 쭉 늘어섰다. 기다리던 다섯 남자도 그들을 마주 보고 반원으로 둘러섰다. 누군가 무기를 달라고 소리치는 것 같았다. 조셀린이 다음에 일어날 일을 미처 그려보기도 전에 총성은 시작되었다.

누군가 조셀린을 창가에서 홀 안쪽으로 끌어다 놓았다. 경호원 중 하나이리라. 바네사와 보랜드 부인도 곧 끌려왔다. 총알이 양품점 건물에 와서 부딪히는 소리가 들렸다. 총성이 영원히 끝나지 않을 것처럼 시끄럽게 울려댔다. 실제로는 30초 정도밖에 안 되는 시간이었지만 말이다.

경호원기 다가와 싸움이 끝났다는 것을 확인시켜 줄 때까지 조셀린은 바닥에 엎드려 있었다. 보랜드 부인은 다시 창 쪽으로 쪼르르 달려갔다.

「맥로리 형제와 빌 클랜턴이 당한 모양이네. 빌은 이제 겨우 열여섯 살이였는데, 어린것이 불쌍하네. 하긴 악당 아버지 굿지않게 설치고 다녔으니 벌받은 거지, 벌받은 거야.」

세상에, 열여섯 살짜리 어린애가 총격전을 벌이다 죽었단 말인가? 조셀린은 기가 막혔다. 온몸이 후들후들 떨렸다.

「바네사, 우, 우린 호텔로 돌아가는 게 좋겠어요.」

「어이구, 손님, 조금 있다 바깥 상황이 다 가라앉으면 그때 가요. 아이크와 빌리 클레이본이 도망친 것 같아요. 어프 형제가 근처를 수습하고 있네요. 보안관과 의사가 다친 것 같은데, 걸을 수는 있나 봐요. 많이 다쳤으면 안 되는데…… 전 플라이 씨에게 가서 자세히 좀 들어야겠어요. 거기서는 더 똑똑히 보였을 테니까요.」

보랜드 부인은 더 이상 물건을 파는 일에는 관심이 없는지, 조셀린 일행을 놔두고 밖으로 나가 버렸다.

사랑은 조금 빠르게 87

조셀린도 호텔로 돌아가기로 결정했다. 콜트는 못 만났지만, 되도록 빨리 여길 뜨고 싶었다. 밖으로 나오니 화약 냄새가 코를 찔렀다. 두 여자의 얼굴이 노래졌다. 속이 메스껍고 구역질이 올라왔다.

「바네사, 얼른 여길 벗어나는 게 좋겠어요. 마차가 오려면 아무래도 시간이 조금 걸릴 테니까, 그냥 걸어가는 게 어떨까요?」

바네사는 고개를 끄덕였다. 경호원들은 이미 사람들 사이로 길을 만들고 있었다.

빌리는 붉은 머리 여자를 보는 순간, 눈이 번쩍 뜨였다. 잠시나마 함께 지냈던 빌이 피투성이가 된 채 너부러져 있는 걸 보는 순간 야릇한 기분이 들면서 속이 메스꺼웠다. 점심에 먹은 음식을 목구멍 뒤로 꾹꾹 눌러 간신히 욕지기를 참고 있는데, 경호원들에 둘러싸여 걷고 있는 두 여자가 보였다. 둘 다 얼굴이 창백했고 나이 많은 여자는 곧 쓰러질 듯 보였다.

빌리는 쏜살같이 그들에게 달려가 앞을 가로막고 섰다. 선두에 있던 경호원 둘이 나서며 비키라고 했지만 고개를 저었다. 그러자 여섯 명의 경호원이 모두 그에게 못마땅한 눈길을 보냈다. 이럴 때 형이 있었으면 하는 생각이 간절했지만, 그는 지금쯤 시내를 빠져나가고 있을 터였다. 그리고 설령 여기 있다 해도, 모습을 감추고 나타나지 않을 게 분명했다.

경호원 중 하나가 빌리의 멱살을 잡았다. 그러자 뒤에 서 있던 더들리가 그를 저지했다.

「로비, 물러나게. 오늘 아침에 선더 씨와 같이 있던 분이네.」

다행히도 로비라는 사람은 더들리의 말을 듣자 바로 뒤로 물러났다. 180센티미터는 족히 돼 보이는 키에 근육질로 단련된 몸, 그는 경호원 중에서도 가장 덩치가 컸다. 그 사람이 움켜잡았던 셔츠 자락이 구겨져 있었다. 그가 사과의 뜻으로 씩 웃어 보였다.

빌리도 웃음으로 미안한 마음을 전했다. 자신은 그저 공작부인을 만나 몇 마디 전하고 싶을 뿐이었는데, 일이 이 지경이 돼서 은근히 걱정됐다. 그때 여자 목소리가 들렸다.

「콜트의 친구분이신가요?」

앞에 서 있던 경호원이 얼른 옆으로 비켜나자, 붉은 머리의 여자가 한 걸음 앞으로 나왔다. 가까이서 보니 더 아름다웠다. 빌리는 여자의 반짝이는 초록빛 눈동자에 빨려드는 기분이었다. 잠시 후에야 빌리는 정신을 차리고 대답했다.

「친구가 아니라 동생입니다.」

「동생이라구요? 비슷한 구석이 전혀 없는데? 그럼 당신도 혼혈인가요?」

빌리는 웃음이 나는 걸 꾹 참았다. 미국에서는, 특히 서부에서는 그런 질문이 실례였다. 그건 혼혈로 보인다는 말과 다름없지 않은가.

「아닙니다. 아버지만 같을 뿐 어머니는 다릅니다.」

「그렇다면 콜트의 어머님이 샤이엔족이란 말이군요? 콜트는 어머님을 닮았나 봐요. 어, 한데 눈은 아닌가 봐요? 당신도 눈이 푸른색인 걸 보면. 아, 미안해요. 내가 무슨 소릴 하고 있는 거죠?」

빌리는 얼굴을 붉히는 공작부인을 보고 씩 웃었다.

「네, 눈은 아버지 쪽 유전이래요. 아버지도 터키석처럼 푸른색 눈이었나 봐요. 제시 누나도 눈동자랑 머리색만큼은 아버지를 닮았대요.」

「제시라면, 맞아요! 콜트도 그분 얘기를 했어요. 그런데 아버질 직접 뵌 적 없어요? 왜 한번도 아버질 본 적 없는 사람처럼 얘길 하죠?」

「어머니는 내가 태어나기도 전에 아버지와 헤어지셨고, 얼마 후에 동부에서 내 의붓아버지와 결혼하셨죠. 나는 의붓아버지를 친아버지

사랑은 조금 빠르게 89

로 여기고 살았어요. 아홉 살 때에야, 난 모든 게 내 생각과 다르다는 걸 알게 됐어요. 친아버진 따로 있었고, 내겐 누나도 있었지요. 이복형이 있다는 사실은 또 한참 후에 알았어요. 우린 뿔뿔이 흩어져서 자랐죠. 제시는 아버지와 와이오밍 목장에서 살았고, 콜트는 형의 어머니와 북부 평야 쪽에 살았구요, 저는 시카고에서 엄마랑 살았어요. 아주 복잡하죠?」

잠자코 듣고 있던 바네사가 끼여들었다.

「재미있는 이야기군요. 무례하게 들릴지 모르겠지만, 우리는 지금 서둘러 여길 빠져나가려던 참이었어요. 지금 하던 얘기는 자리를 옮겨서 다시 했으면 좋겠군요. 괜찮다면 우리와 호텔로 가서……」

「저도 그러고 싶지만 형이 기다리고 있어서 그럴 수가 없군요. 유감입니다. 제가 이렇게 실례를 무릅쓰고 길을 막은 건, 아침의 무례한 행동은 부인께 개인적인 감정이 있어서가 아니었음을 말씀드리고 싶어서였어요. 아시다시피……」

빌리는 얘기를 멈추었다. 아무도 귀를 기울이지 않는데 더 이상 입 아프게 말할 이유가 뭐 있겠는가. 여자의 시선은 길 건너편에 서서 이쪽을 똑바로 바라보고 있는 콜트에게 못박혀 있었다. 하지만 콜트는 오직 빌리가 오기만을 참을성 있게 기다리고 있는 듯했다. 아니, 참을성 있게 기다리는 게 아니라 머리끝까지 화가 나 있는 듯했다.

「저 사람, 설마 지금 여길 떠나려는 건 아니겠죠?」

콜트가 잡고 있는 말에 짐이 실려 있는 걸 본 조셀린의 목소리가 가늘게 떨렸다. 빌리는 공작부인이 자기 형에게 관심을 갖는 이유를 도저히 이해할 수 없었다.

「콜트 형은 도시를 무척 싫어해요. 특히 잘 모르는 곳은 더더욱 그렇죠. 여기는 날 찾으러 잠깐 들른 것뿐이에요. 이제 나를 찾았으니 지체할 이유가 없죠. 말발굽이 빠지지만 않았으면 벌써 여길 떠났을 거예요.」
「선더 씨다운 행동이군요. 우리도 한시라드 빨리 여길 떠날 생각이에요.」
바네사가 얼른 끼여들었다. 그러자 조셀린도 한마디 덧붙였다.
「하지만 우린 아직 가이드를 구하지 못했어요.」
「어디로 가시는지 여쭤 봐도 실례가 안 될까요?」
「와이오밍으로 가요.」
잠시 머뭇거리던 조셀린이 대답했다. 그 말에 놀란 사람은 빌리뿐이 아니었다.
「와우, 대단한 우연이네요. 우리도 거기로 가거든요. 아니, 저는 몰라도 콜트 형은 그럴 거예요. 나는 배에 태워서 시카고로 보낼지 모르거든요. 만약 같이 가게 된다면……」
빌리는 자기의 실수를 깨닫고 바로 입을 다물었다. 형은 사람들과 동행하는 걸 좋아하지 않았다. 게다가 앞의 이 여자는 형이 그렇게 필사적으로 피해 다니는 여자가 아닌가!
조셀린은 하늘이 내려준 절호의 기회를 놓칠 생각이 없었다. 그래서 얼른 선수를 치기로 했다.
「그거 정말 괜찮은 생각이네요. 그렇죠, 블레어 씨?」
「어윙이에요. 저는 새 아버지 성을 써요.」
「알았어요, 어윙 씨. 정말 고마워요.」
「어윙 씨, 당신은 우리의 은인이에요. 이렇게 험한 곳에서 한시도 더 있을 필요가 없게 됐으니 떠날 준비를 해야겠군요.」
바네사까지 거들그 나섰다.
「그런데……」
「당신의 호의를 그냥 염치없이 받을 수만은 없어요. 마침 우린 가이드를 구하고 있던 참이었으니까, 당신과 당신 형에게 그에 준한 보수를 드릴게요.」

「그게 아니라…….」

「아니, 보수를 안 받겠다고 하면 안 돼요. 그러면 억지로 일을 떠맡긴 것 같아 우리 마음이 불편해요. 한 시간 후에 그랜드 호텔 앞에서 만나요. 한 시간이면 충분해요. 그럼 있다가 봐요.」

그들은 고개를 까딱해 보이고는 곧 사라져 버렸다.

빌리는 이 어처구니없는 상황을 어떻게 극복해야 할지 고민하며 멍하니 서 있었다. 그러다가 맞은편에 서 있던 콜트와 눈이 마주쳤다.

이젠 죽었다! 내가 대체 무슨 일을 저지른 거지?

공작부인 일행과 와이오밍까지 동행하겠다고 한 건 아니었지만, 그렇다고 거절한 것도 아니었다.

머릿속이 복잡해서 한 발짝도 움직일 수가 없었다. 콜트가 기다리다 못해 말을 끌고 길을 건너왔다.

「어서 타.」

그 말뿐이었다. 빌리는 더욱 맘이 불편했다. 차라리 형이 욕하고 야단치는 게 더 맘 편할 것 같았다.

「우, 우린 지금 떠나면 안 돼.」

「제정신으로 하는 소리야?」

빌리는 신음을 삼켰다.

「어떤 여자들과 와이오밍까지 동행하기로 했어.」

잠시 침묵이 흘렀다.

「이번에도 잘 모르고 저지른 일이겠지? 클랜턴 패거리와 어울릴 때처럼 말이야.」

벼락이 칠 거라 예상했는데, 콜트의 목소리는 의외로 작았다.

「사실 대답할 기회도 안 줬어. 그냥 내가 동의했다고 생각하고 가 버렸어.」
「우선 타, 빌리.」
「이런다고 될 일이 아냐, 형. 벌써 짐 싸러 호텔에 갔단 말이야. 한 시간 뒤에 호텔 앞에서 만나기로 했다구.」
「우리가 나타나지 않으면 자기가 실수했구나 생각할 거야.」
맞는 말이었다. 그건 이 위기를 모면할 가장 손쉬운 방법이었다. 하지만 왠지 그래선 안 될 것 같았다.
「형, 그러면 안 돼. 그 여자들은 이곳을 무척 두려워하고 있어서, 가이드가 있으나 없으나 오늘 여길 떠날 거야. 아무것도 모르는 사람들끼리 길을 가게 내버려 둘 순 없어. 그러다가 인디언이라도 만나면 어떡해? 인디언을 안 만난다 해도, 분경 길을 잃거나 강물에 빠지거나 강도를 만날 거야. 만약 나쁜 사람들의 안내를 받게 되면 영락없이 덫에 걸려드는 거라구.」
콜트는 동생의 말에 아무 대꾸도 않고 묵묵히 있었다. 그러다가 갑자기 치밀어 오르는 화를 참지 못하고 버럭 소리를 질렀다.
「이런 빌어먹을! 나한테 일 시킬 생각 말라고 분명히 얘기했단 말이야!」
「하지만 형은 그 사람들이 와이오밍으로 가는지도 몰랐잖아. 그리고 보수도 두둑이 준다고 했어. 나 찾느라고 써 버린 돈쯤은 채우고도 남을 거야.」
빌리를 찾으러 나선 것 자체가 실수였다. 콜트는 씩씩거리며 말고삐를 당겨 그랜드 호텔 쪽으로 갔다.

Savage Thunder

11

 콜트는 아무 말도 하지 않고 공작부인 일행을 기다렸다. 조셀린을 만나고 싶은 생각은 추호도 없었지만, 만나야 했다. 만나서, 신변이야 경호원들이 책임지고 있으니 걱정할 필요가 없고, 와이오밍으로 가는 길이야 기찻길만 따라가면 되며, 가이드야 필요하면 당장에라도 구할 수 있으니, 자신이 절실히 필요한 이유가 없다고 확실히 얘기해 줄 생각이었다.
 콜트가 무슨 생각을 하는지 빌리는 알 턱이 없었다. 그들이 호텔에 도착했을 때, 공작부인 일행은 한참 짐을 꾸리는 중이었다. 짐마차에 실린 수십 개의 여행용 가방을 보고 콜트가 얼굴을 찡그렸다. 빌리는 바늘방석에 앉아 있는 기분이었다. 형이 턱을 실룩이거나 모자를 고쳐 쓰는 걸 보면 괜히 자신이 불안해졌다. 호텔 문이 열릴 때마다 형도 상당히 긴장하는 눈치였다. 아니, 형은 긴장하거나 그럴 사람이 아니었다.

호텔 안도 몹시 분주했다. 호텔 입구에 다다른 조셀린은 조바심이 났다. 콜트가 빌리와 함께 와 있다는 사실은 이미 알고 있었다. 그가 오리라고는 기대도 안 했다. 물론 바라던 일이기는 했지만, 동생을 이용해 꾸민 일이었으니 무시하고 가 버릴 줄 알았다. 아니 어쩌면 그는 그 일을 따지기 위해, 화를 내기 위해 온 것일지도 모른다.

「잠깐 서서 심호흡을 해요. 이미 저지른 일이에요. 이제 사고하는 일밖에 안 남았어요」

바네사는 손을 들어 경호원들을 물러나게 하고는 조셀린에게 속삭였다.

「애원이라도 하겠어요.」

「그렇게까지 할 필요는 없어요. 그 사람이 도와 주지 않는다고 해서 당장 어떻게 되는 것도 아니고, 아직은 그 사람이 꼭 필요하지도 않잖아요. 놓치긴 아깝겠지만, 보지 않으면 자연히 잊혀지는 법이니까 너무 집착하지 말아요.」

「그리고 난 평생 처녀인 채로 살아야겠죠.」

바네사는 어이가 없어 픽 웃었다.

「그렇지는 않을 거예요. 애인을 만들어야겠다고 결심한 지 얼마나 됐다고 그래요? 이번에 잘 안 된다 해도 앞으로 얼마든지 기회가 있어요. 수많은 남자들이 당신 관심을 끌려고 할 거라구요.」

「하지만 나는 벌써 마음을 정했어요.」

「아직 그 사람 마음을 모르잖아요. 미국인들이 인디언들을 야만인이라고 하는 덴 그럴 만한 이유가 분명히 있을 거예요.」

바네사가 무심히 대꾸하자, 조셀린은 멈칫했다.

「바네사, 콜트는 야만인이 아니에요.」

「우선 만나기나 해요. 그 얘기는 나중에 하고.」

그들이 걸음을 옮기자, 경호원들이 뒤를 따랐다. 로비에 서 있던 두 명도 합류했다. 나머지 여섯 명은 벌써 호텔 밖으로 나가 별다른 이상이 없는지 점검하고 있었다. 한 사람이라도 수상한 사람이 있으면, 조셀린은 호텔 밖으로 나갈 수 없었다. 몇 시간이 소요되더라도 안전이 확인되지 않는 한 어쩔 수 없었다. 만에 하나 롱노우즈가 훌륭한 저격병을 고용했으면 이런 준비가 무색했겠지만, 다행히도 그런 일은 없었다.

파커가 웃으며 두 여인에게 문을 열어 주었다. 그는 조셀린을 흠모하고 있었지만 멀리서 바라보기만 할 뿐 가까이 다가오지 않았다. 그에게 조셀린은 이상이고 꿈이었다. 반면 하녀 바베트는 현실이었다. 파커를 포함한 경호원들 태반이 바베트를 현실적으로 이용하고 있었다. 벙어리 냉가슴 앓듯 혼자 힘겨워하는 파커와 아무것도 모르는 조셀린, 두 사람을 지켜보는 일이 바네사에게는 매우 흥미로운 일이었다.

조셀린이 파커를 남자로 생각지 않는 건 사실 안타까운 일이었다. 서른이면 나이도 적당했고, 재산도 제법 가지고 있다고 들었다. 게다가 외모도 출중해서 경호원들 중 단연 으뜸이었다. 하지만 설사 조셀린이 파커를 좋아한다 해도 문제였다. 그는 한 곳에 정착해 가정을 꾸리는 생활에 만족할 사람이 아니었다. 그는 여기저기 떠돌아다녀야 하는 자기의 일을 좋아했다. 안정된 생활과는 거리가 먼 사람이었다.

파커에 비교하면 콜트 선더는 더 문제가 많았다. 조셀린은 그를 첫 남자로 점찍고 있지만, 바네사가 보기엔 영 아니었다. 처음 성 경험을 하는 여자에겐 무엇보다도 부드럽고 섬세한 손길이 필요했다. 한데 아무리 봐도 콜트 선더는 그런 사람으로 보이지 않았다. 외모나 말투에 대해 들은 바로는, 미국 문화에 완벽하게 길들여진 사람 같았다. 하지만 그는 인디언 틈에서 자랐다. 배다른 형제처럼 완전한 미국인이 아니었다. 야만인 사이에서 자란 사람이 어떻게 야만인이 아닐 수가 있겠는가? 문명인처럼 보인다 해도, 그건 겉모습일 뿐인 것이다.

하지만 콜트를 처음 본 바네사는 깜짝 놀랐다. 생각했던 그 모습이 아니었다. 겉모습? 그나마도 아니었다. 조셀린을 쏘아보고 있는 그의 모습에서는 문명인의 흔적은 발견할 수 없었다. 하지만 그에게는 확실히 말하기 힘든 매력이 있었다. 조셀린도 그 매력에 넋을 잃었다고 하지 않았는가? 그런 사람은 일찍이 만나 본 적이 없었다. 그제야 바네사는 조셀린이 그에게 그토록 집착하는 이유를 이해할 수 있었다.

조셀린은 그의 써늘한 눈빛을 덤덤히 받아냈다. 이미 각오하고 있던 바라 그리 놀라거나 당황하지 않았다. 경호원들이 주위를 둘러쌌다. 콜트는 계속 무섭게 노려보기만 할 뿐 분노를 토해 내지는 않았다. 사과를 기다리는 듯했지만, 물론 조셀린 자신도 사과해야 한다고 생각했지만, 입이 떨어지지 않았다. 드디어 그가 침묵을 깨고 말문을 텄다.

「오만 달러, 싫다면 그냥 가겠소.」

바네사는 숨이 턱 막혔다. 기가 막히고 화가 치밀었다. 문제는 돈의 액수가 아니라 비아냥대는 태도였다. 파카가 흥분해서 콜트에게 달려들려고 했지만 붙잡았다. 조셀린도 그걸 모를 리 없을 테니 알아서 해결하리라. 콜트가 영리한 사람인 것만은 인정해야 할 것 같았다. 조셀린이 그런 돈을 낼 리가 있겠는가? 게다가 그렇게 무례하게 굴었으니, 거절할 게 분명했다. 콜트의 목적이 무엇인지는 충분히 짐작할 만했다. 그런데 조셀린이 웃었다. 그것도 아주 활짝.

사랑은 조금 빠르게 97

조셀린은 먹구름이 짙게 깔린 하늘이 일시에 싹 걷히는 기분이었다. 그 돈이면 경호원을 백 명쯤 고용할 수 있었지만, 자신에게 필요한 건 경호원이 아니었다. 애인을 구하는 데 그 정도쯤은 아까울 게 없었다. 돈은 이런 데 쓰라고 있는 게 아니겠는가?
「그렇게 해요, 콜트. 그럼 잘 부탁해요」
 조셀린은 심하게 일그러지는 콜트의 얼굴을 보고 하마터면 웃음을 터뜨릴 뻔했다.

Savage Thunder

12

「지금 우릴 골려먹으려는 거예요. 바로 앞이 마을인데 굳이 여기서 밤을 지낼 이유가 뭐겠어요? 내 말이 맞을걸요, 조셀린. 자기에게 도전했다는 것 자체를 후회하게 해주려는 의도임이 분명해요.」

바네사는 물수건으로 얼굴의 먼지를 닦아 내며 투덜거렸다.

「도전한 게 아니에요. 난 그 사람 제안에 동의한 것뿐이라구요.」

「답답한 소리 말아요, 조셀린. 처음부터 그 사람이 흥정하러 온 게 아니란 건 잘 알잖아요? 그 사람 표정을 봤으면 아마…….」

「알아요. 에드워드의 유산이 이렇게 유용하게 쓰일 줄은 미처 몰랐어요. 콜트가 달을 따다 달라고 했어도 그렇게 했을 거예요 그 남자를 만족시킬 수만 있다면요.」

「이런 허름한 텐트에서 몇 주 더 지내고 나서도 그런 애길 할 수 있을지 궁금하군요」

「바네사, 그만 해요. 이건 보통 텐트와는 달라요. 필요한 건 다 있잖아요?」

텐트 안은 넓고 화려했다. 바닥엔 페르시아산 카펫이 깔려 있었고, 실크 베개와 부드럽고 보송보송한 이불도 준비되어 있었다.

「샤워도 할 수 없는걸요」

바네사가 드디어 불만의 이유를 드러냈다.

「무슨 소리예요?」

「강물로 어떻게 샤워를 해요?」

「뭐 어때요? 길어다 준 물에 씻기만 하면 되는데, 왜 그렇게 유별나게 굴어요?」

「내가 유별나게 구는 게 아니라, 마을을 지척에 두고 이런 데까지 우릴 끌고 온 당신의 그 비싼 가이드가 유별나게 구는 거예요」

「이유가 있어서 그런 거겠죠」

「그래요? 그렇다면 가서 한번 물어 보지 그래요? 말해 줄 때까지 기다리기만 할 거예요?」

「그 사람 지금 여기 없어요. 이 근방을 한번 돌아보러 갔대요」

「벤슨으로 갔나 보군요. 거기 푹신한 침대에서 편히 자고 내일 아침에나 오겠죠. 어떻게 하면 우릴 더 괴롭힐 수 있을지 밤새 고민하면서 말이에요」

「아니에요, 바네사. 그 사람, 복수하려면 나만 괴롭히지 다른 사람까지 고생시킬 사람이 아니에요. 그것도 이렇게 위험한 장소에서는 더더욱이요」

「그걸 어떻게 알아요? 눈빛이 그렇던가요?」

조셀린이 고개를 끄덕거렸다. 바네사는 측은한 얼굴로 친구의 뺨을 어루만졌다.

「당신도 그런 사람은 처음 보죠? 그렇게 무뚝뚝하고 위험하고 또…….」
「그래도 나는 그 사람이 필요해요. 콜트가 나를 잡아먹을 듯이 노려볼 때도 나는 웃음이 나요. 처음 만났을 때도 그랬거든요.」
「그 사람은 앞으로도 당신에게 부드럽게 대하지 않을 거예요. 알고 있죠? 그 사람이 화나 있을 때 당신이 그를 유혹하면 당신을 다치게 할 수도 있을 거라구요.」
「그렇진 않을 거예요. 그렇게 난폭한 사람은 아닌 것 같아요.」
말은 그렇게 했지만, 조셀린은 사실 자신이 없었다.
「하지만 조금이라도 따뜻한 구석이 보이지 않잖아요. 우리가 상상할 수도 없는 세상에서 살아온 사람이에요.」
조셀린은 고개를 끄덕이며 이불 위로 드러누웠다.
「너무 걱정하지 말아요. 그 사람은 단지, 내가 그를 살 수 있을 만큼 돈이 많다는 사실을 못 견뎌 하는 거예요.」
「바로 그런 점 때문에 그 사람이 유별나다는 거예요. 그런 뜻밖의 횡재에 화를 내는 사람이 어디 있어요? 게다가 우리 일정에 억지로 끌어들인 것도 아니고, 우리가 그 사람 목적지까지 가는 거잖아요. 그건 그렇고 와이오밍에 악마가 산다는 얘기는 들었어요?」

「저건 또 뭐야?」
빌리는 기막혀 하는 콜트를 보며 킬킬거렸다.
「부인들 숙소야. 아랍을 여행할 때 어느 마을 족장한테 얻은 거래. 저 사람들이 어디어디를 다녔는지 알아? 형은 말해도 안 믿을 거야. 여행담을 들으면서 가면, 와이오밍까지 가는 길이 전혀 지루하지 않을 거야.」
콜트는 말에서 내리며 빌리를 쏘아보았다.

「이게 어떻게 된 일이야? 야영을 할 수 있게 하랬더니 이건 아주 마을을 옮겨다 놓았군. 이렇게 넓은 데를 지키려면 보초가 몇 명이나 필요한지 알아?」

조셀린이 묵고 있는 텐트 외에도, 사방에 텐트가 여러 개 퍼져 있었고, 마차들도 제각각 흩어져 있었다. 제대로 한 일이라곤 바람 부는 쪽에 동물들을 모아둔 것뿐이었다.

「형, 긴장 풀고 배고플 텐데 음식이나 먹어. 일행 중에 프랑스인 요리사가 있는데, 음식을 얼마나 맛……」

빌리는 싸늘한 형의 눈빛을 보고 말꼬리를 흐렸다.

「신이 나서 어쩔 줄을 모르는구나, 너는?」

빌리는 침을 꿀꺽 삼켰다. 형이 은근한 목소리로 말하는 게 소리 지를 때보다 더 무서웠다. 좀처럼 감정을 드러내지 않는 인디언의 모습으로 돌아가 있을 때는 앞으로 무슨 일이 일어날지 예측하기가 힘들었다. 이럴 때는 어떻게든 빨리 진정시키는 게 급선무였다.

「저 사람들, 야영에는 이력이 난 사람들이야. 20분 만에 저걸 다 설치했다니까. 그리고 여기 보초 설 사람들은 많잖아. 형도 방금 주위를 돌아보고 왔고……」

이번에도 빌리는 말을 마치지 못했다. 콜트가 들은 척도 않고 말을 손질하고 있었기 때문이다. 그 모습이 잔뜩 당겨진 활시위만큼이나 긴장돼 보였다. 콜트가 일을 마치고 자리에 눕자 빌리는 비로소 마음을 놓았다.

빌리는 아직도 형이 공작부인에게 했던 말을 잊을 수가 없었다. 형은 제 꾀에 자기가 걸려들 줄은 꿈에도 몰랐으리라.

'오만 달러, 싫으면 그냥 가겠소.'

오만 달러라니! 빌리는 하마터면 말에서 떨어질 뻔했다. 하지만 공작부인이 순순히 그 제안을 받아들였을 때 놀란 거에 비하면 그건 아무것도 아니었다.

  콜트는 어머니가 주셨다는 조그만 금덩이를 가지고 있었지만, 그 걸 사용한 적은 한번도 없었다. 그에게 돈이란 아무 의미도 없는 물건이었다. 음식도 길을 가다 아무 데서나 얻어먹었고, 잠도 대부분은, 특히 날이 따뜻할 때는 별이 반짝이는 밤하늘 아래서 잤다. 물론 남의 밑에서 일한 적은, 전에도 그렇고 지금도 그렇고, 전혀 없었다. 그런 면에서 보자면, 제시의 교육은 아무런 성과도 거두지 못한 것이었다.

  제시는 콜트에게 소 키우는 일을 가르치려고 무던히도 노력했지만, 콜트는 전혀 배울 의지를 보이지 않았고, 오직 말을 훈련시키는 일에만 관심을 쏟았다. 그는 지금 콜로라도 등지에서 배로 수송된 가축들을 로키 계곡 근처의 목장에 대주는 일을 하고 있었다. 콜트가 체이스에게 선물한 종마가 매년 열리는 경마에서 2년 연속 우승을 차지했기 때문에, 그가 키우는 경주마는 인기가 상당했다.

  하지만 콜트의 목적은 돈이 아니었다. 그가 야생마를 잡아 훈련시키는 것은 부유한 생활을 누리기 위해서가 아니라 그 일 자체를 즐기기 때문이었다. 물론 그도 돈이 얼마나 유용한지는 잘 알고 있었다. 이 또한 제시의 교육 덕이었다. 그는 제시 부부와 함께 덴버나 세인트루이스 등지로 쇼핑을 다녀오기도 했고, 시카고에서는 아주 화려한 저택을 빌려 머물기도 했다. 하지만 그렇게 사는 일에 욕심도 미련도 없었다. 그렇기에 조셀린의 재산에도 별다른 관심이 없던 것이다. 그도 조셀린이 부자라는 건 잘 알았다. 어떻게 모를 수가 있겠는가. 화려한 마차며 옷, 말, 수행원, 아무리 바보라 해도 그 정도면 공작부인이 대단한 재력가임을 쉽게 눈치챌 수 있으리라.

  하지만 빌리는 이해가 가지 않았다. 아무리 부자라 해도, 오만 달러나 되는 돈을 그렇게 내놓는 건 쉽지 않은 일이었다. 부자일수록 돈을 낭비하지 않는 법이 아닌가.

정신이 좀 이상한 여자인가? 그건 아니었다. 그럼 누군가에게 거절당하는 걸 못 참는 성격인가? 그것도 아닌 것 같았다. 그런데 왜 굳이 싫다는 콜트를 가이드로 쓰려고 하는가? 목적지까지 안전하게 데려다 줄 사람은 얼마든지 있었다. 콜트의 총 실력에 반해 경호를 부탁했다면 그건 그럴 만하기도 했다. 하지만 콜트는 이미 그 일은 절대 하지 않겠다고 말했고, 공작부인도 거기에 수긍했다. 그렇다면 돈이 얼마가 들든 반드시 콜트를 고용해야 하는 이유는 따로 있는 게 분명했다. 하지만 아무리 생각해도, 빌리는 그것이 무엇인지 알 수가 없었다.

하지만 그래도 제일 그럴싸한 각본이, 경호는 절대 않겠다고 하니까 가이드로 고용해 놓고 그쪽으로 이용하려는 것이었다. 그렇다면 그 여자는 크게 잘못 생각하고 있는 거였다. 다른 사람에게 자신을 도와 달라고 강요하는 게 얼마나 터무니없는 일인가. 그 여자의 속셈이 어떻든, 자신은 가이드 역할에만 충실하리라.

그렇게 마음먹었으면서도, 콜트는 야영장을 넓게 만들어 놓은 일에 저도 모르게 화를 내고 있었다. 그건 가이드가 참견할 일이 아니었는데도 말이다. 그 여자는 일이 이렇게 될 줄 미리 알고 자신을 끌어들인 것이리라. 무슨 일이 있어도 여자의 적과 맞붙는 일만은 피할 작정이었다. 혹시라도 여자가 그런 기미를 보이면 한바탕 호되게 혼내 주리라.

그런데도 콜트는 개운치 않았다. 그 정도 돈이면 청부살인업자를 열 명도 넘게 고용할 수 있지 않은가. 굳이 자기여야 할 이유는 없었다. 어쩌면 그 돈을 정말 지불할 생각이 아니라 지기 싫어서 한 말일 수도 있었다. 그렇다면 당장 찾아가 돈부터 내놓으라고 하면 문제는 깨끗이 해결될 것이다. 하지만 그러다가 진짜 돈을 척 꺼내 놓으면 자신은 다시 한 번 망신을 당하는 꼴만 되었다.
 젠장, 하루에 일어난 일이 왜 이렇게 많아?
 콜트는 불과 1킬로미터 앞에 서 있는 거대한 줄무늬 텐트를 멀뚱히 바라보았다. 옆에서 빌리가 긴 막대기로 모닥불을 헤집으며 불꽃을 일으키고 있었다.
 그 여자는 처음 만났을 때처럼 머리를 풀어헤치고 있을까? 지금쯤 잠옷으로 갈아입었을까? 잠든 모습은 어떨까?
 생각이 거기까지 미치자, 콜트는 다시 한 번 입술을 깨물며 돌아누웠다.
 빌리는 왜 하필 여기에다 자리를 마련한 거야? 여자의 텐트와 너무 가깝잖아.
 아무래도 오늘밤엔 단잠을 자기 그른 것 같았다.
「금방 올게. 저런 음식은 치워. 난 내가 만들어 먹을 테니까.」
 빌리는 뭐라 말하려다 입을 다물었다. 형은 하루 종일 참을 만큼 참았다.
 사람들의 곱지 않은 시선이 말을 끌고 사라지는 콜트에게도 쏠렸다. 그들은 그가 어떤 사람인지, 그를 어떻게 대해야 하는지 아무것도 몰랐다. 아는 거라곤, 그가 자기들의 주인이 고용한 가이드라는 것뿐이었다. 그런데 가이드라는 작자가 말 한마디 못 붙일 정도로 쌀쌀맞게 구는 게 영 눈에 거슬렸다. 지금 모습 같아선 당분간 그 앞에 얼씬거렸다간 뼈도 못 추릴 것 같았다. 그런데 가이드가 가장 만나기 싫어하는 공작부인이 어느 틈엔가 텐트에서 빠져 나와 살금살금 뒤를 쫓아갔다.

사랑은 조금 빠르게

Savage Thunder

13

 여자가 다가오고 있었다. 최대한 발소리를 죽여 살금살금 쫓아오고 있었지만 콜트는 이미 알고 있었다. 굳이 고개를 돌려 얼굴을 확인하지 않아도, 그 여자가 조셀린이라는 건 향기가 말해 주고 있었다. 설사 향기가 나지 않는다 해도 느낌으로 알 수 있었을 것이다.
 조셀린은 그가 고개를 돌리고 아는 척해 주길 기다리며 서 있었지만, 콜트는 그렇게 하지 않았다. 그 여자에겐 되도록 말을 아껴야 했다. 한데 고집불통 공작부인은 감히 말을 건넬 엄두도 못 내면서도 그 자리를 떠나지 않았다.
「저 사람들과 함께 있는 게 안전할 텐데?」
 갑작스런 콜트의 말에 당황한 조셀린은 한참 후에야 그 말뜻을 이해했다. 경호원 서너 명이 뒤에서 따라오고 있었던 것이다. 방해가 되지 않으려고 적당한 거리를 두고 있긴 했지만, 아무래도 조셀린을 뻣뻣한 가이드에게 같겨 두기는 불안한 눈치였다.
「아직 당신을 잘 모르니까 조심하려는 거예요. 서로 얼굴을 익히면 안 그러겠죠.」
「당신도 나를 잘 모르기는 마찬가지인 걸로 아는데?」
내게 해코지라도 하겠다는 말인가?
조셀린은 소름이 오싹 끼쳤다. 너무 떨려 목소리도 나오지 않았지만 그렇다고 계속 저렇게 화난 상태로 내버려 두기도 싫었다. 여기서 이대로 물러서면 앞으로 함께 지내기는 더욱 어려워질 것이다.
「아직은 그렇지만 앞으로 달라질 거예요. 당신의 모든 게 궁금하거든요.」
조셀린이 한마디한마디 간신히 내뱉었다.
「이유는?」
「당신은, 그러니까 좋은 사람일 것 같아요.」
'그리고 매력도 있고. 자꾸 욕심이 난다구요, 콜트. 이젠 제발 돌아서서 날 좀 봐요!'
조셀린은 마음속으로 간절히 외쳤다. 하지만 콜트는 조셀린 따위는 안중에도 없다는 듯 말만 쓰다듬고 있었다. 여태껏 이렇게 무시당한 적은 단 한 번도 없었다. 자존심을 버린 지 이미 오래였지만, 그래도 속상했다. 콜트가 하는 양을 망연히 바라보다가 안 되겠다 싶어 말 옆으로 다가가 턱을 쓰다듬어 주었다. 말은 기분 좋은 얼굴로 조셀린을 바라보았지만, 말 주인은 여전히 그녀에게 눈길 한번 주지 않았다.
「잠깐 얘기 좀 해요.」
「싫소.」
대번에 나온 거들의 말에 조셀린은 부아가 치밀었다. 이건 해도 너무했다.
「이봐요, 나한테 화가 나 있다는 건 알고 있어요. 그렇지만……」
「화? 이건 화를 내는 것과 거리가 먼 거요」
 드디어 콜트가 고개를 들고 조셀린을 똑바로 쳐다보았다. 분노로 이글거리는 푸른 눈동자를 보는 순간, 조셀린은 숨이 턱 막혔다. 차라리 보지 않는 게 좋았을 것을…….
 콜트는 콜트대로 감정을 가라앉히려고 애쓰고 있었다. 하지만 조셀린의 향기며 목소리가 자꾸 과거의 아픈 기억을 되살렸다. 어쩌다 백인 여자와 마주할 때면, 등을 내리치던 채찍 소리가 생생하게 들리곤 했다. 조셀린을 보면 그게 더 심해졌다. 어차피 가질 수 없다는 걸 알면서도 욕망은 점점 커져만 갔다. 3년 동안 잘 지내왔는데……. 실수는 한 번으로 족했다. 욕망에 굴해서 다시 그 쓰라린 상처를 입고 싶지 않았다.
「대체 이유가 뭐요? 전에도 싫다는 사람한테 집요하게 일을 부탁한 적 있소?」
「아니, 한번도 없었어요」
「그럼 나한테는 왜 그랬소, 공작부인?」
 이제는 비아냥거리기까지 하고 있었다. 조셀린의 두려움은 분노로 바뀌었다.
「안 될 건 뭐죠? 금액을 먼저 제시한 건 분명히 당신이었고, 난 그걸 받아들인 것뿐이에요. 여기까지 오게 된 이상 절대 놓아주지 않아요. 앞으로 계속 이런 태도로 나온다고 해도 마찬가지예요」
 조셀린은 콜트가 다른 말을 하지 못하도록 쐐기를 박았다.
「차라리 코뚜레를 해서 날 데려가지 그러시오?」
 콜트가 한층 더 흥분해서 비아냥거렸다. 그러고는 조셀린의 입술을 뚫어져라 바라보았다.

「공작부인, 다시 한 번 묻겠는데 뭔가 다른 생각이…….」
 그의 손이 천천히 다가왔다. 자기를 해칠지도 모른다는 불안이 밀려들었지만, 조셀린은 피하지 않았다. 손의 움직임이 아주 느려서 마음만 먹으면 얼마든지 피할 수 있었는데도 말이다. 마침내 그의 손이 목덜미에 와 닿았다. 손길이 생각보다 부드러웠다. 빠져나갈 수 있는 기회가 또 한 번 찾아왔지만, 이번에도 조셀린은 가만히 있었다. 가쁜 숨소리가 들리고, 큼직한 손이 목덜미를 우악스럽게 움켜잡았다. 발버둥을 치든지 하다못해 소리라도 질러야 했지만, 조셀린은 저항하지 않았다. 콜트는 겁에 질려서 그러겠거니 생각했지만, 사실은 그게 아니었다. 조셀린은 내심 입맞춰 주기를 바라고 있었던 것이다. 뜨거운 입김이 입술에 닿았다. 바네사 달처럼 그가 거친 사람임은 이미 알았지만, 그는 생각보다 훨씬 거칠고 난폭했다.
 콜트는 이렇게 하면 조셀린이 자기를 증오해서 해고할 거라 생각했지만, 그건 키스가 주는 야릇한 흥분을 간과한 발상이었다. 그는 조셀린의 머리칼을 잡은 손에 힘을 주었다.
「이제 나를 해고하겠소?」
 조셀린은 멍하니 콜트를 바라보았다. 온몸에서 기운이 다 빠져나간 기분이었다. 다리가 후들거리고 숨쉬기도 곤란했다. 입술에도 감각이 없었다. 콜트는 대답에 따라 다음 행동을 결정하겠다는 듯 고집스럽게 대답을 기다리고 있었다.
「아니요.」
 놀란 사람은 콜트뿐만이 아니었다. 엉겁결에 튀어나온 오기 섞인 대답에 조셀린 스스로도 상당히 놀랐던 것이다. 고집이 센 건지 정신이 나간 건지 확인이라도 하려는 듯, 콜트가 뚫어져라 그녀를 쳐다보았다. 그때 누군가 다가와서 콜트의 어깨를 잡았다.
「공작부인, 당신 경호원한테 당장 내 몸에서 손을 떼라고 하시오.

내 손에 불구가 되기 싫으면 말이오.」
 조셀린은 로비를 쳐다보았다. 로비와 비교하면, 콜트는 아주 왜소해 보였다.
 콜트가 과연 로비를 당해 낼 수 있을까? 하긴 잔뜩 독이 올라 있으니 어떻게 될지 알 수 없지.
「콜트 말대로 해요, 로비. 우리끼리 조용히 할 얘기가 있어요. 당신들이 상관할 일이 아니에요.」
 근육질의 남자가 머뭇거렸다. 조셀린은 그제야 콜트가 아직도 자기 머리를 움켜쥐고 있음을 깨달았다. 로비가 물러서지 않는 이유도 바로 그 때문이었다. 콜트도 모르기는 마찬가지인 듯해서, 얼른 어깨로 그를 툭 치며 그 사실을 알려 주었다. 하지만 그는 꼼짝도 하지 않았다. 모르는 게 아니었던 것이다. 로비는 여전히 물러나지 않았다. 아니 물러날 수 없었다. 조셀린은 콜트의 행동을 이해할 수가 없었다.
 정말 싸우려는 건가? 그러면 자기를 해고시킬 거라 생각하고? 아니면 겁주려고? 경호원 따위는 무섭지 않다 이건가?
 이유야 어찌됐든 마음에 들지 않는 행동이었다. 어떻게 해야 할지 난감했다. 이대로 로비를 물러나게 하자니, 콜트가 앞으로 함부로 행동할 게 걱정됐고, 로비에게 콜트를 손보게 하자니 진짜 싸움이 날 게 뻔했다. 그냥 당하고 있을 '안하무인 가이드'가 아니지 않은가.
 두 사람이 맞붙으면 누가 이길까?
 로비는 왕실 기사단 출신으로 실력은 뛰어났지만, 냉정하고 잔인한 면이 없었다. 반면 콜트는 악으로 똘똘 뭉친 사람이면서 실력도 뛰어났다. 아무래도 콜트의 승리 쪽으로 마음이 기울었다. 만약 로비에게 무슨 일이라도 생기면 바네사가 가만있지 않을 것이다. 그는 바네사가 가장 아끼는 경호원이었으니까. 그렇게 되면 콜트를 해고

하지 않으면 안 될 상황이 발생할 가능성이 높았다. 어쩔 수 없었다.

「걱정해 줘서 고마워요, 로비. 하지만 난 괜찮으니 모두 돌아가 보도록 해요. 나도 금방 뒤따라갈게요.」

명령이 떨어지자, 로비가 마지못해 콜트의 어깨에서 손을 뗐다.

「말씀대로 하겠습니다.」

로비가 콜트를 잠시 쳐다보더니 돌아섰다. 그제야 콜트는 조셀린을 놓아주었다. 앞으로 콜트와 경호원들 사이에 보이지 않는 벽이 생길 건 불을 보듯 훤했다. 어쩌면 지금도 그런 벽이 존재할지 모르겠지만.

조셀린은 아직도 얼얼한 뒤통수를 문지르며 콜트에게 원망 어린 시선을 던졌다.

「아주 비열한 구석이 있군요? 당신과 내 경호원들이 부딪치면, 우리 쪽이 많이 다칠 거라고 생각해요. 당신 실력은 인정하지만, 해고를 바라고 일부러 지금 같은 일을 벌이는 건 용납하기 어렵군요. 앞으로 조심해 주세요.」

「당신 눈엔 내가 어떤 사람 같소?」

「결단력 있는 사람이요. 하지만 그 점에 있어서만은 나도 뒤지지 않아요. 실망을 안겨 드려서 미안하지만, 방금 전의 행동으로 달라지는 건 없어요. 당신이 헛수고를 한 셈이죠.」

조셀린은 말을 마치자 바로 돌아서서 걸음을 옮겼다.

콜트는 조셀린의 말을 되씹으며 긴 밤을 뜬눈으로 지샜다. 괴로운 밤이었다.

Savage Thunder

14

 무슨 소린지 알아들을 수 없는 프랑스어였다. 목소리는 점점 더 높아지고 있었다.
 「아침부터 도대체 왜들 저러지? 이번에는 또 뭘 갖고 싸우는 거래요?」
 조셀린은 이불을 뒤집어쓰며 투덜거렸다. 바네사가 밖으로 고개를 빼꼼히 내놓고 대답했다.
 「바베트가 요리사에게 또 요리 솜씨 갖고 뭐라고 했나 봐요.」
 「이번에도 필리페 얼굴을 후려치진 않겠죠?」
 「프라이팬을 하나 들고 있긴 해요. 필리페도 들고 있는데, 지금은 서로 노려보기만 하고 있어요.」
 「바베트 좀 불러 줘요. 필리페와 다투지 말라고 벌써 몇 번이나 일렀는데……. 필리페가 바베트 때문에 그만두기라도 하면 또 어디 가서 그런 요리사를 구하겠어요? 차라리 바베트를 그만두게 하는 편이 낫지. 그 동안 말썽도 많……」

「하지만 바베트 때문에 늘 생기가 도는 건 사실이잖아요. 남자들도 좋아하구요. 오늘 아침 따라 왜 그렇게 예민해요?」

「하여튼 좀 불러 주세요. 계속 저렇게 필티페를 약올리면 아침 식사가 엉망일 거 아니에요. 그런데 왜 아직 등에 불이 켜져 있죠? 도대체 지금 몇 시예요?」

바네사가 피식 웃었다.

「여섯 시 정도밖에 안 됐어요. 당신의 부지런한 가이드가 30분 전에 사람들을 모두 깨우고 다녔죠. 해가 떴으니 일어나라고요.」

「그 이른 시각부터 사람들을 깨웠다구요? 정신이 어떻게 된 거 아니에요?」

「가능한 한 빨리 목적지에 닿으려고 그러는 모양인데, 계속 이런 식으로 나가게 되면 와이오밍에 가기도 전에 모두 쓰러질 거여요.」

「내가 한번 얘기해 볼게요」

「조심하요.」

「그런데 그 사람, 도대체 왜 이러는 걸까요?」

「전에도 얘기했잖아요. 자기를 끌어들인 걸 뼈저리게 후회하게 만들려는 거라구요.」

말을 마치고 자리를 떠난 바네사는 잠시 후에 따뜻한 세숫물과 타월을 가지고 제인과 함께 돌아왔다. 바베트는 보이지 않았다. 대신 제인이 입을 옷을 챙겨 주고 나갔다. 바네사가 있다는 사실도 잊은 채, 조셀틴은 어젯밤 일을 생각하느라 여념이 없었다. 부어 터진 입술이 거울에 그대로 드러나 있었다.

콜트가 이 꼴을 보면, 자기가 얼마나 난폭하게 굴었는지 알겠지?

근데 그렇게까지 했는데도 왜 해고하지 않느냐고 물으면 뭐라고 대답하지? 거친 남자를 좋아한다고 할까? 아니면 애인으로 삼고 싶기 때문에 거친 태도쯤은 눈감아 줄 수 있다고 사실대로 말할까?
「얼른 일어나서 준비해요. 계획한 시간까지 준비가 안 되면, 선더 씨가 텐트를 걷어 가 버릴지도 모르니까. 혹시 그래 주길 바라는 건 아니에요?」
 오늘 아침 내내 바네사는 가시 돋친 농담만 하고 있었다. 콜트가 꼭두새벽부터 사람들을 깨워 길을 떠나려고 하는 것에 대한 강한 불만의 표시였다.
「텐트를 걷어 가 버리든 어쩌든, 내가 준비를 마치기 전에는 떠나지 못해요.」
「그래요? 그럼 잠시 후에 첫 번째 의견 충돌이 있겠군요. 오, 벌써부터 기대가 되는데요?」
「바네사!」
「알았어요. 이제 그만 하죠. 그런데 오늘 상당히 예민한 거 알아요? 그리고 일어나서 내내 고개만 숙이고 있구요. 왜 그래요?」
 조셀린은 한숨을 내쉬었다.
「잠을 잘 못 자서 그래요.」
「무슨 일이 있었어요? 조셀린, 고개 좀 들어 봐요.」
 고개를 드는 조셀린의 얼굴을 보는 순간, 바네사는 깜짝 놀랐다.
「세상에, 무슨 일이 있었군요? 언제예요? 왜 말 안 했어요? 그 악당 짓이죠? 어떻게 했는지 알 만하네요.」
「아무 일도 없었어요.」
「말도 안 되는 소리 하지 말아요.」
「그냥 키스만 했을 뿐이에요. 그렇게 하면 내가 해고시킬 줄 알았나 봐요.」

「그래서 해고했어요? 아니, 안 했군요. 해고했으면 그자가 아직 여기 있지 않았을 테니까. 그렇다면…… 약간이라도 발전이 있었던 거예요?」

조셀린은 어이가 없어 웃음이 났다.

「바네사, 그 사람은 키스하고 싶어서 한 게 아니에요. 그저…….」

「해고당하려고 그랬단 말이죠? 그 사람은 그랬다 치고 당신은 어떻게 된 거예요?」

「원해서 한 거냐구요? 아니에요. 어제 콜트 얼굴에 손톱 자국이라도 내주지 않은 게 후회돼요.」

「그럼 그냥 거기서 끝났다는 말이군요? 아하, 그렇다면 그 사람이 이성을 잃어서 거칠어진 게 아니란 얘긴데……. 그때 그 사람 행동이 어땠어요? 이성을 잃은 게 아니라면, 원래 난폭하고 야만적인 사람이라고 말할 수밖에 없네요.」

이성? 그러고 보니 자기를 해고할 거냐고 물을 때의 목소리가 평소와는 달랐다. 숨소리도 많이 거칠었고, 키스한 후 머리채를 움켜잡던 손이 긴장해 있었던 것도 같았다.

그렇다면 어제 일은 그가 순간적으로 이성을 잃어서?

하지만 워낙 경험이 없는 조셀린으로선 콜트의 그때 행동을 이렇다 하고 확언할 수가 없었다.

「잘 모르겠어요. 바네사. 자기가 생각한 대로 안 되니까 화가 나서 그런 건지도 모르겠어요. 하지만 뭐라고 얘기하기가 어렵네요. 당분간은 그 남자 근처에 안 갈 거예요. 어젯밤에도 따라가지 말 걸 그랬어요. 화를 삭일 시간을 줬어야 하는 건데……. 지금이라도 마음을 가라앉히게 그냥 내버려 둬야겠어요.」

15

「피트가 오고 있어.」
「이제야 오는군.」
 드웨인이 투덜거렸다. 한쪽 구석 자리에 누워 있던 클레이가 힘겹게 반가운 기색을 했다.
「의사도 같이 오는 거야?」
「클레이, 제발 엄살 좀 그만 부려. 총알은 어제 분명히 꺼냈다구. 알잖아?」
 드웨인은 총상을 입은 클레이에게 쏘아붙였다.
「피트만 오는데.」
 문 앞에 서서 피트가 다가오는 모습을 지켜보던 클라이델이 클레이의 궁금증을 해소해 주었다. 누군가가 한마디 덧붙였다.

「의사가 온들 별 수 있겠어? 클레이, 자꾸 시끄럽게 굴면 한 방에 보내 버릴 테니, 죽기 싫으면 조용히 하고 위스키나 좀 마셔 둬.」

 누군가 클레이에게 위스키 병을 건네주었다. 클레이는 죽어 가고 있었다. 일행과 떨어져서 이리저리 헤매는 동안 피를 너무 많이 흘렸던 것이다. 괜히 고통스럽게 목숨을 연명하느니 차라리 죽는 게 더 낫다 싶었지만, 엘리엇은 자신의 생각을 입 밖에 내진 않았다. 작전이 또 실패한 걸 생각하면, 이 멍청한 자식들을 모두 죽여 버리고 자기도 죽어 버리고 싶었다. 소리를 빽빽 지르며 미친 듯이 날뛰지 않으면 가슴에 맺힌 답답증이 숨구멍을 옥죌 것만 같았다. 계획도 좀더 철저히 세우고, 똘마니들도 좀더 확실히 교육시켰어야 했다. 이제 와 후회해 봤자 소용없는 일이겠지만, 생각할수록 아쉽고 안타까웠다. 이번에도 행운은 그 여자 편이었다. 구르던 바위가 저 혼자 산산조각 나질 않나, 길 한복판에서 구원자를 만나지 않나, 정말 어떻게 그렇게 운이 좋을 수 있단 말인가?

 정신이 들락날락하는지, 클레이가 계속 뭐라고 혼잣말을 중얼거렸다. 엘리엇은 그 소리가 듣기 싫어 죽을 지경이었지만, 나중에 다른 곳으로 이동할 때 그대로 버려 두고 갈 생각에 아무 내색도 하지 않았다. 다른 사람들도 반대하지 않을 게 분명했다.

 지붕만 겨우 붙어 있는 이 오두막은 클라이델이 발견한 것이었는데 정말 허름했다. 이 근처 목장의 목동들이 계곡에 나올 때 기거하는 곳인 듯했다. 테이블 하나, 의자 둘, 낡은 난로가 하나 있었고, 상자에 녹슨 양철 잔 따위가 들어 있었다. 곰팡내 나는 매트리스도 있었다. 그나마 붙어 있는 지붕도 얼마나 낡았는지 비가 오면 영락없이 물이 샐 것 같았지만, 조셀린 일행의 목적지를 알아보러 간 피트를 기다리는 동안은 그럭저럭 지낼 만했다.

 피트는 이틀 동안 아무 소식이 없었다. 어디로 튄 게 아니면 이럴 수가 없었다. 하지만 이미 최악의 상황까지 생각하고 있던 엘리엇이라 그리 놀라지는 않았다. 하지만 피트는 돌아왔고 이제 다음 계획을 세워야 할 때였다.

피트가 어슬렁어슬렁 오두막 안으로 들어왔다. 처음에 엘리엇은 그 어린 소년이 별로 탐탁지 않았다. 하지만 그의 이력을 알고 나서는 마음이 180도 달라졌다. 무장 강도, 가축 절도, 게다가 총싸움까지, 경험이 아주 다채로웠던 것이다. 하지만 변덕스럽고 팔팔하고 자기가 하는 일을 게임 정도로만 여기는, 어쩔 수 없는 열여덟 살짜리의 모습은 여전히 마음에 들지 않았다.

「길을 잃어버린 줄 알았어, 피트.」

클라이델이 인사를 대신해서 말했다.

「아니면 술독에 빠져 있는 줄 알았지.」

드웨인도 한마디 보탰다.

「여태까지 물 한 방울도 구경 못 했어. 이제 한 모금 마실 수 있겠군. 클레이는 좀 어때?」

피트가 털썩 주저앉으며 물었다.

「똑같애.」

클라이델은 술병을 피터에게 내밀며 대꾸했다. 피터가 한숨 돌리길 기다리던 엘리엇이 입을 열었다.

「나한테 전할 말이 있을 텐데?」

피트가 씩 웃어 보이며 술병을 내려놓았다. 엘리엇은 그 얼굴이 흉하다고 생각했다.

「그러지요. 툼스톤에서 그 여자를 찾기는 어렵지 않았어요. 사람들마다 그 화려한 장식이며 경호원들에 대해서 한마디씩 했거든요. 다들 그 여자가 어디서 왔는지, 뭘 하는 여잔지 이러쿵저러쿵…….」

「그런 얘기는 그만 하고, 그 여자가 어디로 갔는지나 말해.」

「그러죠. 그 여자 일행은 그랜드 호텔로 갔어요. 거기서 묵을 모양이더라구요. 그래서 나는 보안관이 우리 뒤를 쫓고 있나 알아보러 나갔어요.」

「쫓고 있대?」

드웨인이 끼여들었다.

「아니, 감옥 청소하는 놈이 그러는데, 이름도 모르고 얼굴도 몰라서 보안관이 어쩔 수 없이 포기했대. 그건 그렇고, 그 다음날 아침 일찍 돌아왔더라면 큰일날 뻔했어요.」

드웨인이 호기심 어린 시선으로 피터를 쳐다보았다.

「무슨 재미있는 일이라도 있었나 보지? 우리는 지루해서 죽을 뻔했는데 말이야.」

「드웨인, 그게 아냐. 그 여자가 그날 오후에 마을을 떠났으니, 내가 일찍 돌아왔으면 여자를 그대로 놓쳤을 뻔했지 뭐야.」

「벌써 떠났다구?」

엘리엇이 놀란 목소리로 되물었다.

「네. 총격전이 끝나기가 무섭게 바로……. 참, 드웨인, 마을에서 총싸움이 벌어진 거 알아? 그 싸움에서 누가 죽었는지 알면 기절초풍 할걸?」

피터가 흥분한 목소리로 외쳤다. 드웨인의 눈이 휘둥그레졌다.

「누가 죽었는데?」

「놀라지 말라구. 맥로리 형제와 클랜턴네 막내.」

「뭐? 어프 형제랑 붙은 거야?」

「그럼 또 누가 있겠어?」

「봤어?」

클라이델이 피트와 드웨인의 대화에 끼여들었다.

「아니. 그때 나는 다른 데 있었어. 총소리를 듣고 바로 달려갔는데도 가 보니 싸움이 다 끝났더라구.」
 「이것 봐, 피트. 나는 그런 총싸움 얘기보다는 공작부인이 어떻게 됐는지가 더 궁금해」
 「알았어요. 그 여자도 거기 있었어요. 총싸움이 끝나자 부리나케 도망가더군요. 얼굴이 하얗게 질려서 말이에요. 내가 호텔로 쫓아가 봤더니 짐마차가 일렬로 늘어서서 떠날 준비를 하고 있었어요.」
 「물론 따라가 봤겠지?」
 피트가 고개를 저었다.
 「벤슨을 지나서 몇 미터 더 가더니 야영을 하더군요. 거기까지 따라갔었어요. 툼스톤에서 떠나기 전에 가이드까지 구하더니 철길만 계속 따라가더라구요. 가이드가 오늘 새벽에 사람들 깨워서 투손으로 갔어요. 나는 이리 돌아왔구요.」
 「어디로 가는 것 같았다구?」
 엘리엇의 물음에 클라이델이 대신 대답했다.
 「투손이래요.」
 엘리엇은 속으로 한숨을 푹 쉬었다. 이런 저능아들 같으니라구.
 「거기 오래 있지는 않을 거 아니야. 내 말은 최종 목적지가 어디냐는 거야.」
 「지금 북쪽으로 가고 있기는 한데 유타는 아닌 것 같더군요. 그쪽에는 사막밖에 없으니까요. 캘리포니아나 뉴멕시코로 방향을 돌릴 수도 있죠. 콜로라도가 될 수도 있구요. 철길 따라 동쪽으로만 가면 될 테니까.」
 엘리엇은 싸늘한 표정으로 씩 웃었다.
 「그럴듯하군. 그 여자네는 식구가 많으니까 아무래도 시간이 오래 걸릴 거야. 조금만 서두르면 앞지를 수 있겠는걸. 여기서 투손까지는 얼마나 되지? 투손에 대해 잘 아는 사람?」

「그런데 이번에는 그냥 덮치는 건가요?」
드웨인이 물었다.
「경호원 수가 얼마나 되는지 잊었어? 게다가 가이드까지 하나 더 늘었다잖아. 가이드 자리에 우리 사람을 심어 놨으면 야영할 때 여자를 쥐도 새도 모르게 처치해 버릴 수 있었을 텐데, 아까운걸. 이미 지난 일이니 그건 어쩔 수 없고, 새 가이드는 어떤 사람이야?」
「인디언 혼혈입니다. 아파치는 아닌 것 같아요. 그들은 장총만 쓰는데 그놈은 권총을 분신처럼 부리고 있었거든요.」
「키가 커? 이름이 뭐라는지 못 들었어?」
드웨인의 목소리가 심상치 않았다.
「물론 들었지. 경호원들끼리 하는 얘기를 들었는데, '선더 씨'라고 하던걸.」
「이런, 젠장. 그놈은 빠르기로 유명한 놈이야. 총이 손에 달린 놈이라구!」
드웨인은 몸서리를 치며 외쳤다. 콜트 선더라면 자기를 쓰러뜨린 유일한 사람이었다.
빌어먹을! 이 먼 데까지 무슨 일로 온 거지?
「선더라는 자를 알고 있다는 뜻인가?」
「네. 몇 년 전에 만났는데, 총으로는 아무도 당해 내지 못해요.」
「하지만 드웨인, 그때는…….」
「입다물어, 클라이넬. 내가 이 두 눈으로 직접 봤단 말이야. 엘리엇, 아주 조심해야 하는 놈입니다. 누가 자기를 깔보는 것도 못 참구요, 동정하는 것도 못 참는 놈이에요. 무엇보다 혼자서도 거뜬히 우리를 모두 없앨 수 있는 놈이죠. 누구 밑에서 절대 일하지 않는 놈인데, 그 여자가 어떻게 그를 끌어들였는지 궁금한걸요.」
「그렇게 겁낼 게 뭐 있어? 설마 우리가 그놈 하나 못 이기겠어?」

사랑은 조금 빠르게   121

피트는 드웨인이 필요 이상으로 긴장한 게 마음에 들지 않아 시큰둥하게 한마디 했다.
「그럴 수가 없다니까요. 여태까지…….」
「드웨인, 너무 걱정 마. 그자와 정면으로 붙으란 소리는 안 할 테니까. 그자도 뒤에서 날아오는 총은 못 당할 거 아냐?」
엘리엇의 말에 드웨인은 긴장을 풀었다.
「그렇겠네요.」
「그럼 할 얘기는 다 한 건가, 피트? 그럼 이제 떠나도 되겠지? 도착하는 대로 마을부터 둘러봐야겠군. 적당한 장소를 찾으려면 시간이 좀 걸릴 거야.」
엘리엇이 자리에서 일어났다.
「클레이는 어떻게 하죠?」
피터가 클레이를 돌아보며 궁금한 듯 물었다.
「살아날 가망이 있어 보이거든 자네가 데리고 와.」
피트와 드웨인은 잠시 서로 바라보다가 곧 엘리엇의 뒤를 쫓아갔다. 그들 일행은 모두 며칠 전에 만난 사람들이었다. 그들 중에서 클레이를 동정하거나 안타까워하는 사람은 하나도 없었다. 모두 그 스스로가 부주의해서 생긴 결과니 자기들은 어쩔 수 없다는 식이었다. 오직 클라이델만이 클레이를 바라보며 잠시 주춤거렸다. 하지만 그도 클레이 옆에 위스키 병을 놓아주고는 다른 사람들을 따라서 나가 버렸다.

Savage Thunder

16

 말과 여자가 빚어내는 풍경은 아름다웠다. 조셀린은 말과 한몸이라도 된 듯, 키 큰 선인장을 뛰어넘으며 사막을 가로질러 달리고 있었다. 콜트는 눈앞에 펼쳐진 광경을 믿을 수 없었다. 화려한 마차를 타고 여행이나 다니는 여자가 저렇게 말을 잘 다루다니, 입이 다물어지지 않았다. 게다가 여자는 말에 똑바로 탄 것도 아니고 옆으로 다리를 모으고 앉은 채였다. 도무지 알 수 없는 여자였다.
 하지만 그런 기분도 잠시, 콜트는 끓어오르는 화를 참을 수가 없었다. 그의 분노는 조셀린이 다가왔을 때 바로 폭발했다
 「당신 지금 제정신이오? 도대체 경호원들을 열두 명이나 놔두고 왜 혼자 나와서 돌아다니고 있소!」
 콜트가 내지른 고함 소리에 말이 놀라 흥분했다. 조셀린은 그런

말을 달래느라 정신이 없었다. 한참 후에야 말은 진정했다.
「좀 조용히 말할 수 없어요? 당신이 오는 게 보이기에 반가워서 달려왔더니, 정말……. 보시다시피 여기는 언덕도 없고 나무도 없어요. 사람이 숨어 있을 만한 데가 전혀 없다구요. 이런 데에서 무슨 위험한 일이 있겠어요?」
「위험한 일이 없다고? 저길 좀 보시오. 저 표범 안 보이오? 아직은 당신을 발견하지 못한 모양이지만, 저게 사람 냄새를 맡았다면 당신은 오늘 저 녀석 저녁밥이 됐을 거요.」
조셀린은 콜트가 가리키는 방향을 보았다. 정말 표범 한 마리가 어슬렁거리고 있었다. 남쪽으로 300미터쯤 떨어진 곳이었다. 표범은 조셀린에게 별 관심이 없어 보였지만, 콜트는 대단히 분노한 듯했다.
「뱀이라도 나타나면 어쩔 셈이었소? 말이 질겁하고 내달리면 당신은 흙바닥에 그대로 나동그라질 거 아니오? 그러면 당신은 말굽에 차이거나 뱀에게 물릴 거요. 그대로 죽은목숨이다 이거요. 정신 차리시오. 사람만 조심하면 다 되는 게 아니란 말이오!」
「알아들었으니 그만 해요.」
조셀린은 풀이 죽어 대답했다.
「좋소. 그런데 여기서 대체 뭐하고 있었던 거요?」
조셀린은 재빨리 변명을 늘어놓았다.
「나도 조지도, 내 말 이름이 조지예요, 운동한 지가 너무 오래 돼서 몸을 좀 풀고 있었어요. 멕시코에서 떠난 이후로는 제대로 달려보질 못했거든요. 그 전에는 매일 잠깐씩이라도 말을 탔는데……. 오늘은 당신에게 할 얘기가 있어서 나왔는데, 당신은 밤이나 돼야 올 거라고 하잖아요. 그래서 기다리고 있었던 거예요. 여긴 안전할 거라 생각했거든요. 내 생각이 짧았어요.」
「내리시오.」

「뭐라고요?」

「조지가 너무 무리한 것 같소. 5킬로미터 정도는 달린 것 같은데, 이제 좀 쉬게 하시오. 갑자기 그렇게 심하게 운동을 시키면 말이 어떻게…….」

「내 말 갖고 이러라저러라 하지 말아요. 다른 건 다 시키는 대로 하겠지만 말에 대해서만큼은 그렇게 못 해요. 조지는 태어나는 순간부터 지금까지, 내가 기르고 훈련시킨 말이에요. 이 말에 대해서 나만큼 잘 아는 사람은 없다구요!」

조셀린은 말에서 내려 콜트에게 다가갔다.

콜트는 머쓱해져서 입을 다물었다. 말을 저만큼 잘 타는 사람이니 분명히 말에 대해 잘 알고 있을 것이다. 하지만 직접 기르고 훈련시켰다니, 여자가 할 일이 아니었다. 그것도 백인 여자가 할 일은 더더욱 아니었다.

조셀린은 콜트가 처음에 생각했던 것과는 분명히 다른 여자였다. 아까처럼 혼자 일행에서 떨어져 있을 때 누군가 추격을 해온다 하더라도 아무도 따라잡지 못했을 것이다.

「말을 직접 키웠다고 했소?」

조셀린이 천천히 고개를 끄덕였다. 콜트는 말에서 내려 조셀린 앞으로 다가갔다. 조지가 놀라 뒷걸음질쳤다. 하지만 그가 조지 귀에다 대고 뭐라고 속삭이며 손을 내밀자, 말은 그 손에 코를 비비며 콜트 쪽으로 다가갔다. 믿을 수 없는 일이었다.

「정말 대단하군요. 낯을 엄청 가리는 놈인데, 어떻게 벌써 친해질 수가 있죠? 게다가 손을 댔는데도 얌전히 있었어요. 정말 놀라운 일이에요.」

「그렇소?」

「네. 동물들이 당신을 퍽 따르나 보네요? 나도 그런 편인데, 당신

사랑은 조금 빠르게 125

처럼 그렇게 짧은 시간에는 못 할 거예요.」
 두 사람 사이에도 공통점이 있다니, 콜트는 의외의 일에 놀랐다.
「그런데 나한테 하려던 이야기는 뭐요?」
「아, 그거요? 왜 갑자기 동쪽 길로 들어섰는지 궁금해서요. 물론 당신이 잘 알아서 하겠지만 우리는 그저…….」
「수상한 놈이 있었소. 얼마 전까지 따라오더니 우리가 투손으로 방향을 잡는 걸 보고는 돌아갔소」
「보나마나 우리 목적지를 보고하러 간 걸 거예요. 정말 당신은 우리에게 꼭 필요한 사람이에요. 콜트, 당신이 있어서 얼마나 다행인지 몰라요. 왜 그런 눈으로 보죠? 내가 말을 잘못했나요?」
「내 본래 직업은 가이드가 아니오. 나는 저 표범처럼 여기저기 발 닿는 대로 떠도는 사람이라 이쪽 지리는 잘 모르오. 하지만 저 산을 넘으면 뉴멕시코가 나오고, 거기서 철길을 따라서 쭉 가면 평야가 나올 거요. 거기부터는 내가 잘 아는 곳이오. 문제는 여기서 거기까지 어떻게 가느냐 하는 건데…….」
「길을 잃을 수도 있다는 뜻인가요?」
「그게 아니라 길이 없는 구간이 중간중간 있다는 거요. 그리고 당신 마차로는 저 산을 넘을 수가 없소」
「그러면 당신은 여기까지 어떻게 왔어요? 와이오밍에서 왔다고 했잖아요?」
「내가 다니는 길은 말만 한 마리 겨우 지날 수 있는 길이오. 그리고 빌리의 행적을 쫓아온 거라서, 와이오밍까지 직접 가는 길은 나도 모르오.」
「그런데 별로 걱정스러운 얼굴이 아니네요?」
「물론 방법이 아주 없는 건 아니오. 저 위쪽 어딘가에 아파치 마을이 있는데, 그쪽에는 틀림없이 길이 있을 거요.」

「아파치라구요?」

「멕시코를 지나왔다니 거기서 몇 차례 맞닥뜨린 적이 있겠군. 이 나라에선 다른 인디언 부족들처럼 보호구역에 살고 있으니 걱정할 거 없소. 위험한 인디언은 나처럼 이렇게 구역을 벗어난 인디언이오.」

콜트의 목소리가 어두워졌다. 조셀린은 아무 말 없이 콜트의 말을 향해 걸어갔다. 그리고 말의 목덜미를 부드럽게 쓰다듬으며 말했다.

「다시는 그런 말 말아요. 당신이 무식한 야만인이라는 걸 믿게 하려고 그러는 모양이지만 소용없는 짓이에요.」

실수였다. 콜트 같은 사람에게 그런 식으로 말하는 게 아니었다. 하지만 물은 이미 엎질러졌다. 조셀린이 미처 잘못을 깨닫기도 전에 콜트는 그녀를 바닥에 눕히고 위로 올라가 치마를 걷어 올리고 있었다. 말들이 놀라서 슬슬 뒷걸음질쳤다.

「소용없다고? 그럼 이렇게 하면 어떨까?」

조셀린은 당황했다. 콜트의 손이 속바지를 찢고 안으로 파고들었다.

「콜트, 왜 이래요? 이러지 말아요.」

「아직도 정신을 못 차린 모양이군. 내가 그런 말을 들을 것 같소? 말릴 생각은 않는 게 좋을 거요. 나와 단둘이 있을 때가 가장 위험한 때라는 걸 가르쳐 주겠소.」

조셀린은 발버둥을 치며 콜트를 밀어내려 했지만 뜻대로 되지 않았다. 그를 말릴 방도가 없었다.

「그래 봤자 날 더 화나게 할 뿐이오. 나는 갖고 싶은 건 모두 가지는 성격이오. 내가 당신을 어떻게 대할 거라고 생각했소? 이럴 줄 몰랐소? 앞으로 더 험한 꼴도 많이 보게 될 거요. 백인 여자들 겁탈하는 건 일도 아니고, 데려다가 노예로 부려먹기도 하거든.」

이 벌건 대낮에 그것도 먼지구덩이에서 날 겁탈할 생각인가?

조셀린은 겁이 났다. 자신이 원한 건 이런 게 아니었다. 울며불며 저항했지만, 콜트의 손은 멈추지 않았다.

「제발 이러지 말아요, 콜트!」

조셀린은 죽을힘을 다해 그의 손을 붙잡고 소리쳤다. 하지만 거칠게 뿌리치는 그의 매정함에 더 이상 반항할 의지를 잃고 축 늘어졌다. 한데 그때 콜트의 손이 거짓말처럼 멈췄다. 반항을 포기하는 것, 그게 방법일 거라고는 생각지도 못했다. 콜트는 그저 겁만 주려고 했던 것이다.

「내 손에 채찍이라도 있었으면 좋았을 텐데. 앞으로 다시는 이런 일이 없길 바래요, 콜트 선더. 그땐 정말 가만히 있지 않겠어요.」

조셀린은 펄펄 뛰며 치마를 얼른 끌어내렸다. 바닥에 앉아 숨을 고르고 있던 콜트가 한마디 내뱉었다.

「한마디만 더 지껄이면 다시 바닥에 눕혀 주겠소」

「만약 또 그런 일을 저지르면, 당신이 정말 쓸모 없는 인디언 혼혈임을 당신 스스로 증명해 보이는 거예요.」

조셀린은 콜트의 말 앞으로 가서 그 말에 훌쩍 올라탔다. 그러고는 안장에서 총을 꺼내 들었다. 뭘 하려는 건지 짐작이 가지 않았지만, 콜트는 그냥 지켜만 보았다. 자기에게 총을 겨누지는 않을 거라는 건 어렴풋이 알고 있었다.

「당신을 저 표범 저녁밥으로 주진 않겠어요. 하지만 야영장으로 돌아가기 전에 잘못을 뉘우치도록 해주겠어요」

조셀린은 표범을 향해 총을 두 발 쏘았다. 총알은 정확히 표범의 발에 가서 맞았고, 표범은 절뚝거리며 어디론가 사라졌다. 어느새 슬금슬금 다가오던 토끼며 야생칠면조 따위가 총소리에 놀라 흩어졌다. 다시 총소리가 세 번 더 들리더니, 토끼 두 마리와 칠면조 한 마리가 풀썩 쓰러졌다. 콜트는 자기 주변에 죽어 너부러진 동물들을 보았다.

「조금 위험할 수도 있겠지만, 당신은 잘해 낼 거예요. 우리가 올 때까지 동물들을 잘 지켜 주면 요리사가 고다워할 거예요.」

조셀린이 말에 박차를 가해 앞으로 달려나가면서 높게 휘파람을 불었다. 그러자 조지가 고개를 치켜들더니 그녀를 뒤따랐다. 콜트는 놀라운 사격 솜씨에 잠시 넋을 잃었다. 하지만 곧 자기를 궁지에 몰아넣고 가 버린 조셀린의 행동에 화가 났다. 지금이라도 휘파람을 불면 말은 다시 되돌아오겠지만, 그럼 말에 타고 있는 조셀린도 함께 올 것이고, 그 여자가 가까이 오면 또 무슨 일을 저지르게 될지 장담할 수 없어, 그는 가만히 조셀린의 뒷모습만 바라보았다. 아까 일이야 조셀린을 겁주려던 것뿐이었지만, 그때는 정말 이성을 잃고 달려들지도 모를 일이었다.

죽은 동물들에 둘러싸인 채 그는 생각에 잠겼다. 여기서 조셀린이 되돌아오길 무작정 기다리긴 싫었다. 다른 방법을 찾아야 했다. 독수리 떼가 피 냄새를 맡고 득달같이 몰려들었다. 그는 쌓인 울분을 토해 내듯, 맹렬한 기세로 달려드는 독수리들을 향해 욕설을 퍼부었다. 잔뜩 흥분한 몸과 마음의 열기를 가라앉히려면 생각을 딴 데로 돌릴 수 있는 육체적 노동과 시간이 필요했다. 야영장까지 걸어가면 될 것 같았다. 걷다 보면 몸의 열기도 땀으로 발산될 거고 시간도 그만큼 걸릴 테니까. 하지만 반이나 왔을까, 그의 피는 다시 뜨거워져 있었다.

Savage Thunder
17

「어머, 조셀린! 손찌검이라도 당하면 어쩌려고 그래요?」
 바네사는 콜트의 말을 타고 온 조셀린을 보고 놀라움을 금치 못했다.
「걱정 말아요. 그 사람은 안 그럴 테니까.」
 조셀린은 텐트 앞에다 말을 세웠다. 기운 없는 조셀린의 목소리에 바네사가 더욱 걱정스런 표정이 되었다.
「이렇게 위험한 짓을 하다니……. 조셀린 대체 무슨 생각으로 그 사람 말을 훔쳐 왔어요? 그 사람 성질 알잖아요?」
「훔쳐 온 게 아니라 빌려 온 거예요. 하지만 내가 훔쳐 왔대도 그 사람은 할말없을 거예요.」
 조셀린이 콜트에게 다시 가 보았을 때 그는 없었다. 날이 어둑해져서 텐트를 쳐야 할 때가 되었는데도 그에게서 아무 연락이 없자, 사람들은 조셀린이 콜트를 영원히 저세상으로 보낸 건 아닐까 하고 소곤거렸다. 다 걱정이 돼서 하는 말들이었다. 조셀린도 걱정이 되었다. 콜트 말대로 범이 나타났을지도 모르고, 다친 표범이 그 근처에 있다가 보복을 했을지도 모른다. 하긴, 콜트도 총을 가지고 있으니 그런 걱정은 할 필요가 없었다. 그저 걱정시키려고 아직까지 돌아오지 않는 것이리라. 그렇게 생각하니 맘이 조금 편했다.

「나는 그 카펫이 맘에 드는데, 당신이 그렇게 꼼짝도 않고 거기에만 앉아 있으니까 금방 해져서 못 쓸까 걱정이 되는군요. 이제 그만 이리 와서 포도주 한잔 하는 게 어때요?」

바네사가 조셀린을 보며 자기 앞에 놓인 의자를 가리켰다.

「미안해요. 지난 며칠 동안 걱정만 끼친 것 같네요.」

「별 소릴 다 하는군요. 당신과 콜트가 티격태격하는 거 괜찮은 구경거리예요. 지난번에 덩치 큰 하인 두 녀석이 서로 바베트를 차지하겠다고 죽일 듯이 싸운 다음으로는 별 특별한 일이 없어 심심하던 참이었어요. 오늘 무슨 일이 있었는지 당신이 말을 안 하니 자세히는 알 수 없지만, 표정을 보니 대충 짐작이 가요. 다음 사건이 궁금해지는군요.」

그때 밖에서 웅성대는 소리가 들렸다. 콜트가 돌아온 모양이었다. 그리고 텐트 앞을 지키던 경호원의 목소리가 들렸다.

「이제 오는군? 여긴 허락 없이 들어갈 수 없어!」

퍽!

이어서 다른 경호원의 목소리가 들리고 언성이 높아지는가 싶더니 텐트 밖이 소란스러워졌다.

「조셀린, 가서 총을 가져와요. 일단 기세를 좀 꺾어 놔야 왜 그러는지 이유나 들을 수 있겠군요.」

조셀린은 바네사가 시키는 대로 하지 않았다. 아니, 그럴 수가 없었다. 바네사도 조셀린도 경호원들이 콜트를 당해 낼 거라고는 생각지 않았지만, 그래도 그렇게까지 빨리 무너질 줄은 몰랐다. 갑자기 텐트가 흔들리더니 콜트가 성난 황소처럼 씩씩거리며 안으로 성큼성큼 걸어 들어왔다. 조셀린은 겁이 났지만 태연한 척 그 자리에 똑바로 서 있었다. 그래야 그가 손을 대지 못할 것이다. 기껏해야 모자를 팽개치거나 소리만 지르고 말리라.
「내가 당신을 그냥 놔두지……」
콜트는 더 이상 말을 잇지 못했다. 너무도 담담한 조셀린의 표정에 당황했던 것이다.
조셀린은 감정을 가라앉히려고 애쓰는 콜트를 보았다. 눈을 감은 채로 가만히 서 있는 그의 얼굴이 보기 민망할 정도로 벌겠다. 콜트가 이성을 잃는 일은 아주 드물었다. 좀처럼 자기 기분을 드러내지 않아, 어떤 생각을 하고 있는지 짐작조차 할 수 없는 그런 사람이 아닌가.
이 사람이 이성을 잃은 게 나와 함께 있어서야, 아니면 너무 화가 나서야?
드디어 콜트가 눈을 떴다. 텐트 안에 들어온 여섯 명의 경호원이 눈에 들어왔다.
「이제들 오셨군. 조셀린, 당신 숙소에 침입하는 게 생각보다 간단하던걸?」
경호원들은 콜트의 말에 움찔했다. 조셀린이 얼른 나서서 그들을 변호했다.
「콜트, 당신은 우리 일행이니까 쉽게 들어올 수 있었던 거예요. 낯선 사람이 들어오려 했다면 총부터 꺼내 들었을걸요. 그런데 밖에서 과격하게 싸웠나요?」

「아니, 그렇지 않소.」
「다행이군요.」
 조셀린은 가볍게 웃어 보이며 경호원들에게 무슨 오해가 생긴 모양이라고 설명했다. 그리고 콜트가 저렇게 화를 내는 건 전적으로 자기 책임이라는 말도 덧붙였다. 경호원들은 조셀린이 콜트의 말을 타고 돌아오는 걸 봤기 때문에 쉽게 그 말을 이해했다. 덕분에 콜트는 직접 나서서 변명할 필요가 없게 되었다.
 파커는 콜트를 그대로 놔두는 게 탐탁지 않았다. 하지만 콜트도 잠잠해졌고, 조셀린도 나서서 괜찮을 거라고 하는 마당에 더 끼여들 수가 없었다. 마지막 경호원까지 텐트 밖으로 나가자 콜트가 나지막하게, 그러나 심각한 목소리로 조셀린에게 속삭였다.
「걷다가 안 돼서 뛰어도 봤지만 그게 그거더군. 당신 목을 비틀어 버리기 전에는 분이 안 풀릴 것 같소.」
 옆에서 그 얘기를 들은 바네사의 얼굴이 하얗게 질렸다. 다시 경호원을 불러들일까 하는데 조셀린의 목소리가 들렸다.
「조용히 얘기해 주는 게 고마워서 목이라도 내주고 싶군요. 내가 사과를······.」
「물론 해야지.」
「하지만 당신도 잘못한 게 있잖아요. 이번에는 서로 비긴 걸로 하는 게 어때요?」
 콜트가 대답은 않고 섬뜩한 눈빛으로 노려보았다. 조셀린은 불안해졌다. 지금 지지 않고 맞서서 노려본다면 상황은 더 나빠질 것이었다. 그의 깊고 푸른 눈동자는 불과 몇 시간 전에 있었던 일을 떠오르게 했다. 치맛자락을 걷어올릴 때 그의 손길이 닿은 부분이 화상을 입은 듯 뜨거웠다.
 지금 저 눈빛은 아까 그 눈빛이야.

다리의 힘이 풀렸다.
제발…….
바네사의 표정은 더 심각했다. 머릿속으로 온갖 상상을 다 하고 있는 게 분명했다. 조셀린은 다시 콜트를 보았다. 화가 완전히 풀리지는 않았지만 어느 정도는 가라앉은 것 같았다. 조셀린은 아무렇지도 않은 듯 말문을 열었다.
「콜트, 전부터 백작부인이 당신을 소개해 달라고 했어요. 내 가장 친한 친구이자 동료인 바네사 브리튼 씨예요.」
「안녕하십니까?」
콜트가 고개를 숙이며 인사했다. 바네사는 좀 안심이 됐는지 목소리가 한결 부드러워졌다.
「반가워요, 선…….」
「참, 콜트는 이름에 '씨'자를 붙이는 걸 무척 싫어하니까 빼고 부르세요.」
「양해도 구하지 않구요? 그건 너무 무례한 짓이죠.」
「그래서 미리 알려 주잖아요. 친근감도 느껴지고 괜찮은 것 같아요.」
「괜찮으시다면 앞으로 그렇게 불러 주세요, 부인.」
콜트가 출구 쪽으로 걸어가며 말하자 조셀린이 재빨리 그의 앞을 막아섰다.
「아직 가면 안 돼요. 우리와 함께 저녁식사 하고 가요.」
「꼭 그래야 하오?」
조셀린은 잠시 눈을 내리깔더니 정중한 목소리로 다시 말했다.
「함께 식사하지 않겠어요?」
「아니오. 난…….」
「그럼 술이라도 한잔 마시고 가세요. 포도주가 있는데……, 아니 그건 별로 안 좋겠군요. 바네사, 제인더러 마차에 가서 술 좀 가져오라고 말해 줄래요?」

바네사는 대답 없이 텐트 밖으로 사라졌다. 이제 다시 둘만 남게 되었다.

「나와 가까이 있으면 안 된다는 걸 아직도 모르겠소?」

「바네사가 금방 올 거예요. 그리고…….」

맙소사, 또 그 눈빛이었다.

조셀린은 콜트의 눈을 보는 순간 그대로 경직했다.

「당신은 내가 그런 일로 겁이나 집어먹는 여자가 아니라는 걸 아직도 모르겠어요?」

「아직 혼이 덜 났군. 나 같은 사람 앞에서는 그런 식으로 말하는 게 아니오.」

조셀린은 콜트가 왜 스스로 치사하고 비열해 보이려고 안달하는지 이해할 수 없었다. 그는 그런 사람이 아니었다. 그건 조지가 쉽게 다가간 것만 봐도 알 수 있었다.

「콜트, 나도 상당히 매…….」

「제인이 금방 올 거예요. 브랜디를 가져오라고 했어요. 그런데 내가 두 사람 대화를 방해한 건 아닌가요?」

바네사가 안으로 들어서며 물었다. 당황해서 얼굴이 붉어진 조셀린은 머리를 좌우로 흔들며 '아니에요'라는 말만 겨우 중얼거렸다. 그 말 외에 다른 말은 전혀 생각나지 않았다.

조셀린은 하마터면 자기 입으로 자기가 마력적이지 않느냐고 물어볼 뻔했다. 세상에, 잠시 정신이 나간 모양이었다. 콜트의 마음을 알지도 못하는 상태에서 그렇게 대놓고 물어 본다는 건 정말 뻔뻔한 짓이었다. 그리고 만약 그가 아무 말도 안 하면 어떡하겠는가? 아니, 그건 차라리 다행일 수도 있었다. 한술 더 떠서 전혀 그런 생각이 안 든다느니 뭐 그러면 얼마나 충격이겠는가? 조셀린은 얼른 감정을 추스르고 바네사에게 말했다.
「생각보다 빨리 오는군요, 바네사. 어제 마을에서 묵지 않은 이유가 뭔지 물어 보던 중이었어요. 당신이 무척 궁금해했잖아요.」
「그랬죠.」
바네사는 껄끄러운 얼굴로 대답했다. 가이드가 악의를 품고 그런 걸 거라고 얘기했던 일이 마음에 걸렸기 때문이다. 게다가 지금 그런 얘길 나누기에는 콜트의 표정이 너무 안 좋았다. 조셀린을 바라보는 눈빛에 열기가 가득했다. 아무래도 두 사람의 분위기가 심상치 않았다.
내가 잠깐 자리를 비운 사이에 무슨 일이 있었을까?
콜트는 아무 말도 없이 뚫어져라 조셀린만 바라보고 있었다.
「이유가 뭐죠, 선, 아니 콜트?」
텐트 안에 흐르는 이상한 분위기를 어떻게든 무마해 보려고, 바네사는 콜트의 주의를 끌었다.
콜트의 눈이 바네사를 향했다. 어딘지 불안해 보이기는 했지만 방금 전의 열기는 사라지고 없었다.
「마을 안으로 들어가지 않고 들판에서 야영한 건 가까이 오는 적을 쉽게 알아보기 위해서였어요. 마을 안으로 들어가면 누구를 조심해야 할지 알 수가 없잖아요. 조셀린을 해치려는 영국인이나 부하들이 어떻게 생겼는지 모르니까요. 하지만 밖에서 야영을 하면 우리 일행이 아닌 사람들은 모두 조심하면 되죠.」
「들었지요, 바네사? 다 이유가 있었어요. 게다가 오늘 아침에는 콜트가 하자는 대로 우회한 덕분에 롱노우즈를 따돌렸어요. 잠깐이지만 우리를 놓쳤으니 당분간은 어쩌지 못하겠죠.」
바네사는 고개를 끄덕이며 콜트의 반응을 살폈다. 조셀린의 행동에는 나무랄 점이 없었다. 아니, 콜트의 동행이 자신들에게 얼마나 도움이 되었는지 너무 노골적으로 칭찬하는 바람에, 누가 보면 아부라고 생각할 정도였다. 자기도 말하면서 민망한지 조셀린은 콜트를 똑바로 쳐다보지도 못했다. 하지만 콜트는 자기 칭찬인 줄 아는지 모르는지 여전히 못마땅한 얼굴이었다.

이유가 뭘까? 이런 대화에 끼고 싶지 않은 걸까? 아니면 뭔가 마음먹은 대로 안 되는 게 있나?

딱히 짚이는 게 없었다. 조셀린에게 이런 얘길 해주면 틀림없이 콜트에게 대놓고 물어 볼 것이다. 그럼 생각지도 못한 황당한 일이 발생할 수도 있었다. 조셀린은 그냥 모르고 넘어가는 게 나았다.

콜트는 콜트대로 생각에 빠져 있었다. 되도록 빨리 여길 나가고 싶었다. 조셀린과 이렇게 가까이 있다가는 좋을 게 아무것도 없었다. 잔뜩 성이 난 채로 여길 들어온 게 잘못이었다.

잠시 후 하인이 은 쟁반에 브랜디를 얹어 들고 들어오자, 그는 '먼저 실례하겠소'라는 말만 남기고 술병을 잡아채서 밖으로 나와 버렸다. 오늘밤에는 술이 필요했다.

Savage Thunder

18

 며칠 동안 조셀린은 콜트를 통 보지 못했다. 그렇다고 그가 일행을 버리고 떠난 건 아니었다. 단지 조셀린이 깨기 전에 사라졌다가 잠든 후에 돌아왔기 때문이다. 그는 아파치 구역을 지나는 동안 사람들 앞에 한번도 나타나지 않았다. 조셀린은 콜트가 걱정이 됐다. 새삼스러운 감정이었다. 에드워드가 세상을 떠난 이후로 한 남자를 이토록 걱정해 본 적은 없었다.
 그러던 어느 날 오후, 콜트가 나타났다. 뭔가 특별한 일이 있는 게 틀림없었지만, 이렇다 할 설명이 없었다. 사실 그가 알아서 얘기해 주길 기다리느니 차라리 사막에서 오아시스를 찾는 게 나으리라.
 모두들 궁금해하면서도 선뜻 콜트에게 물어 보지 않았다. 그만큼 그에게 좋은 감정을 가지고 있는 사람이 없었던 것이다. 조셀린은 참다못해 자기가 직접 나서기로 결심했다. 마침 마부와 함께 마차 앞자리에 앉아 가고 있었으므로 목소리만 좀 높이면 될 일이었다. 하지만 그의 얼굴을 보는 순간 그럴 생각이 싹 달아나고 말았다. 말 한마디 건네기도 어려울 만큼 표정이 굳어 있었다. 조셀린은 불안했다. 선두에 있던 경호원들 앞으로 말을 몰고 가는 콜트의 뒷모습에서 좋지 않은 예감이 전해져 왔다. 그렇게 30분쯤 흘렀을까? 이유를 알 수 없던 긴장감의 정체가 드러났다.

저 앞으로 언덕이 나타났는데, 거기에 말을 탄 남자 여섯이 보였다. 그들을 발견하자 앞쪽에 있던 경호원들이 말을 세웠지만, 콜트는 아랑곳 않고 계속 앞으로 말을 몰았다. 조셀린은 모두 콜트를 따르라고 지시했다. 언덕 위의 낯선 남자들은 조셀린의 마차 행렬을 가만히 바라보고만 있었다. 혹시 롱노우즈가 아닐까 싶었다. 아니 그러길 바랐다. 이제는 오랫동안 질질 끌어 온 지루한 싸움을 끝내고 싶었다. 그럼 꽤 볼 만한 '대결'이 될 터인데…….

하지만 조셀린의 바람은 이루어지지 않았다. 마차가 언덕 가까이 갈수록 그들의 모습이 또렷이 보였다. 언덕을 천천히 내려오는 그들은 인디언이었다. 언뜻 보아서는 그 지역에 사는 평범한 인디언 같았지만, 자세히 보니 그렇지 않았다. 다들 허리나 어깨에 탄띠를 메고 있었던 것이다. 난폭하기로 소문난 원주민이 분명했다. 사실 여섯이라면 위협적인 숫자는 아니었다. 경호원 수만 해도 그 두 배가 아닌가. 하지만 막상 그들이 마차를 향해 내달리기 시작하자 조셀린은 심장이 멎는 기분이었다.

이번에는 콜트가 말을 세웠다. 뒤에 따르던 경호원들도 모두 제자리에 섰다. 잠시 후 파커가 콜트 옆으로 가더니 잠시 얘기를 나누었다. 콜트가 인디언들 앞으로 나서자 마차를 몰던 피어슨이 조셀린의 귀에 대고 소곤거렸다.

「인디언들은 활을 갖고 다닌다고 들었는데 아닌가 봐요.」
 조셀린은 인디언들을 다시 한 번 훑어보았다. 활이나 화살 따위는 보이지 않았다.
「옛날에나 그랬겠지. 활보다는 아무래도 총이 편하지 않겠어?」
「원하는 게 뭘까요? 식량이나 물건 같은 걸까요?」
「그럴 수도 있겠지. 아니면 우리가 자기들 영토를 지나가고 있으니 통행세를 내라고 하든가.」
「그렇겠군요. 그렇다면 다른……」
 조셀린의 신경은 온통 콜트에게로 쏠려 있었다. 그는 선두에 있는 인디언과 몇 마디 주고받고 있었다. 너무 멀어서 들리지는 않았지만 오가는 손짓을 보니 뭔가를 놓고 논쟁을 벌이는 듯했다. 잠시 후, 얘기가 끝났는지 콜트가 마차 쪽으로 왔다. 조셀린은 콜트의 어두운 표정에 마음을 졸이며 마차에서 내렸다. 그가 조셀린의 팔을 잡더니 구석으로 데리고 갔다.
「당신 말을 달라는군.」
 콜트가 불쑥 말했다.
「조지를 팔 수는 없어요. 대가가 어떻건 말이에요.」
「말을 사겠다는 소리가 아니오.」
「여길 무사히 지나가게 해주는 대가로 말을 달라는 게 아닌가요?」
「아니오. 저 사람들은 이 지역과는 아무 상관도 없는 사람들이오. 그저 떠돌이 아파치일 뿐이지.」
「국경 지역에 나타나서 사람들은 습격한다는 그 인디언들인가요? 그럼 여기가 국경이에요?」
「이제 말귀를 좀 알아듣는군.」
 오늘따라 콜트의 말투가 유난히 부드러웠다. 조셀린은 턱을 살짝 치켜 올렸다.

「조지를 내놓지 않겠다면요?」

「허락 받고 가져가는 사람들이 아니오. 우릴 어제 보았다면 밤에 습격해서 훔쳐갔겠지. 우리가 자기들을 몰라보는 것 같으니까 동부 어디쯤에서 온 걸로 생각하는 모양이오. 조금만 겁주면 앞뒤 재지도 않고 말이든 뭐든 척척 내놓을 거라더군. 이저 어쩌겠소?」

「억울해요. 우리가 인원도 훨씬 많은데……. 한번 부딪쳐 보면 어때요? 나도 총을 좀 다룰 줄 안다는 걸 알잖아요?」

콜트는 웃음이 났다. 용기는 가상했지만 여기가 어떤 덴지 모르고 하는 소리였다.

「사람 죽여 본 적 있소?」

「없어요. 기회도 없었구요.」

「내 말 잘 들으시오. 어찌어찌 해서 저 사람들을 맨손으로 쫓아보낸다면 다음 번에는 떼를 지어 우리를 습격할 거요. 언제가 될지는 모르지만 아마 밤에 들이닥치겠지. 사람들이 다 자고 있을 때. 그렇게 되면 당신은 말뿐 아니라 모든 걸 잃게 되는 거요. 당신 목숨까지.」

「그래도 조지를 포기할 순 없어요. 조지는 나의 꿈, 종마 사육장의 밑천이라구요!」

「이봐, 지금 돈 버는 게 문제가 아니잖소? 돈이라면 충분히 있는 것 같던데, 아니오?」

「돈 때문이 아니에요. 삶의 의미 때문이죠. 세상에서 가장 훌륭한 말을 키워 내는 게 내 꿈이라구요.」

지난번에 조지를 암말 세 마리하고만 짝지어 준 게 후회가 됐다. 머지않아 이 방랑이 끝나면 좋은 짝을 골라 짝지어 줘서 훌륭한 말을 많이 키워 내려고 했는데……. 그때 좋은 생각이 떠올랐다.

사랑은 조금 빠르게 141

「암말을 한 마리 준다고 하면 어떨까요?」
「그러고 싶소?」
「아깝긴 하지만 나중에라도 공격을 받지 않으려면 맨손으로 보내서는 안 된다면서요? 괜한 고집 부려서 사람들을 위험에 몰아넣을 순 없어요.」
콜트는 천천히 고개를 저었다.
「아마 소용없을 거요. 당신 말이 두목 마음에 쏙 든 모양이거든. 그런 말을 타고 있다는 것은 동료들 사이에서 대단한 자랑거리가 되기 때문에 무슨 수를 써서라도 가지려고 할 거요. 하지만 당신이 정 원한다면 한번 얘기는 해보겠소. 만일 내가 당신 말은 한 마리도 안 뺏기고 저 사람들은 돌려보낸다면…….」
「무슨 방법이라도 있다는 거예요?」
「방법이랄 수도 있지. 하지만 실속 없이 나서진 않겠소. 내가 원하는 대가만 치러 준다면…….」
「농담 말아요. 벌써 당신한테 지불하기로 한 돈만 해도…….」
「당신 암말이 낳은 망아지 한 마리면 되오. 그 망아지가 조지의 새끼가 맞다면 말이오.」
조셀린은 어이가 없었다.
암말이 새끼를 배고 있다는 걸 어떻게 알았지? 봄이나 돼야 태어날 텐데. 참 뻔뻔하기도 하지. 돈을 그만큼 받았으면 이런 일쯤은 그냥 처리해 줄 수도 있지 않아? 하긴 저런 남자한테 그런 걸 바라는 내가 한심하지.
「저 인디언들이 다신 우릴 괴롭히지 못하도록 쫓아 줄 테니 조지의 새끼를 달라, 이 말이에요?」
콜트가 고개를 끄덕였다.
「어떻게 할 생각인데요?」

「그건 내가 알아서 할 거요. 생각 있소?」

「당신이 그렇게 나온다면 다른 방법이 없…….」

「좋소. 아무도 자기 자리에서 벗어나지 못하게 하고 당신과 여자들은 마차 안에 들어가 있도록 하시오. 아무것도 보면 안 되오.」

「보지 말라구요? 뭘요?」

하지만 콜트는 아무 대답도 않고 말에 올라탔다.

조셀린은 괘씸하고 치사해서 더 묻지 않고 마차로 돌아갔다. 바네사는 마차가 선 줄도 모르고 잠들어 있었다. 콜트가 어떻게 인디언들을 돌려보낼지 궁금해 미칠 지경이었다. 안 되겠다 싶어 밖으로 나와 마차 뒤에 숨었다. 한데 불과 몇 분 지나지 않아 콜트가 다시 일행이 있는 쪽으로 돌아오는 게 아닌가.

저렇게 간단한 일을……. 치사한 기회주의자 같으니라고!

하지만 콜트는 반 정도만 오더니 말에서 내렸다. 그의 뒤로 인디언이 한 명 따라왔다. 아직 얘기가 덜 끝난 모양이었다. 인디언은 콜트보다 체격이 훨씬 작았다. 인디언 원주민은 키가 작고 몸집도 왜소하다고 했다. 만약 얘기가 잘 안 돼서 폭력을 사용하게 되는 불상사가 발생한다 해도 걱정 없을 것 같았다.

한데 그들은 더 이상 아무 말도 하지 않았다. 콜트와 마주 선 인디언은 무릎 아래까지 오는 모카신과 넓적다리께까지 늘어진 누런 셔츠를 벗더니 총을 내려놓았다. 그러자 허리에 두른 탄띠 사이에 날이 긴 칼이 꽂혀 있는 게 보였다. 피부색은 콜트보다 더 검었고, 머리도 더 짧아서 겨우 어깨에 닿을까 말까 한 정도였다. 체구는 작았지만 표정은 상당히 위협적이었다.

콜트도 가죽 재킷을 벗었다. 그러자 낡은 바지와 화려한 장식이 달린 넓은 벨트가 보였다. 모자도 벗었다. 머리칼이 바람에 흩날렸다. 조셀린은 자기도 모르게 조그맣게 탄성을 내질렀다. 하지만 그가 권총 벨트를 풀어 바닥에 내려놓고는 인디언에게 긴 줄을 건네며 뒤로 돌아서자, 무슨 일인가 싶어 앞으로 한 걸음 나와 섰다.

무슨 일이지?

잠시 후 콜트가 다시 인디언과 마주 섰다. 그 순간, 경호원들 사이에서 쑤군대는 소리가 들렸다. 콜트의 오른팔이 뒤로 꺾인 채 묶여 있었던 것이다. 두 사람은 칼을 꺼내 들었다. 그 상태로 칼싸움을 벌일 모양이었다. 칼을 잡은 폼이, 상대를 베려는 게 아니라 찌르려는 것 같았다. 인디언이 먼저 공격을 했다. 동작이 상당히 빨랐다. 물론 빠르기로는 콜트도 누구 못지않았지만, 한쪽 팔이 묶여 있는 상태였으니 만일 넘어지기라도 한다면 큰일이었다. 인디언은 콜트의 뒤를 노리다가 뜻대로 되지 않자, 방법을 바꾸어 콜트를 넘어뜨리려 했다. 조셀린은 초조한 마음에 저도 모르게 앞으로 달려나갔다.

「이러시면 안 됩니다. 우리가 지금 나서면 저 사람들 화만 돋우는 꼴이 됩니다.」

파커가 앞을 가로막으며 조셀린을 붙잡았다.

「말려야 해요」

「소용없습니다. 다 끝난 다음에 타협을 보는 게 좋을 겁니다. 지금으로선 저 사람들 중 영어를 할 줄 아는 사람이 하나만이라도 있기를 바라는 게 우리가 할 수 있는 일입니다.」

조셀린은 이글거리는 눈초리로 파커를 쏘아보았다.

다 끝난 다음에라니? 콜트가 죽은 다음에?

모두 콜트가 질 거라고 생각하고 있었다. 이렇게 죽게 내버려 둘 수는 없었다. 차라리 조지를 내주리라.

하지만 이미 늦어 버렸다. 벌써 인디언은 콜트를 쓰러뜨리고 그의 몸 위에 올라가 있었던 것이다. 조셀린도, 다른 사람들도 그저 망연히 보고만 있을 뿐 아무것도 할 수가 없었다. 인디언은 한 손으로 콜트의 자유로운 팔을 단단히 붙잡더니 칼을 번쩍 들어올렸다. 그 다음에 일어날 일을 차마 볼 수 없어, 조셀린은 고개를 획 돌렸다. 그런데 그때 사람들의 입에서 탄성이 터져 나왔다. 얼른 다시 고개를 돌렸다. 믿을 수 없었다. 콜트가 인디언을 쓰러뜨리고 칼끝으로 그의 목을 지그시 누르고 있는 게 아닌가. 정말 눈 깜짝할 새에 벌어진 일이었다.

「아니, 어떻게 된 거죠?」

조셀린은 어안이 벙벙해서 물었다. 놀라기는 파커도 마찬가지였다.

「콜트의 힘을 당해 낼 수 없었던 모양입니다. 콜트가 잡혀 있던 팔을 빼서 칼을 막아 내자, 저 인디언이 균형을 잃고 쓰러지며 자기 칼을 놓쳤죠. 그래서 저렇게 된 겁니다.」

조셀린은 회심의 미소를 지었다. 콜트가 천천히 일어서 오른팔에 묶여 있던 끈을 풀었다. 그리고 쓰러진 적에게 손을 내밀었다. 하지만 인디언은 콜트의 손을 보고도 가만히 있었다. 잠시 후 그는 자기 발로 천천히 일어서더니 말 쪽으로 비척비척 걸어갔다.

콜트는 그 인디언이 자기 일행과 함께 사라지는 모습을 지켜보고는 말에 올라탔다. 그리고 다시 마차로 돌아오다가 조셀린과 눈이 마주쳤다. 순간 그의 표정이 싸늘하게 굳었다.

콜트가 말에서 내리자 조셀린은 어디 다친 곳은 없는지 구석구석 살펴보았다. 무사한 것을 확인하자, 얼굴에 안도의 웃음이 퍼졌다. 하지만 콜트의 안색은 더 나빠졌다. 여자가 자기를 걱정하는 건 그가 바라는 일이 아니었다. 그럴수록 절대로 가질 수 없다는 절망만 깊어지니까.

「인디언을 살려 보낸 건 잘한 일이에요.」

조셀린이 활짝 웃으며 콜트를 보았다.

「그렇소? 그가 샤이엔족이었다면 죽여 줬을 거요. 우리는 패배자

사랑은 조금 빠르게 145

로 사느니 차라리 죽음을 택하니까. 하지만 아파치는 우리와 달라서 훗날의 재대결을 위해 살아남길 원하오. 그래서 살려 둔 거요.」

조셀린의 얼굴에서 웃음이 사라졌다.

「그렇다면 나중에라도 조지를 빼앗으러 올 거란 얘긴가요?」

「그건 아니오. 내 말인 줄 알고 있거든. 그 말을 가지려면 날 죽이는 수밖에 없을 거라고 말해 뒀소. 그래서 아까 나를 죽이려고 한 거요.」

조셀린은 등골이 오싹했다.

「그렇다면 아까, 하마터면……. 그럼 만약 당신이 졌다면 어떻게 되는 거였죠?」

「그게 무슨 상관이오? 다 끝난 일인데.」

Savage Thunder

19

　바네사는 마차 밖을 내다보며 가볍게 한숨을 내쉬었다. 앞쪽에선 조셀린이 조지를 타고 이리저리 달리고 있었다. 아파치족과 마주친 후로는 항상 그렇게 마차 주위에서 멀리 떨어지지 않았다. 그때 자고 있던 덕에 그 상황을 직접 보지 못한 게 얼마나 다행인지 몰랐다. 주변 풍경은 지극히 단조로웠지만 새파란 하늘과 어우러진 조셀린의 모습이 아주 근사했다.
　사람들은 가도가도 똑같은 풍경에 모두 지쳐 있었다. 딱 한 번 온통 라벤더로 뒤덮인 산을 본 적이 있었지만 너무 멀리 있어서 가까이 갈 수는 없었다. 끝없이 펼쳐진 땅, 뜨거운 태양, 하얗게 달라 있는 풀, 어디를 봐도 갈증만 나는 풍경이었다. 오직 선인장만이 쩍쩍 갈라진 땅에서 푸릇푸릇하게 자라 숨통을 틔워 주었다.

원래 비가 오지 않는 지역인지, 통 물 구경을 할 수가 없었다. 한 번은 작은 강을 만난 적이 있었는데 실개천 정도도 안 되는 수준이었다. 목욕은 꿈도 못 꿀 일이었다. 가져온 물이 없었더라면, 일행은 모두 무말랭이 신세를 면치 못했을 것이다.

하지만 바네사는 드러내놓고 불평을 하지는 않았다. 특히, 얼마 전 가이드가 내린 지시의 의도를 듣고 난 후로는 더욱 불편한 기색을 내비치지 않았다. 사실, 이런 풍경을 지켜보는 것도 제법 재미있었다. 단조롭고 먼지만 가득한 이 땅이 하루에 딱 두 번, 일출과 일몰 때에 붉고 노랗게 물들었는데, 그 모습이 마치 불꽃에 휩싸인 듯 보였다. 달이 손으로 만져질 듯 가까이서 뜨는 광경도 일품이었다. 황금빛 공이 지평선 위로 떠오르면 세상은 밤이라고 할 수 없을 만큼 밝았다.

조셀린은 이런 장면들을 한순간도 놓치려고 하지 않으면서도 콜트를 찾아 야영장 안을 힐끔거리곤 했다. 하지만 콜트는 자기 동생에게만 슬쩍 나타나서 그날의 일정을 일러 줄 뿐, 다른 사람들 앞에는 절대 모습을 드러내지 않았다. 먼발치에서조차 콜트를 보지 못하고 하루가 저물어 가는 것을 안타까워하는 조셀린을 지켜보면서, 바네사는 이유 없이 화가 났다. 아파치족과 마주쳤을 때의 얘기를 들었을 땐, 특히 콜트가 거의 죽을 뻔했다던 대목에 가서는 그 장면을 지켜봐야 했던 조셀린을 동정했다. 그 잠시 동안, 콜트가 해내리라는 생각과 해내지 못할 수도 있다는 공포, 그가 죽을지도 모른다는 불안과 반드시 살아남을 거라는 희망 사이에서 얼마나 떨었겠는가? 하지만 아직까지도 그 인디언에 대한 걱정과 관심으로 전전긍긍하는 건 매우 불안했다. 그런 감정은 순식간에 사랑으로 변할 위험이 다분했다. 그 사람과 사랑이라니, 가당치도 않은 소리였다. 일단 조셀린이 첫 애인으로 그를 선택한 이상, 되도록 빨리 목적을 달성시키고 하게는 바로 그를 보내 버리는 게 상책이었다. 조셀린의 감정이 사랑으로 변하기 전에 한시라도 빨리. 하지만 콜트의 얼굴도 보기 힘든 마당에 무슨 수로 목적을 달성시킬 수 있겠는가? 게다가 지금 길을 아는 사람은 콜트밖에 없었다. 다른 가이드를 구할 때까지는 어쩔 수 없이 그에게 의지할 수밖에 없었다.

드디어 마차가 말썽을 일으켰다. 거친 길을 빠른 속도로 왔으니 그럴 만도 했다. 등물들도 지쳐 있긴 마찬가지였다. 아무래도 대장장이가 와야 고칠 수 있을 것 같았다. 며칠 걸리리라. 이번만은 가이드도 별말 없이 마을로 들어갈 게 분명했다.

다음날 아침, 조셀린 일행은 실버시티라는 마을 초입에 들어섰다.

「조셀린, 그가 우릴 데려온 곳이, 좁은 길 하나 겨우 나 있고 호텔이래 봤자 방 서너 개 딸려 있는 게 고작인 그런 마을은 아니겠죠?」

조셀린은 여전히 창 밖의 마을 풍경에 눈길을 주면서 바네사에게 대답했다.

「큰 마을은 되도록 피한다고 했잖아요?」

바네사는 고개를 끄덕였다. 하지만 며칠 전 뉴멕시코를 지나면서도 정작 자신들은 모르고 있었다는 사실이 언뜻 생각나서 다시 입을 열었다.

「그래도 우리가 새로운 마을을 지날 때마다 거기서부터는 어디다 정도는 알려 줬으면 좋겠어요. 이러다가 와이오밍에 도착하고 나서도 말을 안 해주면 어쩌죠?」

조셀린은 바네사의 퉁명스러운 말에 픽 웃었다.

「가이드 역할은 잘하고 있잖아요. 처음 해보는 일인데도요. 지금까지 뛰쳐나가지 않고 같이 와준 것만도 다행이죠. 처음부터 가이드 시키려고 고용한 건 아니잖아요?」

사랑은 조금 빠르게 149

「그러면 그 사람을 고용한 애초의 목적으로 돌아가서 얘기해요. 내 생각에는 여기서 며칠 지내는 동안 일을 성사시켜야 할 것 같아요. 이번엔 방을 혼자 쓰도록 해요. 그리고 무슨 구실이든 만들어서 그 사람을 끌어들이세요. 그렇게만 하면…….」

「뭔가 잊은 게 있군요? 그 사람은 날 좋아하지 않아요.」

「넘겨짚지 말아요.」

「아니에요. 그 사람은 내게 손톱만큼도 관심이 없어요.」

「호감이 있다 해도 당신 같은 귀족에게 그런 마음을 섣불리 내보일 수 있겠어요?」

「그 사람은 영국인이 아니에요. 신분에 얽매이는 유럽 사람이 아니라구요. 지난번에 콜트의 동생이 더들리에게 했다는 소리 못 들었어요? 미국에서는 귀족도 다른 사람과 다 똑같다잖아요.」

「그랬지요. 하지만 인디언들은 다르죠. '귀족'이라는 말은 잘못된 표현인 것 같군요. 내 말뜻은 피부색 때문이 아닐까 하는 거였어요.」

「내가 백인이라서요? 단지 그것 때문에 그럴 수도 있을까요?」

「그럼요. 사람들 앞에서 당신과 얘기도 나누지 않는 이유가 당신의 명예를 지켜주기 위해서라면 더더욱 그렇죠.」

「그러면 어떻게 해야 할까요?」

「이제 생각해 봐야죠. 혼혈인 것에 신경 쓰지 않는다는 건 이미 말했으니 알고 있을 테고, 자격지심을 느끼고 있거나 당신의 호의를 오해하는 것 같아요. 이유는 간단해요. 당신이 정말로 자기 같은 사람을 원하고 있다는 사실을 못 믿기 때문이죠.」

「그건 아닌 것 같아요, 바네사. 콜트는 자기에 대해 그렇게 자신감 없는 사람이 아니에요.」

「조셀린, 당신은 그 사람이 어떤 상황에서 어떻게 살아왔는지 생각해 본 적 있어요?" 잠깐만이라도 헤아려 본다면 내 말이 이해 갈 거예요. 만약 그가 아직도 당신이 자신을 원한다는 걸 모르고 있다면, 우선 그것부터 알게 해줘야 해요.」

「그건 간단해요. 지금이라도 당장 말해 주겠어요.」

「아니, 그건 절대로 안 될 일이에요. 이건 내 추측에 지나지 않는데, 섣불리 달려들었다가 그게 아니면 당신이 상당히 곤란해져요. 좀 기다려 봐요. 음, 이건 어때요? 좀 유치한 방법이긴 하지만……..」

잠시 말을 멈춘 바네사의 입가에 은근한 웃음이 떠올랐다.

「당신이 잠옷만 입고 그를 방으로 끌어들인다면 어떻겠어요? 왜 지난번에 산 그 야한 잠옷 있잖아요. 그게 가장 빠른 방법일 것 같아요.」

「거의 몸을 던지라는 말이군요?」

「이 방법이 별로 마음에 들지 않나 보죠? 그렇다면……..」

「아니에요. 좋아요. 하지만 생각대로 될지는 모르겠어요. 그 남자, 자기와 단둘이 남게 되지 않도록 하라고 경고했었는데……. 이번에도 경고를 무시했다고 펄펄 뛸지 몰라요.」

「왜 그런 얘길 했겠어요? 유혹을 뿌리치기가 쉽지 않으니까 그런 거예요. 내가 보기에는 그 사람도 당신한테 마음이 없는 건 아니에요. 밀고 나가면 될 것 같아요.」

확신에 찬 바네사의 말에 조셀린은 용기를 얻었다. 가슴이 벅차올랐다.

「정말 모든 게 당신 말대로만 된다면 좋겠어요.」

나도 그래요.

바네사는 조셀린을 보며 환한 웃음을 머금었다.

Savage Thunder

20

그날 밤 조셀린은 초조한 마음으로 콜트를 기다렸다. 한자리에 가만히 앉아 있질 못하고 방 안을 서성였다. 어찌됐건 주인이 부른다는데 모른 척하진 못하리라. 그가 오면, 와이오밍까지 얼마나 더 가야 하는지 물어 볼 생각이었다. 아주 그럴듯한 핑곗거리가 아닌가? 목적지를 와이오밍으로 정한 후, 그곳이 어디이며 얼마나 먼 곳인지 생각해 본 적이 한번도 없었다.

바네사는 몇 달쯤 더 걸릴 것 같다고 농담조로 말했다. 두 사람 다 빌리 입에서 와이오밍이라는 지명을 처음 들었던 것이다. 그들이 그곳에 대해 아는 건 북쪽에 있는 도시라는 게 전부였다. 호텔 종업원의 말을 빌면, 실버시티는 뉴멕시코에서 남서쪽으로 조금 떨어진 곳이었다. 이제 곧 겨울이니, 앞으로 얼마나 더 가야 하는지 알아보는 건 당연했다. 그리고 조셀린은 봄이 오기 전에 정착할 곳을 찾아야 했다. 그때가 암말이 새끼를 낳을 때니까 말이다. 이 일도 좋은 핑곗거리가 될 것이었다. 만약 콜트가 옷차림에 대해 한마디라도 하면 일은 거의 다 된 거나 마찬가지였다. 밤이 깊자 피로가 몰려왔다. 오늘 너무 신경을 쓴 탓이리라. 벌써 몇 시간 전에 사람을 보냈는데, 콜트에게선 아직 소식이 없었다. 이러다가 계획한 일이 다 어그러질 것 같았다. 갑자기 맥이 탁 풀렸다.

 피어슨과 시드니에게 콜트를 찾아오라고 시킨 후, 바네사는 콜트가 당장 나타나도 계획에 차질이 없도록 준비를 완벽하게 해두어야 한다고 했다. 방금 전까지 사람이 누워 있었던 것처럼 어수선한 침대와 하나만 켜진 희미한 등불이 바네사가 연출해 낸 방 안의 풍경이었다. 그러고 나서 조셀린을 목욕시키고 향수를 뿌리고 속이 다 비치는 하늘하늘한 잠옷을 입혀 주었다.

 조셀린은 속이 너무 훤히 비치는 그 옷이 마음에 들지 않았지만 오늘은 타네사가 시키는 대로 해야 했다. 이런 일에 있어서는 그녀가 한 수 위였으니까. 그 야한 잠옷은 뉴욕에 와 있던 프랑스 디자이너가 만든 옷이었다. 찰스를 만나 처음으로 재혼할 마음이 생길 무렵에 충동적으로 주문한 것으로, 조셀린의 눈동자 색깔과 흡사한 초록빛이었다. 어깨에 주름이 살짝 잡히고, 목 부분의 천이 길게 늘어져 가슴까지 내려오고, 허리와 엉덩이 부분은 몸에 달라붙는 가운 스타일이었는데, 긴소매 끝에는 흰 레이스가 달려 있었고, 옷을 여미는 단추나 허리끈이 없는 게 특징이었다.

 마지막으론 머리를 손질했다. 먼저 머리를 감고 정성스럽게 빗질을 해서 자연스럽게 어깨로 늘어뜨렸다.

 「됐어요, 조셀린. 오늘밤만은 그 사람도 도망치지 못할 거예요. 당신의 이 윤기 나는 머리칼을 보면요」

벌써 콜트의 손가락이 머리칼을 잡아당기고 있는 것 같았다. 긴장해서인지 몸이 자꾸 떨렸지만, 참을 만했다. 오늘은 특별한 날이 아닌가.

콜트를 기다리는데 시계 소리가 유난히 크게 들렸다. 아직도 콜트를 찾지 못한 모양이었지만, 언제 올지 모르기 때문에 긴장을 늦출 수가 없었다. 조셀린은 마음을 진정할 수가 없어 창가로 다가가 호텔 입구를 바라보다가 침대에 걸터앉았다. 그러다가 일어서서 심호흡을 하고 거울 앞에 서서 창백하고 낯선 자기 모습을 들여다보았다. 너무 창백해서 뺨을 몇 번 두드려 보았더니, 혈색이 조금 도는 것 같았다. 그런 뒤에 가만히 방문에 귀를 대 보았다. 하지만 아무 소리도 들리지 않았다. 그래서 다시 또 호텔 입구를 바라보고 또 침대에 걸터앉고 또 심호흡을 하고 또 거울 앞에 서서 뺨을 두드리고 또 방문에 귀를 대 보았다.

호텔에서 가장 크다고 하는 방을 얻었는데도, 이 방은 그리 넓지 않았다. 호텔 객실이 몇 개 되질 않아, 조셀린 일행은 길 아래쪽 숙박업소와 마차, 호텔에 나뉘어 묵고 있었다. 지난번처럼 한 층을 통째로 빌리지 못했기 때문에 경호원이 방문 앞에 서서 지키고 있었다. 웬일인지 경호원의 기척도 나지 않았다. 이대로 가다가는 콜트가 나타나도, 자다가 놀라서 깬 사람처럼 연기하지 못할 것 같았다.

이 남자는 대체 어디서 뭘 하는……

드디어 방문 두드리는 소리가 들렸다. 조셀린은 간이 철렁해서 대답도 못 하고 가만히 문만 바라보았다. 하지만 문이 열리고 들어온 사람은 콜트가 아니라 바네사였다. 긴장이 풀리면서 기운이 싹 빠졌다.

「나여서 실망했죠? 미안해요. 여관이며 술집이며 이 부근을 샅샅이 뒤졌는데, 도대체 어디로 갔는지 알 수가 없대요. 마을에 들어온 후로는 빌리도 형을 못 봤대요.」

바네사가 살며시 문을 닫으며 목소리를 낮춰 말했다.

「괜찮아요, 바네사. 내일 당장 떠나는 것도 아닌데요, 뭐.」

「그래도 실망이 크겠어요? 이렇게 준비까지 다 했는데.」

「준비는 무슨 준비를 했다고 그래요? 무도회 갈 차림도 아니고 잠자리에 들 차림인데.」

「남자를 맞이하려고 준비한 거였잖아요. 기다리기 많이 힘들었죠?」

「네. 고문이었어요. 하지만 내일은 더 잘할 수 있을 거예요. 오늘 이렇게 연습했으니까요.」

조셀린은 이제야 마음 편히 웃을 수 있었다. 내심 실망한 것도 사실이지만, 그래도 괜찮았다. 아직 기회는 많지 않은가. 바네사가 다시 입을 열었다.

「내일은 좀더 치밀하게 계획을 세워야겠어요. 부드러운 침대가 있는 방은 감성을 자극하기에 좀 약해요. 그렇게 보면 야외로 나가는 게 더 좋을 수도 있어요. 자세히 보던 그러고 있는 사람들 심심찮게 볼 수 있어요.」

바네사는 말을 끊고 헛기침을 하더니 다시 말을 이었다.

「당신은 밖에서 시시덕대는 게 별로 맘에 안 들겠지만, 찾아보면 사람들 눈을 피할 곳은 꽤 있어요.」

「당신도 해봤어요?」

「그럼요. 그런 데서 하고 나면 어떤 날은 온몸에 벌레 문 자국투성이예요. 이 근처는 자갈 때문에 바닥에 담요 깔기가 조금 곤란하겠군요. 담요가 아구리 두꺼워도 바닥에 돌이나 나뭇가지 같은 게 있으면 등이 배겨서 분위기가 안 나죠. 내가 비밀 하나 얘기해 줄까요?」

「비밀이요?」

조셀린이 눈빛을 빛냈다.

「예전에 말이에요, 정원에서 한 남자와 한참 즐기고 있는데, 기척이 들리는 거예요. 토끼나 뭐 그런 야생 동물인 줄 알았는데, 알고 보니 내 수석 정원사이지 뭐겠어요? 얼마나 놀랐던지……. 정원사가 충격을 받고 쓰러지지나 않을까 내심 얼마나 걱정했는 줄 알아요?」

「뭐 그런 거 가지고 쓰러져요? 그저 좀 놀랐겠죠. 그 정원사, 그 다음부터는 태연히 남의 밀회를 구경할 수 있었겠네요.」

「그게, 놀라지 말아요. 그때 파트너가 정원사의 아들이었어요.」

「설마!」

「사실이에요.」

둘은 서로 바라보면서 한참을 깔깔대고 웃었다.

「바네사, 정말 고마워요. 나, 이 일에 너무 신경 쓰는 것 같죠?」

「별거 아니라고 생각하고 마음 편히 가져요. 그 사람은 당신에게 아주 잠깐만 필요한 사람일 뿐이에요. 지금이라도 마음이 바뀌면 다른 사람으로 대체할 수 있는 그런 사람이요.」

「싫어요, 콜트가 아니면.」

「정 그렇다면 어쩔 수 없죠. 하지만 오늘밤에는 안 되겠군요.」

「이제 안 찾아본대요?」

「시간이 너무 늦어서 더 찾아볼 데가 없어요. 피어슨과 시드니도 이젠 자야 하잖아요. 그래서 그만 찾고 들어가라고 했어요. 당신도 아무 생각 말고 푹 자요. 당신의 정열적인 인디언 애인 때문에 내일밤에는 한숨도 못 잘 테니까요.」

「그 사람이 유혹에 넘어갔을 때 얘기죠.」

「안 넘어가고 배길 수 있겠어요?」

첫 경험의 설렘, 바네사는 충분히 이해할 수 있었다.

Savage Thunder
21

 또박또박. 창 밖으로 부츠 소리가 들려 왔다. 누군가 '이런 빌어먹을, 깜짝 놀랐잖아!' 하고 버럭 화내는 소리도 들렸다. 멀리서 들리는 개구리 울음소리, 길 아래 술집에서 들려 오는 피아노 소리……, 밖에선 수많은 소리가 들렸다. 피아노 소리는 아주 희미하게 들렸지만, 상당한 솜씨임은 알 수 있었다. 간간이 웃음소리 섞인 얘기 소리도 들렸다. 부츠 소리가 점점 멀어져 갔다.
 코요테 을음소리 때문에 몇 번씩 잠에서 깨고, 텐트 주위를 순찰하던 경호원이 발을 헛디뎌 텐트를 흔드는 바람에 놀라서 깨는가 하면, 수상한 기척 때문에 설친 수많은 밤을 생각하면 이 도시의 소리는 차라리 적막에 가까웠다. 하지만 조셀린은 잠을 잘 수가 없었다. 아무리 자려고 해도 머릿속은 맑아지기만 했다. 오늘밤 일어날 뻔했던 일을 그려 보던 조셀린은, 자신이 콜트를 유혹하는 일을 너무 쉽게 여기고 있다는 데에 생각이 미쳤다. 점점 자신이 없어졌다. 바네사가 이 사실을 알면 무척 실망하겠지만, 그래도 말해야 할 것 같았다.

조셀린은 이불을 걷어차고 일어났다. 방 안이 무척 어두웠지만, 이미 어둠이 눈에 익어서 금방 등을 찾아 불을 밝힐 수 있었다. 창가로 다가가 커튼을 젖혀 봐도 창 밖은 캄캄한 어둠뿐, 아무것도 보이지 않았다. 보이는 건 건물 옆쪽에 달린 호텔 간판뿐이었다. 좀 걷고 싶었다. 말만 하면 경호원이 따라나서 주겠지만, 내일 아침 파커가 그 사실을 알면 가만있지 않을 걸 알기 때문에 그럴 수도 없었다. 괜히 경호원만 난처하게 만들 순 없었다. 저도 모르게 한숨이 나왔다. 자신에게, 콜트에게, 또 지금 이런 상황에 분통이 터졌다. 롱노우즈라는 인물만 없다면 아무리 한밤중이라도 산책을 못 할 이유가 없었다. 아니, 콜트가 어디 있는지만 알았더라도 애초에 산책하고 싶지도 않았을 것이다. 벌써 달콤한 꿈나라로 떠났을 테니까.

대체 콜트는 어디로 사라진 거야? 갑자기 길을 떠나야 하는 상황이라도 발생하면 어쩌려고?

조셀린은 지금 자신의 생각이 억지임을 잘 알았다. 롱노우즈가 가까이 있다면 콜트가 먼저 알고 무슨 조치를 취했을 것이다. 그는 아직도 애리조나에서 헤매고 있을 게 뻔하니 걱정할 필요가 없었다. 사실 조셀린을 괴롭히는 건, 콜트가 다른 여자의 침대에서 밤을 보내고 있을지도 모른다는 생각이었다.

아무래도 방에 있기가 힘들었다. 나중에 파커의 눈치를 보는 한이 있어도 우선은 나가서 시원한 바람을 쐬고 싶었다. 그렇게 마음을 굳히고 돌아서는데, 복도에서 쿵 하는 소리가 들렸다. 조셀린의 시선은 바로 문으로 향했고, 곧 가방을 찾았다.

그 안에 총이 있는데…….
가방은 문 옆에 있었다. 하지만 거기까지 갈 시간이 없었다. 문고리 돌아가는 소리가 들렸던 것이다. 조셀린은 생각할 것도 없이 그대로 창턱으로 올라가 지붕으로 내려섰다. 2층 창 밑에 지붕이 쫙 둘러져 있어서 가능한 일이었다. 경사는 그리 급하지 않아 다행이었지만, 너무 뻔한 곳으로 도망한 게 마음에 걸렸다. 방 안에 없다면 누구든 창 밖으로 도망했다고 생각지 않겠는가? 하지만 총은 쏘지 않고 지붕으로 따라 나와 조용히 처리하려 할 게 분명했다. 한밤중에 총성을 울려 마을 전체를 깨우고 싶지 않다면 말이다. 사실 비명만 지르면 경호원들이 바로 달려올 거고, 그럼 침입자들도 지레 겁먹고 도망갈지 모를 일이었지만, 옷차림이 문제였다. 어디 비명소리에 달려나올 사람이 경호원뿐이겠는가? 여기 사람들에게 이런 망측한 모습은 보일 수 없었다.
조셀린은 주위를 살펴보았다. 한 쪽은 물탱크로 막혀 있고, 다른 한 쪽은 쿨과 몇 미터 못 가서 끊겨 있었다. 붙잡히지 않으려면 얼른 지붕 끝 쪽으로 가서 발 디딜 곳을 찾아 아래로 내려가야 했다. 내려가면 호텔 뒤편의 마구간일 것이고, 거기엔 경호원들이 있었다. 그렇게만 되면 안심이었다. 이런 옷차림을 보인다는 게 좀 창피스럽긴 해도, 거의 같은 식구나 마찬가지인 사람들에게는 큰 흉이 되지 않으리라는 게 위안이 되었다.
하지만 조셀린은 관성의 법칙을 생각지 못해, 그대로 지붕 끝에 매달리는 신세가 되고 말았다. 지붕 끝으로 달려가다 제때 검추지 못했던 것이다. 다리를 버둥거려 봤지만 발을 디딜 만한 곳은 없었다.
이런, 빌어먹을!
발에 닿는 게 전혀 없었다.

사랑은 조금 빠르게

손을 놓고 떨어지면 얼마나 다칠까? 이럴 줄 알았으면 낮에 호텔 건물 좀 유심히 봐 둘걸.

땅까지의 높이가 얼마나 될지 전혀 짐작할 수 없었다. 가까스로 아래를 내려다봤지만 어두워서 아무것도 보이지 않았다. 조셀린은 젖 먹던 힘을 다해 매달려 있으면서 어떻게 해야 하나 궁리했다. 시간이 갈수록 팔의 힘이 빠졌다. 이제 조금만, 정말 조금만 더 시간이 지나면 땅바닥에 대자로 뻗어 세상을 하직하게 되리라. 그런데도 과감히 뛰어내릴 용기는 나지 않았다. 시간이 흐를수록 발 밑은 점점 더 깊은 낭떠러지로 변해 가는 것 같았다.

더 이상 버텨 낼 힘이 없었다. 이제 정말 끝이라고 생각하며 스르르 손을 놓으려는 찰나, 귀에 익은 반가운 목소리가 들려 왔다.

「어이, 부인, 내 손을 잡으시오.」

조셀린은 안도의 숨을 길게 토해 내며 눈앞에 있는 손을 덥석 잡았다. 지난번 마차가 뒤집어졌을 때처럼 이번에도 콜트가 구해 주었다. 그때와 다른 점이 있다면, 이번에는 한동안 그의 팔에 안겨 있었다는 것이다. 콜트는 조셀린을 바로 밀쳐 내지 않았다. 잠시 침묵이 오갔다. 조셀린은 콜트의 얼굴을 확인해 보고 싶었지만 너무 어두워 그럴 수가 없었다. 어떻게 알고 이렇게 적절한 시간에 나타났는지 물어 볼 정신도 없었다.

「문으로 다니는 걸 싫어하는 모양이오?」

콜트의 농담 섞인 말이 둘 사이의 침묵을 깼다. 콜트는 조셀린을 살짝 밀어내면서도 팔은 계속 잡아 주었다. 비꼬는 듯한 말투에 조셀린이 순간 발끈했다.

「어쩔 수 없었어요! 복도에서 이상한 소리가 났는데, 가방은 너무 멀리 있고, 그 속에 총이 들어 있거든요 문고리가 돌아가잖아요. 그런 상황에서 당신이라면 어떻게 했겠어요?」

「누가 당신 방으로 들어오려고 했단 말이오?」
「그런 것 같아요. 문을 잠그지 않았거든요. 문이 열리는 걸 보진 못했지만, 무서웠어요.」
「경호원은 다 어디 가고?」
「문 앞에 한 명 있었는데 죽은 것 같아요. 쿵 하고 걺어지는 소리가……..」
콜트는 얘기를 끝까지 듣지도 않고 총을 꺼내 조셀린의 손에 쥐어 주었다. 그러고는 '당신은 여기 있으시오'라는 한마디만 남기고 돌아섰다.
「어디 가는 거여요?」
바보 같은 질문이었다. 눈 깜짝할 새에 콜트는 사라져 버렸다. 조셀린은 달빛이 비치는 거리를 내려다보았다. 거리는 텅 비어 있었다. 손에는 콜트의 권총이 놓여 있었다. 묵직한 느낌이었다. 자기의 조그만 권총과는 비교도 되지 않았다. 이런 무기는 한번도 만져 본 적이 없었기 때문에, 만약의 경우에 사용할 수 있을지 의문이었다. 조셀린은 총을 품에 꼭 안고, 조금 전까지 자기가 매달려 있던 지붕 끝으로 살금살금 다가서서 살펴보았다. 아까 계획대로, 살살 발 디딜 곳을 찾아 땅으로 내려갈 수도 있을 것 같았다. 하지만 그냥 있기로 했다. 콜트가 여기 있으라고 했으니 그래야 했다.

Savage Thunder
22

　가방에서 끄집어낸 물건들로 난장판이 된 방 안엔 두 남자가 있었다. 한 놈은 칼로 보석상자 자물통을 따느라 여념이 없었고, 또 한 놈은 제일 큰 가방에 머리를 박고 정신없이 뭔가를 찾느라 분주했다. 그러면서도 틈틈이 고개를 들고 문을 살폈다. 하지만 창문을 넘어오는 콜트는 알아채지 못했다. 콜트는 살그머니 그들에게 다가가, 뭔가를 찾아들고 일어서는 놈의 머리를 묵직한 물건으로 내리치며, 발로는 다른 놈의 턱을 걷어찼다. 그 공격으로 두 놈은 의식을 잃고 쓰러졌지만, 콜트는 발이 욱신거려 침대로 철퍼덕 주저앉고 말았다. 하지만 진한 조셀린의 체취에 아픔도 잊고 벌떡 일어났다. 쓰러진 두 놈의 목을 베어 버리고 싶은 충동이 치솟았다.
　저놈들만 아니었어도…….

하지만 상사병에라도 걸린 사람처럼 어두운 거리에 서서 독한 술을 병째 들이켜며 조셀린의 창을 하염없이 바라보던 콜트의 모습은 두 도둑과 별 상관 없는 일이었다.
콜트는 부아가 치밀었다. 본능과 이성의 치열한 싸움 끝에 이성이 승리했음에도 불구하고 결국 이 방에 들어오게 됐다는 사실에, 또 지붕 위에서 기다리고 있을 조셀린을 생각하며 자신이 흥분해 있다는 사실에…… 제발 경호원 중 하나가 조셀린을 데려갔기를, 그래서 지붕 위에 아무도 없기를 바라며 그는 창가로 갔다. 하지만 조셀린은 아직 거기서 얌전히 기다리고 있었다.
「이제 들어와도 괜찮소, 부인.」
콜트는 애써 냉정한 목소리로 말했다.
「방 안에 아무도 없었나요?」
「침입자가 둘 있었는데 처리했소. 여기로 오지 말고 로비로 내려오시오. 차라리 그게 더 쉬울 거요.」
「안 돼요. 이런 꼴로 로비로 갈 순 없어요. 사람들이 뭐라고 하겠어요?」
콜트의 눈길이 조셀린을 훑었다. 그림자 때문에 옷차림이 잘 보이지 않았다.
잠옷 차림이라 창피하다는 소린가? 그렇다면 우선 당장 눈앞에 있는 날 더 걱정해야 하는 거 아냐?
「지금 그런 거 따지게 됐소?」
「우선 나 좀 데려가 줘요.」
대답이 없었다. 조셀린은 자기가 무슨 실수를 한 게 아닌가 생각해 봤다. 말을 못 알아들은 건지, 아님 자신의 부탁이 들어주기 어려운 건지 도저히 알 수가 없었다. 긴장이 풀리면서 얇은 잠옷을 뚫고 들어오는 차가운 밤 공기가 그대로 느껴졌다. 몸이 오돌오돌 떨려 더 그렇게 기다릴 수 없었다. 천천히 발을 옮겼지만 몸이 굳어서 움직이기가 쉽지 않았다.
「콜트?」
여전히 대답이 없었다.
로비에서 보자더니 벌써 로비로 나간 건가?
조셀린은 짜증이 났다. 또 한 번 목숨을 구해 준 건 고마운 일이지만, 이런 식으로 사라진 건 용서할 수 없었다. 욕설을 중얼거리며 가까스로 창문 앞으로 다가갔는데 갑자기 콜트 손이 쑥 나왔다. 거기 있으면서도 아무 말 안 하다니, 괘씸했다. 하지만 사실 지금은 콜트를 나무랄 처지가 아니었다. 원래 꼬박꼬박 대답을 잘하는 사람이 아니잖은가.
조셀린은 더 이상 그 문제에 대해 생각하지 않기로 하고 총부터 내밀었다. 총을 건네고 보니 손이 닿지 않았다. 얘기를 할까 하다가, 설마 그런다고 그가 손을 더 내밀어 줄까 싶어, 발뒤꿈치를 들고 위로 팔짝 뛰었다. 하지만 콜트의 손을 놓치는 바람에 그대로 지붕에 엎어지고 말았다. 몸이 쭉 미끄러지면서 발끝이 지붕 끝에 가 닿았다. 처참했다. 그때 콜트가 와서 한쪽 팔로 허리만 감싸 안더니 위로 들어올렸다. 그러자 허리 부분만 위로 쑥 올라가 우스운 꼴이 되었다. 자신을 그렇게 우악스럽게 대하는 태도가 마음에 들지 않아, 조셀린은 얼른 일어서서 지붕 끝에 걸터앉아 버렸다.
「젠장, 어서 일어나시오.」
콜트의 거친 말투에 기가 눌려, 조셀린은 입술을 깨물고 일어섰다. 그리고 그의 부축을 받으며 창문 앞까지 갔는데 거기서 또 문제가 생겼다. 손을 높이 올려 봤자 창턱에 겨우 닿을 뿐이라, 혼자 힘으로는 도저히 올라갈 수 없었던 것이다. 다신 아쉬운 소리를 하고 싶지 않았지만 방법이 없었다.

「한 번만 더 올려 줄 수 있어요?」

콜트는 망설이며 조셀린을 훑어보았다. 조셀린에게 다가설 대부터 피가 뜨거워져, 이번에도 또 몸에 손을 대면 욕망을 참을 수 없을 것 같았다.

「안 되겠소」

「미안해요. 하지만 나 혼자서는 못 올라가서 그래요. 팔도 다친 것 같고, 춥고 지친데다……, 내가 심심해서 여기로 나온 건 아니잖아요?」

「지금은 한밤중이오. 이런 시각에 깨어 있을 사람은 없소. 나마저 없었다면 어떡했을 거요?」

「하지만 당신은 지금 여기 있잖아요.」

「알았소 올려 주지.」

손이 몸보단 낫겠다 싶어, 콜트는 먼저 창튼을 뛰어넘었다.

아뿔싸, 다시 조셀린의 방으로 들어오다니, 게다가 단둘이만 있어야 하는 상황에……, 큰 실수였다. 세상에 어떤 고통도, 슬픔도, 유혹도, 이겨 내지 못할 게 없다고 생각하던 콜트였다. 하지만 조셀린을 만나면서부터 그런 확신이 흔들렸다. 램지의 무자비한 채찍질에도 쓰러지지 않았는데, 이 빨강 머리 여자가 자신을 무너뜨리려 했다. 조셀린의 잘못이 아니었다. 죄가 있다면 남자의 무분별한 본능, 거기에 있었다. 욕망의 비웃음, 산산조각 난 자신감, 이런 느낌은 처음이었다. 마음속으론 수십 번, 아니 수백 번, 수천 번, 그래선 안 된다 외치는데도, 조셀린을 향한 욕정은 거세져만 갔다. 본능이 커질 수록 이성은 점점 비참한 꼴이 되어 갔다.

콜트는 끓어오르는 자괴감을 억누르며 조셀린을 창틀로 끌어올려 주었다. 그러고는 되도록 빨리 이 방에서 나가야 한다는 생각에 얼른 돌아서서 문으로 향했다. 이제 혼자서도 알아서 하겠지 싶었던

사랑은 조금 빠르게 165

것이다. 하지만 조셀린은 혼자 내려서려 하지 않았다.
「콜트!」
조셀린이 소리쳤다. 콜트는 걸음을 멈추지 않고 말했다.
「내가 다시 당신 몸에 손을 대게 되면 후회할 일이 생길 거요.」
「또 그 소리예요? 하지만 난, 어, 어, 어, 으악!」
쾅당!
바닥에 대자로 뻗은 조셀린은 일어날 생각도 않고 한동안 그대로 있었다. 하지만 콜트는 들은 척도 않고 문고리에 손을 댔다.
「뭔가 착각하고 있는 모양이군요……. 아, 세상에!」
비로소 방 안의 상황이 눈에 들어온 조셀린은 외마디 비명을 질렀다.
「도대체 무슨 일이 있었던 거예요? 내가 가방에 숨어 있는 줄 알았대요?」
콜트는 자초지종을 설명해 줘야 한다는 생각에 우뚝 멈춰 섰다. 여기 이렇게 멀찍이 떨어져서 얘기하면 별 문제는 없으리라. 하지만 눈이 마주치면 감정을 유지하기가 힘들기 때문에 절대 쳐다보진 않을 생각이었다.
「당신을 찾고 있었던 게 아니오.」
「그랬겠죠. 롱노우즈는…….」
「이번에는 롱노우즈 짓이 아니오. 그는 아직 우리를 못 찾은 게 분명하오. 이 근처에 있다면 내가 벌써 알았겠지.」
「그러면 아까 그 사람들은 누구죠?」
「이 동네 좀도둑인 것 같소. 경호원이 문 앞을 지키고 있는 걸 보고, 방에 뭔가 값비싼 물건이 있을 거라 생각한 모양이오.」
그렇다면 복도에서 들린 그 소리는?
「그럼 로비는?」

조셀린의 눈빛이 심하게 흔들렸다. 콜트가 자신을 똑바로 쳐다보지 못하는 이유가 혹시 로비 때문인지도 모른다는 생각이 들어서였다.
「당신 경호원은 뒤에서 공격을 당했소. 아침이 되면 머리가 깨질 듯이 아프겠지만 큰 부상은 아니니 걱정 마시오. 같은 패거리들이 복도 어디엔가 끌어다 놓았겠지. 지키는 사람이 한 명뿐일 때는 대체로 그렇게 하오.」
조셀린은 안도의 숨을 내쉬었다.
「그럼 도둑들은요?」
「피투성이라도 꽤 있길 바라오?」
「콜트!」
조셀린의 얼굴이 하얗게 질렸다.
「그자들은 한 만큼 당했소. 당신 속옷으로 묶어 놨는데, 당신이 혹시 불쾌할지도 모른다는 생각은 못 했소. 아침이나 돼야 꺼어나겠지만, 문 앞에는 경호원을 세워 둬야 할 거요. 아침에 보안관에게 넘길 때까지는 지키고 있어야 하니까.」
그리고 콜트는 한참 동안 입을 다물고 있다가 한마디 덧붙였다.
「경비가 너무 허술했소.」
맞는 말이었다. 하지만 오늘은 다른 때와는 상황이 달랐다. 누군가를, 다른 사람들에게는 알리고 싶지 않은 누군가를 기다리고 있었으니까. 바네사가 로비는 믿을 만하다고 해서 그 사람만 경호원으로 세워 둔 것이었다. 하지만 오늘 계획이 무산된 후에도 경호의 수를 늘리지 않은 건 잘못이었다.
오늘밤에 실행할 예정이던 계획에 생각이 미치자 조셀린은 갑자기 당황했다. 콜트가 여기 와 있고 둘뿐인데다, 자신은 아직 그 옷차림 그대로가 아닌가. 그리고 이대로 일이 벌어지면 그를 억지로 유혹했다는 가책도 받을 필요가 없었다. 한데 눈길 한번 마주치지 않는 콜트를 보니, 역시 오늘은 아무 일도 생길 것 같지 않았다.
 콜트만 날 보게 하면 다 된 밥이나 마찬가진데……
 아무래도 오늘밤엔 안 될 모양이었다. 조셀린은 피식 웃으며 얼른 침대 쪽으로 가서 가운을 걸쳤다.
 「경호원을 한 명만 세워 둔 데는 당신도 일부 책임이 있어요.」
 조셀린이 의미심장한 웃음을 지으며 말했다. 콜트는 무슨 영문인지 몰라 잠시 어리둥절했다.
 「당신이 우리와 함께 있다는 사실이 너무 미더워서 경계를 좀 늦췄거든요. 경호원들을 밤에는 좀 쉬게 해줘야겠다고 생각했거든요.」
 「그렇다고 당신 안전을 뒷전으로 팽개친다면 그 잘난 군대는 둬서 뭐하오?」
 차가운 대꾸에 조셀린의 표정이 굳어졌다.
 「중요한 지적을 해줘서 고마워요. 번번이 나타나서 구해 주는 바람에 당신을 너무 믿은 내가 바보였죠.」
 「아니 다행이오!」
 콜트는 화를 내면서도 절대 조셀린을 보지 않았다.
 「안녕히 가세요, 잘난 가이드 양반!」
 조셀린은 방을 나가는 콜트의 등에 대고 소리쳤다.

Savage Thunder
23

 방 안에 혼자 남은 조셀린은 입고 있던 잠옷을 벗어 방바닥에 힘껏 내동댕이쳤다. 그리고 그 옷을 밟아 버리려고 막 발을 드는 순간이었다.
 「도대체 문은 왜 아직까지 안 잠그는 거요?」
 짜증 섞인 목소리와 함께 문이 열렸다. 콜트의 갑작스러운 재등장에 조셀린은 숨쉬는 것조차 잊었다.
 콜트도 마찬가지였다. 한 손으로는 문고리를, 나머지 한 손으로는 복도 벽을 짚은 채 고개만 방 안으로 들이밀고 얼어붙은 듯 꼼짝하지 못했다. 오직 눈동자만이 조셀린의 윤기 나는 머리부터 거의 벗은 거나 다름없는 몸을 지나 발가락까지 천천히 훑을 뿐이었다.
 「그, 그게 잠옷인가 보군?」

조셀린은 아무 대꾸도 할 수 없었다. 말은 고사하고 한 발짝만이라도 움직였다간 무릎이 꺾여 쓰러질 것만 같았다. 콜트의 이글거리는 두 눈동자에서 두려움이 엿보였다. 한번도 친절한 적이 없던 남자가 지금은 누구보다 점잖은 신사 같았다.

콜트는 그대로 안으로 몇 발짝 들어와서는, 조셀린에게서 눈길을 떼지 않은 채 문을 닫고 잠금 장치를 돌렸다. 순간 조셀린은 콜트가 자기를 안게 되리라는 걸 직감했다. 거절할 마음은 없었다. 거절한다고 말을 들을 남자도 아니었지만. 그가 거친 몸짓으로 다가오리라는 것도 짐작했다. 두렵기는 했지만, 그래도 그를 원하는 마음엔 변함이 없었다. 콜트가 첫 남자여야 했다. 다른 남자가 그 역할을 대신한다는 건 상상할 수 없는 일이었다.

콜트는 조셀린의 두려움을 감지했다. 하지만 목각 인형처럼 딱딱하게 서서 눈만 크게 뜨고 있는 모습은 그의 욕망을 더욱 자극할 뿐이었다. 이런 상황에 화가 나면서도 돌아서지 못하는 자신이 한심했다. 나중에라도 이 일에 대해 누군가 책임을 져야 한다면 나약한 정신력을 가진 자신이 져야 하리라.

콜트는 가까스로 인내심을 발휘하여 조셀린에게 마지막 기회를 주기로 했다. 얼마 전 조셀린을 위협할 때처럼 짐승 같은 모습으로 달려들고 싶지는 않았던 것이다.

「소리를 질러요, 부인. 지금이 아니면 이제 기회는 없소.」

조셀린은 뜻밖의 말에 당황했다.

「왜, 왜요?」

떨리는 목소리에 콜트는 자석에 끌려가듯 조셀린에게 다가갔다.

「안 그러면 내가 당신을 침대에 쓰러뜨릴 테니까.」

맙소사, 그건 바로 자신이 바라던 바가 아니던가. 심장이 벌렁거렸다. 신음소리가 목구멍까지 차 올랐지만, 조셀린은 콜트의 신경을 건드릴까 봐 그 소리를 꿀꺽 삼켰다.

콜트는 예상했던 대로 거칠었다. 다가오자마자 머리칼을 움켜잡고 머리를 뒤로 젖히더니, 여태껏 참았던 욕망을 다 태워 버리려는 듯 격렬하게 키스를 퍼부었던 것이다. 바네사 말대로라면, 그는 자신의 자제력을 잃게 한 조셀린에게, 또 유혹을 견뎌 내지 못한 자기 자신에게 화가 났을 것이다. 그 분노를 가라앉힐 사람은 조셀린밖에 없었다.

조셀린은 콜트의 가슴을 가볍게 밀쳐 내고는, 그가 고개를 들 때까지 기다렸다가 뒤로 살짝 물러나 호흡을 가다듬었다. 하지만 몸에 감겨드는 그의 시선에 다시 호흡이 가빠졌다. 무슨 말이든 하게 되면 지금 이 순간의 긴장은 깨지리라. 하지만 막 입을 열려는 순간, 콜트가 고개를 저으며 말을 막았다.

「이젠 늦었소, 브인. 기회는 한 번뿐이었소」

콜트의 목소리가 희미하게 떨리고 있었다. 조셀린은 침을 삼키고 그의 뜨거운 시선을 맞받으며 어렵게 한마디 내뱉었다.

「이제 조셀린이라고 부르세요」

콜트는 조셀린의 마음을 확인이라도 하려는 듯 눈동자를 뚫어져라 쳐다보았다. 이제 그 눈에선 공포나 두려움이 사라지고, 열정의 불꽃만이 불타고 있었다. 그 모습이 더욱 강하게 콜트를 자극했다. 그의 손이 뺨으로 올라가더니 목으로 내려가 가슴에서 멈추었다. 세찬 심장 박동이 손을 타고 전해 왔다.

조셀린은 콜트의 목에 팔을 둘렀다. 이제 그에게선 난폭함을 찾아볼 수 없었다. 단지 성급함만이 느껴질 뿐이었다.

콜트는 마음이 조급해졌다. 아름다운 조셀린을 가만히 보고만 있고도 싶었고, 부드럽게 어루만지고도 싶었으며, 맛이 어떤지 핥아 보고도 싶었다. 그러면서 입술에서 떨어지고 싶지도 않았다. 살짝 손을 움직여 하늘거리는 잠옷을 허리까지 끌어내렸다. 앙증맞고 아담한 가슴이 모습을 드러냈다. 잠시 황홀경에 빠졌다. 이제 두 사람 다 망설임 같은 건 전혀 없었다.
「당신도 나와 같은 기분인가 보군?」
콜트의 물음에 조셀린이 '그래요' 하고 속삭였다. 그는 조셀린의 잠옷을 마저 벗기려고 옷을 끌어내렸다. 하지만 옷이 더 이상 내려가지 않았다.
「뒤쪽 끈을 먼저 풀어야 해요.」
끈을 풀자 잠옷이 풀썩 밑으로 떨어졌다. 콜트는 조셀린을 돌려세워 놓더니 그 뒷모습을 바라보며 옷을 벗었다. 조셀린도 콜트를 보고 싶었다. 수없이 그려 보던 그의 몸을 하나도 빼놓지 않고 보고 싶었다. 하지만 그래도 되는 건지 어쩐지 몰라 선뜻 돌아설 수가 없었다.
여자는 남자 몸을 보면 안 되는 건가? 내가 옷을 벗겨 줘야 할 것 같은데……. 혹시 침대에 가서 기다려야 하나?
조셀린이 머뭇거리며 침대 쪽으로 가려는데 콜트의 목소리가 들렸다.
「내가 눕혀 주겠소.」
조셀린은 그 말에 다시 열정이 치솟아 무릎이 휘청했다. 그의 몸이 어떻게 생겼는지 알고 싶었다. 특히 한번도 본 적 없는 남성의 모습은 정말 궁금했다. 바네사가 몇 번 설명해 준 적이 있었지만, 잘 상상이 안 되었다. 갑자기 현기증이 났다. 아무래도 다른 생각을 하는 게 좋을 성싶었다. 이러다가 쓰러지기라도 하면 모든 게 끝이었다.
바닥으로 하나 둘 떨어지는 옷가지를 보고서야 조셀린은 콜트가 오늘 어떤 옷을 입고 있었는지 알 수 있었다. 셔츠와 바지는 어두운

색이었다. 기분 전환을 위해 바꿔 입은 모양이었다. 그 다음으로 총이 떨어지고 목에 메고 있던 수건이 떨어졌다. 여기까지는 평범한 서부 남자의 차림이었다. 박차 달린 부츠와 모자만 빠져 있었다. 특이한 건 이마에 가느다란 끈을 두 줄로 두르고 있다는 점이었다. 검은 머리에 섞여 눈에는 잘 띄지 않았지만 말이다.

빌리에게서 옷차림만으로는 누구도 그가 어디 출신인지 짐작할 수 없다는 얘기를 들은 적이 있었다. 콜트가 왜 그렇게 하고 다니는지는 정확히 모르지만, 조셀린은 그것이 그가 혼혈아라는 사실과 무관하지 않을 거라 짐작했다. 그의 상처를 따뜻하게 감싸 안아 모난 성격을 바로잡아 주고, 그래서 그가 행복해하는 모습을 보고 싶다는 열망이 문득 가슴에 차 올랐다.

이런저런 생각에 몰두해 있는데 갑자기 몸이 공중으로 붕 떠올랐다. 콜트가 그녀를 번쩍 안아 올렸던 것이다.

맙소사, 정말 보고 싶던 걸 아직 못 봤는데!

「잠깐만요!」

조셀린은 날카로운 목소리로 외쳤다.

「또 뭐요?」

콜트의 목소리가 사나웠다.

이런, 아직 그걸 못 봤다고 어떻게 말하지?

「아니에요.」

「더 참기 힘들었는데, 잘됐군.」

그는 조셀린을 침대에 눕히고는 바로 위에 올라탔다.

갑작스러운 무게에 당황해 있는 조셀린에게 갑자기 놀라운 일이 벌어졌다. 한번 보지도 못했던 살덩이가 바로 몸 안으로 들어오려 했던 것이다. 그녀는 깜짝 놀라 그를 떼 내려고 허우적댔다. 그러자 그가 손목을 잡더니 깊고 긴 키스를 해주었다. 그제야 마음이 안정

사랑은 조금 빠르게 173

되어 진정할 수 있었다.
「당신이 너무 긴장하고 있으니 안 되잖소. 긴장 푸시오, 부인. 난 지금 폭발할 것 같소」
조셀린은 그의 말투에서 부인이란 호칭이 애칭으로 사용되고 있음을 깨달았다. 그리고 한결 조심스러워진 그의 움직임에서 자신을 배려하는 마음도 읽었다.
콜트는 부드러운 눈빛으로 조셀린을 지그시 바라보았다.
「좀 힘들 거요. 괜찮겠소?」
조셀린은 두려웠지만 고개를 끄덕였다. 콜트의 입가에 만족스러운 웃음이 떠올랐다.
「그럴 줄 알았소. 3년 동안 한번도 못 했소?」
조셀린은 그 질문의 의미를 잘 알았다. 그 동안 접근했다가 퇴짜 맞은 다른 남자들도 은근히 그런 얘기를 비치곤 했었기 때문이다. 점잖은 미망인 신세에 얼마나 굶주렸겠냐고.
콜트는 조셀린의 침묵을 다른 의미로 받아들였다.
「아니래도 상관없소. 말하기 싫으면 안 해도 되오. 별로 알고 싶지 않소」
그의 목소리가 약간 거칠어진 것을 조셀린은 눈치채지 못했다. 그는 눈을 질끈 감고 더 깊이 몸을 밀어 넣었다. 마침내 끝까지 들어갔을 땐 조셀린의 짧은 비명소리가 방 안에 울려 퍼졌다.
조셀린은 피해갈 수 없는 질문을 기다리느라 잔뜩 긴장했다. 하지만 콜트는 아무것도 묻지 않고 대신 입술을 맞췄다. 흥분이 머리부터 발끝까지 온몸을 울리고 지나갔고, 더할 나위 없이 부드러운 손길이 그 뒤를 따랐다. 조셀린은 감격이 복받쳐 목이 멨다. 콜트가 이렇게 부드러운 남자일 줄은 생각도 못 했다. 손길이 지나간 자리에 다시 입술이 따라 내려와 한동안 가슴에서 머물렀다.

조셀린은 가벼운 신음소리를 내뱉으며 눈물을 흘렸다. 콜트의 눈에서 전에는 발견할 수 없었던 아름다움을 보았다. 섬세한 손길과 따뜻한 배려, 모든 게 새롭고 신기하기만 했다. 몸 깊숙한 곳에서 그의 열기가 느껴졌다. 한참 후 그가 다시 몸 속으로 밀고 들어올 때는 더 이상 고통스럽지 않았다. 밀물처럼 밀려드는 흥분에 온몸이 녹아 내리는 기분이었다. 조셀린은 동롱한 가운데 콜트의 희미한 목소리를 들으며 스르르 잠 속으로 빠져 들어갔다.

Savage Thunder

24

「그 사람에게 마우라라는 여동생이 있는데, 괜찮은 여자 같아요」
 바네사가 초록색 실을 내려놓고 빨간색 실을 집어 들며 말을 이어 나갔다.
「당신도 마음에 들어할 거예요. 나이도 또래니까 더 좋겠군요. 참, 그 집안이 어디 출신인지는 얘기했죠? 어쩌면 찰스를 알지도 몰라요. 아니면 최소한 애빙턴 집안 정도는 알겠죠.」
「로비는 괜찮은 거예요?」
 여전히 고개를 숙이고 수를 놓고 있던 바네사의 눈썹이 꿈틀했다. 벌써 세 번째였다. 정신을 어디다 두고 있는지 알 수가 없었다. 바네사는 조셀린의 말을 못 들은 척, 하던 얘기를 계속 이어갔다.
「그런데 자기 오빠만큼 세련되지는 못했어요. 아직 약간 어린애

같은 구석이 있더군요.」
「잘됐군요.」
바네사가 더 이상 참지 못하고 자리에서 벌떡 일어났다. 그 바람에 무릎에 있던 실뭉치들이 바닥으로 굴러 떨어졌다.
「내가 한 말, 한마디라도 제대로 들은 거예요, 조셀린? 이봐요, 조, 셀, 린!」
바네사가 한마디 한마디에 힘을 주고 소리쳤다. 그제야 조셀린이 벌써 몇 시간째 붙어 서 있던 창가에서 돌아섰다.
「뭐라고 했어요, 바네사?」
「드라이덴 남매 얘기 하고 있었잖아요.」
바네사의 목소리에 은근히 힘이 들어가 있었다.
「누구요?」
「조셀린 플레밍, 오늘은 기분이 좋을 줄 알았는데 왜 이렇게 정신이 반쯤 나가 있죠? 아직도 무슨 문제가 남았어요?」
조셀린은 잠자코 시선을 다시 창 밖으로 돌렸다. 사실 자신도 이유를 몰랐다. 어젯밤 일이 왜 머릿속에서 떠나지 않는지, 자기 생각이 왜 온통 콜트에게로만 쏠리는지 도통 알 수 없었다. 그는 또다시 온데간데없이 자취를 감췄다. 새벽까지만 해도 경호원이 나타날 때까지 자기가 지켜 주겠노라고 했는데, 잠에서 깨어나 보니 이미 사라지고 없었다. 그의 흔적이라곤 베개 위에 남긴 검고 긴 머리칼 두 가닥이 전부였다. 아니, 또 있긴 했다. 넓적다리에 얼룩져 있는 핏자국이 그것이었다.
아침 일찍, 바네사는 걱정이 가득한 얼굴르 보안관이 도둑들을 인수하는 모습을 지켜보았다. 그러고는 어젯밤에 겪은 일에 대해 상세히 고백하라고 조셀린을 재촉했다. 조셀린은 지붕 위에서의 모험담과 그 후 우여곡절 끝에 유혹에 성공한 이야기를 다 해주었다.

「그럼 와이오밍까지 가지 않아도 되겠군요? 그리고 선더 씨도 필요 없게 됐구요.」

바네사의 반응은 이랬다.

하지만 조셀린은 안전을 위해서라도 콜트를 보내선 안 된다고 바네사를 설득했다. 콜트가 몇 번이나 목숨을 구해 준 일이며, 콜트 덕분에 롱노우즈를 따돌릴 수 있었던 얘기도 죽 늘어놓았다. 그걸로는 좀 부족하다 싶어, 와이오밍에 종마 사육장을 만들기로 결심했다는 얘기도 덧붙였다.

바네사는 얘기를 다 듣고 난 후 한마디도 하지 않았지만, 조셀린은 바네사가 반대하고 있다는 걸 눈치챘다. 콜트에 대한 좀 지나친 애착을 걱정하는 바네사의 마음도 이해할 수 있었다. 몇 달 전에 바네사는 이런 얘기를 한 적이 있었다.

「첫 남자는 특별해요. 하지만 그건 처음이라는 데서 오는 감정일 뿐임을 명심해요. 다른 이유는 전혀 없다는 걸 주의해요.」

조셀린은 그 말을 떠올리며 콜트에 대한 감정을 정리해 보려고 했지만, 다시 콜트를 만나고 싶다는 열망뿐 다른 건 생각할 수가 없었다. 상상했던 것보다 훨씬 만족스러웠던 지난밤의 일은 아직도 가시지 않은 설렘으로 남아 있었다.

「미안해요, 바네사. 지금 기분이 마치, 그러니까……」

「알아요. 말로 설명하기 힘들다는 거.」

「고마워요.」

「가이드에게 아주 큰 빚을 지게 된 셈이군요. 이제 그처럼 제멋대로인 사람을 다시 유혹하려 하진 않겠죠? 만일 그럴 생각이 있다면 다시 한 번 심각하게 고려해 봐야 할 거예요.」

바네사는 여기까지 말하고 나서, 싸늘했던 목소리를 부드럽고 은근하게 바꾸었다.

「어제 당신이 경험한 일은 누구하고도 가능한 일이에요. 기왕이면 당신에게 득이 될 남자하고, 아니 적어도 해가 되지 않을 남자하고 하는 편이 더 바람직하겠죠? 빨리 그런 사람을 찾아보는 게 좋겠어요.」

조셀린은 바네사의 충고를 항상 존중해 왔지만, 이번만은 그럴 마음이 없었다. 목적을 이미 달성한 마당에 남자는 더 이상 필요 없었다. 남자들, 그게 설사 콜트라고 해도 이제 다신 침대로 끌어들이고 싶지 않았다. 바네사가 괜한 걱정을 하는 것이었지만, 지금 그 얘기를 해도 믿으려 하지 않을 게 분명했다.

「브라이덴 남매가 어쨌다고 했죠?」

「드라이덴이에요. 아침에 로비에서 만났다고 했잖아요. 한때 집안이 상류층이었나 봐요. 부모님들이 돌아가신 후로 그 남매가 겪은 불운에 대면, 뒤를 쫓는 암살자가 단 한 명뿐인 우리는 운이 좋은 편이에요.」

「그건 농담으로 할 만한 얘기가 아니죠, 바네사.」

「당신을 기분 나쁘게 할 생각은 없었어요. 미안해요. 하지만 그 사람들이 안됐다는 생각이 들어서……」

「자기들 살아온 얘기를 로비에 선 채로 다 하던가요?」

「앉아서 했죠. 얘기도 간단하게 했구요. 몇 번 투자를 잘못해서 재산을 다 날렸다는 정도로요. 얼마 남지 않은 재산으로 다시 시작해 보려고 서부로 왔대요. 마일스가 목장 얘기도 했는데, 내가 말했나요?」

「마일스라뇨? 드라이덴 씨 말이에요? 단 한 번 만나고 이름을 부르나요? 아직 콜트는 '선더 씨'라고 부르면서요?」

「말 돌리지 말아요, 조셀린. 그리고 저번에 한 번 콜트라고 불렀어요, 뭐. 여하튼 다일스는 뉴멕시코에서 아주 안 좋은 일을 겪었대요. 그들이 타고 있던 역마차가 노상 강도들에게 습격을 당해서 승객 중 한 명이 죽었는데, 글쎄 같은 날 또 인디언들의 습격을 받았다네요. 둘 다 머릿가죽이 벗겨질 뻔…….」
「머릿가죽을 벗겨요?」
「가끔 잔인한 인디언들은 그렇게 하기도 한다나 봐요. 그런데 다행히도 그때 기병대가 나타나서 무사할 수 있었대요. 그런 일을 겪고 나니 여기서 살고픈 생각이 싹 사라졌는데, 다시 마차를 타는 게 겁나서 계속 여기 남아 있는 거래요. 아무래도 우리와 함께 가자고 해봐야겠어요.」
「너무 성급한 판단 아닌가요? 그 사람들이 한 얘기 외에는 아는 것도 없잖아요. 혹시 오빠라는 사람이…….」
「이 나이 먹도록 난 감정에 치우친 적 한번도 없었어요. 파커 경도 얘기를 듣고 나서는 믿어도 좋다는 결론을 내렸구요. 석 달 전부터 바로 이 호텔에 묵고 있는 사람들이에요. 또 마일즈에게는 여동생이 있어요. 만약 그가 롱노우즈라면 여동생을 데리고 돌아다니겠어요?」
「그 사람이 롱노우즈라는 게 아니라 혹시 롱노우즈가 보낸 사람일지도……. 아니, 됐어요.」
조셀린은 말을 끊고 한참 있다가 불쑥 되물었다.
「잘생겼나요, 그 사람?」
「그렇게 빤히 보지 말아요. 어디 내놔도 빠지는 외모는 아니에요. 하지만 가이드에게 쏠려 있는 당신 마음을 돌려보려고 그 사람을 끌어들이는 건 아니니 오해는 말아요.」
시치미 떼는 일에는 영 소질이 없는 바네사라, 지금 말이 오히려 그녀의 의도를 그대로 얘기한 꼴이 되었다.
「그렇겠죠.」

조셀린은 기분이 상했다. 그런 일을 꾸며 봤자 소용없다는 걸 바네사에게 확실히 얘기해 두리라.
「바네사, 난 어젯밤 같은 일을 되풀이할 생각 없어요.」
「그 남자도 당신 생각을 알고 있어요?」
「콜트는 나한테 당한 거예요.」
「뭐라구요?」
조셀린은 손을 들어 바네사의 말을 막았다.
「그 사람이 어쩔 수 없게, 본능을 자극해서 유혹한 거였잖아요. 그건 원해서 한 거라기보다는 강요당한 거라고 봐야 해요. 그러니 그도 다시 그런 일이 생기는 걸 원치 않을 거예요. 어제 일에 대해 화내지 않는 게 이상할 뿐이죠.」
「한번 저지르는 게 어렵지, 그 다음부터는 거리낄 게 없는 법이에요.」
「콜트는 그렇지 않아요. 설사 그렇다 해도, 내가 가만있지 않을 거구요. 고민거리는 해결됐으니 이제 남자는 필요 없어요.」
몇 시간 전 새로운 세계를 경험한 여자가 할 말이 아니었다. 바네사는 조셀린의 말을 믿지 않았다. 한번 육체의 즐거움을 맛본 여자는 계속해서 같은 즐거움을 찾게 마련이었으니까.
「그 사람이 다시 당신을 원한다면 아마 뿌리치기 힘들 거예요.」
「그때 가서 다시는 그러지 않도록 단호하게 말해 주면 되겠죠. 그러니 그런 걱정은 그만…….」
「부인!」
그때 바베트가 벌컥 문을 열고 들어왔다. 얼마나 흥분했는지, 자신이 노크도 않고 방문을 열어젖힌 걸 전혀 인식하지 못하는 듯했다.
「지금 선더 씨가 총싸움을 하실 모양이에요. 알론조가 빨리 알려

드리라고 해서…….」

「뭘 한다구?」

조셀린은 횡설수설하는 하녀을 다그쳤다. 그러자 바네사가 다급한 목소리로 대신 설명했다.

「지난번에 툼스톤에서 봤던 결투라는 거, 그걸 말하나 봐요. 아니……, 조셀린, 가면 안 돼요!」

바네사가 소리쳤지만 조셀린은 이미 방을 빠져나가고 있었다.

Savage Thunder

25

 콜트는 바 앞에 서서 술을 한 입에 털어 넣고는 바텐더가 건네주는 술병을 받아 다시 빈 잔을 채웠다. 아침에 호텔에서 나와 세 번째로 들른 술집이 이곳이었다. 이미 주량을 훨씬 초과했지만 이상하게 정신이 말짱했다. 분노의 불길이 너무 강렬할 땐, 독한 술도 제 구실을 못 하는 모양이었다.
 알코올로도 끓어오르는 화를 가라앉힐 수 없자, 콜트는 먹이를 찾아 산기슭을 헤매는 하이에나처럼 화풀이 상대를 찾아 눈을 번뜩였다. 처음에 들른 두 술집에서 싸울 기회를 잡긴 했지간, 두 번 다 상대가 한 방에 나가떨어지는 바람에 분이 풀리지 않았다. 그러던 차에 어른놈 하나가 가시 돋친 목소리로 시비를 걸어 왔다. 건방져 보인다는 둥, 그러니 자기 눈앞에서 사라지라는 둥, 이런저런 소리를 지껄여대는 폼이 총 솜씨에 꽤나 자신 있는 모양이었다. 허풍 떠는 게 영 눈에 거슬렸지만 상대해 주기엔 너무 어린놈이었다. 그냥 무시해 버리고 말려는데 바텐더가 끼여들어, 밖에 나가 두 사람 실력을 직접 확인해 보자며 부추겼다. 그 사람만 아니었어도 소란은 거기서 그렇게 흐지부지 끝났을 것이다.

콜트는 어린아이와, 그것도 술에 취해 해롱거리는 놈과 결투를 벌이고 싶진 않았다. 그건 자기 자존심이 허락지 않는 일이었다. 하지만 그 애송이는 자기 이름이 릴리라고 밝히고는, 도전을 받아 주면 고맙겠다며 밖에서 기다리겠다는 말을 남기고 밖으로 나가 버리는 게 아닌가.

아직 머리에 피도 안 마를 나이였지만, 릴리는 소위 말하는 총잡이였다. 횡령자 때문에 골치를 썩고 있는 광산업자 밑에서 일하고 있었는데, 그가 마을에 들어오고 육 개월 동안 두 명이 그의 총에 목숨을 잃고, 몇 명이 총상을 입었다. 그 후부터 사람들은 그를 슬슬 피해 다녔고, 고용주인 광산업자조차도 소년이 필요 없어진 다음에 그를 어떻게 처리해야 할지 난감해하고 있었다.

사람들이 그 소년에 대해 쑤군거리는 얘기를 모아 보면 대충 이랬다. 사람들 얘기 중에는 콜트를 헐뜯는 말도 적지 않았다. 콜트는 그들이 이 마을에 온 지 하루밖에 안 된 사람을 얼마나 안다고 그렇게 저속한 말을 들먹여 가며 욕하는지 이해할 수 없었다. 그 모욕적인 말들 때문에 안 그래도 좋지 않던 기분이 더욱 나빠졌다.

여기 사람들은 그가 어디 출신인지, 어떤 사람인지 전혀 몰랐다. 그저 어렴풋이 혼혈일 거라고만 짐작할 뿐이었다. 키도 크고, 외모도 딱히 어느 쪽이라고 규정 지을 수 없으며, 권총까지 허리에 차고 있어서 섣불리 어디 사람이다 하고 판단하기 힘들었다.

콜트는 소년을 10분째 밖에 세워 두고 있었다. 사람들은 점차 노골적으로 콜트를 무시하는 눈빛으로 쳐다보았다. 마침내 릴리의 고함 소리가 들려 왔다.
「뭐하고 있는 거요? 다리가 너무 후들거려서 걷질 못하겠소?」
여기저기서 킬킬대는 소리가 들렸다. 소년과 한 패인 듯한 카우보이 둘은 허리를 젖혀 가며 요란하게 웃어댔다. 처음부터 릴리를 부추겨 싸움을 걸도록 한 장본인들이었다.
콜트의 눈이 바텐더와 마주쳤다. 그는 지저분한 행주로 컵을 닦으며 무슨 생각을 하는지 계속 콜트를 힐끗거리며 싱글거리고 있었다. 콜트가 뒷쿤이 어디냐고 물어 올 걸 기다리고 있는 게 분명했다. 그 사람 생각은, 혼혈아들이란 상대와 정면에서 맞붙을 배짱이 없는 족속이었다. 그들이 할 수 있는 일이란, 숨어 있다가 뒤통수를 치는 정도가 고작일 것이다.
콜트는 바텐더의 생각을 대충 짐작했지만, 신경 쓰지 않기로 했다. 한낱 바텐더 따위가 제대로 된 생각이나 하겠는가. 술집에 모인 사람들 모두 콜트가 총을 내려놓고 항복하는 모습을 보고 싶어했다. 그렇게 되면 이 마을 사람들이 두려워하는 동시에 경멸해 마지않는 릴리라는 개송이도 오늘만큼은 건방진 혼혈아를 혼내 준 주인공으로 마을의 영웅이 될 것이었다.
콜트는 잔을 비우고 빈 잔을 바텐더에게 던졌다. 엉겁결에 날아온 잔을 받아 드느라, 바텐더는 닦고 있던 컵을 떨어뜨리고 말았다. 쨍그랑 소리와 함께 거친 욕설이 튀어 나왔다 콜트는 한번 씩 웃어 보이고는 문으로 향했다. 다른 사람들이 하나둘 주춤주춤 그를 뒤따라 나갔다
밖으로 나오자, 콜트는 잠시 걸음을 멈추고 상대의 모습을 찾아 두리번거렸다. 애송이는 길 건너편에서 친구들과 함께 어슬렁대고 있었다. 구경꾼들이 가득 쏟아져 나와 술집 주변이 들썩들썩했다.

사랑은 조금 빠르게 185

릴리는 콜트를 보자, 친구들과 농담을 몇 마디 주고받으며 킬킬대더니 길 한복판으로 나와 섰다. 느릿느릿 옮겨 놓는 발걸음에 자신감이 배어 있었다.

콜트는 턱을 씰룩이며 잠깐 생각에 잠겼다.

아무리 싹수머리 없는 놈이라 해도, 저놈을 죽이기라도 하면 여기 있는 사람들이 다 일어날 거야.

그럴 가능성은 충분히 있었다. 백인들은 자기들 중 누구라도 인디언한테, 그것도 혼혈아한테 당하는 걸 참지 못하는 인종들이었다. 콜트 자신도 소년을 죽일 생각은 없었지만, 만에 하나 그 잘난 척하는 애송이 녀석이 총에 맞기라도 하면…….

콜트는 쓰고 있던 모자를 뒤로 넘겼다. 전에 모자가 앞으로 흘러내리는 바람에 죽을 뻔한 적이 있었기 때문이다.

「빨리 안 오고 뭐하는 거요?」

릴리가 재촉했다.

「그렇게 죽고 싶으냐?」

그 말에 릴리와 그 패거리, 주위에 있던 구경꾼들이 모두 박장대소했다.

「궁술 대회가 아니라는 건 알겠지? 설마 모르고 있었소?」

자기가 말해 놓고도 릴리는 뭐가 그리 재밌는지 배꼽이 빠져라 웃어댔다. 구경꾼들도 마찬가지였다. 유독 스페인 사람 하나만 조용히 있었다.

알론조가 스코틀랜드인 옆에 가서 서는 게 보였다. 그말고도 조셀린의 경호원들이 몇 눈에 띄었다. 그들도 다른 구경꾼들과 다를 거 없는 사람들이라 특별히 신경이 쓰이지는 않았다. 한데 콜트의 시선을 잡아끄는 게 있었다. 찰랑거리는 붉은 머리!

이런, 빌어먹을! 도대체 누가 저 여자를 여기 불러들인 거야!

정답은 곧 밝혀졌다. 조셀린이 스페인 사람 옆에 와서 섰던 것이다. 콜트는 거무튀튀한 스페인 사나이, 알론조를 매섭게 노려보았다. 하지만 영문을 모르는 그는 어깨만 으쓱해 보일 뿐이었다. 콜트의 시선이 조셀린에게 잠시 머물렀다가 릴리에게 향했다. 냉정하고 침착하던 그가 눈에 띄게 흥분했다. 그녀가 끼여들기라도 할까 걱정이 됐던 것이다.

조셀린은 기회를 엿보며 보도블록 아래로 내려섰다. 길 위에 서 있는 두 사람은 곧 서로에게 총을 쏠 것이다. 그냥 내버려 둘 수는 없었다. 콜트의 솜씨를 모르는 바는 아니었지만, 저 어린 소년은 총에 관한 한 선천적인 재능을 타고났는지도 모르는 일이 아닌가.

하지만 기회는 좀처럼 오지 않았다. 조셀린이 참다못해 치갓자락을 치켜들고 튀어 나가려 하자, 알론조가 팔을 붙들며 만류했다.

「지금 나서면 위험합니다. 콜트가 당신을 보는 순간 저 소년이 총을 꺼내 들 테니까요. 그러면 콜트는 죽습니다.」

「하지만……」

조셀린은 입술을 깨물며 콜트를 보았다.

저 사람이 다칠 수도 있는, 아니 그보다 더 나쁜 일이 생길 수도 있는데 가만히 서서 구경만 하라구?

하지만 알론조의 말이 옳았다. 지금 나서면 콜트가 오히려 위험해질 수 있었다.

조셀린은 안타까운 마음으로 콜트를 한번 쓱 쳐다보고는 어린 소년에게 눈길을 돌렸다. 한데 소년의 손이 총에 가 있는 게 아닌가. 놀라서 멈칫하는데, 사람들이 내지르는 탄성이 들렸다. 콜트의 총이 벌써 릴리를 겨누고 있었던 것이다. 소년의 총은 아직도 허리춤에 꽂혀 있는데 말이다.

릴리는 새파랗게 질린 얼굴로 콜트를 뚫어져라 응시했다. 지금 총을 뽑아도 되는 건지, 아님 싸움은 이미 끝난 건지 판단을 내릴 수가 없었다. 일이 이렇게 허무하게 끝나다니, 믿어지지 않았다. 콜트의 총은 아직 침묵하고 있었다.

콜트는 떨고 있는 소년에게 천천히 다가가 총구를 배에 갖다 댔다. 릴리의 얼굴에 땀방울이 송골송골 맺혔다. 방아쇠가 당겨지길 기다리는 시간 그 자체가 그에겐 공포임을 짐작할 수 있었지만, 그렇다고 해도 녀석을 그대로 용서해 주고 싶지는 않았다.

「다시는 까불지 못하게 해주마, 이 버르장머리없는 꼬마야. 이제 내가 어떤 사람인지 알았겠지?」

콜트는 릴리에게만 겨우 들릴 정도로 낮게 뇌까리고는 총을 천천히 거두었다. 그러고는 갑자기 총 손잡이로 녀석의 얼굴을 힘껏 후려쳤다. 휘청하는 녀석의 뺨에서 피가 흘러내렸다. 콜트의 총이 다시 허리춤에 가서 꽂힐 때까지도, 릴리는 콜트가 무슨 생각을 하고 있는지 알아채지 못했다.

릴리의 카우보이 친구들도 상황을 이해하지 못하기는 마찬가지였지만, 릴리와는 달리 총에 손을 가져가는 무모함을 범했다. 알론조가 반사적으로 칼을 꺼내 들었고, 로비도 한 발짝 앞으로 나섰지만, 콜트에게는 그들의 도움이 필요치 않았다. 그는 릴리의 친구들이 하는 양을 가만히 지켜보고 있다가 다시 총을 꺼내 들었다. 이번에는 총성이 울렸다.

총알은 총에 가서 부딪혔다. 카우보이는 총을 바닥에 떨어뜨리고는 얼얼한 손가락을 감싸쥐고 비명을 질러댔다. 다른 한 친구는 정신을 잃고 쓰러졌다.

콜트는 다시 총을 집어넣으며 릴리를 노려보았다. 녀석은 그 자리에 얼어붙은 듯 미동도 않고 서 있었다.

「따라와. 빨리 끝내도록 하자.」

「따라오라뇨, 어딜요?」

「한판 붙자고 하지 않았던가?」

릴리가 잔뜩 겁먹은 얼굴로 뒤로 한 발짝 둘러났다.

「저랑요? 덩치도 당신이 훨씬 큰데요?」

「아까는 그렇게 나불거리지 않은 것 같은데?」

「잘못했어요. 제발 없었던 일로 해주세요, 네?」

콜트는 천천히 고개를 저었다.

「본때를 한번 보여 주겠어.」

릴리가 슬슬 뒷걸음질쳤다.

「혹시 뒤에서 총을 쏘기도 하나요?」

콜트는 얼굴을 찌푸렸다.

「아니.」

「다행이네요.」

릴리는 그 한마디만 남기고 냅다 달렸다.

도망치는 겁쟁이의 뒷모습을 보면서 콜트는 치미는 분노를 꾹 참았다. 총싸움에서 항복하는 사람을 여럿 보았지만, 저렇게 꽁지가 빠져라 도망치는 사람은 본 적이 없었다. 더구나 구경꾼들이 이렇게 많은 상황에서는 더욱 흔치 않은 일이었다. 구경꾼들이란 사람의 행동을 변화시킬 수 있는 존재들로, 실제로 겁쟁이들이 구경꾼들 앞에서 어줍잖은 용기를 뽐내다가 목숨을 잃는 수도 있었다.

콜트는 허공에 대고 총을 몇 방 쏴 보았지만, 릴리는 돌아오지 않았다. 착잡한 심정으로 돌아서는데, 구경꾼들 사이에서 이런저런 쑤군거림이 들렸다. 릴리의 비겁한 행동을 비난하는 사람, 예상치 못한 결과에 흥분한 사람, 백인이 인디언에게 졌다는 사실을 못내 아쉬워하는 사람 등 반응은 다양했지만, 대부분은 콜트가 누구인가 하는 데에 관심이 쏠렸다.

사랑은 조금 빠르게 189

하지만 사람들은 그의 이름조차 알아내지 못했다. 누구도 감히 콜트에게 직접 물어 보지 못했고, 혹시 알고 있는 사람이 있어도 선뜻 대답해 주려고 하지 않았기 때문이다. 호텔로 돌아오는 길에 조셀린도 몇 번 그런 질문을 받았지만 대답하지 않았다. 경호원들도 입을 다물었다. 사실 그들도 콜트에 대해 아는 게 거의 없기는 마찬가지였다.

그때 잔뜩 비아냥거리는 목소리가 조셀린의 귀를 잡아끌었다.

「어쨌든 저 사람은 야만인이나 다름없어.」

조셀린은 발끈해서 그 목소리의 주인공 앞을 떡 하니 가로막았다. 안 그래도 말 한마디 건넬 틈도 없이 사라져 버린 콜트 때문에 신경이 날카로워져 있는데 그런 얘길 들었으니, 그냥 넘어갈 리가 없었다. 그녀의 느닷없는 행동에 목소리 주인공 일행도, 경호원들도 깜짝 놀랐다.

「말씀이 지나치군요. 죽이겠다고 결투를 신청한 사람을 그냥 살려 보냈는데, 그런 사람을 야만인이라고 할 수 있을까요? 오히려 대단히 관대한 사람이라고 해야 하지 않을까요?」

조셀린이 정말 나무라고 싶었던 사람은 경솔하게 행동한 콜트였다. 하지만 엉뚱한 사람에게나마 화풀이를 하고 나니 한결 마음이 가라앉았다.

마일스와 마우라는 쌀쌀맞게 한마디 내뱉고 획 돌아서 가 버리는 조셀린의 뒷모습을 멍하니 바라보았다.

「당했군, 마일스 그런데 저 여자가 혹시 조셀린 플레밍이란 여자 아냐? 억양을 들어보니 영국 쪽 같은데?」

「세상에, 그 공작부인 말이야? 백작부인은 조셀린이란 여자가 대단한 미인인 것처럼 얘기했는데……. 빨간 머리에 비쩍 마른 몸이라니, 저 여자가 정말 조셀린 플레밍이면 난 자신 없어.」

그러자 다우라가 마일스의 팔을 잡아 흔들며 그를 진정시켰다. 사실 마우라 자신도 뜻밖이긴 했다. 하긴 백작부인처럼 나이 든 여자는 자기보다 젊은 여자는 웬만하면 다 예쁘게 보는 법이었다. 하지만 마일스는 마우라처럼 육감적인 몸매의 금발 미인을 좋아했다.
「마일스, 당신은 잘해 낼 거야. 우리가 찾아 헤매던 바로 그런 여자잖아. 재기 삼아 세계 일주를 다니는 공작 미망인, 얼마나 환상적인 조건이야? 생각해 봐, 공작 미망인의 그 많은 재산이 고스란히 당신 게 되는 걸 말이야.」
「지난번에도 그렇게 말했잖아.」
「에임즈 부인 말이야? 자식이 모두 죽었다는 말은 사실이었잖아. 유산을 나눠 줘야 할 열일곱 살짜리 손자가 있단 말을 안 했을 뿐이지. 당신한테 쓸데없는 은 광산이나 사 주는 바람에 이 촌구석에 처박혀 있게 됐지만, 그쪽에서 할머니 죽음을 문제 삼지는 않았으니 다행이지 뭐.」
「하지만 이 여자는 젊은데?」
「이번에는 독약으로 하지 말고 사고로 처리하면 되지.」
「물론 또 내가 나서야겠지?」
마일스의 삐딱한 태도에 마우라는 짜증이 났다.
「지난번 여자 둘은 내가 처리했잖아. 이번엔 당신 차례야. 싫으면 내 신랑감을 한번 찾아보든지.」
마우라는 마일스가 어떻게 나올지 뻔히 알고 있었다.
「됐어. 다른 놈한테 눈길이라도 주는 날에는 내 손으로 목을 비틀어 버릴 줄 알아.」
「알았어. 그냥 한번 해본 소리야. 당신 만난 후로 당신만 바라보고 산 거 알잖아. 사실 나는 당신처럼 잘해 낼 수도 없을 거야. 당신 여동생인 척하는 것만도 너무 힘들어.」

「당신이 생각해 낸 일이잖아. 계획도 다 당신이 세운 거고, 그러니 불평하지 말라구.」
 마일스가 마우라의 목소리를 흉내내서 말하자, 마우라가 눈을 가늘게 뜨고 흘겨봤다.
「엉뚱한 소리 하지 마. 이리저리 도망 다니다가 당신이 생각해 낸 방법이 이거였잖아.」
「첫 번째 마누라가 생각만큼 돈이 없으니까 죽여야겠다고 한 건 당신이었어. 그래서 다시 골라서 다시 하고 또다시 하고 또……」
「그만 해! 네 번 다 실패했지만 이번에는 다를 거야. 느낌이 좋아.」
「물론 다르겠지. 지금껏 이렇게 젊은 여자는 없었으니까. 이번엔 꼬시기도 힘들 것 같애. 꼭 성공할 거란 자신도 없고…….」
「만에 하나 저 여자가 당신한테 눈이 멀지 않는다고 해도 방법은 얼마든지 있어. 하지만 난 당신을 믿어. 당신이 마음만 먹으면 넘어오지 않는 여자가 없잖아. 나부터도 그랬구. 안 그래?」

Savage Thunder

26

「좋은 아침입니다, 부인.」

 조셀린은 인사를 건네는 남자를 보며 빙그레 웃었다. 어젯밤 그를 정식으로 소개받을 땐 무척 당황스러웠다. 콜트를 야만인이라 비웃어 자기가 한 방 먹였던 사람이 아닌가. 그들과 어울려 즐거워하는 바네사를 보는데 얼마나 부아가 치밀던지……. 그땐 정말 바네사가 야속하기만 했다.
 하지만 마일스가 몇 번씩이나 사과를 하며 기분을 맞춰 주려고 노력하자, 조셀린은 곧 그 사건을 잊고 그런 대로 즐거운 시간을 보냈다. 마일스 드라이덴은 확실히 매력 넘치는 남자였다. 짙은 금발은 귀밑에서 단정하게 잘랐고, 야윈 듯한 몸에 키는 큰 편이었으며, 웃을 때마다 양볼엔 코조개가 팼다. 한데 외모만 출중한 게 아니라 유머 감각까지 상당해서 주변 분위기를 화기애애하게 이끌었다. 남매치고는 닮은 구석이 거의 없었지만, 아담한 키에 옅은 금발, 진한 초록색 눈동자, 육감적인 몸매, 여동생이라는 마우라 드라이덴 역시 오빠만큼 호감 가는 여자였다.

마일스의 예의바른 태도와 마우라의 관능미는 이 두 남매의 매력을 더해 주었다. 특히 마우라의 관능미는 어떤 남자도 피해 갈 수 없을 듯했다. 파커가 그 증인이었다. 그도 함께 저녁식사를 했는데, 내내 그의 시선은 마우라에게 박혀 있었던 것이다.

바네사는 저녁 내내 몹시 즐거워했다. 아마 그날 밤, 모처럼 걱정을 떨쳐 버리고 편하게 잠을 청했을 것이다. 마일스는 자기 역할을 훌륭히 해냈다. 그를 끌어들인 바네사의 의도를 이미 짐작하고 있는 조셀린마저도 간만에 웃고 떠들며 즐거운 시간을 보냈으니까. 하지만 조셀린의 마음 한구석은 불안에 휩싸여 있었다. 파커처럼 콜트도 마우라에게 푹 빠져 버리면 어쩌나 하는 걱정 때문이었다. 그 꼴은 절대 볼 수 없었다. 이런 감정이 질투가 아니길, 그저 터무니없이 많은 보수를 지불한 데 대한 일종의 소유욕 정도이길 바랐다.

매력적인 웃음을 흘리며 다가오는 마일스를 보는 순간, 조셀린의 머릿속에 마우라의 얼굴이 떠올랐다. 그 매력 덩어리 아가씨와 콜트가 대면할 생각을 하니, 갑자기 불안해졌다. 드라이덴 남매와 동행하기로 한 약속을 취소할까 하는 생각이 불현듯 떠올랐지만, 안 될 일이었다. 지금 호텔 앞에 늘어선 짐마차에 한창 남매의 짐이 실리고 있지 않은가.

조셀린은 고개를 까딱해 보이며 마일스의 인사를 받았다.

「드라이덴 씨, 오셨군요. 이렇게 이른 시간에 떠나서 불편하신 건 아닌지 모르겠군요. 시간은 금이라고 믿고 있는 가이드 덕분에 우리는 늘 이렇답니다.」

「그런 사람들이 있죠. 제가 지난번에 탔던 역마차 마부도 그랬어요. 나이도 많은 사람이 어찌나 심술궂은지, 우릴 여관에다 몰아넣으면서 게으른 사람은 떼어 놓고 가겠다고 으름장을 놓더라니까요.」

조셀린은 쿡쿡 웃었다. 노인이라는 것만 빼면 콜트와 똑같지 않은가. 콜트도 시비조에 성질 급한 사람이었다. 오늘도 그는 벌써 밖에 나가 사람들을 기다리고 있거나, 아니면 빌리에게 길만 가르쳐 주고는 먼저 길을 나섰을지도 모른다.

조셀린은 갑자기 콜트가 보고 싶었다. 자기의 순결을 선물 받은 소감이 어떤지도 궁금했다. 어쩌면 그런 선물을 받았다는 사실조차 모를지 모른단 생각도 들었다. 그걸 알았다면 그날 밤 손길이 그렇게 부드럽지 않았을 테니까.

「우리 가이드는 으름장을 놓거나 하진 않아요, 드라이덴 씨. 그저 매일 아침 터무니없이 이른 시간에 깨울 뿐이죠. 곧 익숙해질 거예요. 그런데 동생분은?」

「마우라는 벌써 나갔습니다. 부인, 우리도 이제 나갈까요?」

조셀린은 마일스가 내민 팔을 보며 잠시 망설였다. 경호원이 겹겹이 둘러싸고 있어서 에스코트를 받을 필요도 없었고, 마일스에게 에스코트 받는 모습을 콜트에게 보여 주고 싶지도 않았다. 하지만 그렇다고 거절하면 실례가 될 것이다. 그녀는 하는 수 없이 그의 팔을 잡았다.

조셀린의 출현으로 여행 준비가 완료되었다. 마우라는 바네사와 함께 현관 밑 그늘에서 출발을 기다리고 있었다. 조셀린은 밖으로 나오자마자, 마차 행렬 맨 앞에 있을 가이드를 찾았다. 그는 벌써 준비를 마치고 빌리와 함께 말에 올라타 있었다.

콜트의 시선이 현관으로 향하는가 싶더니, 조셀린을 보자 곧 말을 출발시키려고 했다.

사랑은 조금 빠르게 195

「잠깐만요, 콜트. 기다려요!」
 갑작스러운 외침에 사람들의 시선이 일제히 조셀린에게 쏠렸다. 콜트가 못 들을까 싶어 한껏 목청을 높인 목소리가 자기 귀에도 무척 절박하게 들렸다. 만일 그 소리를 듣고도 콜트가 그냥 가 버린다면 자신은 더 무안해질 테지만, 그걸 갖고 콜트를 탓하지는 않을 생각이었다.
 다행히도 콜트는 조셀린을 기다려 주었다. 하지만 그가 당연히 말에서 내려 공작부인 앞으로 달려올 거라고 믿던 사람들은, 특히 조셀린을 에스코트하던 마일스는 콜트의 뻣뻣한 태도에 무척 놀랐다. 하지만 그녀는 아무렇지도 않은 듯 마일스에게 양해를 구하고 현관을 벗어났다.
 조셀린은 콜트에게 가면서 자신이 괜한 일을 저질렀음을 깨달았다. 좀처럼 자기 감정을 드러내지 않는 콜트가 얼굴을 심하게 일그러뜨렸던 것이다. 그 표정을 보니 저도 모르게 머뭇거려졌다. 한동안 콜트와 마주 볼 일이 없도록 해야 했는데…….
 조셀린은 마음을 다져먹었다. 이미 엎질러진 물을 이제 와 어쩌겠는가. 한데 하고자 했던 말이 전혀 생각나지 않았다. 머릿속이 하얗게 비는 느낌이었다. 하긴 무슨 말을 하든 콜트의 화를 돋우기는 마찬가지일 것이다.
「잠깐 내려와 줄 수 있어요? 얘기 좀 하고 싶은데.」
「아니, 안 하는 게 좋을 거요.」
「그게 아니라 잠깐…….」
「안 하는 게…… 좋을 거요, 부인.」
 조셀린은 콜트의 말을 이해할 수 없었다. 얘기를 듣고 싶지 않다는 말인지, 자기를 말에서 끌어내리면 큰일이 날 거라는 얘긴지 도통 알 수가 없었다. 어쨌든 그의 충고를 받아들이는 게 좋을 성싶어 말을 출발시키는 그를 잡지 않았다.
 두 사람을 지켜보며 쑥덕거리던 사람들은 조셀린이 돌아서자 갑자기 허공을 바라본다거나 쓸데없이 뭔가를 만지작거린다거나 하면서 괜히 딴청을 피웠다. 사람들의 그런 태도를 보면서도 조셀린은 전혀 창피한 생각이 들지 않았다. 아니, 오히려 가우라의 새침한 표정을 보자 성질이 났다. 콜트가 하는 말을 듣지는 못했을 테지만, 그의 불손한 태도와 적대적인 감정을 눈치챈 그녀가 비웃는 것만 같았다.
 나라면 어떤 남자도 저렇게 뻣뻣하게 굴도록 내버려 두지 않을 거야.
「나는 저 사람도 당신 경호원인 줄 미처 몰랐습니다.」
 마차에 오르는 조셀린을 부축하며 마일스가 한 말이었다. 그는 무슨 말인가를 계속 했지만 속이 부글부글 끓고 있는 조셀린의 귀엔 전혀 들어오지 않았다. 하지만 콜트 때문에 이렇게 쉽게 흥분한 모습을 누구에게도 들키고 싶지 않아, 조셀린은 입 주위에 경련이 일 정도로 억지웃음을 지어 보였다.
「저 사람은 경호원이 아니라 가이드예요.」
「가이드가 총싸움도 합니까?」
 마일스가 귀찮게 이것저것 물었지만, 콜트에 대한 화풀이를 또 그에게 할 수는 없는 노릇이었다.
「재주가 많은 가이드죠. 예의가 없고 무뚝뚝하긴 하지만요. 저런 태도가 거슬려서 불편하시다면…….」
「아닙니다.」
 마일스가 눈치 빠르게 대답했다.
「그럼 나중에 뵙죠, 드라이덴 씨.」
 조셀린은 마차 문을 닫았다. 만일 마일스가 조셀린과 함께 마차를 타고 갈 생각이었다면, 그녀는 지금 그에게 무안을 준 꼴이었다. 하지만 이런 상황에서 그 말 많은 손님과 시답잖은 대화나 하면서 하루 종일 마차에 갇혀 있을 수는 없었다. 만약 그런다면 미쳐 버릴 것이다.

　조셀린의 기분을 알아챘는지, 바네사는 아무 말도 하지 않았다. 생각하면 할수록 조셀린은 화가 치밀었다. 콜트의 심정을 이해 못하는 바는 아니었지만, 그래도 그렇게 화를 내는 건 좀 지나치다 싶었다. 사실 두 사람 사이에 있었던 일을 자신만 그렇게 죄스러워할 이유가 뭐가 있는가? 그를 갖고 싶어한 게 잘못은 아니지 않는가? 아니할 말로 반항하며 몸부림치는 그를 위협해서 침대로 끌어들인 것도 아니고 말이다. 기회가 닿는 대로 그에게 따져 보리라.

Savage Thunder

27

그날 밤 콜트는 야영장 앞에서 머뭇거리고 있었다. 야영장으로 가면 고집불통 조셀린이 찾아와 따지고 들 게 뻔하기 때문이었다. 그 여잔 결판을 내기 전까지는 물러서려 하지 않을 것이고, 아직 멀리서라도 그녀를 마주 볼 마음의 준비가 되어 있지 않은 자신은 그 순간을 참아 내지 못할 게 틀림없었다. 그렇게 되면 무슨 일이 벌어질지 장담할 수 없었다. 다시는 백인 여자에게 손가락 하나 대지 않겠다는 결심을 깨뜨리고 말았는데, 또 한 번 일을 저지르면 그 결심은 영원히 지켜 낼 수 없는 공염불이 될 것 같았다. 그게 가장 두려웠다. 절대 이루어질 수 없는 소망임을 잘 알기에.

행동을 자제할 수 있을 때까지, 콜트는 조셀린을 피해 있어야 했다. 그게 자신의 잘못을 돌이킬 수 있는 길이었다. 그걸 잘 알면서도 콜트의 발걸음은 야영장 쪽으로 향했다.
　콜트는 조셀린의 경솔한 행동이 못내 불만이었다. 아무리 조심하고 경계했다 해도, 실버시티에서 이틀이나 지체하는 동안 롱노우즈의 감시망에 포착됐을 가능성이 높았다. 그런데 이럴 때 낯선 사람들을 동행하다니, 도저히 이해할 수 없는 행동이었다. 그들이 그 영국인의 하수인인지 어찌 알겠는가. 설사 아니라 해도, 목숨을 위협받고 있는 그녀로서는 항시 조심해야 하는 게 당연했다. 결코 경호원의 역할에는 신경 쓰지 않겠다고 공표한 콜트였지만, 조셀린에게 한 마디 따끔하게 해주고 싶었다. 무슨 배짱으로 이렇게 위험천만한 일을 저지르고 다니느냐고 말이다. 하지만 그녀와 마주치는 게 두려워서 따끔한 충고는커녕 피해 다니고만 있었다.
　콜트가 야영장에 도착했을 때는 아주 늦은 시각이었는데도, 사람들은 반도 넘게 깨어 있었다. 그 중엔 물론 조셀린도 끼여 있었다. 그녀는 경호원과 하녀, 낯선 동행자와 함께 모닥불에 둘러앉아 있었다.
　콜트는 자신을 쫓고 있는 조셀린의 눈길을 의식하며, 빌리가 있는 모닥불로 갔다. 형을 보자 빌리가 식판 하나를 건네주었다. 콜트는 아무 말 없이 그것을 받아 들었다. 너무 피곤해 무슨 맛인지도 모르고 반 정도를 비워 냈다.
「오늘은 자러 오지 않을 줄 알았어, 형.」
　콜트는 여기저기 피워 놓은 모닥불에 삼삼오오 둘러앉은 사람들을 쓱 둘러보며 대꾸했다.
「다들 피곤하지도 않나 보지?」
　빌리가 어깨를 으쓱했다.
「저기 새로 온 남자가 무시무시한 얘기를 해주고 있거든. 그런 얘기를 많이 알고 있나 봐.」

콜트는 자기가 알고 있는 귀신 얘기를 몇 가지 떠올려 봤지만, 재미있거나 무서운 얘기는 전혀 없었다. 빌리가 한마디 더 덧붙였다.
「아침에 저 여자 봤어? 저 남자 동생이래.」
콜트는 무심하고 귀찮은 얼굴로 낯선 남녀를 번갈아 보았다. 조셀린이 낯선 남자 옆에 바싹 붙어 앉아 있었다.
「저자가 누구래?」
「드라이덴이래, 마일스 드라이덴.」
콜트는 이마를 찌푸렸다.
「빌리, 저자 보니까 생각나는 사람 없어?」
「글쎄, 없는데. 왜?」
「전에 어디선가 본 적이 있는 것 같아서.」
「제시 누나 부부랑 동부에 갔을 때 본 거 아니야? 동부에서 왔다던데.」
「아니, 얼마 전에 봤어. 정말 누군지 모르겠어?」
「난 모르겠어.」
콜트는 다시 한 번 마일스를 유심히 보았다.
「빌리, 저자가 무슨 얘기를 하든?」
「그냥 이런저런 얘기.」
「해봐.」
빌리가 고개를 갸우뚱하더니 입을 열었다.
「인디언한테 습격을 당했다나 봐. 서부 사람이었으면 안 당했을 텐데, 자긴 동부 사람이라 당…….」
「혼자 당했대?」
「자기 동생이랑 둘이.」
「그 얘기 하느라 밤을 새워?」
빌리가 슬며시 웃었다. 형의 말투가 좀 누그러져 있었다.

사랑은 조금 빠르게 201

「마일스가 자기 머릿가죽 벗겨질 뻔한 얘기를 하니까 다른 사람들도 그 비슷한 경험담이나 들은 얘기를 한마디씩 보태느라 길어지는 거지, 뭐. 마일스는 자기가 실버시티에서 들은 얘기만 엮어도 책 한 권은 족히 나올 거라던데.」

「우리보다 먼저 마을에 도착했대?」

「몇 달쯤 거기 있었다나 봐. 왜?」

「그냥.」

콜트는 그제야 마음을 놓았다. 롱노우즈가 보낸 사람은 아닌 게 분명했다. 하지만 낯선 사람들을 쉽게 끌어들인 조셀린의 행동은 여전히 마음에 들지 않았다. 좀더 잘 알아보고 신중하게 결정했어야 할 일이었다.

「그런데 이게 도대체 뭐야?」

콜트가 말없이 음식을 씹어 삼키다가 물었다. 형의 일그러진 표정을 보며 빌리는 쿡쿡 웃었다.

「필리페의 특별 요리. 맛있지?」

하지만 콜트는 식판을 옆으로 밀쳐 놓으며 투덜거렸다.

「이런 고기 맛은 생전 처음이야. 그런데 저 사람은 왜 저래?」

빌리는 콜트가 턱짓한 곳을 쳐다보았다. 파커의 날카로운 눈초리가 보였다.

「아, 저 사람? 공작부인 방에 든 도둑놈 둘 있었잖아, 형이 그놈들을 손봐 준 것 때문에 좀 그랬나 봐.」

「그냥 훔쳐 가게 내버려 둘 걸 그랬나?」

「공작부인을 구해 준 사람이 형이라는 게 마음에 안 드나 봐. 자기가 해야 할 일인데 번번이 형에게 순서를 뺏기니까 좀 그랬겠지.」

「그게 목숨을 걸 정도로 중요한 일이야?」

빌리가 순간 긴장했다.
「갑자기 무슨 소리야, 형?」
「이리 오고 있는데, 표정이 심상치 않은 게 결투라도 신청할 사람처럼 보이잖아.」
「형, 설마 저 사람과 붙을 생각은 아니지? 아니, 저 사람은 지금 형하고 붙고 싶어서 오는 게 아닐 거야. 그래, 아침에 형이 공작부인한테 너무 무례하게 행동해서 경호원들 사이에서 말들이 많았는데, 그 때문에 오나 보다. 경호원들 대표로 형한테 할 얘기가 있어서 말이야. 나야 형이 왜 그랬는지 알지만 다른 사람들은 모르잖아.」
「정확히 맞췄소, 어윙 씨.」
파커의 목소리였다. 그가 어느새 등뒤에 와 있었다. 빌리는 얼른 형의 표정을 살폈다. 어떤 반응을 보일지 몹시 걱정됐다. 공작부인 일행을 따라나선 후 늘 삐딱하던 형이 지금이라고 다르게 행동할 까닭이 없었다. 더구나 지금은 기분이 저조해 있었다. 이럴 땐 건드리지 않는 게 상책인데…….
「할 얘기 있으면 어디 해보시오.」
콜트는 다가온 사람은 거들떠보지도 않고 귀찮은 듯 말했다.
「내가 할 말은 이미 당신 동생분이 다 했소. 앞으로 조금 더 점잖게 행동하지 않는다면…….」
「그럴 생각이 없다면 어쩌겠소? 나한테 도전이라도 하겠소?」
콜트가 파커의 달허리를 자르며 나섰다.
「그만 해, 형!」
빌리가 나섰지만, 때는 이미 늦었다. 파커가 이미 콜트 앞에 버티고 서서 주먹 쥔 손을 뒤로 힘껏 뺐던 것이다. 하지만 콜트는 꼼짝도 하지 않았다. 무표정한 얼굴로 그저 파커가 하는 양을 보고만 있을 뿐이었다.

파커는 그의 의연한 태도에 놀라, 주먹을 뒤로 뺀 채 잠시 머뭇거렸다. 콜트의 눈에서 살기가 번뜩였다. 평생 누구에게도 져 본 적이 없는 파커였지만, 그 눈빛을 보는 순간 등골이 서늘했다. 지금 자기가 상대하고 있는 사람이 어떤 자인지 잠시 잊고 있었다. 콜트 선더는 제멋대로 자란, 마일스가 저녁 내내 말하던 인디언 야만인이 아니던가. 상상하지도 못한 방법으로 사람들의 목숨을 빼앗는 야만인…….

 어쩌다가 내가 이런 실수를 저질렀지?
「파커 경, 당장 그 손 치워요!」

 구원의 목소리였다. 파커는 내심 안도하며 얼른 손을 풀었다. 사람들의 시선이 어느새 이쪽으로 다 쏠려 있었다.

「제기랄!」

 콜트는 욕설을 내뱉으며 멀지 않은 곳에 서 있는 공작부인을 노려보았다.

「누가 당신더러 나서라고 했소? 이 사람은 나한테 불만을 품고 있소. 당신이 나설 계제가 아니란 말이오!」

 갑작스런 공격에 조셀린은 할말을 잃었다. 그사이 오만 방자한 가이드를 혼내 줄 기회는 파커에게 돌아갔다. 그는 얼굴이 벌게질 정도로 힘껏 주먹을 날렸다.

 하지만 파커의 주먹은 살짝 빗나가서 콜트의 고개를 살짝 돌려놓았을 뿐이었다. 사람들이 모두 숨을 죽이고 콜트의 반응을 살폈다. 콜트가 천천히 고개를 돌리더니 씩 웃었다. 콜트의 앙갚음을 기대했던 파커는 그 모습을 보고 흠칫 놀랐다.

「한참 기다렸소.」

 이 한마디와 함께 주먹이 날아왔고, 파커는 바로 바닥으로 쓰러졌다.

빌리는 총과 칼을 집어 형에게 던져주고는 그 자리에서 비켜났다. 조셀린도 두 남자의 발길질에 모닥불 불꽃이 사방으로 튀자, 얼른 뒤로 물러섰다.
「그만 가요, 조셀린. 이제 말릴 수도 없고, 말리려고 해서도 안 돼요.」
어느새 옆으로 다가온 바네사가 조용히 조셀린을 잡아끌었다.
「말리지 말라구요? 어떻게…….」
「끔찍한 일이 일어날 거라는 거 알아요. 하지만 선더 씨는 지금 화풀이할 상대가 필요해요. 당신보다는 파커 경이 그 역할을 맡는 게 나아요. 그러니 이제 가요.」
조셀린은 입술을 깨물며 아침의 일을 떠올렸다. 태도가 예전보다 더 불손해졌지만, 그래도 그는 연약한 여자를 폭행할 사람이 아니었다. 아무리 화가 나도 말이다. 그리고 아직 화가 풀리지 않은 건 조셀린 자신도 마찬가지였다.
「말릴 생각은 없어요, 바네사. 난 여기에 남아 있을게요. 싸움이 끝난 다음에 할 얘기가 있어서 그래요.」

Savage Thunder

28

　세상이 새롭게 보였다. 몸은 여기저기 상처투성이였지만, 마음만은 하늘을 날아갈 듯 가볍고 상쾌했다. 포효하던 분노의 파도도 가라앉고 휘몰아치던 감정의 소용돌이도 잦아들어서, 이젠 조셀린과 마주친다 해도 의연할 자신이 있었다. 하지만 그 자신감도 자신을 바라보고 있는 조셀린을 보는 순간 사라졌다.
　조셀린은 언제 왔는지 옆에 서 있었다. 다가오는 기척도 전혀 알아채지 못했다는 사실이 더욱 콜트의 신경을 자극했다. 파커에게 귀싸대기를 얻어맞은 후 귀울음이 심하더니, 그 탓인 모양이었다. 머리를 흔들어 봐도 윙하는 소리는 사그라지지 않았다. 혹시 경호원이라도 뒤따라오지 않았나 해서 사방을 둘러보았지만, 조셀린뿐이었다. 속이 더 끓어올랐다. 그렇게 피해 다녔건만, 그렇게 접근하지 말라고 경고했건만, 여자는 무지하게 말도 듣지 않았다. 콜트는 화를 꾹 눌러 참고 간신히 입을 열었다.
「뭘 그렇게 빤히 보고 있소?」
조셀린은 길게 한숨을 내쉬었다. 퉁명스런 목소리를 들으니 그래도 안심이 되었다. 그는 싸움이 끝난 후에도 꿋꿋이 자기 발로 버티고 서 있더니, 누가 상처를 봐주기도 전에 야영장을 빠져나갔던 것이다. 그 이후 그녀는 혹시라도 많이 다치지 않았을까 해서 잠시도 마음을 놓지 못했다. 파커는 의식을 잃고 쓰러져 지금 바네사가 간호를 해주고 있었다. 다행히도, 곧 괜찮아질 거라고 했다.
콜트는 야영장을 빠져 나와 연못으로 갔다. 땀과 피로 범벅이 된 얼굴을 물에 푹 담그니, 통증이 싹 가시는 기분이었다. 잠시 그렇게 있다가 고개를 들고 물기를 닦아 내는데, 자신을 빤히 보고 있는 조셀린이 눈에 들어왔다.
마지막으로 연못에 다녀간 사람이 놓고 갔는지 램프 하나가 땅에 놓여 있었다. 그 불빛 덕에 조셀린은 콜트의 모습을 볼 수 있었다. 눈가에서는 피가 흐르고, 바지는 무릎 부분이 찢겨 있었다. 그 외에 다른 상처는 보이지 않았지만, 아마 몸 여기저기를 많이 다쳤을 것이다. 약 15분 정도 서로 죽어라 치고 박았으니까.
「많이 안 좋아 보이는데, 아프진 않아요?」
「같잖은 동정 따윈 받고 싶지 않소.」
조셀린의 몸이 굳어졌다.
「점잖게 대답해 줘서 황송하군요.」
「좋은 대길 기대한다면 딴 데 가서 알아보시오.」
「한바탕 화풀이를 해서 그 성질도 좀 누그러졌을까 했는데…….」
「나도 그럴 줄 알았소. 하지만 원래 무식한 인디언이라 한 번 정도론 안 돼…….」

「그런 식으로 말하지 말아요!」
 조셀린은 참다못해 소리를 빽 질렀다. 콜트가 한쪽 입꼬리를 올리며 비웃듯 씩 웃었다.
「어떤 식?」
「자기 비하 좀 하지 말란 말이에요. 정식으로 교육을 받진 못했겠지만, 당신은 그렇게 막돼먹은 사람이 아니잖아요?」
「어라, 그런 말로 날 추켜세워 주려고? 하지만 헛수고일 뿐이오.」
「무슨 뜻이에요? 여기 있기 싫다는 뜻인가요?」
「맞았소!」
「그럼 가요. 아무도 안 말려요.」
 실언이었다! 조셀린은 바로 후회했지만 때는 이미 늦었다. 뱉어 놓은 말을 어떻게 주워담겠는가. 역시나 콜트가 눈을 빛내며 다가왔다.
「그 말이 진심이오?」
「당신이, 그러니까 나한텐 꼭 필요한 사람이라는 것만 알아줬으면 해요.」
 조셀린은 콜트가 그런 말을 듣고도 아직 뛰쳐나가지 않았다는 사실에 안도하며 대충 얼버무렸다.
 콜트는 조셀린에게 등을 돌리고 섰다. 그런 말을 들을 때마다 미칠 것 같았다. 자신을 좋아해서 하는 말이 아님을 잘 알면서도 그 한마디에 여지없이 마음이 흔들리고 욕정에 불이 붙었다.
「우리 약속, 내 억지인 거 알아요. 대신 성심 성의껏 그 약속을 지킬게요.」
 조셀린이 등뒤에서 나직하게 말했다. 콜트는 얼굴을 찌푸리며 날카로운 목소리로 반문했다.
「듣기 좋은 소리로 날 구슬리겠다는 거요?」

「아니에요. 당신이 싫어하는 일을 떠넘겨서 미안하지만, 그래도 당신을 놓아줄 정도는 아니란 얘기예요.」

콜트는 천천히 뒤로 돌아섰다.

「괜히 말 돌리지 마시오! 당신이 하고 싶은 얘기는 그게 아니라, 내가 받아 챙긴 보너스 얘기가 아니오? 너무 미안해서 보너스까지 주는 성의를 보여 줬다, 뭐 그런 얘기 말이오.」

조셀린이 한숨을 길게 내쉬며 외면하자, 콜트는 그녀의 턱을 잡아 다시 자기 얼굴과 마주 보게 했다.

「날 우습게 보지 마시오, 부인. 어쨌든 얘기가 나왔으니 물어 보겠는데, 왜 나를 택했소?」

조셀린은 질문의 의미를 확실히 알았지만 모르는 척 되물었다.

「무슨 뜻이죠?」

「왜 하필 나였냔 말이오!」

콜트가 화를 못 이기고 버럭 고함을 질렀다.

「그저 당신을 갖고 싶었을 뿐이에요. 그게 다예요.」

「거짓말 마시오. 여자는, 특히 처녀는 결혼반지를 받거나 사랑에 눈이 멀기 전에는 함부로 몸을 내주지 않는 법이오. 당신은 반지 때문도, 사랑 때문도 아니었소. 진짜 이유가 뭐요?」

「그게 왜 문제가 되는지 모르겠군요. 난 다른 처녀들과는 달라요. 결혼한 여자죠. 그렇기 때문에 당신 말처럼 반지나 사랑 때문이 아니어도, 남자를 원하면 가질 수 있어요. 안 된다고 할 사람이 누가 있겠어요?」

콜트는 말없이 조셀린을 쳐다보며 그 말을 되씹어 보았다. 하지만 이내 고개를 저었다.

「다른 미망인이라면 그럴 수 있을 거요. 하지만 당신은 다른 처녀들과 다르듯, 다른 미망인들과도 다르오. 다른 건 알고 싶지도 않고,

왜 결혼한 당신이 아직 처녀였는지, 그리고 그걸 없애야 했던 이유가 뭐였는지만 말하시오.」
「이유 같은 건 없어요. 그저 당신을 갖고 싶었던 것밖에.」
「거짓말 마시오.」
「왜 내 말을 못 믿죠?」
「당신 눈을 보면 알 수 있소」
조셀린의 얼굴이 하얗게 질렸다.
「뭐라구요?」
「그날 밤 일을 곰곰이 생각해 봤더니, 당신이 의도적으로 날 침대로 끌어들였다는 걸 알겠더군. 그런 데에는 뭔가 특별한 이유가 있을 게 분명하오. 대체 숨기고 있는 게 뭐요?」
「하지만 난 당신을 원했어요. 다른 남자가 아니라 콜트 선더, 바로 당신을 말이에요. 내 말, 모르겠어요?」
「모르겠소」
「모른다면 할 수 없죠. 난 이제 그만 가 봐야겠어요. 피곤해요」
조셀린은 콜트의 질문에 충격을 받았으면서도 애써 담담한 척했다. 그러자 콜트가 팔을 잡아끌었다.
「아직은 안 되오」
그러더니 갑자기 조셀린의 목덜미에 입술을 댔다.
「아니, 대체 무슨 짓을 하는 거예요?」
「당신이 원했던 거 아니오?」
「하지만……」
「하지만 뭐요?」
콜트는 조셀린을 꽉 끌어안으며 귓불로 입술을 옮겼다. 그리고 말을 계속 이었다.
「당신이 순결을 포기할 정도였다면 성욕에 무척 굶주려 있었다는 건데, 설마 벌써 생각이 없어진 거요?」

「저……, 아니요, 생각 있어요.」

뜻밖의 대답이었다. 조셀린도 콜트도 모두 놀랐다. 하지만 그 말은 사실이었다. 콜트의 품에 안기는 순간, 조셀린은 아찔한 현기증을 느꼈다. 훅 끼쳐 오는 땀 냄새와 흙 냄새가 욕망의 불길에 기름을 부었다.

조셀린의 대답이 떨어지기가 무섭게 콜트의 입술이 다시 귓불을 간질였다. 젖은 머리칼이 조셀린의 목덜미와 어깨에 닿았다.

「그걸 없애려던 이유가 뭐였소?」

「네? 오, 콜트, 제발 부탁이니, 그 얘긴 그만 하고 키스해 줘요.」

조셀린이 낮게 속삭였다.

콜트는 살짝 입을 맞췄다가 다시 떼고, 또 입을 맞췄다가 떼기를 반복하며 조셀린을 놀렸다.

「콜트!」

콜트의 장난을 참다못한 조셀린이 소리쳤다.

「왜 없애려고 했소?」

「방해가 됐기 때문이에요.」

조셀린은 안달이 나서 얼떨결에 대답을 하고 말았다.

콜트의 질문은 집요하게 계속되었다.

「그게 왜?」

「나중에 좋은 사람이 나타나면, 그러니까 재혼을 하려면 달이에요, 그게 없어야 하잖아요.」

「왜?」

「죽은 공작이 성불구였다는 사실이 알려지면 안 되니까요.」

「내가 알게 되는 건 상관없고?」

「당신은 공작을 모르잖아요. 또 공작과 안면 있는 사람을 만나게 될 일도 없을 거고…….」
 갑자기 조셀린의 몸이 뒤로 밀쳐졌다. 귓가에서 느껴지던 숨결도 없었다. 한동안 정적이 흘렀다. 잠시 후 콜트가 격앙된 목소리로 말문을 텄다.
「이런, 빌어먹을! 나를 속인 건 그것뿐이오?」
「속이다니요? 그런 적 없어요.」
 조셀린이 콜트를 달래려고 팔을 뻗었지만, 그는 뿌리쳤다.
「나를 이용했잖소!」
 조셀린은 비참한 기분으로 눈을 감았다. 콜트에게 멋지게 한 방 먹였다. 욕망을 이용한 복수, 뿌린 대로 거둔 셈이었다. 먼저 시작한 쪽은 조셀린 자신이었으니 억울할 것은 없었지만, 모욕감이 심하게 밀려들었다. 자신은 원하는 바를 이룬 후에도 콜트처럼 중간에서 발을 빼지는 않았다. 그가 원하는 만큼 하도록 해주었다. 그런데…….
「그래서 지난 며칠 동안 그렇게 당장 터질 시한폭탄처럼 굴었던 건가요? 내가 당신을 원했다는 것 때문에요?」
「이용당했다는 것 때문이오.」
 콜트가 싸늘한 말투로 조셀린의 말을 정정해 주었다. 그리고 다시 말을 이었다.
「당신이 원했던 건 아무 남자라도 해줄 수 있는 일이었소.」
「당신은 나를 이용하지 않았나요? 당신도 나를 침대에 쓰러뜨려 놓고 자기 욕심을 채웠잖아요?」
 콜트의 욕정에 다시 불이 붙었다. 그녀를 안고 있을 때보다도 불길이 더 세차게 치솟았다. 조셀린을 한 대 쳐서라도 그 욕구를 사그라지게 하고 싶었다. 그런 콜트의 마음을 아는지 모르는지, 이어진 조셀린의 말은 더욱 그를 자극했다.
「나한테 할 얘기가 고작 그거였어요? 당신은 내 침대에서 하나도 즐겁지 않았다고 말할 수 있어요?」
「그만 닥치시오!」
「도대체 그렇게 화난 이유가 뭐예요? 당신이 내 첫 남자가 됐다는 것 때문인가요, 아니면 당신의 의지력이 약해진 틈에 내가 덕을 봤다는 것 때문인가요? 물론 당신이 내게 별 흥미 없다는 건 알아요. 하지만 어쨌든 당신은 내 유혹에 넘어갔어요. 끝까지 버티지 못하고 넘어왔다구요!」

콜트가 주먹을 치켜들었다. 하지만 조셀린은 눈썹 하나 까딱하지 않았다. 주먹이 슬그머니 내려왔다.
「한 가지만 대답해 보시오, 부인. 가이드 일을 떠맡길 때, 이미 나를 이용할 작정이었던 거요?」

대꾸가 없었다. 콜트의 얼굴에 핏대가 섰다.
「날 산 거로군. 남자들이 창녀를 사는 것처럼 말이지. 가이드로도 써먹을 수 있으니 본전은 뽑을 수 있을 거란 계산이었겠군?」
「맞아요, 내가 만난 남자 중에 당신이 제일 잘생겼기 때문에 당신을 택했던 거예요. 그리고 당신 보수는 내 한 달 옷값 정도밖에 안 돼서 본전 생각날 정도는 아니니까, 그런 문젠 신경 쓰지 말아요. 그리고 당신은 여러모로 쓸모가 아주 많은 사람이잖아요? 내가 사람 하나는 잘 고른 것 같군요, 그렇지 않아요?」

조셀린도 지지 않고 쏘아붙였다. 오기가 가득한 목소리였다.
「당신, 이제 보니 아주 형편없는 여자군!」
「당신은 너무 오만하구요!」

콜트는 더 이상 참을 수가 없었다. 마음대로 떠들어 대고 있는 저 여자의 입을 막으려면 여길 떠나는 수밖에 없었다.

획 돌아서서 가는 콜트를 보며 조셀린은 잠시 멈칫했다. 하지만 멀어져 가는 뒷모습을 보니 다시 부아가 치밀었다.

「콜트! 당신이 임무를 완수하기 전에는 절대 풀어 주지 않을 거예요. 내 말 듣고 있는 거예요? 중간에 그만둘 생각은 하지도 말라구요!」

콜트가 우뚝 멈춰 섰다. 이미 꽤 멀리 가 있어서, 그는 이제 실루엣만 겨우 보였다.

「나도 그만둘 생각 없소. 대신 한 번 더 경고해 주지. 이번이 마지막 경고가 될 거요. 다시는 내 눈에 띄지 않는 게 당신 신상에 이로울 거요!」

그 먼 거리에서 들려 오는 목소리에서 살기가 느껴졌다.

「물론이에요!」

콜트의 뒷모습은 점점 더 멀어져 갔다. 어쩌면 대답을 듣지 못했을지도 몰랐다. 조셀린은 콜트의 모습이 마차 뒤로 사라지자, 돌아서서 먼산을 쳐다보며 '나쁜 놈!' 하고 중얼거렸다. 갑자기 이유 없이 눈물이 흘렀다.

Savage Thunder

29

조셀린은 식판을 옆으로 밀어 놓고 파라솔 밑에 벌렁 드러누웠다. 점심식사를 위해 세워 놓은 파라솔은 이제 있으나마나한 물건이 되어 버렸다. 벌써 11월 말, 한낮의 햇살이라 해도 그늘로 피해야 할 만큼 뜨겁지 않았다. 하지만 바네사는 계속 고집을 피웠다. 여자의 피부는 햇빛에 노출되면 안 된다고, 설령 겨울이라 해도 그건 안 된다는 주장이었다. 지금도 그녀는 겨울로 접어드는 남쪽 땅의 햇빛 아래서 매일 말을 타느라 그을린 조셀린의 피부를 보고 못마땅한 듯 혀를 찼다.

실버시티를 떠난 지 벌써 2주가 됐다. 그들은 남쪽으로 계속 내려오다가 어떤 산을 끼고 동쪽으로 방향을 잡았다. 그러다가 리오그란데 강을 건너서는 다시 북쪽으로 올라가는 중이었다. 산타페이까지만 가면 길이 비교적 평탄할 거라고 했다. 거기서 멕시코까지 직선으로 뚫린 엘캐미노리얼나 로열하이웨이를 이용할 수 있기 때문이었다. 엘캐미노리얼은 3백 년 이상 무역로로 이용되는 길인데, 또 다른 무역로인 산타페이 길과 맞닿아 있다고 했다. 생긴 지 불과 60년밖에 안 된 산타페이 길은 산을 가로질러 대평원까지 뻗어 있다고 했다. 대평원은 로키 산맥에서 캐나다까지 넓게 펼쳐져 있는 평원이었다. 사람들은 빌리의 말을 듣고 와이오밍이 얼마나 까마득히 먼 곳인지를 다시 한 번 실감했다. 두 달쯤 부지런히 가야 도착할 수 있는 곳이라는 것을 진작 알았더라면……. 하지만 지금에 와서 그런 생각을 한들 다 부질없는 일이었다. 돌아가기에는 너무 멀리 와 있었다.

길이 점점 평탄해지면서 주변 경치도 훌륭했다. 오른편에는 샌안드레스 산이 있었고, 왼편으로는 강과 그 강 저편으로 울긋불긋하게 가을의 정취를 물씬 풍기는 울창한 숲이 보였다. 하지만 사막의 특징이 완전히 사라진 건 아니었다. 선인장이 여기저기 눈에 띄었고, 흰색과 보라색이 어우러진 샐비어와 너도밤나무가 숲을 이루고 있었다. 갈라진 땅과 흰모래도 여전히 길게 이어져 있었으며, 풀은 거의 찾아볼 수 없었다. 오랜 기간 남쪽 땅을 여행하면서 이미 익숙해진 그림이었다.

이제 3일만 더 가면 로키 산맥과 산타페이에 도착할 수 있었다. 어딜 봐도 아름다운 들판이 펼쳐져 있었다. 말을 달리기 좋은 곳이었지만, 오늘은 말을 탈 기분이 아니었다.

바네사가 한숨짓는 조셀린의 표정을 살폈다.

「오늘은 별로 덥지도 않고 햇살도 좋군요. 그런데 어젯밤에 잠을 못 잤어요?」

「평소와 비슷했어요.」

바네사는 잘 모르고 있었지만, 조셀린은 요즘 통 잠을 못 이루고 있었다. 지난번 콜트와 다툰 이후로 머릿속은 아직도 그 생각뿐이었다. 끝없는 싸움이었다. 벌써 두 주나 지난 일인데 그날의 충격은 아직도 생생했다.

콜트와 싸운 바로 다음날 조셀린은 달거리를 시작했다. 까닭 모를 눈물이 났던 것하며, 전에 없이 핏대 올려 가며 짜증을 낸 것도 다 그 때문인 듯했다. 하지만 아무리 그렇다 해도 콜트라는 사람 하나 때문에 소리를 버럭버럭 지르며 심술궂게 행동한 걸 생각하면 부끄러웠다. 자신에게 그런 면이 있는 줄은 그날 처음 알았다. 다시는 안 그러리라 결심했다. 그 매정하기 짝이 없는 남자가 아무리 약을 올려도 다시는 말려들지 않을 작정이었다. 그럴 일도 없겠지만.

요사이 콜트의 얼굴을 거의 보지 못했다. 한두 번 봤나? 그것도 말을 달리면서 먼발치에서 본 것이었다. 그는 야영장에 가끔 얼굴을 내밀 뿐, 잠도 다른 곳에서 잤다. 어디서 밤을 보내는지는 아무도 모르지만, 다만 매일 아침 빌리가 그날의 일정을 의논하러 가는 데 시간이 그리 오래 걸리지 않는 걸 보고, 멀리 있진 않을 거라고 짐작했다.

그때 바네사가 뭐라고 물었다. 하지만 생각에 빠져 있던 터라 듣질 못했다.

「네? 뭐라고요?」

「오늘은 말을 안 탈 거냐고 물었어요. 조지는 벌써 좀이 쑤시는 모양인데, 피곤해요?」

「피곤한 건 아닌데 기분이 별로예요. 조지는 마부더러 좀 데리고 나갔다 오라고 하죠, 뭐.」

조셀린은 여전히 베개에 머리를 대고 눈을 감은 채로 대답했다.

「그러지 말고 마일스와 함께 나가 보는 건 어때요? 같이 가자고 하면 좋아할 텐데.」
 짜증이 났다.
 바네사는 언제쯤 마일스와 날 짝지어 줄 생각을 버리게 될까? 헛수고인데…….
 그 남자한테 마음이 끌린 건 아주 짧은 시간 동안이었다. 마일스는 한때 재혼 상대로 심각하게 고려했던 찰스보다 성격도 외모도 나은 사람이었다. 하지만 지금은 사사건건 비교되는 또 다른 남자가 있었다. 마일스는 잘생기고 매력적이었지만 겁쟁이였다. 콜트였다면 한 번 실패한 곳이라고 해서 도망쳐 나오지는 않았을 것이다. 다른 곳에 가서 새로 시작하겠다니, 그런 생각을 할 리가 없었다. 그리고 누군가에게 자신의 물건을 고스란히 털릴 사람도 아니었다.
 빌어먹을, 어느새 또 그 남자 생각을 하고 있었다. 기분 전환이 필요했지만 말을 타고 싶은 생각은 여전히 없었다.
 「한 번쯤 말을 같이 탔다고 해서 금방 어떤 사이가 되는 것은 아니에요, 바네사.」
 「그렇지 않을 거예요. 내가 보기엔 마일스가 당신한테 반한 것 같아요. 마우라도 그런 것 같다고 했구요. 오빠가 동생한테 그 정도 비밀은 털어놓지 않았겠어요?」
 조셀린은 코웃음을 쳤다. 마일스와 마우라는 잠시도 떨어져 있지 않는 연인 같은 남매였다. 마일스가 누군가에게 반해 있다면, 그 여자는 바로 섹시한 자기 여동생일 것이다. 둘은 찰싹 달라붙어서 강가나 계곡을 산책하러 다녔다. 무슨 얘긴가를 계속 속닥이면서.
 「마우라가 그렇게 말하던가요, 바네사?」
 「그럼요.」
 「그 여자 말은 믿을 수가 없어요. 나한테 거짓말을 했거든요.」
 「거짓말이라니요?」

「동부에 있을 때 자기 아버지가 훌륭한 경주마를 몇 마리 갖고 있었는데, 저산을 처분하면서 다 팔아 버린 게 후회가 된다고 했거든요. 자긴 승마를 즐기는 편은 아니지만 아쉽다고요.」
「그런데요?」
「그런데 내가 조지를 마일스에게 빌려 줬던 날 말이에요. 마일스가 자기도 언젠가는 이런 종마를 한번 가져 보고 싶다고 그러더라구요. 자기 집에는 마차 끄는 말밖에 없었다면서 말이에요.」
무슨 생각을 했는지 바네사가 킬킬거렸다.
「마우라가 좀 질투가 많고 자존심이 센 편이라 지기 싫어서 그런 거예요. 별로 대단한 일도 아닌데 뭘 그래요?」
「대단한 일은 아니죠. 그저 난 그 여자 입에서 나오는 말을 곧이곧대로 받아들일 수 없다는 것뿐이에요.」
「그래요. 하지만 마일스에 관해서라면 난 마우라 의견에 동감해요. 내 눈에도 그렇게 보이니까요. 청혼을 할지는 아직 모르겠지만 말이에요.」
「난 잘 모르겠던데……..」
바네사가 얼굴을 찌푸렸다.
「조셀린, 당신도 다 알고 있으면서 모른 척하는 이유가 뭐죠? 왜 우리가 이런 일로 언쟁을 벌여야 해요?」
조셀린이 빙그레 웃었다.
「우리가 언쟁을 했던가요? 난 그저 대화하는 줄 알았는데. 그리고 난 정말 그 사람이 내게 호감을 갖고 있다고 생각하지 않아요.」
「하지만……..」
「바네사, 지난 3년 동안 나에게 청혼한 남자가 몇 명이었죠?」
「셀 수도 없이 많았죠. 설마 마일스도 당신 재산을 노리고 있다고 생각해요?」

사랑은 조금 빠르게 219

「왠지 그럴 것 같아요.」
「잘못 생각하고 있는 거예요. 당신한테 쏟아 붓는 관심과 애정을 봐요. 예의도 바르구요.」
「내 재산을 염두에 두고 하는 행동일 거예요.」
「뭘 보고 그렇게 자신하죠?」
「그 사람 눈이요.」
「눈이요?」
「네, 나를 보는 눈빛 말이에요. 아주 작은 관심이나 호기심도 보이지 않는 눈빛이죠. 입으로는 듣기 좋은 말만 골라 하면서 말이에요. 그 사람은 내게 매력을 못 느끼고 있어요. 물론 내가 매력적이라고 생각하는 남자들은 드물지만 말이에요.」
「모두 눈이 멀었어요. 하지만 상관없어요. 그 사람을 남편감으로 생각하지 않으면 되죠. 마일스는 당신 기분 전환이나 시켜 주는 재미있는 사람일 뿐이에요. 그러니 너무 마음 쓰지 말아요, 조셀린.」
「그럴게요.」
조셀린은 바네사에게 활짝 웃어 보였다. 하지만 바네사의 얼굴엔 걱정하는 빛이 역력했다.
「괜찮겠어요?」
「바네사, 마일스는 나보다도 당신을 보는 눈이 훨씬 다정해요. 그거 못 느꼈어요?」
「글쎄, 잘 모르겠던데······.」
조셀린은 얼굴을 붉히는 바네사를 보며 웃음을 터뜨렸다.
「다음에 한번 유심히 보세요. 그 사람 재미있고 활달하고, 당신 마음에 드는 면이 많은 사람이잖아요.」
바네사의 얼굴이 더욱 붉어졌다.
「그건 그래요.」

조셀린은 바네사를 꼭 끌어안았다.

「바네사, 당신 마음 알아요. 그리고 이제 그 성질 급한 가이드 때문에 걱정하지 않아도 돼요. 눈치챘는지 모르겠지만, 그 사람은 내가 무슨 벌레라도 되는 것처럼 나를 피해 다니고 있거든요. 이제 다 끝났어요.」

「그게 정말이에요?」

조셀린은 이제 와서 그날 밤 일을 시시콜콜 설명하고 싶지 않아, '네' 하고 간단히 대답했다. 하지만 그쯤에서 물러설 바네사가 아니었다. 꼬치꼬치 캐물을 게 뻔했다.

「아무래도 좀 달려 보는 게 좋겠어요」

조셀린은 눈치를 보며 자리에서 일어났다.

Savage Thunder
30

 그들은 동쪽에 보이는 만자노 산을 향해 전속력으로 말을 달렸다. 곧 낮은 언덕에 도착했다. 조셀린은 말에서 내려 뒤따라오는 마일스를 기다렸다. 조지는 어슬렁거리며 금빛으로 물든 미루나무 그늘로 갔다.
 막 달리고 난 후라 땀이 났지만, 바람이 상당히 차기 때문에 조셀린은 재킷을 벗지 않았다. 요즘 갑작스럽게 기온이 내려가서, 조셀린 일행은 짐을 풀어 겨울 옷을 꺼내 두어야 했다. 어쩌면 와이오밍에 도착하기 전에 눈을 구경할 것 같기도 했다. 행운이었다. 그리고 이렇게 많은 사람들 중에 감기에 걸려 코를 훌쩍거리는 사람이 몇 안 된다는 것 또한 운 좋은 일이었다.
 마일스는 말의 속도를 늦추며 조셀린에게 다가갔다. 그는 말 타는 걸 두려워했지만 마우라의 적극적인 권유로 타게 되었다. 마우라의 권유는 당연한 것이었다. 그들이 조셀린 일행과 헤어지기로 한 지점이 가까워 오고 있었던 것이다. 더 붙어 있을 구실도 없는데다 시간을 끌 방법도 없어서, 이젠 이것저것 가릴 처지가 아니었다.

처음에는 조셀린 일행도 산타페이에서 기차를 탈 줄 알았다. 마차와 짐이야 화물차로 나른다 하더라도, 사람들은 결국 기차를 타지 않겠는가. 그렇게 되면 잠시나마 함께 기차를 타고 갈 거라 생각했는데, 그게 착각이었다. 조셀린 일행은 덴버까지 가서 열차를 이용한다고 했던 것이다. 시간은 조금 더 걸리더라도 그러는 편이 안전할 것이라는 가이드의 판단 때문이었다.

마일스는 여행하는 동안 자신감을 잃었다. 이런 경우는 처음이었다. 자기에게 관심을 보이지 않는 여자가 있다니, 믿기 어려운 일이었다. 하지만 조셀린의 눈빛엔 단순한 호기심 외엔 아무 감정도 보이지 않았다. 가끔은 '네놈의 속셈을 다 알고 있다'는 듯한 눈빛으로 쳐다볼 때도 있었다.

조셀린은 다른 과부들과 달랐다. 과부들은 대체로 외로움도 많이 타고 사람도 잘 믿었기 때문에 손쉽게 손아귀에 넣을 수 있었지만, 조셀린은 아니었다. 그렇다고 그 나이 또래의 여자들하고 같나, 그것도 아니었다. 어리지만 냉정했다. 마일스는 그 점이 가장 마음에 걸렸다.

마일스는 억지웃음을 지어 보이며 천천히 말에서 내렸다.

「이번에도 당신이 이겼군요, 조셀린.」

자기 이름을 불러도 좋다고 해놓고도, 조셀린은 마일스가 이름을 부를 때마다 눈을 동그랗게 뜨고 그를 쳐다보았다. 항상 존칭만 듣다 보니 이름 듣는 게 생소했다.

「시합도 아닌데 이기고 지는 게 어디 있어요? 그리고 조지와 상대가 되는 말은 얼마 전에 조지와 짝지어 준 암말밖에 없어요. 하지만 그 말은 당분간 격렬하게 움직일 수 없는 상태죠.」

마일스는 이를 내보이며 씩 웃었다. 그는 조셀린이 으스댈 때마다 그녀에 대해 알 수 없는 경외심이 일었다. 미주리의 가난한 집안 출신인 그로선 태어날 때부터 명예와 부를 보장받는 영국 귀족의 삶은 상상해 볼 수도 없는 것이기 때문이었다. 도대체 얼마나 돈이 많기에, 자신은 과부 넷에게서 우려 낸 돈을 다 합쳐도 사기 힘든 그런 말을 몇 마리씩 갖고 있는지 이해할 수 없었다.

「영국에 있을 때도 경마를 했습니까?」

마일스는 조셀린이 말 얘기를 할 때마다 신나 하는 걸 알고 일부러 물었다. 오늘은 조셀린의 기분을 최대한 맞춰 줘야 했다. 기왕에 여기까지 왔으니, 오늘은 얘기를 꺼낼 참이었다.

「아니에요. 그때는 조지가 너무 어렸거든요. 하지만 그땐……, 마일스, 왜 이래요?」

마일스의 팔이 조셀린의 어깨에 둘러져 있었다.

「부끄러워할 것 없어요. 남자가 사랑하는 여자와 더 가까이 있고 싶어하는 건 자연스러운 일이에요.」

「그렇군요.」

아무 감정도 없는 목소리에 마일스는 어리둥절해졌다.

「내 말 듣고 있어요? 내가 당신을 사랑하고 있단 말이에요.」

「미안해요.」

미안하다니, 뭐가? 딴 데 정신 파느라 무슨 소린지 못 들은 게? 아니면 내가 자기를 사랑하는 게?

이런 상황에서 청혼해야 한다니, 여간 고역이 아니었다.

「사랑 고백을 여러 번 해보신 것 같군요?」

이 난관을 어떻게 헤쳐 나갈까 고심하느라, 마일스는 비꼬는 듯한 조셀린의 말투를 전혀 알아차리지 못했다.

　이미 짐작했던 바였다. 하지만 마일스가 너무 빨리 나오자, 조셀린은 완곡하게 거절하리라던 생각을 고쳐먹었다. 그렇다고 사기꾼이라 몰아붙일 생각은 없었다. 그저 좀 골려 주고 싶을 뿐이었다.

　「내 돈을 노리고 나한테 청혼한 사람이 얼마나 많았는지 알아요? 알면 아마 당신도 놀랄 거예요. 다들 영원한 사랑을 속삭이며 청혼을 했죠. 처음엔 몇 명인지 셌는데 너무 많아서 중간에 그만둬 버렸어요.」

　「나를 의심하는…….」

　「그건 아니에요. 당신같이 멋있고 점잖은 신사가 어떻게 재산이나 노리고 덤벼드는 파렴치한이겠어요? 그렇게 생각한 적 없어요. 당신이 사랑을 고백하는데 내가 시들했던 건, 결혼할 수 없는 이유를 또 한 번 설명해야 하는 게 짜증나서 그런 거예요. 물론 당신이 청혼한 것도 아니지만요. 어쩌면 그럴 생각조차 안 하셨는지도 모르죠. 나를 안 지 겨우 몇 주밖에 안 됐으니까요.」

　마일스의 얼굴이 붉어졌다. 그 모습을 보고 있자니 자꾸 웃음이 나서, 조셀린은 시선을 다른 곳으로 돌렸다. 마일스의 손이 아직 어깨에 얹혀 있어 먼저 앞으로 걸어나갈 수도 없었다.

　「그게 무슨 뜻입니까? 앞으로 재혼할 생각이 없단 말입니까?」

　「네? 아, 맞아요.」

　조셀린은 후유 하고 한숨을 내쉬며, 마일스에게 할 거짓말을 머릿속으로 정리해 보았다.

　「마일스, 나로서도 어쩔 수 없는 일이에요. 남편한테 평생 그와의 추억을 간직하고 살겠다고 약속했거든요. 만약 재혼하게 되면 내가 가진 것 전부를 내놔야 해요. 그런데 내가 어떻게 그런 마음을 먹을 수 있겠어요?」

「전부 다요?」
「네. 가진 것 모두요」
「하지만 당신은 아직 젊어요. 사랑하는 사람도 생길 거고, 또 살다 보면 애를 갖고 싶단 생각도 들 텐데…….」
「그건 가능해요. 그런 것까지 이해 못 하는 사람은 아니었어요. 애인이랑 아이는 내가 원하는 대로 가질 수 있고, 단지 결혼만 안 되는 거죠. 어머나, 내 얘기가 무척 충격적이었나 봐요?」
마일스는 망치로 머리를 한 대 얻어맞은 사람 같았다. 조셀린은 웃음을 꾹 참았다.
「남편을 원망하지 말아요」
마일스가 쓴웃음을 지며 말했다.
「원망을 왜 해요? 그 사람은 나를 지켜 주려고 그런 것뿐인데요. 남편은 자신이 남기고 간 재산을 엉뚱한 사람이 가로챌까 걱정했던 거예요. 현명한 결정이었다고 생각해요」
마일스가 뭐라고 중얼거렸다.
「방금 뭐라고 했어요?」
「아니요. 당신 말대로 만난 지도 얼마 안 됐는데 벌써 결혼 얘기를 하고 있군요. 그건 그렇고, 당신이 말 타러 갈 때는 경호원들이 따라다니지 않는 것 같던데, 특별한 이유라도 있습니까?」
마일스가 갑자기 대화의 주제를 바꿨다. 위기 상황을 재빨리 모면하는 능력이 정말 대단했다.
「내가 매일 말을 타는 이유는 조지를 운동시키기 위해서예요. 그런데 말 운동시키는 데까지 경호원의 호위를 받을 필요는 없잖아요? 대신 저 총소리가 들리지 않는 곳까진 나가지 않죠」
조셀린은 안장에 달린 권총을 손가락으로 가리키고는 다시 말을 이었다.

「오늘은 당신이 나를 경호해 줘서 여기까지 온 거예요. 나 혼자일 때는 가능한 한 경호원들 시야에서 벗어나지 않으려고 해요. 이제 그만 돌아갈까요?」

「피곤하면 그렇게 하세요.」

그의 목소리는 부드러웠지만 가늘게 떨리고 있었다.

「그런데 여기 오는 길에 봐 둔 초원이 있는데, 당신 맘에 들 것 같아요. 우리가 점심 먹은 곳 근처니까 여기서도 별로 멀진 않을 거예요. 가 보겠어요?」

그 초원을 꼭 보여 주고 싶은지, 마일스의 눈빛이 간절했다. 조셀린은 자기가 그의 계획을 송두리째 박살 내 버린 것도 그렇고, 본의 아니게 거짓말을 꾸며 댄 것도 그렇고, 위로 차원에서라도 그 정도 소망은 들어줘야 할 것 같아 고개를 끄덕였다.

「정말 괜찮은 곳이라니, 한번 가 보죠, 뭐.」

Savage Thunder

31

「그런 거 묻지 마. 쓸데없는 시간 낭비니까.」
「그럼 뭘 물어야 하는데?」
피트는 옆에 있는 새로운 동업자를 흘겨보았다. 좀 별스런 그 자식은 엔젤이라는 이름으로 통한다고 했다.
천사? 어림도 없는 소리였다. 생긴 거나 하는 짓이나 천사와는 거리가 멀었다. 분명 가명은 아닐 것이었다. 누가 저런 놈한테 그런 별명을 붙여 주겠는가. 그래도 겉모습은 말쑥한 편이었다. 면도도 깨끗하게 했고, 머리도 단정했으며, 옷차림도 깔끔했다. 그래서 그런지 좀 깐깐해 보이기도 했다.
엔젤은 보통 사람과 좀 달랐다. 꼭 조직의 두목 같았다. 처음 딱 보면 턱에서 귀까지 길게 나 있는 칼자국이 제일 먼저 눈에 띄었다.

누군가 목을 베려 했는데 칼이 약간 빗나간 모양이었다. 눈빛은 또 얼마나 매섭고 차가운지, 오래 보고 있으면 쳐다보는 이로 하여금 죽을 날이 멀지 않았다는 기분이 들게 했다. 키는 그다지 큰 편이 아니었지만 그렇다고 작지도 않았다. 그리고 항상 땅까지 끌리는 긴 레인코트에 자신의 등장을 미리 알리는, 은 박차를 단 부츠를 신고 다녔는데 급할 때면 그 박차로 무섭게 말을 몰아 댔다. 하지만 그런 모습은 거의 보기 힘들었다. 어떤 일을 당해도 늘 신중하고 침착하게 행동했기 때문이다. 그런 걸 보면 인내심도 대단한 모양이었다. 무표정하고 근엄한 표정도 언제나 변함없었다. 매정하기로 소문난 영국인도 화가 나면 입술을 씰룩였는데, 엔젤은 그런 버릇도 없었다.

엔젤과 함께 어프 형제와 맞서길 원치 않는 클랜턴 패거리 두 명이 벤슨에서 엘리엇 패거리에 합류했다. 툼스톤의 결투에서 패배한 다른 클랜턴 두 놈은 지금 복수의 칼을 갈며 하루하루를 보낸다고 했다. 투손으로 가는 길에, 드웨인은 감쪽같이 사라진 조셀린 일행의 흔적을 찾아 벤슨으로 되돌아갔다. 벤슨에서 투손으로 가는 길을 샅샅이 뒤져 본 후에야, 그들은 공작부인 일행이 투손으로 가는 중간에 다른 길로 샜음을 알았다. 깜박 속아 4일이나 되는 시간을 낭비한 것에 분개한 엘리엇은 모든 게 피트의 잘못인 양, 그에게 주먹을 날렸다.

피트는 아직도 그때 일을 잊지 않았다. 아니 잊을 수 없었다. 궁둥이께에 난 상처는 말을 타느라 아직도 아물지 않았고, 입술에 앉은 딱지는 얼마 전에 떨어지긴 했지만 건드리면 아팠다. 그때 일로 다들 그를 따돌렸는데, 오직 드웨인만이 책임은 공작부인이 고용한 혼혈아에게 있음을 지적해 주었다. 피트는 치가 떨리지만 영국인 옆에 조금 더 붙어 있기로 했다. 자신을 이렇게 비참하게 만든 놈에게 복수하려면 어쩔 수 없었다. 하지만 엘리엇의 계획은 피트와 전혀

사랑은 조금 빠르게 229

달랐다. 그는 공작부인 일행에 몰래 숨어 들어가 조용히 일을 처리할 생각이었던 것이다. 피트는 자기 뜻을 이루지 못할까 봐 가이드 놈을 먼저 없애야 한다고 두 번이나 건의했지만, 두 번 다 묵살당하고 말았다. 그제야 그는 기회가 생겼을 때 진작에 도망치지 않은 걸 후회했다. 여기 뉴멕시코엔 아는 사람 하나 없는데다 애리조나까지도 거리가 상당히 멀어서, 이젠 도망치려야 도망칠 수가 없었다. 게다가 오늘은 운 나쁘게도 계속 빈정대고 있는 엔젤이라는 사내와 함께 길을 가고 있었다.

「피트」

엔젤이 고갯짓을 했다. 피트는 어리둥절한 표정으로 그쪽으로 시선을 돌렸다. 멀리서 두 개의 검은 점이 먼지를 일으키며 다가오고 있었다.

「이번에는 정말 그 사람들인 것 같애?」

엔젤은 대답하지 않았고, 피트도 다시 묻지 않았다. 곧 알게 될 일이었다. 피트와 엔젤은 쑥 덤불 사이로 몸을 숨기고 두 점이 다가오기를 가만히 기다렸다. 혹시 혼혈아가 뒤따라오고 있을지도 모를 일이라, 조심해야 했다. 두목과 다른 사람들은 피트네보다 한나절은 더 달려야 하는 곳에서 뒤처져 오고 있었다.

엘리엇은 매일 패거리 중 두 사람을 약속 장소로 보냈다. 하지만 갔던 사람들은 번번이 빈손으로 돌아왔다. 2주일 동안이나 헛고생을 하면서도 그가 그 약속에 미련을 가진 이유는, 여자를 잡아서 자기 손으로 처치하겠다는 일념 때문이었다. 그건 혼혈아 가이드를 없앨 생각이 없는 이유이기도 했다. 그를 죽이고 자기 부하를 가이드로 잠입시킨다 해도, 경호원들을 따돌리고 공작부인을 데리고 나오는 건 불가능했고, 따라서 잠입한 사람이 야영장 안에서 살해하는 수밖에 없는데, 그렇게 되면 자기 손으로 여자를 없애는 건 물 건너간

일이 되지 않는가.

10분쯤 노려보고 있었을까? 피트는 말 위에서 펄럭이는 초록색 드레스 자락을 발견하고 너무 반가워 소리를 질렀다.

「그 여자 맞다!」

「모자도 웃기게 생겼는데! 그 밑으로 빠져 나온 빨강 머리는 더 가관이고.」

엔젤의 대꾸였다. 피트는 눈을 더 가늘게 뜨고 앞쪽을 응시했다.

「눈도 기똥차게 좋군. 내 눈엔 머리색은커녕 모자도 안 보이는데.」

하지만 곧 피트의 눈에도 여자의 모습이 선명하게 보였다.

조셀린은 슬슬 불안해졌다. 일행에게서 너무 멀어졌다. 벌써 몇 킬로미터를 달려왔지만 초원이 나타날 기미는 보이지 않았다. 갑자기 마일스에게 다른 속셈이 있을지도 모른단 의혹이 일었다. 처음에는 합법적으로 재산을 가로챌 목적으로 접근했지만, 일이 생각대로 안 풀리자 납치라도 해서 몸값을 챙기려는 건지도 몰랐다. 그 빌어먹을 놈의 죄책감 때문에 순순히 따라나선 게 화근이었다.

한번 의심이 들자, 또 다른 의심이 꼬리를 물었다. 어쩌면 마일스는 결혼하면 모든 재산을 잃게 된다는 조셀린의 거짓말을 처음부터 믿지 않았을지도 모른다. 그렇다면 협박을 해서라도 결혼 승낙을 받아내기 위해 수작을 부리는 건가?

생각이 거기까지 미치자 더 이상 가고 싶은 마음이 사라졌다. 조셀린은 말고삐를 잡아당겨 조지를 세웠다. 마일스도 멈춰 섰다.

「왜 그러십니까?」

마일스의 태연한 얼굴을 보니, 괜한 걱정을 한 게 아닌가 싶었다.

「머리가 좀 아파서요. 당신이 얘기한 그 초원에는 아무래도 나중에 가야 할 것 같군요.」

「하지만 이제 거의 다 왔는데.」
 마일스의 표정을 보자 조셀린은 갑자기 짜증이 팍 솟았다.
「그래요? 내 눈에 보이는 거라곤······.」
 그때 두 남자가 덤불을 헤치며 나타났다.
「당신 친구들인가요?」
 조셀린의 손이 총을 찾아 부산하게 움직였지만, 마일스가 먼저 그녀의 가슴에 총구를 겨냥했다.
「부인, 바보 같은 짓은 하지 않길 바랍니다.」
 마일스는 조지의 안장에 달린 총을 꺼내더니 휙 던져 버렸다.
「당신을 따라왔으니, 바보 같은 짓은 벌써 저지른 거죠.」
 조셀린이 지지 않고 쏘아붙였다.
 두 남자가 그들을 향해 다가오고 있었다. 조셀린은 그냥 이대로 달아날까 생각했지만, 가슴을 겨누고 있는 총 때문에 차마 그러진 못했다. 완전히 함정에 빠졌다. 마일스가 롱노우즈에게 매수되었으리라고는 생각도 못 했다. 아니 그럴 수가 없었다. 언제? 어떻게? 마일스는 몇 달 동안 실버시티에 머물던 사람이었다. 그리고 그곳을 떠나서는 죽 일행과 떨어지지 않았는데, 그런 사람이 어떻게 롱노우즈를 알겠는가? 하지만 눈앞에 있는 사람들이 누구의 부하인지는 뻔한 일이었고, 조셀린을 여기까지 데려온 사람은 다름 아닌 마일스였다.
「당신 사연을 듣고 나니 이 방법밖에 없겠더군요, 부인. 고스란히 내 차지가 됐다면 더 좋았겠지만, 땡전 한푼 손에 못 쥐느니 오천 달러라도 받는 게 낫지 않겠습니까?」
 마일스가 낮은 목소리로 속삭였다.
「그 정도 돈에 만족하셨다구요? 이런, 통이 작으시군요.」
 마일스는 당황한 기색을 감추지 못하더니 이내 냉정을 되찾았다.
「저들이 뭘 바라고 당신을 끌고 와 달라고 부탁했는지는 모르겠지만, 여하튼 당신 보면 좋아할 겁니다.」

한심하게도, 마일스는 자기가 무슨 짓을 저질렀는지조차 모르고 있었다. 하긴 안다 해도 달라질 건 없었을 것이다. 마일스의 탐욕과 자신의 어리석음에, 조셀린은 짜증이 솟구쳤다. 저자들이 지금 여기서 자신을 죽일 것 같진 않았다. 우선 롱노우즈에 넘기고, 그 사람에게 수고비를 받아서 챙길 것이다.

「저 사람들이 날 반길 거라구요? 좋아요, 그건 그렇다 치고, 경호원들에겐 뭐라고 할 거죠? 나를 잃어버렸다고 할 건가요, 아니면 내가 무슨 사고를 당했다고 할 건가요?」

「강물에 휩쓸려 갔다고 할 겁니다.」

「아주 간단하군요. 하지만 그러려면 지난 몇 주간보다 더 완벽하게 연기해야 할 거예요. 누구 한 사람이라도 의심을 품게 되면, 당신 남매는 그 더러운 돈을 갖고 도망칠 수 없을 테니까요.」

마일스의 얼굴에 뜻 모를 웃음이 번졌다.

「아직도 마우라가 내 여동생인 걸로 알고 있군요? 사실 마우라는 내 여자여요.」

조셀린은 내심 충격을 받았지만 아무렇지 않은 척 빙그레 웃었다.

「연기가 뛰어나는군요, 드라이덴 씨. 그것만은 미처 몰랐어요.」

「그것만은? 왜 이러십니까, 내 말을 다 믿었잖습니까?」

「그런 줄 알았어요? 당신이 실망할까 봐 모르는 척한 건데. 사실 오늘 내가 한 말은 다 거짓말이었어요. 설마 내가 당신 같은 사기꾼과 결혼할 거라고 생각한 건 아니겠죠?」

마일스의 얼굴이 하얗게 질렸다. 이제야 조셀린의 마음을 왜 사로잡지 못했는지 알 것 같았다. 처음부터 이 여자는 다 알고 있었던 것이다.

어느새 두 남자가 마일스와 조셀린 앞에 와서 섰다.

「엔젤, 얘기 들었어? 저 여자 데리고 오는 데 시간이 왜 그렇게 오래 걸리나 했더니만, 다 꿍꿍이속이 있었던 모양이야. 내 생각에 저자는 돈 가질 자격이 없는 것 같은데?」

둘 중 어려 보이는 소년이 검고 험악한 표정의 사내에게 물었다.

「네가 어떻게 생각하는지는 중요하지 않지만, 나도 저놈한테 그런 돈을 주는 건 낭비라고 생각해.」

피트가 대꾸할 말을 찾지 못해 멀뚱히 있는 사이, 엔젤은 조용히 총을 꺼내 들더니 마일스의 이마 한가운데에 대고 방아쇠를 당겨 버렸다. 그러고는 다시 총을 제자리에 집어넣었다.

너무나 뜻밖의 일에 조셀린은 달아날 생각도 못 하고, 초점 없는 눈으로 말 위에 멍하니 앉아 시뻘건 피를 철철 흘리고 있는 마일스를 바라보았다. 믿을 수가 없었다.

조셀린의 눈길은 이제 표정 하나 변하지 않고 간단히 사람을 죽여 버리는 엔젤이라는 사람에게 향했다. 그사이 마일스가 땅으로 고꾸라졌다. 엔젤의 어린 파트너도 조셀린만큼이나 놀란 눈치였다. 조셀린은 옷에 피가 튄 줄도 모르고 엔젤을 물끄러미 바라보았다. 이제 자신의 목숨은 그자에게 달린 것이었다. 어쩌면 그가 롱노우즈인지도 몰랐다.

Savage Thunder
32

　엔젤은 존 롱노우즈가 아니었다. 영국인이긴 했지만, 그는 서부식 말투를 쓰고 있었던 것이다. 그리고 말 많고 잘 웃는 그의 파트너도 가끔 두목 얘기를 들먹였다. 그 두목이라는 자가 롱노우즈일 게 분명했다.
　몇 시간쯤 달리고 나자, 조셀린은 기분이 좀 나아지면서 멍했던 정신이 되돌아왔다. 그제야 자신이 냉혹한 킬러와 함께 말을 타고 있고, 자기 몸이 그의 양팔 사이에 갇혀 있음을 깨달았다. 처음엔 너무 겁이 나 잔뜩 긴장한 채 꼼짝도 못 했지만, 몇 시간째 말을 달리면서 피트와 엔젤이 주고받는 얘기를 듣다 보니 두려움이 조금씩 사라졌다.
　피트는 완전히 어린애였다. 늘 웃는 표정인 그는 별로 위험한 인물 같아 보이지 않았다. 피트와는 달리, 엔젤은 분위기부터가 으스스했다. 그나마 다행은, 조셀린이 그 사람 품에 앉아 있어 딱딱하게 굳은 그 잔인한 얼굴을 보지 않아도 된다는 것이었다. 하지만 조셀린은 지금 가고 있는 곳에서 자신을 기다리고 있을 무언가에 대한 걱정 때문에 한순간도 불안을 떨칠 수가 없었다.

죽을 자리를 찾아가는 기분은 아주 끔찍했다. 그러면서도 정신을 놓치지 않을 수 있었던 건, 목숨이 붙어 있는 한 살아날 수 있다는 한 가닥 희망 덕분이었다. 도망칠 수도 있었고, 싸워서 이길 수도, 아니면 누군가에게 구조될 수도 있었다. 권총은 잃어버렸지만 찾아보면 무기는 얼마든지 있었다. 머리핀으로 뒤에 앉은 남자의 눈을 찌를 수도 있었고, 부츠 굽으로 정강이를 냅다 걷어찰 수도 있었으며, 얼굴을 할퀼 긴 손톱도 열 개나 있었다. 그래도 가장 마음의 위안이 되었던 건, 여태까지 결정적인 순간마다 항상 롱노우즈의 마수에서 벗어났다는 사실이었다.

조셀린은 신경을 곤두세우고 엔젤의 얘기를 유심히 듣고 있다가 기회를 봐서 질문을 던졌다.

「얼마나 남은 거죠?」

「뭐가?」

「나 말이에요. 얼마나 더 살 수 있냐구요.」

「난 그런 데 관심 없소.」

그가 특유의 느릿한 말투로 대꾸했다. 조셀린은 잠깐 할말을 잃었다가 곧 웃음을 머금었다.

「나도 관심 없어요.」

「그럼 왜 물었소?」

「언제 당신 말에서 뛰어내려 도망치는 게 좋을까 알아보려구요.」

남자가 웃었다. 하지만 대꾸는 없었다.

「당신한테 나를 데려오라고 한 걸 보니 당신은 특별한 사람인 것 같군요.」
「그런 것 같소?」
「그래요. 한데 부탁을 받고 하는 일인가요?」
「두둑한 보수를 받고 하는 일이오.」
건방진 여자군. 뭘 믿고 이런 식으로 나오지?
하지만 엔젤은 죽이는 데가 없었다.
조셀린이 보기에, 엔젤이라는 이 남자는 자기 마음이 내키지 않는 일은 절대로 하지 않을 사람 같았다. 조셀린은 한동안 곰곰이 생각에 잠겼다. 아무리 생각해 봐도 지금 기대를 걸 수 있는 사람은 엔젤밖에 없었다. 만일 그의 마음을 움직여 롱노우즈에게 가는 말 머리를 조셀린의 일행 쪽으로 돌리게 한다 해도, 피트는 저지하지 못할 게 확실했다. 하지만 자기가 끌고 가는 여자가 언제 죽음을 당할지 관심조차 없다는 이 남자의 마음을 무슨 수로 돌릴 수 있단 말인가? 섣불리 말을 꺼냈다가 거절이라도 당하견…….
「그 영국인이 나를 죽일 생각이라는 건 알고 있죠?」
「물론이오.」
「이유가 뭔지도 알아요?」
「그걸 내가 알아야 할 이유가 있소?」
「물론 당신이 알아야 할 이유는 없죠.」
남자의 웃음소리가 들렸다. 소름 끼치도록 차갑고 불쾌한 그 소리는 남자의 이름과 전혀 어울리지 않았다.
「한 가지만 묻겠어요. 롱노우즈가 마일스 드라이덴을 어떻게 포섭했죠?」
「롱노우즈라니?」
「영국인 말이에요.」

「그게 그 사람 이름이오? 자기 이름이 알려지기를 원치 않는 눈치던데?」

「나도 그 사람 이름 몰라요. 하지만 그게 중요한가요? 내가 묻는 말에나 대답해 줘요. 마일스가 누군지는 알고 있죠? 아까 당신이 죽인 사람 말이에요.」

「성질 한번 급하시군.」

조셀린은 복장이 터졌다. 뭐라도 알아낼 수만 있다면 울며불며 애걸복걸할 수도 있을 것 같았다.

「어떻게 한 거예요?」

조셀린이 한 번 더 다그쳤다.

「그걸 왜 알고 싶소?」

「여러 가지 수상한 점이 많았지만, 당신들과 한패라고는 생각지 않았거든요. 지금껏 만난 롱노우즈 부하들과는 달리, 사람을 죽이거나 할 사람으로 보이진 않았어요.」

「아닐 텐데?」

「그는 그저 돈만 보고 덤벼든 사람이었어요. 다른 의도는 없었다구요.」

「드웨인 말로는 그게 아니었소. 그래서 두목과 상의해 보지도 않고 그에게 접근한 거요. 결국 그 과부 사냥꾼이 우리에게 왔으니, 드웨인 말이 맞는 거 아니오?」

「그게 그 남매가 우리 일행과 안면을 텄을 때쯤의 일인가요?」

「그 다음이오. 우린 당신 일행이 실버시티에 도착한 다음날 당신들을 찾아냈소. 드웨인이 당신들이 묵고 있던 호텔 로비에서 당신 친구와 얘기를 나누고 있던 드라이덴을 보고 점찍은 거요. 나머지는 당신이 알아서 생각하시오.」

어떻게 된 일인지 대충 짐작이 갔다. 조셀린은 이제 엔젤의 마음을 돌릴 방법이 없을까 골똘히 궁리해 보았다. 돈 때문에 이 일을 시작했다면, 돈 때문에 마음을 바꿀 수도 있지 않을까?
「나는 그 영국인보다 돈이 훨씬 많아요.」
「알고 있소.」
「당신들에게 더 곯은 돈을 줄 수도 있어요.」
대답이 없었다.
「생각 없어요?」
역시 대답이 없었다.
「왜 그래요? 돈 때문에 사람까지 죽여 놓고는……」
「말이 많군.」
「내 말은요, 당신에게 필요한 게 돈이라면……」
「그렇게 필요하지 않소.」
「그러면 마일스는 왜 죽였죠?」
「말이 너무 많군.」
조셀린은 기분이 상했다.
「당신은 너무 말이 없구요.」
「이봐요, 아가씨 그 사람은 죽어 마땅한 사람이었소. 당신을 우리에게 넘겼잖소?」
「그 사람은 당신들 목적이 뭔지도 몰랐어요.」
「웃기지 마시오. 그자는 당신이 자기를 선택하지 않으리라는 걸 알고 이 방법을 택한 거요. 그자는 그게 직업인 사람이었소.」
「무슨 소리예요?」
「드웨인이 그러는데, 그자는 서부 곳곳을 떠돌며 사기 도박을 하다가 돈이 떨어지건, 늙은 미망인과 결혼해서 돈을 뺏고 그 다음에는 여자들을 없애 버렸소. 그러길 벌써 네 번……」
「없애 버리다니, 이혼했다구요?」

사랑은 조금 빠르게 239

「아니오.」

「그럼? 세상에……」

「이제 그만 입 좀 다무시오.」

조셀린은 이를 악물었다.

「나와 얘기하는 게 싫으면, 나를 내 말로 보내 주면 되잖아요?」

「좋은 방법이군.」

엔젤은 그 한마디만 내뱉고는 입을 다물었다. 드디어 조셀린도 더 이상 입을 열지 않았다.

조지만이라도 놓아주면 좋을 텐데…….

조셀린은 만일 행운의 여신이 자기를 외면할 경우, 조지에게 무슨 일이 일어날지 생각하기도 싫었다. 엔젤에게 조지를 가지라고 할까? 그게 롱노우즈 손에 들어가는 것보다는 나을 성싶었다.

갑자기 약간 앞서가던 피트가 손나팔을 만들어 뭐라고 소리를 질러댔다. 언덕만 넘으면 바로 목적지인 모양이었다. 조셀린은 등골이 서늘해졌다. 언덕 너머에서 겪게 될 일을 생각해 보니, 눈앞이 캄캄했다. 언덕은 가팔랐다. 텐트를 설치하고 있는 남자들은 언덕에 가려 아직 보이지 않았다.

언덕 위에 다 오르자, 피트는 더 이상 소리지르지 않았다. 아래서 분주히 움직이고 있던 남자들의 시선이 그들에게 와서 꽂혔다. 조셀린은 고개를 떨구었다. 도망칠 수 있다는 희망이 사라져 버리는 순간이었다. 머릿속엔 온통 롱노우즈가 어떻게 죽이려 들까 하는 생각뿐이었다. 총알 한 방으로 빠르고 확실하게? 아니면 갖은 고문으로 천천히 고통스럽게?

롱노우즈는 금방 눈에 띄었다. 키가 크고 호리호리한 그는 다른 사람들과 약간 떨어져서 있었다. 다른 사람들은 열심히 텐트를 설치하고 있는데도, 그는 지팡이를 짚고 서서는 그 일에 손도 대지 않았다. 입고 있는 옷도 다른 사람들과 달랐다. 비둘기색 양복에 세련돼 보이는 크트, 역시 영국 신사 분위기가 났다. 나이도 다른 사람들보다 열 살은 많아 보였다. 40대 초반쯤?

드디어 오랜 숙적과 대면하게 됐다. 겉으로 보기엔, 몇 년 동안 쫓아다니던 악랄하고 교활한 롱노우즈라고는 생각되지 않았다. 정감 가고, 약간 모자른 데가 있어 보이는 익살스러운 얼굴이었다. 하지만 사람은 누구나 겉보기와는 다른 법이었다.

엔젤이 말을 몰아 언덕을 내려갔다. 조셀린은 긴장한데다, 다들 뭐라고 한마디씩 떠드는 통에 정신이 없었다. 최대한 마음을 진정시키려 노력하면서, 롱노우즈에게서 시선을 거두고 다른 사람들을 하나하나 쳐다보았다. 그들 모두가 조셀린의 적이었다. 여기서 무사히 빠져나갔을 때를 대비해서라도, 그들의 얼굴을 머릿속에 하나하나 자세히 입력해 놔야 할 것 같았다.

하지만 그들을 보는 동안, 조셀린은 점점 기운이 빠졌다. 모두 인상이 사나웠다. 이런 직업에 딱 어울리는 얼굴들이었다. 이 중에서 혹시라도 자신에게 호기심이나 동정을 보이는 사람이 있을까 기대했었는데, 그 기대는 물거품이 되었다.

「이런, 빌어먹을! 난 저렇게 생긴 여잔 줄 몰랐어.」

「그럼 어떻게 생겼을 거라고 기대했는데?」

「그야…….」

자기들끼리 쑤군거리는 소리가 들렸다. 그들은 끊임없이 킬킬거리면서 조셀린을 힐끔거렸다. 롱노우즈에게 다가가는 동안, 조셀린은 자기도 모르게 엔젤에게 점점 더 달라붙고 있었다.

「저런 빨강 머리는 처음 봐!」

「그래도 엄청 찰랑거리는데?」

「그게 무슨 소용이야? 색깔이 저 모양인데.」

사랑은 조금 빠르게 241

「저 여자를 죽이기 전에 뭐부터 할 건지, 난 그게 궁금해.」
 그 말에 사람들은 롱노우즈를 쳐다보았다. 그는 묵묵히 서서 똑바로 조셀린을 쳐다보고 있었다. 그의 입가에 희미한 미소가 떠올랐다.
 조셀린은 다시 소름이 돋았다. 자기를 저 험악한 인간들에게 노리갯감으로 넘길지 모른단 생각이 그녀를 공포로 몰아넣었다.
 드디어 말이 멈춰 섰다. 조셀린은 말에서 내리면서, 롱노우즈가 가까이 다가오면 부츠로 턱을 걷어차 주리라 마음먹었다. 그것말고도 다른 여러 방법을 동원해 그를 잔뜩 골나게 할 생각이었다. 그래야만 성이 나서 부하들에게 넘길 생각도 않고 바로 죽여 줄 게 아닌가. 죽기 전에 그들에게 갖은 모욕과 수치를 당하고 싶진 않았다.
 조셀린은 각오를 단단히 하고 롱노우즈를 바라보았다. 그런데 그때, 누군가가 그녀를 돌려 세웠다. 깜짝 놀라 바라보니 엔젤이었다. 가까이에 서 보니, 그는 생각보다 키도 작았고, 나이도 조셀린 또래 같았다. 하지만 부츠를 뒤덮을 정도로 긴 레인코트 안에 숨겨진 몸은 상당히 탄탄할 것 같았다. 그는 화가 나 있었다. 눈동자를 보면 알 수 있었다.
「하지 마시오.」
 엔젤의 싸늘한 목소리에 조셀린은 흠칫 놀랐다.
「뭘요?」
「저 사람을 한 대 치려고 하지 않았소?」
「그걸 당신이 어떻게 알았어요?」
「느낌으로 알았소.」
 조셀린은 긴장했다.
「이거 놔요.」
「똑똑한 여잔 줄 알았더니, 아니군. 당신 경호원이 올 때까지 기다리려면 죽자고 덤빌 게 아니라, 어떻게든 시간을 끌어야 할 거 아니오. 안 그렇소?」

「사람마다 우선 순위가 다른 거예요.」

「그럼 당신은 목숨보다 자존심이 우선이란 말이오?」

오만한 말투가 귀에 거슬렸지만, 맞는 말이었다. 한순간이라도 더 목숨을 부지하려면 무슨 짓이라도 기꺼이 해야 했다.

그런데 경호원들이 내가 죽기 전에 정말 나타날 수 있을까?

그때 엔젤이 마치 조셀린의 마음을 읽기라도 한 듯 말했다.

「걱정 마시오. 오늘은 당신을 죽이지 않을 테니까.」

무슨 근거로 그렇게 호언장담하는지 물어 보려고 막 입을 여는데, 또 다른 목소리가 들려 왔다.

「이렇게 만나게 되어 반갑소, 부인.」

조셀린은 천천히 돌아서서, 자신에게 한 발짝 다가서는 롱노우즈를 바라보았다. 키가 커서 고개를 들고 올려다보아야 했다. 엔젤의 말 때문이었을까, 왠지 롱노우즈가 무섭지 않았다.

「그런가요, 롱노우즈 씨? 그럼 난 초대해 줘서 고맙다고 해야 하나요? 그간 당신이 준비한 파티에 번번이 빠지게 돼서 미안했습니다. 맥이 많이 빠지셨죠?」

조셀린의 비아냥거리는 말을 듣는 순간, 롱노우즈의 얼굴이 붉어지면서 차가운 회색 눈동자에 분노의 불길이 타올랐다. 그는 다시 한 번 조셀린을 처참하게 죽여 주리라 마음먹었다. 하지만 그가 그 생각을 실행에 옮기기 전에, 조셀린은 엔젤이 내뱉는 욕설을 들으며 재빨리 옆으로 물러섰다.

엘리엇은 조셀린의 목을 조르고 싶어 손이 근질거렸지만, 엔젤의 움직임이 눈에 거슬렸다. 그는 조셀린 앞으로 나와 서더니, 조심스럽게 코트 앞섶을 열어제치고 권총을 잡았다. 엘리엇이 그 행동의 의미를 놓칠 리가 없었다. 걱정할 일은 아니었다. 엔젤이 반역을 한다 해도, 여덟 중 겨우 하나가 아닌가. 혼자서 뭘 하겠는가.

처음부터 엔젤에게 모든 것을 맡긴 게 잘못이었다. 지금 와서 후회해 봤자 아무 의미도 없지만 말이다. 그는 드웨인이 벤슨에서 찾아낸 인물이었다. 엘리엇은 그를 처음 봤을 때, 언젠가 문제를 일으킬 놈임을 막연하게나마 감지했다. 다른 놈들과는 아주 달랐던 것이다. 그리고 역시 이 무리에 합류한 이후, 그는 다른 사람보다 먼저 공작부인의 흔적을 찾아냈고, 남들보다 고생해 가며 결국 여자를 잡아 왔다. 그리고 지금 반역을 하려고 하고 있었다.

지금 괜히 문제를 일으킬 필요는 없을 것 같았다. 엘리엇은 사실 엔젤이 고마웠다. 그가 아니었다면, 순간의 분노를 못 이겨 이 영광스러운 승리의 의식을 싱겁게 끝낼 뻔하지 않았는가. 얼마나 오랫동안 꿈꿔 왔던 순간인데, 그럴 수는 없었다. 성취의 기쁨을 더 누리기 위해서라도 여자를 좀더 데리고 있어야 했다. 부하들에게 여자를 데리고 놀게 한 다음, 그들이 다 지치면 그때, 여자를 아주 천천히 죽여 줄 생각이었다.

엘리엇은 다시 기분이 좋아져 빙그레 웃었다. 여자의 얼굴에 당황한 기색이 역력했다. 씩씩거리던 사람이 갑자기 웃으니 당황스럽기도 할 것이었다. 큰 실수를 할 뻔했다. 정말 큰 실수를 할 뻔했다. 여자가 공포에 질린 모습을 꼭 보고 죽이리라.

「유머 감각이 쓸데없이 풍부하시군, 부인. 하지만 곧 깡그리 잃어버리게 될 거요.」

그렇게 말하고 나서 엘리엇은 엔젤을 보았다. 그리고 아무 일도 없었다는 듯 물었다.

「드라이덴이 실수한 것은 없던가?」

「특별한 일은 없었소.」

「그자가 못 미더웠는데, 그래도 자기 역할을 훌륭하게 해냈군. 이제 시간만 벌어 주면 되는데…….」
「어떻게 말이오?」
「경호원들을 엉뚱한 곳으로 보내는 거지. 아마 지금쯤 여자를 찾으러 나섰겠지?」
그때 피트가 나섰다.
「아마 그렇게 못했을 거예요. 엔젤이 그자를 죽여 버렸거든요.」
엘리엇은 생각에 잠겼다가 한참에서야 입을 열었다.
「그래? 자네들은 중간에 지체하지 않고 곧장 온 건가?」
「이제 제가 한 가지 물어 보겠소. 그런 대로 반반하게 생긴 여자라는 걸 왜 얘기하지 않았소?」
「이 일과 관계없는 사실이니까.」
「아니, 관계가 있소. 그것도 아주 많이. 절대 빼먹어서는 안 되는 얘기였소.」
엔젤의 손가락이 조셀린의 뺨에 가 닿았다.
엘리엇은 그제야 엔젤이 왜 반역하려는지 짐작했다.
조셀린은 엔젤의 손을 거칠게 툭 쳐냈다. 오늘은 죽지 않을 거란 말이 이런 뜻이었던가? 날은 점점 어두워지고 있었다. 완전히 어둠이 짙어지면, 밤새도록 이자들에게 농락당할 것이고, 물을 것도 없이 첫 순서는 엔젤에게 돌아갈 것이다.
롱노우즈의 긴 침묵이 끝났다.
「좋아, 엔젤. 시간은 충분하게 주겠네. 대신 조심해서 다루도록 하게. 여자를 없애는 건 반드시 내 손으로 해야 하니까.」
조셀린은 눈앞이 아찔했지만 이내 냉정을 되찾았다. 이제 마지막 희망은 조지에게 있었다. 일단 조지에 올라타기만 하면 이곳에서 도망칠 수 있었다. 등에 총을 맞고 죽는다 해도 그 편이 나을 것 같았다.

이번에도 엔젤이 조셀린의 생각을 알아채고는, 그녀의 팔을 낚아채 꽉 붙들었다. 조셀린은 할 수만 있다면 그를 당장 죽여 버리고 싶었다. 머리핀이라도 뽑아 들까 하는데, 엔젤의 나직한 음성이 들려왔다.

「아직 내 말을 못 알아들었군.」

그리고 그는 롱노우즈를 향해 말했다.

「내가 이 여자를 데리고 있겠소, 지겨워질 때까지.」

「그렇게 하도록 하게.」

「이봐, 당신의 허락을 구한 게 아니오.」

결국 반역을 하겠다는 말인가!

엘리엇은 얼굴이 붉으락푸르락해져서 지팡이를 번쩍 쳐들었다. 그 순간, 총소리와 함께 불이 번쩍했다. 엔젤이 엘리엇의 지팡이를 향해 총을 쐈던 것이다. 다친 사람은 없었다.

「드웨인!」

롱노우즈가 흥분해서 소리쳤다. 그러자 드웨인이 움찔 뒤로 뒷걸음질쳤다.

「전 빼 주세요, 두목. 저런 놈과 상대하기 싫어요.」

롱노우즈는 한사람 한사람을 차례로 쳐다보았고, 그와 눈이 마주친 사람들은 차례로 총을 바닥에 던졌다. 아무도 엔젤에 맞서겠다고 나서는 사람이 없었다. 믿을 수 없는 일이었다. 하지만 모두들 엔젤의 손이 얼마나 빠른지 이미 목격한 터였다.

「저 말을 이리 끌고 와, 피트.」

엔젤이 조지를 가리키자, 피트가 잽싸게 움직였다.

조셀린은 마음이 놓였다. 하지만 이내 자신을 추슬렀다. 포로 신세인 이상, 상황은 전혀 나아진 게 아니었으니까. 당장 목숨이 어떻게 될 위험은 사라졌지만 말이다.

엔젤이 이렇게까지 나서는 이유가 뭘까 생각하는데, 엔젤이 롱노우즈에게 하는 말이 들렸다.
「당신 목적이 뭔지는 알고 있소. 여자는 죽은목숨이나 마찬가지니 걱정할 필요는 없을 거요. 내가 데리고 있는 한 경호원들이 찾아내지 못할 테니까. 그리고 저 여자가 지겨워지면…….」
「죽일 텐가?」
엔젤은 어깨를 으쓱해 보였다.
「그럴 수도 있소. 그리고 드라이덴에게 주기로 한 돈은 내가 이미 챙겼소.」

Savage Thunder

33

　엔젤은 조셀린을 조지에 올라타게 하고는 도망치지 못하게 뒤에서 바짝 붙어 따라갔다. 그러면서 엘리엇 악당에게도 경계를 늦추지 않았다. 빨리 이곳을 벗어나는 게 급선무였다. 언덕 위까지 올라와서야, 엔젤은 조셀린을 자기 말에 옮겨 타게 해서 앞에 앉혔다. 이곳에 올 때처럼. 그리고 조지도 올 때처럼 고삐만 잡아 끌고 갔다. 한참 후 엔젤이 조셀린에게 물었다.
　「아까 드라이덴과 있을 때 보니까 권총을 가지고 있던데, 사용할 수 있소?」
　조셀린은 아무 말도 하고 싶지 않아 고개만 끄덕해 보였다. 그러자 엔젤이 조셀린의 손에 자기 총을 쥐여 주었다.
　「언덕 밑에 있는 것은 뭐든 좋으니 한번 쏘아 보시오.」

「당신을 쏴 버리고 싶은데요?」
「그래? 그건 다음 기회로 미루고.」
 조셀린은 말없이 총을 받아 들고는, 몸을 돌려 엔젤의 어깨에 총을 얹어 놓고 몇 발 쏘았다. 석양 때문에 앞이 잘 보이지 않아, 총알이 바위에 맞았는지 어디 가서 맞았는지 알 수가 없었다. 언덕 밑에서 대답이라도 하듯 총성이 간간이 들려 왔다.
 엔젤이 총을 건너 받아 허리춤에 다시 집어넣고 나서야, 조셀린은 비로소 안심했다. 갑자기 엔젤이 한마디 말도 없이 조셀린을 들어 뒷자리에 앉혔다. 그러더니 말에 박차를 가하면서 살고 싶으면 단단히 붙잡으라고 경고했다. 말은 전속력으로 달려나갔다.
 사방에 어둠이 깔리자, 말의 속도가 점점 늦춰졌다. 이윽고 환한 달이 떠올라 나무며 바위를 훤히 비추었다. 엔젤은 그 사이로 천천히 말을 몰아갔다. 뒤에서 누가 쫓아오면 어쩌려고 이렇게 여유를 부리는지, 조셀린은 불안했다. 어디로 가고 있는지도 알 수 없었다. 처음에는 동쪽에 보이는 산을 향해 가더니만, 나중엔 꼭히 방향을 정해 놓고 가는 것 같지 않았다. 점점 어둠도 짙어져서, 이젠 한치 앞도 보이지 않을 정도였다.
「당신 경호원들이 몇 시까지 당신을 찾으러 다닐 것 같소?」
 뜻밖의 질문에 조셀린은 잠시 어리둥절했다.
 그게 그렇게 걱정되나?
「내가 당신이라면 내 경호원보다 롱노우즈가 더 걱정될 것 같은데요? 당신이 날 데리고 놀다가 죽여 버리겠다고 한 말을 그가 믿을 것 같아요? 아닐걸요. 그는 어떻게든 뒤쫓아 와서 당신과 나를 둘 다 죽일 거예요.」
 엔젤은 대꾸가 없었다. 다른 질문을 하지도 않았다. 비아냥대며 속 좀 긁어 줄 생각이던 조셀린은 맥이 빠졌다. 그렇게 20분쯤 지났을까, 그가 뒤로 손을 뻗어 조셀린의 팔을 잡더니 자기 허리를 붙잡게 했다. 조셀린은 정중하게 거절했다.
「내가 당신이라면 나한테 고분고분하게 굴겠소」
어깨 너머로 들려 온 엔젤의 목소리에 화난 기색이 역력했다.
「지금 협박하는 거예요? 난 당신 애인이나 정부가 될 생각이 전혀 없으니까, 죽이든 말든 맘대로 해요」
「내 아내가 되는 건 어떻소?」
「나랑 결혼하고 싶어요? 내가 보기에 당신은 돈에 별로 관심이 없는 것 같던데?」
「왜 갑자기 돈 얘기를 거기다 끌어다 붙이시오?」
「돈이 아니면 나와 결혼하겠다는 이유가 뭐예요?」
「남편에게는 아내를 패 줄 권리가 있기 때문이오」
「썰렁한 농담이군요!」
발끈하는 조셀린을 보며 엔젤이 호탕하게 웃어젖혔다.
「아까 그 영국인을 약올리던 그 유머 감각은 다 어디 갔소?」
「잠자러 갔나 보죠. 나도 이젠 좀 자고 싶어요. 밤새도록 이렇게 계속 가기만 할 거예요?」
「그럼 이쯤에 서서 내 친구들이 잡으러 올 때까지 기다릴까?」
엔젤의 장난기 어린 말투가 조셀린의 신경을 건드렸다.
「내 경호원들이 날 찾고 있다는 걸 명심해요!」
「당신 경호원들은 계곡 어디쯤에서 길을 잃었을 거요. 아무리 뛰어난 경호원들이라 해도 이곳 지리를 모르니 어쩔 수 있겠소? 참, 그 혼혈아가 남았군. 그자가 당신을 찾아 나설 것 같소?」
최근 콜트의 태도를 생각해 보면 전혀 가능성 없는 일이었다.
「아니요」
조셀린은 딱 잘라 말하고는 이내 후회했다. 거짓말이라도 해서 엔젤이 함부로 행동하지 못하게 했어야 하는데…….
「하지만 내 경호원들은 그렇게 무능한 사람들이 아니에요.」
엔젤이 킬킬거렸다. 그 웃음소리가 귀에 거슬려 한마디 쏘아붙이려는데, 뒤쪽에서 말 울음소리가 들렸다. 떨리는 가슴으로 뒤를 돌아보았다. 멀리서 회색의 물체가 무서운 속도로 달려오고 있었다.
「엔젤, 누가 와요.」
조셀린은 다급한 목소리로 소리쳤다.
「나도 아오.」
「그럼 빨리 어떻게 좀 해봐요!」
하지만 엔젤은 말을 세우더니 조셀린을 끌고 말에서 내릴 뿐이었다. 총을 꺼내 들 생각도 않고 말이다.
이 남자가 미쳤나?
조셀린은 더 이상 그대로 있을 수 없어 냅다 내달렸다. 하지만 몇 미터 못 가 무언가에 걸려 넘어지고 말았다. 이대로 잡혀 죽을 순 없었다. 어떻게든 자신의 위험을 주위에 알려야겠단 생각에 큰 소리로 비명을 질러 댔다. 누군가 자신을 말 위에 앉힐 때까지 계속.
「정신 차리시오. 다친 데 없소?」
조셀린은 자기 귀를 의심했다. 틀림없이 그의 목소리였다. 대뜸 고개를 들고 위를 올려다보니, 더할 나위 없이 반가운 얼굴이 거기 있었다.
「콜트!」
눈물이 왈칵 쏟아졌다. 조셀린은 그의 가슴에 얼굴을 묻고 한참을 울었다. 콜트가 꼭 안아 주었다, 숨이 막힐 정도로 세게.
「다친 데 없소?」
「네.」
「그럼 왜 울었소?」

사랑은 조금 빠르게 251

「몰라요!」

조셀린은 더 큰 소리로 엉엉 울었다. 뒤에서 엔젤의 웃음소리가 들렸다.

「콜트, 총 어디 있어요?」

조셀린은 비장한 얼굴로 콜트에게 물었다.

「총은 뭐하려고?」

「저 사람, 쏴 버릴려구요.」

「그건 안 되오. 쏴도 내가 쏘겠소!」

콜트가 엔젤에게 다가가는 동안에도 엔젤의 웃음소리는 그치지 않았다. 아직 상황이 역전된 줄도 모르고 웃고만 있는 엔젤을 보며 조셀린은 혀를 찼다. 자신은 이제 안전했다. 콜트가 있는 이상 걱정할 게 없었다. 설령 이제 자기를 싫어한다 하더라도, 그는 분명 자길 구해 줄 것이었다. 아니, 이제 싫어하는 게 아니라 애초부터 좋아하지 않았지만 콜트가 옆에 있으면 항상 안심이 되었다.

조셀린은 아직 자기가 위험에 빠진 줄도 모르고 있는 엔젤이 좀 측은했다. 사실 그는 자신을 해치지도 않았고, 어떻게 보면 오히려 지켜 줬다고도 할 수 있었다. 롱노우즈 손에서 목숨을 구해 준 게 콜트라면, 그는 모욕당할 뻔한 위기에서 자신을 구해 준 사람이었다. 콜트에게 그 얘길 해줄 필요가 있었다. 빨리 말하지 않으면 콜트가 그를 향해 방아쇠를 당겨 버릴지도 모른다.

「저기, 콜트…….」

「지금은 아무 말 마시오.」

「그게 아니구요, 콜…….」

이미 늦었다. 콜트는 말이 멈춰 서기도 전에 말에서 뛰어내리더니 엔젤 앞에 딱 버티고 섰다. 눈빛이 예사롭지 않았다. 엔젤도 지금 뜨끔하리라. 조셀린은 두 사람 실력을 다 알고 있었지만, 누가 더 빠르다고 얘기할 수 없었다. 그런데 갑자기 엔젤이 하늘로 솟아오르나 싶더니 땅으로 풀썩 떨어졌다.
「이 정도인 걸 다행으로 알아! 반쯤 죽여 놓으려다 참는 거니까.」
「왜 이래, 콜트? 난 시키는 대로 했다구.」
엔젤이 씩씩거리며 일어나서는 콜트에게 소리쳤다.
「시키는 대로 했어? 만약 여자가 끌려가면 구출해 오라고 했지, 누가 자네 손으로 직접 끌고 들어가라고 했어?」
「그래도 내가 여자를 지켰잖아?」
「내가 호위해 줬으니까 가능한 일이었지!」
말끝에 콜트가 주먹을 날렸다.
「자네? 그자들 총포를 유인했으리라고는 이미 예상했지. 거긴 언제 온 거야?」
「그런 얘긴 나중에 해도 돼. 여하튼 그렇게 위험한 짓거리를 하다니, 자넬 당장 죽여 버리려고 했어. 저 여자를 그런 위험한 곳으로 데려갔다는 사실만으로도 자넨 죽도록 얻어터져도 싸!」
「맞는 말이야. 잘한 짓은 아니었지.」
「왜 이 여잘 거기로 끌고 들어간 거야?」
「그래0ᄂ 여자도 자길 죽이려는 자가 어떻게 생겼는지 알잖아. 그동안 길에서 마주쳤다 해도 그자를 알아보지 못했을 거 아냐? 이제 그럴 일은 없다구.」
엔젤이 은근히 달래는 듯한 목소리로 말했다.
「그놈을 아예 죽여 버렸으면 좋았을걸.」
콜트가 중얼거리자 엔젤이 씩 웃었다.
「그건 저 여자가 직접 할 일이지.」
그 말이 끝나기가 무섭게 콜트의 화가 다시 폭발했다.

사랑은 조금 빠르게 253

「자네 눈에는 저 여자가 제시 같은 여자로 보여? 저 여자는 고귀하신 공작부인이시란 말이야. 사람을 고용해서라면 몰라도 자기 손으로 직접 사람을 죽이는 일 따위는 안 하는 사람이라구.」

「내 생각은 그렇지 않은데요, 콜트 선더. 확인시켜 드릴 테니 총 좀 빌려 줘요.」

두 사람의 싸움을 관망하고 있던 조셀린이 그들에게 다가가며 차분한 음성으로 말했다.

조셀린이 있다는 사실을 깜박 잊고 있던 그들은 멈칫했다. 콜트는 얼굴을 찌푸리며 총을 던져 주었다. 그러자 조셀린이 총을 받아 바로 그를 향해 겨누었다. 방아쇠를 당길 만큼은 아니어도, 무척 성이 난 듯했다.

「당장이라도 쏠 수 있어요. 그자들 소굴에 사람을 심어 뒀다는 얘길 왜 진작에 하지 않았죠? 잘난 당신 친구한테도 입 단속 잘하라고 했나요? 난 지금껏 그것도 모르고 얼마나 떨었는지 알아요? 그리고 저 사람이 롱노우즈한테 뭐라고 해서 날 빼내 왔는지도 알아요? 지칠 때까지 나를 가지고 놀겠다고 했어요. 그 다음에는 죽이고요.」

「뭐, 뭐라고?」

콜트가 인상을 험악하게 쓰며 엔젤을 노려보았다.

「콜트, 우리 뒤를 따라오지 않게 하려고 한 말이야.」

「그럼 왜 빠져 나오자마자 여자에게 사실대로 얘기하지 않은 거야?」

「난 여자가 그 얘길 허풍으로 알 줄 알았어. 충분히 눈치를 줬거든. 걱정할 거 없다고 얘기도 했고. 그리고 여자도 나를 무서워하지 않았어. 여자가 망연자실한 건 딱 한 번, 내가 두 얼굴의 사나이 드라이덴을 죽였을 때뿐이었어. 아무렇지도 않게 여자를 우리한테 넘기는 그자를 보니 속이 뒤집혀서 말이야.」

콜트의 시선이 다시 조셀린에게 와서 멎었다. 분노의 대상이 바뀐 것이다. 콜트가 왜 화를 내는지, 조셀린으로선 이해하기 힘들었다. 조셀린은 한숨을 길게 내쉬었다.

「그럴듯하군요. 그럼 잘못은 나한테 있는 건가요? 내가 뭘 잘못했는지 말해 주겠어요?」

「꼭 말해야 알겠소? 당신은 그자의 온갖 감언이설에 그대로 속아 넘어갔소. 그런데 한심하게도 그자가 죽자 슬픔에 빠졌다고? 내가 저번에 다른 놈을 죽였을 때는 눈도 깜짝 안 하더니……」

「나는 당신이 죽인 사람이 누군지 몰라요. 그리고 당신은 나를 보호하기 위해 사람을 죽였지만, 엔젤은 아무 이유 없이 죽였다구요」

콜트의 표정이 일그러졌다. 엔젤도 불쾌하건 마찬가지였지만, 콜트를 앞에 세워 두고 조셀린에게 이러쿵저러쿵 따지고 싶지 않아 입을 다물었다. 콜트가 여자 일에 상당히 민감했기 때문이다. 하지만 '아무 이유 없이'라니, 그 말만은 바로잡아 주고 싶었다.

「콜트, 드라이덴 얘기 알고 있어?」

「응, 조금은. 그런데 언제 그자가 그쪽에 포섭된 거야?」

「자네 일행이 실버시티를 떠날 때쯤. 그자가 공작부인을 유인해 주기로 한 덕에, 우리는 자네 일행에게 가까이 접근하지 않아도 됐지. 그자는 늙은 미망인과 결혼해서 여자를 없앤 뒤 재산을 가로채곤 했대. 그런데도 그자를 없앴다고 나를 탓할 텐가?」

「내 손으로 없앴어야 하는 건데 그랬어. 그자가 조셀린을 넘기리라곤 생각도 못 해서……. 몇 년 전에 그자를 본 적 있지. 샤이엔 부족에 와서 카드 사기를 쳐서 붙잡혔다가 도망친 적이 있었거든. 그때도 재혼 준비에 한창이던 미망인과 함께 있었지.」

순간 조셀린의 눈에서 불꽃이 튀었다.

「왜 나한테 그런 얘길 안 해준 거죠?」

사랑은 조금 빠르게 255

「그랬으면 당신 연애를 망쳤을 텐데? 말해 줬어도 별로 고마워하지 않았을 거요.」

하루 종일 너무 많은 일을 겪은 탓에, 조셀린은 지칠 대로 지쳐 있어서 콜트와 말싸움할 기운이 없었다.

「이거 도로 가져가요.」

조셀린이 콜트에게 총을 던져 주었다. 그리고 엔젤을 향해 싸늘한 눈빛을 던졌다.

「어찌됐건, 날 구해 준 대가로 뭘 요구할 건지 생각해 봐요. 살아가는 동안에는 부족한 거 없이 그럭저럭 살 수 있도록 해줄 수도 있어요. 그럼 난 이만 가겠어요.」

조셀린은 콜트의 말에게 다가가더니 등자에 발을 올렸다. 콜트의 긴 다리에 맞춰져 있어 좀 힘들었지만, 어찌어찌 해서 올라타긴 했다. 곧 말이 달리기 시작했다.

콜트는 조셀린이 말을 타고 떠나는 모습을 말없이 지켜보았다.

「저렇게 옆으로 비딱하게 앉아서 가다가 떨어지는 날에는 목이 부러질 텐데!」

엔젤이 놀란 목소리로 중얼거렸다.

「원래 저렇게 타고 다녀.」

「서부식 안장에서는 그러면 안 될걸.」

순간 콜트가 숨을 들이마시더니 큰 소리를 내질렀다.

「당장 돌아오시오, 부인.」

물론 조셀린은 말을 듣지 않았다. 이윽고 조셀린이 말을 멈춰 세우더니 땅으로 내려섰다. 그리고 길게 휘파람을 불었다. 휘파람 소리에 응답이라도 하듯 조지가 그녀에게 달려갔다. 콜트의 말도 다시 주인을 찾아 달려오고 있었다. 엔젤이 그 모습을 보며 신나게 웃어댔다.

Savage Thunder

34

「그날 난 십년감수하는 줄 알았어요.」

바네사와 함께 쓰는 방에 목욕통을 들여다 놓고, 조셀린은 따뜻한 물 속으로 미끄러져 들어갔다.

「내가 그 사람들을 끌어들이지만 않았어도……」

「바네사, 그런 소리는 제발 그만 해요. 걸쩡하게 잘생긴 사람이 그렇게 나쁜 놈일지 누가 알았겠어요? 콜트도 그 사람이 어떤 사람인지는 몰랐대요. 그저 좋은 사람은 아닐 거라고 짐작만 했을 뿐이지.」

조셀린은 바네사를 위로하려고 약간 거짓말을 보탰다.

「친절한 엔젤이 그자를 처리해 줘서 얼마나 고마운지 모르겠어요.」

「친절한 엔젤이요?」
「당신을 구해 줬잖아요.」
「그래서 친절하단 거예요? 그 사람이 날 얼마나 불안하게 만들었는지 몰라서 하는 소리예요!」
「쓸데없는 소리 말아요. 어쨌든 당신 목숨을 구해 줬으니 고마워하는 게 당연해요.」
바네사가 조셀린을 흘겨보며 혀를 찼다.
「콜트였다면 누구도 내 몸에 손가락 하나 대지 못하게 했을 거라구요.」
「그 사람은 그런 걸 몰랐나 보죠. 여하튼 당신을 그 악의 소굴에서 빼내 오느라 목숨까지 걸었던 건 사실이잖아요.」
「처음부터 거기로 끌고 들어갔다니까요. 그리고 자기가 콜트 친구라는 말도 안 했어요. 정말 콜트 말대로 반쯤 죽도록 패 줘도 속이 안 시원할 거예요.」
조셀린의 목소리 톤이 약간 높아졌다.
바네사는 눈썹을 치켜 올렸다. 필요 이상으로 흥분한 것도 그랬지만, 과격한 말이 영 귀에 거슬렸다.
「반쯤 죽도록 패 줘요? 그다지 듣기 좋은 말은 아니군요, 조셀린.」
「듣기 좋으라고 한 말 아니었어요.」
바네사는 그대로 입을 다물고 다시 수를 놓는 데 집중했다.
조셀린은 물에 몸을 더 깊숙이 담그며 눈을 감았다. 롱노우즈와 마주하고 있던 그 위기일발의 순간은 다시 떠올리고 싶지 않은 끔찍한 순간이었지만, 엔젤의 말처럼 앞으로를 위해서는 좋은 경험이었단 생각이 들었다. 이변이 없는 한, 죽기 전까진 그의 마수에서 벗어나지 못할 텐데, 그가 어떤 사람인지 정도는 알아야 할 게 아닌가.

그날 밤 콜트와 엔젤을 뒤에 남겨 두고 말을 달린 지 얼마 되지 않아, 조셀린은 경호원들과 마주쳤다. 그리고 엔젤이 도착했고, 콜트가 그보다 약간 처져서 뒤따라왔다. 화가 나 있는 상태였을 텐데도, 그는 별다른 행동은 하지 않고 그저 이렇게만 말했다.

「당신 성질 고쳐 줄 사람이 있어야 하는데 말이오.」

나중에 안 사실이지만, 마일스를 쓰러뜨린 총소리를 듣고 조셀린을 찾아 나선 사람은 콜트뿐이었고, 경호원들은 올 때가 지나도록 조셀린이 오지 않았을 때에야 찾아 나섰다.

마우라는―사실 진짜 이름은 그게 아니겠지만―조셀린이 경호원의 호위를 받으며 다시 마차로 돌아왔을 땐 이미 어디론가 사라지고 없었다. 바네사는 조셀린이 오기 얼마 전에 말을 훔쳐 달아난 것 같다고 했지만, 확실한 건 아니었다. 모두들 실종된 공작부인 걱정에 정신이 없어서 그 여자에게는 신경을 쓰지 못했던 것이다. 하지만 조셀린의 '사고' 소식을 가지고 돌아오기로 돼 있는 마일스에게 기별이 없자, 마우라의 안색이 좋지 않았다고 사람들은 입을 모았다. 아마 그녀는 마일스가 자기에게 모든 걸 떠넘기고 도망갔거나, 아니면 일이 잘못됐을 거라는 두 가지 가능성 사이에서 괴로워했을 것이다. 어찌됐든 남아 있어 봐야 좋을 게 없다는 판단을 내린 모양이었다.

조셀린은 마우라가 산타페이나 그 근처 어딘가에 숨어 있을 거라고 추측했다. 자기 애인 마일스의 소식을 알기 전까지는 멀리 가지 않을 게 분명했기 때문이다. 하지만 다시 마주치지만 않는다면, 그 여자가 어디서 무얼 하든 상관없었다.

조셀린 일행은 콜트의 주장대로, 말을 쉬게 하느라 잠깐씩 멈춘 걸 제외하고는 쉬지 않고, 낮이나 밤이나 말을 달려 산타페이로 왔다. 여행하는 내내 마차에서 자느라 상당히 불편했지만, 롱노우즈가 추적해 올 생각하면 그 정도 참아 내는 건 일도 아니었다. 사실 그렇게까지 서두를 필요는 없었다. 그 적은 인원으로 롱노우즈가 무모한 공격을 해올 리 없었으니까. 하지만 서두르면 서두를수록 그를 따돌릴 가능성이 높아진다는 사실은 외면하기 힘든 유혹이었다. 이제 산타페이에서부턴 어떻게 할지 결정해야 했다. 조셀린은 콜트와 그 문제를 의논하고 싶었지만, 롱노우즈에게 납치됐다 돌아온 이후에도 콜트는 예전처럼 얼굴 한번 내보이지 않고 있었다.

「그때 그 끔찍했던 사건에서 우리 가이드가 수훈을 세웠다는 건 누구나 인정할 거예요.」

「그래요.」

엉뚱한 이유로 화를 내지만 않았으면 더 좋았을 텐데……

조셀린이 속으로 한마디 덧붙였다.

「조셀린, 난 선더 씨가 당신을 찾아 나설 때 정말 감격했어요. 일 초도 지체하지 않고 나서는데, 당신을 찾을 걸 확신하는 사람처럼 망설이는 기색이 전혀 없더라니까요.」

「엔젤이 거기 있는 줄 알았으니까요.」

「사실은 모르고 있었을 거예요. 우리가 벤슨 근처에서 야영하던 때, 거기서 그 친구를 우연히 만났나 봐요. 기회가 되면 그 영국인 밑으로 들어가라고 부탁을 하고 헤어졌대요. 그러니 엔젤이 그 악당 패거리에 끼는 데 성공했는지 못 했는지, 롱노우즈가 그새 몇 명이나 더 자기 밑으로 끌어들였는지 콜트로서는 알 방법이 없었던 거죠.」

지금 바네사가 콜트 편을 들어주고 있는 건가? 어쩐 일로 바네사 입에서 콜트를 칭찬하는 소리가 나온 건지 모르겠지만, 그래도 기분이 나쁘지 않았다. 항상 그를 못마땅해하던 바네사가 아닌가.

「그러고 보니, 콜트는 롱노우즈 악당의 수가 몇인지는 전혀 신경 쓰지 않는 눈치였어요. 그건 그 사람 출생과 관계 있는 거겠죠? 인디언 영웅담을 보면, 대체로 소수가 다수를 공격해서 훌륭히 싸웠다는 내용이잖아요. 구모한 싸움인데 말…….」

조셀린은 눈을 반짝이며 얘기를 하다가 바네사의 얼굴에 나타난 언짢은 기색을 발견하고는 멋쩍은 듯 웃었다.

「그저 콜트가 참 용감하다, 뭐 그런 얘기예요.」

아주 잘된 일이었다. 바네사의 지금 태도로 봐서는, 조만간 콜트에 대한 생각이 바뀔 것 같았다.

「바베트는 뭘 하고 있죠?」

「말 돌리지 말아요, 조셀린.」

「그런 거 아니어요. 나도 콜트가 대단한 사람인 건 인정해요. 좀 무모해 보일 때도 있지만, 용기만은 높이 산다구요.」

「기왕 이렇게 된 김에 콜트더러 통노우즈를 처치해 달라고 부탁하지 그래요?」

그럴 수는 없었다. 그러고 싶지도 않았다. 여태껏 구해 준 것도 모자라 다시 한 번 목숨을 걸어야 하는 위험한 일을 부탁할 수는 없는 노릇이었다.

「콜트란 사람을 이제 그런 용도로라도 써먹어야겠다고 생각한 건가요?」

바네사의 얼굴에 순간 당황하는 빛이 떠올랐다.

「조셀린, 그런 거 아니에요. 내가 그를 필요 없다고 말했던 건, 단지 더 이상 특별한 용도로 쓸 일이 없다는 거였지요.」

「용도란 표현은 듣기 거북하군요. 아마 콜트도 싫어할 거예요.」

「네?」

「콜트는 이미 할 일을 다했다는 말이에요, 바네사.」

「하지만 이번 일은 좀 다른 거잖아요.」

「아마 거절할 거예요. 처음 만나던 날, 이미 한번 제안했었거든요.」

일언지하로 거절하더군요.」
「그건 당신과 지금처럼 가까워지기 전의 일이었잖아요.」
바네사의 지적에 조셀린의 뺨이 화끈 달아올랐다.
「우리 관계를 이용해서 그 사람을 이용하진 않을 거예요!」
「내가 한 말은 그런 뜻이……」
「아니었나요?」
두 사람 다 입을 다물었다. 조셀린은 몹시 화를 냈고, 바네사는 자기가 한 말을 후회했다. 먼저 침묵을 깬 사람은 바네사였다.
「미안해요. 하지만 당신이 너무 걱정돼서 그런 거예요. 지금껏 롱노우즈가 꾸민 일에 우린 매번 잘 대처해 왔어요. 번번이 실패만 하기에 난 그를 아주 우습게 생각했는데, 이번 일로 생각이 바뀌었어요. 그렇게 만만하게 볼 상대가 아닌 것 같아요. 콜트에게 더 이상 부담을 주고 싶지 않다는 당신 마음, 충분히 이해해요. 하지만 다른 사람들은 당신을 이상하게 생각할 거예요. 일을 시키고 그에 상응하는 대가를 주면 되지 뭘 걱정하느냐고요. 그들이 말하는 대가가 무엇인지는 얘기해 주지 않아도 알겠죠?」
「물론 알고 있어요.」
조셀린은 장난스럽게 고개를 끄덕여 보이며 잠시 뜸을 들이고서는 외쳤다.
「저녁식사요!」
「틀렸어요, 조셀린.」
바네사가 천천히 입을 열며 조셀린의 초록빛 눈동자를 바라보았다. 이젠 화가 많이 가라앉은 듯했다.
「물론 단순히 그렇게 말할 수도 있겠죠. 하지만 서부에 있는 대다수의 식당 앞에 어떤 문구가 붙어 있는지 봤어요? '집에서 만든 요리 그대로'라고 쓰여 있어요. 이 나라에서 가장 중요하게 생각하는 건 바로 그거라고요. 그냥 저녁식사가 아니라 '집에서 만든 저녁식사'가 정답이에요.」

　바네사의 농담에 두 사람 모두 깔깔대며 웃었다. 그런데 그때 노크도 없이 문이 벌컥 열렸다. 바베트였다. 바네사는 잔뜩 긴장했다. 지난번에도 허둥지둥 뛰어들어온 바베트가 청천벽력 같은 소식을 전하지 않았던가! 이번에는 제발 별일 아니기를, 바네사는 마음속으로 간절히 빌었다. 하지만 역시 바베트 입에서 나온 한마디는 충격적이었다.

「선더 씨가 총에 맞았어요!」

　바네사는 눈을 질끈 감았다. 그러다가 물이 첨벙거리는 소리에 놀라 눈을 번쩍 떴다. 뛰쳐나가려는 조셀린이 보였다.

「조셀린, 당신 지금······.」

　바네사는 얼른 문 앞을 가로막고 섰다.

「바네사!」

「선더 씨가 총에 맞았다고 했지 죽었다고 안 했어요, 그렇지 바베트?」

「네, 즉진 않았습니다, 마님.」

「들었죠, 조셀린? 옷도 안 입고 뛰어나갈 만큼 그렇게 심각하지 않을 수도 있어요. 지금 아무것도 안 입고 있다는 사실, 잊은 건 아니겠죠?」

　조셀린이 가운을 찾아 두리번거리자, 바베트가 옷을 찾아 내밀었다. 그녀는 대충 옷을 걸쳐 입고는 밖으로 튀어 나갔다. 바네사가 한숨을 푹 내쉬었다.

「바베트, 멜로 드라마 구경하는 기분이지?」

사랑은 조금 빠르게 263

Savage Thunder

35

 조셀린은 콜트가 어느 방에 묵고 있는지도 모르면서 무턱대고 복도를 내달렸다. 하지만 방은 쉽게 찾을 수 있었다. 사람들이 한 방 앞에 모여 웅성거리고 있었던 것이다. 사람들을 밀치며 안으로 들어가자, 엔젤과 빌리, 알론조가 보였다. 콜트는 웃옷을 벗은 채 의자에 앉아 있었는데, 팔뚝을 동여맨 천에 피가 계속 배어나고 있었다.
 처음 피를 보는 순간 조셀린은 가슴이 철렁 내려앉지만, 시간이 조금 지나자 미친 듯이 뛰던 가슴도 좀 가라앉았다. 콜트는 몇 마디씩 말도 했고 안색도 괜찮았다. 그리 치명적인 부상은 아닌 것 같았다.
 방에 있던 사람들의 시선이 일제히 조셀린에게 쏠렸다. 그녀는 흰 벨벳 가운만 달랑 하나 걸쳤는데, 옷이 축축이 젖어 몸의 실루엣이 그대로 드러나 보였고, 젖은 채로 대충 위로 올린 머리는 몇 가닥이 가슴께로 흘러내려 있었으며, 목덜미와 뺨에 물방울이 송골송골 맺혀 있었다. 조셀린을 보는 순간, 콜트는 주위에 몰려 있는 사람들의 존재를 잊었다. 달려가 목덜미에 맺힌 물방울을 닦아 주고픈 충동에 사로잡힌 콜트의 귀에 누군가 침을 꿀꺽 삼키는 소리가 들렸다. 정신이 번쩍 들었다. 조셀린에게 절대 다가가서는 안 된다는 사실이 가슴을 파고들었다.

　창백하던 조셀린의 얼굴이 붉게 물들었다. 이제야 자신이 거의 벗은 것과 다름없는 차림으로 사람들 앞에 서 있음을 깨달은 모양이었다. 콜트는 조셀린을 보고 있는 사람들을 모두 죽이고 싶다는 강렬한 욕구에 사로잡혔다.

　조셀린은 콜트가 쫓아내기 전에 자기가 먼저 이런 상황을 깨달은 걸 다행으로 여겼다. 그렇지 않았으면 또 한 번 그에게 무안과 창피를 당했을 테니까. 뻔뻔해지기로 했다. 이런 차림으로 경호원들 앞에 나타나는 게 흔한 일인 것처럼 행동하는 것이었다. 게다가 지금은 수행원이 다친 상황이니 더욱 그럴싸하지 않은가? 아쉬운 점이 있다면 콜트의 부상이 생각보다 가벼운 정도라는 것이었다.

「누가 의사를 부르러 갔나요?」

누군가가 아니라는 대답을 했다.

「로비, 그럼 당신이 가서 의사를 데려……」

「의사는 필요 없소.」

콜트가 불쑥 끼여들었다.

「그래도 일단 의사에게……」

「내가 원하는 건 의사가 아니오, 부인. 혼자 있게 해주시오.」

　콜트의 목소리는 조용했지만 단호했다. 사람들이 하나둘 돌아갔다. 이제 방에는 침대 끝에 걸터앉은 엔젤과 피 묻은 콜트의 옷을 빨아서 짜고 있는 빌리, 그리고 아직 방 한가운데에 우두커니 서 있는 조셀린뿐이었다.
 콜트는 조셀린이 빨리 사라지기를 바라며 일부러 그녀를 외면하고 있었다.
「빨리 해, 빌리. 피를 너무 많이 흘리면 죽을 수도 있단 말이야.」
 그런 말을 한 게 실수였다. 그 말이 막 돌아서려던 조셀린의 발목을 붙잡았다.
「아무래도 의사를 불러야겠어요.」
「필요 없다고 했잖소. 그냥 조금……, 당신 지금 뭐하고 있소?」
 조셀린이 콜트의 상처를 싸매고 있는 천에 손을 대고 있었다.
「내 눈으로 확인해 보고 싶어서…….」
「그 손 치우시오. 총알이 스친 것뿐이니까.」
 그러자 엔젤이 침대에서 일어나 어슬렁거리며 다가왔다.
「이봐, 콜트 왜 그렇게 시비조야, 엉? 그러지 말고 이 여자가 하고 싶은 대로 하게 내버려 둬. 원래 상처는 부드러운 여자 손길이 닿아야 금방 낫는 거라구.」
「지난번에 제시가 옆구리에 박힌 총알을 빼내려고 할 때, 머리통을 있는 대로 흔들며 악을 쓰고 몸부림친 게 누구였지?」
「자네 누나는 여자도 아니잖아. 이봐, 빌리, 우린 가자구. 간호해 줄 사람이 생겼으니.」
 엔젤과 빌리가 의미심장한 웃음을 띠며 문 쪽으로 걸어갔다.
「빌리, 당장 이리 와!」
「엔젤 말이 맞아. 공작부인이 상처를 잘 싸매 줄 거야. 나보다 나을걸?」
 지금은 상처를 싸매 줄 사람보다 주책없이 치솟는 욕정을 막아 줄 사람이 필요했다. 콜트는 자기 마음 하나 눈치채지 못하는 두 사람이 야속했다.

　무심하게도 문은 쿵 소리를 내며 닫혔고, 방에는 조셀린과 콜트 두 사람만 남게 되었다.

「몇 주 전엔가 경고한 걸로 아는데, 잊었소?」

　콜트는 옆에 서 있는 조셀린을 쳐다보지도 않고 낮게 중얼거렸다.

「기억하고 있어요. 하지만 지금은 위급한 상황이잖아요.」

「스친 것뿐이라고 했잖소, 부인.」

「그래도 잘 치료해야 해요. 그리고 당신 친구와 동생도 나한테 다 맡기고 나가 버렸으니, 내가 하는 대로 가만있어요. 그리고 시비조 말투 좀 고칠 생각 없어요?」

　정말 뻔뻔하고 건방진 여자였다. 하지만 끈기 하나만은 높이 살 만했다. 계속 먼산만 쳐다보고 있으면 여자가 옆에 있다는 사실도 잊을 수 있을 것 같았다. 사실 조셀린의 호들갑스러운 염려가 싫지 않았다. 물론 사람이 다쳤으니까 당연한 반응을 보인 걸 수도 있겠지만, 꼭 조셀린이 나설 필요는 없지 않은가. 정 걱정이 된다면 다른 사람을 보낼 수도 있고 말이다. 그리고 사람들을 밀치고 방으로 뛰어들 때 조셀린의 모습은 꼭 정신나간 사람 같았다. 왜……?

「목욕통 속에서 막 뛰쳐나온 듯한 꼴로 달려온 이유가 뭐요? 물기도 안 닦고 말이오.」

　조셀린은 귓불까지 얼굴을 붉히며 눈을 내리깔았다.

「그런 건 물어 보는 거 아니에요.」

「젠장, 안 될 건 또 뭐요? 앗!」

　조셀린이 콜트의 팔에 감겨 있던 천을 갑자기 떼어 내자, 콜트가 비명을 질렀다. 엔젤에게 부드러운 손길과 전혀 상관없는 여자가 여기 또 하나 있다고 말해 주리라.

「영어는 누구한테 배웠다고 했죠?」

사랑은 조금 빠르게　267

「내 누나.」
「그렇군요. 하지만 때와 장소에 따라 말을 가려 쓰는 법에 대해선 좀더 배워야겠어요. 숙녀 앞에서는 하지 말아야 할 말이 있어요.」
「내가 묻는 말에 대답이나 하시오.」
「당신이 총에 맞았다는 소리를 들었어요.」
「가이드를 잃을까 겁이 났소?」
「거의 비슷해요.」
조셀린의 짤막한 대꾸에 콜트가 얼굴을 찌푸렸다.
「빨리 좀 할 수 없소?」
「총알이 스친 상처치고는 심각하군요.」
총알이 스치고 지나간 자리가 깊이 파여 있었다. 이런 부상을 당하고도 어떻게 아프단 소리 한마디 안 할 수 있는지 신기하기만 했다. 조셀린은 심각한 얼굴로 상처를 들여다보며 덧붙였다.
「몇 바늘 꿰매면 흉터는 그리 크게 남지 않을 것 같아요.」
「남자는 흉터 몇 개쯤 남아도 상관없소.」
「그런 것 같군요.」
콜트의 날카로운 시선이 조셀린에게 향했다. 조셀린은 그의 가슴에 나 있는 흉터를 뚫어져라 보고 있었다.
「왜 아무것도 묻지 않소?」
「인디언들은 '태양의 춤'이란 자기 극복 의식을 치른다고 들은 적이 있어요.」
「누가 그런 얘길 했소?」
「마일스가요. 당신에게도 흉터가 있을 거라고 하더군요. 상당히 미개하고 야만적으로 들려서 믿지 않았는데…… 나무 꼬챙이로 가슴살을 꿰어 찌른 다음, 그 꼬챙이에 밧줄을 묶어 사람을 나무에 매달아 둔다면서요? 살이 찢어져서 꼬챙이에서 떨어져 나올 때까지 말이에요. 정말 그 말이 사실이에요?」
「비슷하오.」
「왜 그렇게 끔찍한 짓을 하죠? 일부러 자기를 고문할 필요가 뭐예요?」
「인디언이기 때문이오. 우리도 다른 이유는 모르오.」
조셀린과 콜트의 눈길이 마주쳤다. 조셀린이 부드럽게 말을 이어 나갔다.
「그런 식으로 말하지 말라고 부탁했잖아요. 난 단순한 호기심에서 물어 본 거예요. 내가 한번도 접해 보지 않은 문화니까요. 하지만 당신이 설명하기 싫다면 안 물어 본 걸로 하죠, 뭐.」
잠시 입을 다물고 생각에 잠겨 있던 콜트가 눈길을 먼 데 주며 천천히 입을 열었다.
「종교적인 의식이오, 부활과 축복을 구하는. 모든 용사가 참가하는 건 아니오. 흉터를 신이 내리는 축복의 징표로 자랑스럽게 여기는 사람만이 참여하는 거요.」
조셀린은 흉터를 한번 만져 보고 싶었다.
「종교라구요? 그런 간단한 이유를 미처 생각지 못했군요. 정말 끔찍하게 아팠겠어요. 그런데 원하던 축복은 받았나요? 그렇게 고통당한 보람이 있었어요?」
「아주 잠깐 동안은.」
「안됐군요.」
콜트가 의아한 표정으로 조셀린을 올려 보았다.
「왜 그렇소?」
「축복을 바라고 그 끔찍한 고통을 견뎌 낸 사람이라면 아주 오래도록 변하지 않는 축복을 바라지 않을까요? 그렇지 않다면 왜 그런 고생을 사서 하겠어요?」

사랑은 조금 빠르게 269

「생각 안 해봤소.」

말은 그렇게 해도, 콜트는 그 생각에 흥미를 느끼는 게 분명했다. 하지만 조셀린은 이의를 달지 않기로 했다. 그는 결국 인디언이었으니까. 자기 부족의 오랜 전통을 부정하고 싶지 않으리라.

「그래요, 이제 그 얘긴 그만 해요. 이번엔 왜 이렇게 됐는지나 말해 줘요.」

조셀린은 콜트의 상처를 가리켰다. 콜트의 표정이 굳어졌다.

「내 실수였소.」

조셀린은 눈을 휘둥그렇게 떴다.

「그럼 이 상처를 당신이 직접 만들었단 말이에요? 어쩌다 그런 실수를?」

어이없어하는 조셀린을 보며 콜트가 얘기를 계속했다.

「어두운 뒷골목에서 갑자기 총알이 날아 왔소. 그런데 골목 끝에서 한 놈이 말을 몰고 마을 밖으로 달아나는 게 보였소.」

「그런 거군요. 근데 그자가 누구였는지 봤어요?」

「그놈 얼굴은 못 봤지만 말은 유심히 봐 뒀소. 사람보다 말을 기억하는 게 더 쉬우니까. 근데 엔젤 말이, 당신을 영국인에게 데리고 갈 때 함께 있던 놈, 이름이 피트라던가? 그놈 말 같다고 하더군.」

조셀린의 표정이 어두워졌다.

「난 우리가 그자들을 따돌린 줄 알았는데…….」

「다시는 당신을 놓치지 않겠다고 단단히 결심한 것 같소. 우린 텐트도 설치하지 않고 강행군했지만, 마차가 말 속도를 따를 순 없지. 그들이 우리보다 먼저 여기 도착하긴 어렵지 않았을 거요.」

「그럼 이제 어떻게 해야 하죠? 아무래도 내 생각에는 그들이 철길 쪽을 지킬 것 같은데……. 그런데 왜 당신을 쏘았을까요?」

「뻔한 거 아니겠소? 날 죽이려고 그랬겠지.」

조셀린이 측은한 눈빛으로 콜트를 보았다.
「롱노우즈는 내 밑의 사람들에게 해코지한 적 없어요. 그럴 이유가 없잖아요? 분명히 실수한 걸 거예요.」
조셀린이 자기도 모르게 콜트 앞으로 나섰다. 콜트는 눈을 어디에 둬야 할지 몰라 난감했다. 조셀린이 움직일 때마다 가운 앞섶이 곧 벌어질 듯 위태로워 보였다.
「실수가 아니오, 부인. 가이드 없이 당신이 뭘 어떻게 하겠소?」
「다른 가이드를 구하면…….」
조셀린은 말을 맺지 못했다. 그러다가 롱노우즈의 부하를 가이드로 고용하게 됐을 경우를 생각해 봤다. 상상조차 하기 싫은 상황이었다.
「내가 그 악당들 얼굴을 다 알고 있어서, 가이드를 죽이고 그 자리에 자기 부하를 보내진 못할 거예요.」
「그거야 새로운 사람을 구하면 되는 일이오. 벌써 구했을지도 모르지. 그들은 애초부터 그럴 계획이었소. 드라이덴을 만나서 바뀌었지만. 그런 얘기, 엔젤이 안 했소?」
「당신 친구는 입에 자물쇠라도 채웠는지 아무 말도 안 하더군요. 그런데 당신에게는 했나 보죠?」
조셀린은 입을 한 번 비죽이고는 말없이 생각에 잠겼다. 그러더니 얼굴이 환해졌다.
「아, 그렇군요. 당신은 당신 목숨이 위험한데도 우릴 버리지 않은 거군요? 정말 당신은 나에게 꼭 필요한 사람이에요. 만일 당신에게 무슨 사정이 생겨 우리를 도와 줄 수 없게 되더라도, 나는 새 가이드를 고용하지 않을 거예요. 그 사람이 롱노우즈 부하인지 아닌지 알 수가 없을 테니까요.」
나에게 꼭 필요한 사람?

콜트의 귀엔 그 말 외에 다른 말은 하나도 들어오지 않았다. 당장 조셀린을 이 방에서 내보내지 않는다면, 여자는 여기서 벗어나지 못하리라.

「알았소, 부인. 앞으로 어떻게 할지 생각해 보겠소 당신 말대로 그들이 철길을 지킬 테니 기차도 안 되고 마차는 더 안 되고······. 그렇다고 당신 경호원들을 두 패로 갈라서, 한 팀은 그 영국인을 쫓게 하고 다른 한 팀은 당신을 지키도록 한다면, 오히려 롱노우즈를 도와 주는 꼴이 될 거요」

「당신이 직접 롱노우즈를 잡으러 나서기 싫다면 엔젤을 시키는 건 어때요? 이런 일 흥미 있어하지 않을까요?」

콜트는 고개를 저었다.

「그 친구는 텍사스에서 맡은 일이 있소 벌써 한참을 미뤄 뒀서, 내일 아침에는 떠날 거요」

「그러면 내가 선택할 수 있는 방법이 없잖아요?」

「몸을 숨기고 당신 적들이 공격해 올 때까지 기다리거나, 아니면······.」

콜트가 말을 하다 그대로 입을 다물었다. 조셀린은 참을 수가 없어 다그쳤다.

「아니면 뭐요?」

콜트가 조셀린을 한참 쳐다보다가 어깨를 으쓱했다.

「당신 혼자 가는 거요」

농담이겠지?

하지만 짐짓 태연한 척 말하던 콜트도 적잖이 긴장한 눈치였다. 그냥 해본 말이 아닌 듯했다.

「경호원 없이 말이에요?」

「내가 함께 가겠소 당신을 와이오밍까지 안전하게 데려다 줄 수 있소. 하지만 당신하고 나, 이렇게만 가는 거요. 길이 험하니, 다른 사람들은 다른 길로 따라오게 하고.

조셀린은 콜트의 말을 곰곰이 곱씹어 보았다.

「당신과 나만 가면……. 하지만 날더러 당신 곁에 다가오지도 말라고 했잖아요? 그런데 왜 그런…….」

「딴소리 마시오, 부인. 아무 일 없이 당신을 와이오밍까지 데려다 주겠다는 얘기요. 내 말 이해 못 하겠소?」

Savage Thunder

36

 물어 볼 것도 없었다. 들을 대답은 뻔했다. 수행원을 단 한 명만 데리고 따로 여행하겠다고 하면 누가 허락하겠는가. 그것도 그 사람이 콜트라면 더더욱 안 될 말이었다. 여행하는 동안 둘 사이에 어떤 일이 벌어질지는 예상하고도 남았으니까.
 조셀린은 바네사에게 콜트의 계획을 얘기했다. 물론 바네사는 펄쩍 뛰었다. 하지만 두 시간 동안이나 논쟁을 벌인 끝에, 그녀도 그 계획에 승산이 있다는 점을 인정했다. 조셀린이 롱노우즈 몰래 이 도시를 빠져나가기만 한다면, 와이오밍에 갈 때까지 그에게 목숨을 위협당할 일은 피할 수 있었다.
 남은 일행은 이번 주말쯤 둘로 나뉘어, 한 팀은 기차를 타고 나머지 한 팀은 원래 계획대로 마차를 타고 샤이엔으로 가서 조셀린과 합류할 지획이었다. 조셀린이 어느 팀에도 섞이지 않았으니, 롱노우즈는 그녀가 이 도시 어디엔가 숨어 있으리라 생각하고 여길 떠나지 않을 게 분명했다. 그러다가 나중에 모든 걸 눈치채고 와이오밍에 모습을 나타내면, 그때 보안관에게 연락해서 그를 붙잡으면 될 일이었다.

조셀린은 콜트가 이 결정을 듣고 어떤 반응을 보일지 궁금했다. 직접 가지 않고 사람을 보내 말을 전하게 한 터였다. 어쩌면 장난삼아 그런 제안을 했던 건지도 모르는데, 그런 거였다면 뒤통수를 한 대 얻어맞은 기분일 것이다. 아무리 생각해도, 둘이 마주치는 것조차 싫어하던 콜트가 그런 일을 해주겠다고 제안한 이유를 알 수가 없었다. 만에 하나 그 말이 진심이었다면, 지루하다 못해 목숨까지 위험해진 이 일을 어떻게든 빨리 끝내기 위해서일 것이다. 거치적거리는 마차 없이 간다면, 와이오밍까지 가는 데 걸리는 시간을 반 이하로 줄일 수 있을 테니 말이다.

그날 밤 자정쯤 콜트가 찾아왔을 때, 조셀린은 이미 모든 준비를 마친 상태였다. 승마복 위에 털 달린 긴 망토를 두르고 한 손에는 총을, 다른 한 손에는 작은 손가방을 든 차림이었다. 콜트는 조셀린이 쓰고 있던 챙 짧은 모자를 벗기고 자기가 가져온 챙 넓은 남자용 모자를 씌워 주었다. 의외로 잘 어울렸다. 조셀린은 감히 싫다는 말을 할 수 없었다. 이제부터 콜트의 지시어 따르는 수밖에 없었다. 앞으로 무슨 일을 당하게 될지, 얼마나 위험한 상황을 겪을지 알 수 없었지만 금세 익숙해지리라고 애써 자위했다.

콜트는 아무 말도 하지 않았지만 눈치를 보니 화난 것 같지는 않았다. 표정은 여느 때와 똑같았지만, 태도가 어딘지 모르게 좀 여유 있어 보였다. 심지어는 이마로 흘러내린 조셀린의 모자를 고쳐 씌워 주기까지 했다. 평소의 무뚝뚝한 가이드답지 않은 행동이었다.

그는 오래 지체하지 않고 조셀린을 데리고 호텔 밖으로 나왔다. 골목을 몇 개쯤 지나자, 빌리가 말을 데리고 서서 두 사람을 기다리고 있었다.

「빌리, 누구 지나간 사람 없었어?」

「개미새끼 한 마리 안 지나갔어.」

콜트가 조셀린이 말에 올라타는 걸 도와 주는 동안, 빌리는 저만치 뒤로 물러나 있었다. 출발 준비를 마친 콜트가 동생에게 돌아섰다.

「빌리, 내 말 잘 기억해 둬. 왼편에 있는 저 산 너머로 쭉 따라가면 별 어려움 없이 샤이엔 마을로 들어갈 수 있을 거야. 로키 계곡에서 보자. 중간에 어디로 새거나 하면, 지옥이 어떤 덴지 확실히 구경시켜 줄 테니 그리 알고.」

「알았어, 하지만 학교에는 가지 않을 거야.」

「그건 일단 시카고로 돌아간 다음에 얘기해.」

「난 변호사가 되는 일에는 관심 없어. 대신 목장에서 일할 거야. 엄마도 이젠 내 말이 농담이 아니란 걸 알게 됐을 거야.」

「좋은 생각이야. 하지만 네 엄마와 말싸움 좀 해야 할 거야.」

그러면서 콜트는 빌리를 뼈가 으스러지도록 끌어안았다. 옆에서 그 모습을 지켜본 조셀린은 깜짝 놀랐다. 다정한 구석이라고는 눈을 씻고 찾아봐도 없던 사람에게 저런 면이 숨어 있다니…….

「짐은 다 어디 있죠?」

빌리가 호텔 쪽으로 발길을 돌리자, 그때서야 생각난 듯 조셀린이 물었다.

「당신은 인디언과 함께 길을 가는 거요, 부인. 이런저런 거 다 필요 없소. 내 육신이 멀쩡한데 뭐가 더 필요하겠소?」

두 사람은 잠시 요리사 필리페를 생각했다. 콜트는 프랑스 요리

냄새를 더 이상 맡지 않아도 된다는 사실에 기뻐했고, 조셸린은 같은 이유로 서글퍼했다.

「난 지금도 마른 편인데, 이번 여행길에 더 마를까 걱정이군요」

조셸린은 투덜거렸다. 하지만 필요한 것은 뭐든지 콜트가 채워 줄 거라는 생각에 곧 기분이 좋아졌다. 배가 고프다고 하면 음식을 구해 줄 테고, 위험한 일이 생기면 경호원 역할을 해줄 터였다. 생각만 해도 흐뭇한 일이었다.

Savage Thunder
37

그들은 달리고 또 달렸다. 말이 힘들지 않도록 고른 길만 선택해서 가고 있었다. 언제쯤 눈을 붙일 수 있겠냐는 조셀린의 질문에 콜트는 다음날 밤까지 자지 않을 거라고 대답했다. 지칠 대로 지친데다가 날이 밝으려면 아직 멀었는데 그런 대답을 들으니 앞이 캄캄했다. 다 집어치고 다시 일행에게 되돌아가고 싶은 마음이 굴뚝 같았다.

하지만 문득, 콜트가 자기를 시험하고 있는지도 모른다는 생각이 들었다. 언제쯤 불평을 쏟아 낼지 내기를 걸고 있는 것 같았다. 조셀린은 콜트 뜻대로 해주지 않겠다고 마음먹었다. 예상 외로 불평이 나오지 않으면 의아해하겠지? 그 모습을 지켜보는 것도 재미있으리라.

새벽녘에 그들은 말을 쉬게 해주려고 멈추 섰다.

이쯤에서 식사를 하겠지?

조셀린의 예상대로, 콜트는 안장에 매달린 주머니에서 뭔가 먹을 것을 꺼냈다. 육포였다. 그는 그것을 건네며 씹으라고 했다. 하지만 얼마나 딱딱한지 조셀린은 씹을 수가 없었다. 결국 그것을 담배처럼 입에 물고는 아침까지 계속 빨고 있어야 했다.

날이 밝고 정오쯤 되자 조셀린은 망토를 벗었다. 기온이 그리 높은 건 아니었지만, 바람도 불지 않았고 앞서 달리고 있는 콜트를 따라잡기도 힘들었기 때문이다.

그들은 한 번 더 멈춰 섰다. 역시 말을 쉬게 해주기 위해서였다. 말이 사람보다 훨씬 좋은 대우를 받고 있었다. 조셀린은 등이 불이 붙은 것 같고 사지가 뻣뻣하게 굳었다. 너무 피곤해서 눈이 계속 감겼다. 조지가 조금만 얌전하게 걸었으면, 말 위에서 잠들어 버렸을지도 모를 일이었다.

콜트는 피곤한 기색이 전혀 보이지 않았다. 등을 구부리거나 몸을 이리저리 비틀지도 않고, 고개를 꼿꼿이 세운 채 달리고 있었다. 조셀린처럼 뱃속에서 꼬르륵 소리도 나지 않았다.

정오가 조금 지나자 조셀린은 콜트에게서 비스킷을 몇 개 받았다. 물통은 자기에게 있으니까, 비스킷으로 배를 못 채우면 물로 채우면 될 일이었다. 다시 말을 출발시킨 콜트는 느릿느릿 말을 몰다가 빠르게 몰았다가, 또 원래 속도로 조금 가다가 다시 느릿한 걸음으로 걷기를 반복했다.

「이런, 제길! 죽지 못해 안달 났소?」

그 동안 깜박 잠이 든 조셀린은 쩌렁쩌렁한 호통에 놀라 눈을 번쩍 떴다. 허리에 뭔가 감겨 있었다. 콜트의 팔이었다. 등뒤에는 그의 가슴이 있었다.

어쩌다 이런 자세가 됐지?
「무슨 일이 있었어요?」
「말에서 떨어질 뻔했잖소?」
「오, 미안해요. 깜박 졸았나 봐요」
「미안해? 정신 못 차리면 어떻게 되는지 알기나 하오?」
조셀린은 잠이 덜 깨 여전히 몽롱한 상태라, 콜트가 불같이 화내는 이유를 이해할 수 없었다.
「잘 알아요. 하지만 너무 피곤한 걸 어떡해요?」
콜트가 인상을 쓰며 뭐라고 중얼거렸지만, 조셀린은 신경 쓰지 않고 안락의자에 앉은 것처럼 몸을 뒤로 완전히 젖혔다. 그리고 모자를 벗기는지, 머리핀을 빼는지도 모르고 잠 속으로 빠져들었다. 하지만 깊은 잠은 아니었다. 말달리는 속도가 다시 빨라지자 눈을 비비며 일어났다.
「쉬었다 가는 거 아니에요?」
「뭐하려고?」
「자야죠」
「한참 자는 것 같던데?」
「당신 말이에요. 지난밤부터 눈 한번 못 붙였잖아요」
「필요 없소. 당신이나 더 자도록 하시오. 떨어지도록 놔두지는 않을 테니까」
듣던 중 반가운 소리였다. 딱딱한 바닥보다는 그에게 기대는 편이 훨씬 푸근하리라. 잠시 후 조셀린은 세상 모르고 깊은 잠에 빠졌다. 그것은 그녀에게 무슨 짓을 해도 좋다는 신호와도 같았다. 하지만……. 짧은 순간이었지만, 본능과 이성의 충돌은 격렬했다.
콜트는 곧 마음을 진정시켰다. 앞으로 몇 주 동안 조셀린은 고스란히 그의 손에 맡겨진 셈인데, 서두를 필요가 뭐 있겠는가. 놀라우리만큼 마음이 평화로웠다. 그것은 이성과 본능의 오랜 싸움 끝에 얻은 결과였고, 조셀린 플레밍이란 여자를 원하고 있다는 전제하에 내려진 결론이었다. 콜트에게 있어 백인 여자는 여전히 증오의 대상이었지만, 이 여자는 왠지 그 대상에서 제외시켜야 할 것 같았다.

조셀린이 다른 남자를 만날 준비를 하느라 자신을 이용했다는 생각을 하면, 콜트는 아직도 마음이 편치 않았다. 드라이텐에게 쉽사리 마음을 빼앗겼다는 사실도 속 쓰린 일이었다.

이번 주 안으로 그 짐승 같은 놈의 이름을 잊게 해주리라.

콜트는 속으로 굳게 다짐했다.

Savage Thunder

38

　한참 동안 꿈을 꾸었다. 깨어난 후에도 여전히 가슴이 두근거리고 온몸에 힘이 하나도 없었다. 그저 어렴풋하게 기억 날 뿐, 정확히 어떤 꿈이었는지 떠오르지 않는데도 말이다.

　조셀린은 기지개를 켜면서 자기가 말 위에 앉은 채 잠을 잤다는 사실을 새삼 깨달았다. 눈을 몇 번 깜박이자 뿌옇던 눈앞이 선명하게 밝아졌다. 해가 지는 어스름 길을 말이 터벅터벅 걷고 있었다. 안장머리에 얹혀 있는 말고삐가 보였다. 그리고 벌어진 재킷과 블라우스 사이로 훤히 드러난 자신의 가슴이 보였다. 그뿐이 아니었다. 스커트가 엉덩이 위까지 올라가 있고, 두 다리 사이로…….

「콜트 선더!」

「곧 깨어날 거라고 생각했소.」

「당장 그 손 치워요!」
「나는 이대로가 좋은데?」
「당신이 뭘 좋아하든 나완 상관…….」
「소리지르지 마시오, 부인. 안 그러면 동물들이 놀라 다 도망쳐서 저녁을 굶게 될 거요.」
조셀린은 속이 부글부글 끓어올랐다. 이런 상황에서 조용조용 얘기하는 게 가능한 일이겠는가?
「지금 저녁이 문제예요? 당신은…….」
「블라우스 단추 푸느라 고생 좀 했지만 보다시피 지금은 아주 좋소.」
콜트의 손가락이 더 깊숙이 파고 들어왔다. 조셀린의 입에서 짧은 신음소리가 흘러나왔다. 불만의 표시인지 만족의 표시인지 분간하기 힘든 소리였다. 한데 블라우스 단추를 채우고 있던 조셀린의 손이 어느새 콜트의 넓적다리를 더듬고 있었다. 콜트가 조셀린에 귀에 입술을 바짝 갖다 댔다.
「아직도 내가 손을 치워 줬으면 좋겠소?」
대답이 없었다.
「당신도 기분 좋지 않소?」
역시 대답이 없었다.
조셀린은 몸을 잔뜩 뒤로 젖힌 채 콜트의 다리를 이리저리 쓰다듬었다. 그에 맞춰 콜트의 손도 조셀린의 몸을 이리저리 더듬었다.
「부인, 미안하지만 난 더 기다릴 수가 없소」
그의 뜨거운 숨결이 귓가에 전해져 왔다.
「나, 나는 준비도 안 된 상태에서……, 이렇게 갑자기 하게 될 거라고 생각 …… 못 했어요.」
더듬거리는 조셀린의 말 뒤로 호탕한 웃음소리가 이어졌다.

사랑은 조금 빠르게 283

「당신이 준비가 됐든 안 됐든 그건 상관없소. 나를 따라나서겠다고 한 순간, 당신은 선택의 기회를 잃은 거요.」
「무슨 소리예요?」
「샤이엔 마을에서는 처녀가 용사에게 몸을 한번 허락하면, 그때부터 그 용사의 소유가 되는 거요. 만약 용사가 그 여자의 주인이기를 거부하면, 그게 이상한 거지. 당신도 나에게 몸을 허락하지 않았소, 부인?」
주인은 뭐고 소유물을 또 무엇인가?
이상하게도 조셀린은 그런 억지 소리를 듣고도 화가 나지 않았다. 오히려 콜트의 낮은 목소리에 온몸의 신경이 곤두섰다.
「난 샤이엔족이 아니에요.」
숨을 토해 내며 조셀린은 힘겹게 반박했다.
「그렇지. 하지만 난 샤이엔 용사요.」
「반만 그렇잖아요?」
「22년 동안 그렇게 살아왔소. 모든 걸 뿌리치고 백인이 되고 싶었던 적이 딱 한 번 있었지. 이제 몸을 이쪽으로 좀 돌리시오.」
「뭐라구요?」
「나를 보라구. 당신을 똑바로 볼 수 있게 말이오.」
「왜요?」
「왜 그렇겠소?」
콜트의 목소리가 은근했다. 그의 능숙한 손길은 아직도 조셀린을 달래며 부드럽게 움직이고 있었다. 조셀린은 그를 거절할 수가 없었다.
「말을 세우는 게 낫지 않아요?」
「바닥에 자리라도 펴자는 말이오? 그럼 그 동안 당신에게서 떨어져 있어야 하기 때문에 곤란하오. 그리고 당신이 자는 동안, 당신 숨소리를 들으면서 꼭 이렇게 해보고 싶었소. 말이 움직이는 박자에 맞춰 손가락을 움직여 봤으니 이번에는 직접 해봐야지.」

콜트가 말 등에 앉은 채로 조셀린을 들어 돌려 앉혔다. 도대체 어쩔 생각인지 도무지 짐작할 수가 없어, 조셀린은 그가 하는 대로 가만히 있었다. 평생을 통틀어 이렇게 기묘한 자세로 말을 탄 건 처음이었다. 팔은 콜트의 목에, 다리는 그의 엉덩이에 두른 채 꼼짝도 않고 그저 말의 움직임에 따라 흔들릴 뿐이었다.

말이 속도를 늦추는가 싶더니, 콜트가 조셀린의 허리를 잡고 몸을 이리저리 돌렸다. 기분이 점점 더 묘해졌다. 말이 완전히 멈춰 서고 나서도 조셀린은 온몸이 마비되는 듯한 격렬한 순간을 세 번쯤 경험했다.

「괜찮소?」

거의 정신을 차릴 수 없는 상태에서, 조셀린은 이제 모든 순서가 지나갔음을 어렴풋이 깨달았다.

「잘 모르겠어요, 정신이 없어요」

그가 쿡쿡 웃었다. 그러자 조셀린의 몸도 따라 흔들렸다. 맙소사, 그들은 아직 떨어지지 않았던 것이다.

조셀린은 그의 가슴에 머리를 묻었다. 다행히 날이 어둑해서 붉어진 볼은 들키지 않았다. 콜트가 턱을 잡아 올리더니 입술에 부드럽게 입을 맞췄다.

「이제 익숙해질 거요, 부인.」

익숙해지다니? 무엇에? 이 이상한 섹스 습관에? 아니면 갑자기 돌변한 그의 태도에?

조셀린이 알고 있는 콜트는 늘 퉁명하고 빈정거리는 사람이었다. 그런데 산타페이를 떠나면서부터 태도가 완전히 변했다. 무엇 때문에 그렇게 돌변한 건지 이해하기 힘들었다. 물론 변했다고 해서 다

정다감한 사람이 된 것은 아니었다. 아까는 주인 운운하지 않던가?

「참, 아까 저녁식사 얘길 했던 것 같은데 아닌가요? 배가 많이 고픈데요.」

그가 다시 쿡쿡 웃었다. 이렇게 자주 웃다니, 낯설었다. 콜트가 조셀린을 번쩍 들어 땅에 내려놓았다.

「아직 해가 조금이라도 남아 있을 때 움직여야겠소 요릿감을 구해 올 테니 그 동안 당신은 좀 씻고 있으시오. 불 피울 줄 알면 좀 피워 놓고. 이 안에 성냥이 있을 거요.」

콜트가 안장 주머니와 담요를 휙 던져 주고는 등자에 걸쳐두었던 모자를 머리에 씌워 주었다.

「감기 걸리지 않으려면 담요 잘 덮고 있으시오, 부인.」

그의 뒷모습을 멀뚱히 바라보는 조셀린의 눈에 시냇가에서 한가로이 풀을 뜯고 있는 조지의 모습이 들어왔다. 콜트의 말에 옮겨 탄 후 조지의 존재를 까마득하게 잊고 있었는데, 충직한 말은 고맙게도 주인을 버리지 않았던 것이다.

콜트가 돌아오면 망토와 손가방을 돌려받아야겠다고 생각하며, 조셀린은 콜트의 가방을 뒤져 담요 몇 장과 식기 도구를 찾아냈다. 정말 다행이었다. 하마터면 손발을 사용해 야만인처럼 식사할 뻔했던 것이다. 하지만 그뿐이었다. 텐트도, 푹신한 베개도, 변기도 없었다. 어떻게든 알아서 해결해야 했다. 지금은 감기 정도를 걱정할 때가 아니었다.

Savage Thunder
39

 콜트가 꿩 한 마리와 작은 메추리 두 마리, 새알 몇 개 그리고 야생 양파와 산딸기 등을 자루에 가득 채워 와서는, 조셀린의 무릎에 담뿍 쏟아 놓으며 즐거워했다. 기껏해야 죽은 동물이나 몇 마리 주워 오리라 생각했던 조셀린은 그가 가져온 다양한 음식물을 보고 깜짝 놀랐다. 하지만 제법 긴 시간 동안 낯선 환경 속에서 혼자 떨고 있던 터라 기분이 상해 있었다.
 「이게 다예요? 사슴은 안 잡았어요?」
 그는 조셀린의 가시 돋친 말을 제대로 알아듣지 못했는지 여전히 흐뭇한 얼굴로 대답했다.
 「당신이 소리를 빽빽 지르는 바람에 다 도망친 모양이오. 그러게 내가 경고했잖소?」

「그건 몇 시간 전의 일이잖아요?」

「아니, 그때말고 신음소……」

「됐어요!」

조셀린은 정말 자신이 그 정도로 시끄럽게 굴었는지 곰곰이 생각해 보았다. 그러다가 바닥에 떨어져 있는 나무 열매가 눈에 띄자, 오랜 시간 동안 자신을 위해 먹을 것을 찾아 헤매고 다닌 콜트에게 미안한 생각이 들었다.

「소리질러서 미안해요. 당신이 돌아오지 않을까 봐 불안해서 신경이 날카로워져 있었거든요.」

그 말에 별 신경을 쓰지 않는 듯, 콜트는 조셀린의 머리카락 끝에 매달린 머리핀을 뽑아 들었다.

「이런 거 꽂고 있는 모습 몇 번 봤소. 당신 태양을 자유롭게 해주려면, 내가 이런 거 뺏어서 다 숨겨 둬야겠군.」

「태양이라뇨?」

「당신 머리칼 말이오, 부인. 우리 마을 사람들이 보면 당신이 그 안에 태양을 숨겨 뒀다고 할 거요.」

콜트가 머리핀을 한 개 더 빼냈다. 조셀린은 처음 듣는 콜트의 칭찬에 금세 기분이 좋아졌다.

「멋진 말이군요. 내가 동물들을 다 쫓아 버렸는데 화나지 않아요?」

콜트가 조셀린의 초록빛 눈동자를 지그시 바라보았다.

「음식 남기는 게 싫어서 안 잡은 거지, 당신 때문에 못 잡은 게 아니오. 우리가 큰 동물을 잡으면 틀림없이 먹고 남을 텐데, 나머지를 어쩌겠소? 가지고 갈 수도 없는 형편이니 버려야 할 거 아니오?」

그제야 자기가 속은 줄 안 조셀린은 입을 꾹 다물고 얼굴을 찡그렸다. 하지만 콜트가 눈살을 찌푸리자 신기하게도 노여움이 사그라졌다. 금방 표정이 변하는 조셀린을 보고 그가 또 웃었다.

「아직도 내가 당신을 버리고 도망갈까 봐 걱정이오, 부인?」

「날 버리지 않을 거라는 건 믿어요. 당신에게 놀림당한 건 분하지만, 당신이 힘들게 구해 온 진수성찬을 눈앞에 두고 화낼 수가 없어서 참는 거예요.」

「아니, 당신은 아직도 날 못 믿고 있소. 만약의 경우에 대비해서 나는 당신 목소리가 들리는 범위 안에서만 움직였는데 말이오. 이제는 그런 걱정 하지 마시오. 그런데 내가 안 돌아올 거라고 생각한 이유가 뭐요?」

「당신은 백인 여자를 싫어하잖아요.」

조셀린이 눈을 내리깔고 시무룩한 목소리로 대답했다.

「게다가 당신은 보통 백인 여자보다도 더 하얗고 말이오?」

콜트가 조셀린의 뺨에 손가락을 갖다 댔다.

「네.」

「하지만 오늘 내가 당신을 싫어하는 것 같았소?」

「자제력을 잃어서 화났을 것 같아요. 지난번처럼요. 내가 당신에게 기대고 잔 것부터가 잘못이에요.」

콜트는 말없이 고개만 젓고 있었다.

조셀린은 마음이 조마조마했다. 곧 터질 듯한 화를 참고 있는 듯 콜트의 표정이 상당히 굳어 있었다.

「오늘은 자제력을 잃은 게 아니었소. 좀 조급하게 서둘렀을 뿐이지. 그리고 내가 당신을 싫어한다면, 당신이 어떻게 했건 피가 뜨거워지지는 않았을 거요.」

「내가 당신 피를 뜨겁게 했다구요?」

「잘 알고 있잖소?」

콜트는 밝히기 싫은 모양이었지만, 조셀린에게는 반가운 말이었다.
「그런 거 싫어하잖아요, 아니에요?」
「이제 참을 생각 없소. 하고 싶으면 할 거란 얘기요. 아직도 모르겠소?」
그가 조셀린에게 얼굴을 들이대며 또박또박 말했다. 목소리가 점차 누그러지고 있었다.
「모르겠다면 샤이엔까지 가는 동안 당신과 한 이불 속에서 자겠소. 그리고 내 마음 내키는 대로 해버리겠소. 날 밀쳐 낼 생각일랑 아예 버리시오.」
온몸의 피가 얼굴로 솟구쳐 올랐다. 길을 떠나기 전에 했던 약속과는 완전히 다르지 않은가. 자신의 침묵을 긍정의 의미로 받아들이기 전에 무슨 말이든 해야 했다. 여행하는 동안 섹스 파트너가 되자는 말에 동의할 수는 없었다. 하지만 조셀린은 입이 떨어지지 않았다. 뭐라고 말할 수 있겠는가? 자신은 콜트 말대로 선택의 기회를 잃었다.
조셀린의 마음을 읽기라도 한 듯 콜트가 빙긋 웃었다. 지금까지 본 중에 가장 보기 좋은 미소였다.
뻔뻔한 사람 같으니!
조셀린은 속만 끓이고 아무 말도 못 했다. 만약 콜트가 말한 '주인의 권리'가 옳은지 그른지를 놓고 논쟁을 벌인다 해도, 콜트는 이미 자신의 마음을 꿰뚫고 있으리라.
콜트가 조셀린이 불을 피우다 실패한 불구덩이 옆에 다시 구덩이를 팠다. 조셀린은 신기한 듯 그 모습을 바라보았다. 구덩이를 다 파면 거기다 불을 피워 새를 요리하겠지만, 지금 그녀의 관심은 먹을 것보다 콜트의 다리 근육에 쏠려 있었다. 여태껏 그의 알몸을 본 적 없지만 이제 곧 보게 될 것이다. 어쩌면 오늘밤이 될지도 몰랐다. 가

숨이 심하게 벌렁거렸다.
「설마 나에게 요리를 할 줄 아느냐고 묻진 않겠죠?」
조셀린은 생각을 딴 곳으로 옮길 생각으로 괜히 콜트에게 말을 붙였다.
「절대 없을 거요. 만약 할 줄 안다고 하면 당신에게 맡겨야 할 텐데, 괜히 그랬다가 저녁 굶게 되면 어쩌려고 절대 안 물을 터요.」
「한 사람이라도 요리를 할 줄 알아 다행이에요. 나는 부엌 근처에도 가 본 적이 없어요. 하인들이 못 들어오게 했거든요. 사실 관심도 없었구요. 나는 부엌보다 마구간이 훨씬 좋았어요. 그래도 우리 엄마는 파이 정도는 만들 줄 아셨다던데. 한 가지 요리라도 배워 둘걸 하는 아쉬움도 있어요. 여자라면 특별히 잘하는 게 하나쯤은 있어야 잖아요, 안 그래요?」
「당신도 그렇게 형편없는 편은 아니었소. 그거 말이오.」
조셀린은 순간 당황하여 얼굴을 붉혔다.
「우린 지금 그게 아니라 음식 얘길 하는 거예요.」
「난 말 다루는 솜씨 말한 거요.」
「또 장난이군요?」
조셀린은 웃으며 콜트에게 눈을 흘겼다.
「당신 사격술도 나쁘지 않고.」
「그거말고도 할 줄 아는 거 몇 가지 있어요. 배도 좀 타구요, 활도 좀 쏘구요, 테니스도 치고, 자전거도 잘 타요.」
「뭘 잘 탄다고?」
「자전거요. 왜, 바퀴 두 개가 앞뒤로 달린…….」
「뭔지 알고 있소. 두 발 달린 말 얘기하는 거 아니오? 시카고에 갔더니 수도 없이 돌아다니고 있더군. 무척 위험해 보이던데, 그걸 잘 탄단 말이오?」

사랑은 조금 빠르게 291

「한번 타면 내리고 싶을 때까지 안 넘어지고 달릴 수 있어요. 배울 때는 엄청나게 넘어져서 상처도 많이 났지만요. 도시에서는 위험하지만 시골에서 타면 정말 재미있어요. 나중에 꼭 한 번 태워 줄게요.」

「사양하겠소. 난 진짜 말이 더 좋소.」

조셀린은 콜트가 자전거에 올라앉아 쩔쩔매는 모습을 그려 보며 혼자 킬킬거렸다. 그렇게 다루기 힘든 물건을 그가 좋아할 리 없었다.

그들은 즐겁게 저녁식사를 했다. 음식도 맛있었다. 꿩과 메추리는 털을 뽑지 않고 그대로 요리해 보기엔 좀 흉했지만 고기는 연하고 쫄깃했다.

「나중에 사랑받는 남편이 되겠어요.」

조셀린이 농담을 한마디 건넸지만 콜트는 별 반응이 없었다.

저녁을 얻어먹었으니 답례를 해야 할 것 같아서, 조셀린은 설거지를 자청하고 나섰다. 시냇가로 가서 설거지를 하고 돌아와 보니, 콜트가 조셀린의 담요 옆에 자기 담요를 펼치고 있었다.

조셀린은 옷을 다 입은 채로 이불 속으로 들어가 앉았다.

이젠 어떻게 하지? 지난번엔 콜트가 알아서 다 해줬는데……. 그리고 그때는 뜨겁게 타오르던 욕정도 있었고.

하지만 지금은 그렇지 않았다. 조셀린은 극도로 긴장해 있었다. 그러다가 콜트가 재킷을 벗으려 하자 황급히 손을 내저었다.

「콜트, 그거 입고 있는 게 낫지 않겠어요? 왜냐하면 말이에요, 저기…… 추우니까요.」

「괜찮소.」

「이런…….」

조셀린은 마음을 진정시킬 시간이 필요했다. 어쩌면 저렇게 태연하게 옷을 벗을 수 있는지, 콜트의 뻔뻔함에 기가 찼다. 망연히 앉아 있던 조셀린의 머릿속에 좋은 생각이 떠올랐다. 엔젤 얘기를 하면 조금이나마 시간을 벌 수 있으리라.

「엔젤이라는 친구 얘기 좀 해봐요.」

막 총을 내려놓던 콜트가 멈칫하며 인상을 구겼다.

「무슨 얘길 하란 말이오?」

「그 사람이 당신 부탁을 들어준 이유가 궁금해요. 롱노우즈 패거리에 사람을 심어 둬야 했다면 다른 사람을 보낼 수도 있었을 텐데, 왜 굳이 엔젤이 나선 거죠?」

콜트는 조셀린을 빤히 쳐다보았다. 난데없이 엔젤 얘기를 꺼낸 이유가 무엇인지 살피려는 듯이.

「나한티 신세를 졌기 때문이오.」

「무슨 신세요?」

「몇 년 전에 내가 그를 구해 준 일이 있었소. 엔젤은 내 누나 목장에서 일하던 사람이었는데, 그가 온 지 일 주일쯤 지났을 때 목장을 털러 오던 폭력배들과 마주쳤소. 엔젤은 그들이 네 놈밖에 안 되는 줄 알고 혼자 맞붙은 거요. 그 정도는 자신 있었으니까. 그런데 한 놈이 퀴에 숨어 있었던 거요. 그놈이 총을 쐈지.」

「당신 누나가 총알을 뽑아 줬다더니 그게 그 얘기였어요?」

「맞소」

「그러면 당신이 쓰러져 있는 엔젤을 목장으로 데려다 줬단 말이군요. 그게 다예요?」

「더 있소. 그놈들이 엔젤의 숨통을 끊어 놓으려는 찰나에 내가 나타났지. 일분 일초를 다투는 순간이었소.」

「당신이 엔젤에게 생명의 은인이군요? 그렇다면 한두 가지 부탁쯤은 들어줄 만하네요. 그런데 그 폭력배들은 어떻게 됐어요?」

「내가 해치웠소」
「당신이…… 아, 그래요? 그 얘긴 자세히 할 필요 없어요」
「할 생각도 없었소」
콜트는 초조하게 자기를 바라보고 있는 조셀린 때문에 웃음이 났다.
「그런데 옷은 다 입고 잘 거요?」
「혹시 감기라도 걸릴까 봐……」
「안 걸릴 테니 걱정 마시오. 내가 보장하겠소」
「하지만……」
「뭐요?」
「기분이…… 아니, 부끄러워서요. 당신이 아직 키스도 안 해줬잖아요」
조셀린은 솔직하게 말했다.
「오늘은 좀 자 둬야 할 것 같아서 안 한 거요. 어젯밤에 한숨도 못 잔 거 잊었소? 내가 지금 당신에게 키스하면 오늘밤도 꼬박 세우게 될 거 아니오?」
조셀린은 비로소 긴장을 풀고 마음 편히 웃을 수 있었다.
「그래서 그렇게 아무렇지도 않았던 거군요?」
「혹시 당신 생각은 다르다면……」
「아니, 아니에요. 나도 당신과 같은 생각이에요. 이제 잠옷으로 갈아입고 와야겠어요」
조셀린은 손가방을 챙겨 들고 가까운 나무 뒤로 갔다.
「부인, 둘 다 옷을 벗고 자면 훨씬 따뜻할 것 같지 않소?」
「그러면 잠을 잘 수가 있을까요?」
「됐소 그냥 옷 갈아입고 오시오」

Savage Thunder

40

 영국을 떠나 이리저리 떠돌아다닌 지 3년 만에 처음으로 휴가를 얻은 기분이었다. 조셀린은 말 그대로 여행객이 되어 느긋한 마음으로 자연을 감상했다. 눈앞에 펼쳐진 모든 풍경이 너무 아름다웠다. 푸른 하늘에는 눈부신 태양이 햇살을 내리쏟고 있었다. 산줄기를 따라 물방울을 튀기며 흐르는 개울물도 맑고 깨끗했다. 눈에 보이는 곳곳이 지상 낙원 같았다. 단지 시간이 너무 빨리 흘러가는 게 아쉬울 뿐이었다.
 콜로라도에 접어든 지 오늘로써 4일째였다. 그들은 오솔길을 따라 산을 넘어왔다. 근처에 보이는 철도에서는 몇 년 전에 큰 싸움이 있었다고 했다. 덴버와 리오그란데 강까지 이르는 철길과 토피카에서 산타페까지 이르는 철길이 서로 그 선로를 차지하겠다고 나섰기 때문이다. 결과는 산타페이 쪽의 승리였다.
 조셀린의 눈에 비친 콜로라도는 인구도 적고 상당히 낙후된 마을이었지만, 사실은 그렇지 않았다. 1858년에 금광이 발견된 이후 수천 명의 광산업자를 포함한 이주민들이 몰려들어 이제는 제법 번듯한 마을 모습을 갖추고 있었고, 1876년에는 주로 승격까지 된 상태였다. 조셀린만 그런 사실을 몰랐던 것은, 콜트가 목장이며 번화가를 피해서만 다니려고 했기 때문이다.
 하지만 오늘은 달랐다. 우뚝 솟은 로키 산맥 아래로 넓게 펼쳐진 평야에 위치한 작은 마을, 콜로라도 스프링스에 콜트와 조셀린이 도착한 것은 정오 무렵이었다. 콜트가 여기서 기차를 타자고 했다. 창밖으로 한가로운 시골 풍경이 펼쳐지는, 편안하고 푹신한 침대차에서 사랑을 나눌 계획이라는 얘기도 해주었다. 조셀린은 굳이 반대할 생각이 없었다. 어차피 덴버에서 기차를 탈 계획이었으니까. 언젠가 콜트가 이 여행의 마지막은 기차 여행이 될 것이고, 기차 여행의 출발점은 덴버라고 얘기한 적이 있었다. 이런 속도로 간다면 덴버는 고작해야 이틀 후면 닿을 곳이었다. 이틀쯤 먼저 기차를 탄다고 해서 나쁠 건 없었다.
 콜트는 시내로 들어가기 전에 머리를 땋았다. 그리고 산 속의 낮은 기온을 견뎌 내기 위해 입고 있던 무거운 코트를 벗고, 술 장식 달린 가죽 재킷과 검은 바지, 그리고 모카신 차림으로 돌아갔다. 잠자코 지켜보고 있던 조셀린이 못마땅한 듯 고개를 저었다.
 「당신 혈통을 자랑하고 싶어 꼭 그렇게 안달복달해야 해요? 당신은 그게 문제예요. 실버시티에서도 그래서 결투가 벌어진 거잖아요, 안 그래요?」
 「그래서?」
 「그러니까 머리도 자르고 옷도 좀 다르게 입으면 지극히 평범해 보일 거라는 얘기여요. 잘생긴 외모 덕에 눈에 띄긴 하겠지만요. 지금 그 모습은 어딜 가도 '날 좀 보소'라고요.」

콜트는 씽긋 웃었다. 그런 얘기를 듣고도 화가 나지 않는 건, 아마 황홀한 듯 바라보고 있는 조셀린의 눈길 때문이었을 것이다. 그런 눈빛을 대할 때런 항상 기분이 좋아졌다.

「당신은 당신대로, 나는 나대로 하는 거요. 사람들이 자칫 오해라도 하면 안 좋은 일이 생기게 마련이니까.」

「총싸움보다 더 한 좋고 위험한 일이 또 있어요? 그리고 내가 하던 대로 하려면 내 머리핀이 필요하니 돌려 줘요.」

조셀린이 손을 내밀었지만, 콜트는 고개를 가로저었다.

「샤이엔 마을에 도착하면 다시 귀부인 대접을 받게 될 테니 그때까지 참으시오.」

그때 퍼뜩 떠오른 생각에 조셀린은 회심의 미소를 지었다. 바네사도 경호원들도 없는 지금이 하고 싶은 걸 다 해볼 수 있는 절호의 기회였다.

「콜트, 그러면 기차를 기다리는 동안에 창녀촌에 한번 가 봐요.」

「미쳤군.」

「어떤 곳인지 한번 보고 싶어서 그래요. 늘 궁금했단 말…….」

「그 얘긴 그만 하시오. 분명히 그만 하라고 말했소.」

단호한 거절에 조셀린은 머쓱해졌다. 그렇다고 이대로 물러설 순 없었다. 꿩 대신 닭이라고 했던가?

「그럼 술집에라도 가요. 그것까지 안 된다고 하지는 않겠죠?」

「왜 거길 가려는 거요?」

콜트 입에서 다시 한 번 안 된다는 소리가 나오기 전에, 조셀린은 재빨리 이유를 늘어놓았다.

「부탁이어요, 콜트. 지금 아니면 언제 내가 그런 델 가 보겠어요?

이렇게 먼 곳까지 와서 이 지방의 독특한 문화를 직접 보지 못한다면 너무 아쉽잖아요. 이러다가 일행과 합류하고 나면 그땐 정말 꿈도 못 꿀 일이 된다구요.」
「그러면 내 바지와 코트를 입겠소?」
「당신 바지를 어떻게 입어요? 농담이죠?」
「몸에 꼭 맞지 않아도 상관없잖소?」
「그런 얘기 하면 내가 고집을 꺾을 거라고 생각하는 거죠?」
「그래, 이제 생각이 바뀌었소?」
「아니에요.」
「그러면 역에 도착하자마자 바로 떠나는 열차를 잡아타는 수밖에 없겠군.」

역에 가 보았더니, 다음 열차는 두 시간 후에 떠난다고 했다. 조셀린은 속으로 쾌재를 불렀다. 하지만 기쁨도 잠시, 그곳엔 침대차가 없다는 말을 듣고 조셀린은 실망이 이만저만이 아니었다. 그러다가 역사 한쪽에 서 있는 개인용 기차 한 대를 발견했다. 역무원 말로는, 이 마을 부자가 최근에 구입한 열차였다. 판매용도 대여용도 아니었지만, 조셀린은 직접 그 사람을 찾아가 30분 동안 실랑이를 벌인 끝에, 작은 금덩이를 하나 주고 샤이엔 마을까지 그 기차를 빌려 타기로 합의를 보았다. 그 동안 콜트는 뒷전에 물러서서 조셀린이 돈으로 문제를 해결해 나가는 모습을 구경만 했다.

콜트는 조셀린과 자기의 짐을 가져다가 기차에 싣고, 옷을 갈아입고 있는 조셀린을 기다렸다. 그러다가 문득 조셀린의 마차를 떠올렸다. 벨벳으로 감싼 마차와 호화로운 의자, 비단 커튼에 푹신한 카펫, 꽃 장식이 어우러진 흰 오크 천장…… 이 기차는 세면대와 욕조가 있는 화장실, 오븐, 간이 식탁이 구비돼 있었고, 한쪽 구석에는 피아노까지 있었다.

콜트는 기차 내부를 둘러보며 이런 곳에서 자기가 할 수 있는 일이 무엇일까 생각해 보았다. 여긴 조셀린에게나 어울렸다. 자신은 이렇게 안락한 시설과 거리가 멀었다. 자신의 오두막에는 침대조차 없었다. 제시의 성화에 못 이겨 가구를 몇 가지 들여놓기는 했지만 침대만은 한사코 거절했다. 바닥에서 자는 편이 훨씬 좋았다.

이런, 빌어먹을. 지금 무슨 생각을 하고 있는 거지?

어느새 공작부인과 함께 살 생각까지 하고 있는 자신을 발견하고 콜트는 당황했다. 가슴이 터질 듯이 답답했다. 그 동안 조셀린과 함께 했던 순간들이 주마등처럼 스쳐 지나갔다. 자신은 그녀를 위해 무언가를 하고, 그녀는 그런 자신에게 의지하고 했던 순간들이 참 행복했다. 하지만 이대로 함께 지낼 수 있는 시간은 이제 얼마 남지 않았다. 이 시간이 지나고 나면, 콜트는 영원히 조셀린을 잊지 못할 것이다. 그렇게 되지 않기를 바랐지만, 그건 무리한 욕심이었다.

콜트는 다시 속이 부글부글 끓었다. 혼혈아와 백인, 자신과 조셀린은 결코 이루어질 수 없었다. 어떤 여자가 혼혈아와 결혼하려 하겠는가? 주변 사람들에게서 손가락질을 받고 싶어 환장한 여자라면 몰라도. 조셀린도 마찬가지였다. 지금은 즐겁게 지내고 있지만, 때가 되면 뒤 한번 돌아보지 않고 매정하게 떠나가 버릴 것이다. 적당한 사람과 지혼하기 위해 자신을 이용한 조셀린이 아니었던가. 적당한 사람을 만나기 위해서…….

「다 됐어요.」

조셀린이 우스꽝스러운 모습을 하고 나타났다. 하지만 그조차도 콜트 눈에는 괜찮아 보였다.

「아직 안 됐소. 머리칼을 모자 속에 감추시오.」

조셀린은 시키는 대로 했다. 그런데 콜트의 표정이 이상했다.

「무슨 일이에요?」

사랑은 조금 빠르게 299

「무슨 소리요?」
「나와 술집에 함께 가는 게 그렇게 싫어요? 그것 때문에 그러는 거예요?」
「그것과는 관계없소」
콜트가 무뚝뚝하게 대꾸하자 조셀린은 슬슬 부아가 치밀었다.
「정말 관계없다면 이제 가 볼까요?」
조셀린은 쿵쿵대며 기차에서 내려와 시내 쪽으로 향했다. 역을 벗어나기 전에 콜트가 조셀린의 팔을 확 잡아챘다.
「당신이 원하니까 같이 가 주긴 하겠지만, 대신 내가 시키는 대로 하시오. 모자는 벗지 말고 눈은 밑으로 내리깔고 있으시오. 만약 누군가를 빤히 쳐다본다면, 그건 그 사람에게 시비를 거는 것임을 명심하시오. 함부로 입 열지 말고, 만약에 놀랄 일이 생겨도 절대 내 팔에 매달려서는 안 되오. 당신이 남장했다는 사실, 절대 잊지 마시오. 내 말 알겠소?」
「당신처럼 인상 쓰고 있으면 되는 거죠? 한두 가지는 비슷하게 따라할 수 있어요. 이거 어때요?」
조셀린이 지어 보인 표정은 평소 콜트의 그것과 흡사했다. 콜트는 조셀린을 돌려 세워 앞으로 밀고 뒤에서 혼자 킬킬댔다.
술집은 멀지 않은 곳에 있었다. '골드 맥주'라고 써 있는 간판을 보고 조셀린이 물었다.
「금으로 맥주를 만드나 보죠?」
「여기는 맥주보다도 싸움이 더 많은 곳이오. 그래도 꼭 들어가야겠소?」
조셀린이 씩 웃어 보였다.
「나 진짜 남자 같지 않아요?」
콜트는 조셀린의 모자를 푹 눌러 귀를 가려 주었다.

「산에서 방금 내려온 사람 같군. 젠장, 이렇게 가려도 소용없소 누군가 당신 얼굴을 본다면 다 들통나게 돼 있으니 알아서 하시오.」
「만약에 내가 여자라는 게 밝혀지면 무슨 일이 생기는데요?」
「재수 없는 일은 전부 다.」
조셀린은 콜트의 말을 끝까지 듣지도 않고 뒷걸음질로 문 쪽으로 다가섰다.
「딱 5분만 봐줘요, 콜트 설마 5분 안에 무슨 일이 있겠어요?」
그러고는 뒤돌아서 문을 밀고 들어갔다. 콜트가 뭐라고 할 새도 없이 빠른 동작이었다.

Savage Thunder

41

 술집은 꽤 소란스러웠다. 한낮인데도 사람들이 꽉 차 있는 게, 오늘이 무슨 날인가 하는 의구심이 들 정도였다. 하지만 죽 살펴보니, 사람들 앞에 놓인 건 대부분 음식 접시였다.
「여기서 식사도 할 수 있군요, 콜트?」
 아직 점심때임을 알자, 조셀린은 시장기가 느껴졌다.
「누구보고 하는 말이오?」
 조셀린은 눈을 휘둥그렇게 뜨고 뒤를 돌아보았다. 있어야 할 콜트는 없고, 한 나이 든 사내가 턱수염을 긁고 서서 바 쪽을 힐끗거리고 있었다.
「죄송합니다, 제가…….」
「뭐 그렇게 죄송할 것까지 있나, 하하하.」

사내는 뭐가 그리 우스운지 호탕하게 웃음을 터뜨렸다.
콜트를 찾아 주위를 두리번거리는데, 옆에서 사내가 여전히 웃음 띤 얼굴로 쾌활하게 말했다.
「총각, 미안하면 5센트짜리 맥주만 한 잔 사. 안주는 공짜니까 말이야.」
조셀린은 주머니에서 동전을 하나 꺼내 내밀었다. 순간 아차 싶었으나, 사내는 조셀린의 손에 있는 20달러짜리 금화를 빼앗다시피 낚아채고는 기분 좋은 듯 껄껄거렸다.
「금광에서 오는 길인가 보군? 자, 이리 오게. 내가 맥주 한잔 사지. 공돈도 생겼으니까 말이야.」
사내가 싱글거리며 바를 향해 걸어갔다.
조셀린은 따라갈 생각이 없었다. 빨리 콜트를 찾아야 한다고 생각하며 고개를 돌리는 순간, 잔뜩 찡그린 콜트의 얼굴이 눈에 들어왔다.
「무슨 일이 있어도 입을 열지 말라고 한 것 같은데?」
「괜찮아요. 저 남자는 나더러 '총각'이라고 했다구요. 그건 그렇고 여기서 천천히 점심이나 먹고 가는 게 어때요? 설마 별일이야 있겠어요?」
「절대 안 될 말이오. 싫다면 난 그단 돌아가겠소」
「알았어요. 그런데…….」
두리번거리던 조셀린의 시선이 바 건너편 거울에서 딱 멈췄다. 그 거울 위엔, 실오라기 하나 걸치지 않은 여자가 소파에 길게 누워 있는 그림이 걸려 있었다.
콜트가 옆에서 껄껄 웃었다. 조셀린은 얼굴을 붉히면서도 여전히 그림에서 눈을 떼지 못했다.
「바 앞으로 가면 더 잘 보일 거요. 딱 5분만 보는 거요.」

조셀린은 고개를 끄덕이며 콜트를 따라 바로 갔다. 호두나무로 만든 긴 바의 여기저기에는 식사하러 온 손님들이 손을 닦을 수 있도록 수건이 준비되어 있었고, 아래편엔 발걸이로 사용할 수 있게 놋쇠 파이프가 죽 둘러져 있었다. 파이프에는 타구도 달려 있었다.

바 한쪽에 자리를 잡고 앉던 조셀린은, 한 남자가 뱉은 가래침이 타구 바로 옆으로 떨어지는 장면을 목격하고 눈살을 찌푸렸다. 뒤로 물러서 있던 종업원이 다가와 빈 접시를 치워 주며 물었다.

「뭘 드릴까요, 손님?」

「브랜디.」

「아니, 위스키 두 잔 주시오.」

콜트가 조셀린을 무섭게 노려보았다. 그 표정을 보고서야, 조셀린은 또 실수를 저질렀음을 깨달았다. 이런 곳에서 브랜디라니! 여기서는 들어보기조차 힘든 술일 게 분명했다.

「미안해요.」

조셀린이 기어 들어가는 목소리로 속삭였다. 곧 두 사람 앞에 위스키가 한 잔씩 놓였다.

「마시지는 말고 그냥 갖고 있기만 하시오.」

조셀린은 다른 남자들처럼 한 팔을 바에 괴고, 나머지 한 손으론 작은 잔을 들어 이리저리 돌렸다. 콜트는 여전히 똑바로 앞만 보고 있었다. 바텐더 뒤에 있는 큰 거울은 술집 안을 그대로 비쳐 주었다. 조셀린도, 콜트도, 다른 사람들도 모두 그 거울 안에 있었다.

이 술집은 규모가 그리 크지 않았다. 영국에 있는 저택의 거실 정도 크기였다. 그리고 벽에는 음란한 그림 외에도, 이름을 알 수 없는 어떤 맹수의 두개골과 사슴 머리, 오래 된 무기, 물소의 뿔 등 눈길을 끄는 물건들이 여럿 걸려 있었다. 그 중에서도 조셀린은 물소 뿔을 몇 번이나 쳐다보았다.

한창 도박판을 벌이고 있는 사람들도 많았지만, 다들 술은 한잔씩 꼭 들고 있었다. 조셀린은 사람들이 주문하는 술 이름을 유심히 들어보았다. 스네이크 포이즌, 코핀 바니시, 레드 다이너마이트, 타란툴라 주스, 팬더 피스, 뭐 이런 이름들이었다. 위스키의 또 다른 이름들인 것 같았다. 잔에 가득 담긴 화려한 빛깔의 위스키는 맛이 어떨까? 궁금해서 미칠 지경이었다. 그런 마음을 아는지 모르는지, 콜트는 여전히 앞만 보고 있었다.

그곳에는 금광업자, 도박사, 사업가, 카우보이 등 별별 사람들이 다 모여 있었다. 놀랍게도 여자들도 간간이 눈에 띄었다. 그 여자들은 술 마시고 춤추는 것 이상의 일을 하는 듯했지만, 가면을 썼다는 것과 입고 있는 의상이 야릇하다는 것 외에는 길에서 본 보통 여자들과 다를 게 없었다.

여자들이 차려 입은 프랑스풍 의상은, 위쪽은 조셀린의 드레스와 상당히 비슷했는데 아래쪽은 영 딴판이었다. 치마라고 하기에도 민망할 정도로 짧았던 것이다. 치마 안에 현란하긴 하지만, 스타킹이나마 신고 있는 게 다행이었다.

조셀린은 입을 벌린 채 여자들에게서 눈을 떼지 못했다. 충격적이었다. 술집에 있는 여자들 복장이 저렇다면 창녀촌의 여자들은 안 봐도 어떨지 알 만했다. 그러니 창녀촌에 가 보고 싶다는 말에 콜트가 펄쩍 뛴 것도 무리가 아니었다.

「나한테 불만 있어?」

또 실수였다. 누군가를 빤히 쳐다보지 말라는 콜트의 경고를 또 깜빡 잊었던 것이다. 못마땅한 눈길로 조셀린을 쳐다보고 있는 덩치 큰 남자는 기분이 많이 상해 보였다.

이상하다. 그 남자를 빤히 쳐다보진 않았는데?

아니, 그 남자뿐 아니라 다른 남자들도 쳐다본 적이 없었다. 내내

사랑은 조금 빠르게 305

여자들만 보고 있지 않았는가. 어쩌면 다른 사람에게 한 말일지도 몰랐다.
「이봐, 내 말 안 들려?」
분명 조셀린에게 하는 얘기는 아니었다. 남자의 시선이 조셀린 옆에 있는 사람, 바로 콜트에게 향해 있었으니까. 남자가 아주 노골적으로 불쾌한 기분을 드러냈지만, 콜트는 사내의 말을 못 들었는지 입을 꾹 다물고 있었다.
「젠장, 이거 혼혈아구만. 야, 누가 너더러 여기 들어오라고 했어, 엉?」
조셀린은 콜트가 어서 저 버르장머리없는 사내의 입을 막아 버렸으면 하고 바랐다.
그러게 굳이 가죽 재킷에 모카신을 신고, 머리를 땋겠다고 고집할 게 뭐야?
물론 술집 안에는 콜트보다 더 머리 긴 남자도 있었고, 가죽 재킷을 입은 사람도 있었다. 하지만 인디언의 전통 신발인 모카신을 신은 사람은 없었다. 콜트의 옷차림은, 이마에 '난 인디언 혼혈아요'라고 써 붙인 것과 마찬가지였다. 그런 모습을 보고 그냥 지나칠 사람이 어딨겠는가? 말썽이 생기는 건 어쩜 당연한 일이었다.
「너 말이야, 너!」
덩치 큰 사내는 주먹으로 탁자를 탕 치며 소리쳤다. 덥수룩한 머리며 얼굴에 가득한 수염이 꼭 곰 같았다. 그는 허리춤에 총 대신 채찍을 차고 있었다.
동물 조련사인가 보지? 저 채찍으로 동물들을 얼마나 몰아댔을까?
조셀린은 갑자기 동물들이 불쌍해졌다.
콜트는 여전히 아무 대꾸가 없었다. 다시 사내의 목소리가 들렸다.
「말로 하니까 못 알아듣는군!」

탁!

채찍이 바닥을 후려쳤다.

아니, 저 자식, 무서운 게 없나?

조셀린은 속에서 끓어오르는 분노의 불덩이를 꾹 눌렀다.

근처에 있던 사람들이 모두 벽 쪽으로 물러섰다. 누군가가 멀뚱히 있는 조셀린의 옷자락을 잡아끌었다. 꼼짝도 않고 있는 사람은 콜트뿐이었다.

다시 한 번 채찍이 허공을 가르자, 콜트의 재킷이 찢어지면서 등이 훤히 드러났다. 놀랍게도 콜트는 여전히 그 자세 그대로였다. 아픈 기색은커녕 고개조차 돌리지 않았다. 상처에서 선홍색 피가 흘러내렸다.

콜트가 아무 반응을 보이지 않자 곰도 적잖이 당황하는 듯했다. 그는 눈에 칼을 세우고 콜트의 등을 노려보더니 거울 앞으로 다가갔다. 거울에 비친 콜트의 얼굴을 확인하고 난 곰의 눈초리는 더 매서워졌다.

「이거 초면이 아니구만. 내가 좀 취해서 기억이 가물가물한데, 전에 나를 엿 먹인 적이 있지 않던가?」

그래도 대답이 없었다.

「대답해, 이 인디언 잡놈아!」

다시 채찍이 허공을 갈랐다.

그때 조셀린이 '안 돼' 하고 소리를 지르며 앞으로 나섰지만 또다시 누군가가 어깨를 잡았다.

「나서지 마쇼. 저자는 혼혈아요.」

조셀린은 멈칫했다. 할말이 없었다. 도대체 혼혈아에 대한 편견이 얼마나 지독하기에 이런 상황에서 말릴 생각도 않고 구경만 하고 있는지 이해할 수 없었다. 한데 더 이해하기 힘든 건 콜트의 태도였다.

사랑은 조금 빠르게 307

잘못한 것도 없이 침묵으로 일관하면서 때리는 대로 맞고만 있는 이유는 뭔가?
 참다못한 조셀린은 자기 어깨를 잡고 있던 남자의 허리춤에서 총을 잡아 뺐다. 총 주인도 알아채지 못할 만큼 빠른 동작이었다. 총열이 제법 길었다. 이런 총은 처음이었다. 곰 같은 사내는 아직 아무것도 모르고 있었다.
 「한 번만 더 그 채찍을 휘두르면, 이 총이 가만있지 않을 거요.」
 사람들이 슬금슬금 뒤로 물러서고, 곰의 시선이 조셀린에게 향했다. 콜트는, 그 미련한 남자는 조셀린이 끼여든 것도 모르는지 여전히 똑같은 모습이었다.
 「나한테 하는 소린가, 자네? 혹시 정신이 어떻게 된 거 아닌가?」
 곰은 채찍으로 바닥을 내리치며, 눈에 쌍심지를 켰다. 총을 내려놓지 않으면, 채찍은 이제 그녀를 향해 날아올 것이다. 안전핀을 푸는 손이 심하게 떨렸다. 쥐죽은듯 조용한 실내에서 딸그락거리는 소리가 크게 울려 퍼졌다. 그 소리에 곰의 얼굴이 더욱 심하게 일그러졌다. 총구가 자신을 겨냥하고 있다는 사실 따위에는 전혀 신경 쓰지 않는 눈치였다.
 「어린놈이 겁도 없군. 당장 꺼져, 등을 다져 주기 전에!」
 「혼 좀 내 주지 그러나, 램지.」
 누군가 신이 난 목소리로 외쳤다.
 「아직 어린애라서 봐주려고 했는데. 왜, 자네들 구경 좀 하고 싶나?」
 곰이 주위를 둘러보며 물었다.
 「채찍 쇼라면 지난번에 실컷 봐서 별 생각 없어, 램지.」
 또 다른 목소리였다. 조셀린은 그 말에 적이 안심했지만, 곰은 기분이 상한 듯했다. 김이 샜을 것이다.

「그놈의 총은 버리든지 쏘든지 해. 멍청하게 들고만 있지 말고!」
 곰이 소리를 빽 지르며 채찍을 다시 바닥에 내리쳤다. 즈셀린은 얼떨결에 방아쇠를 당겼다. 그런데 아무 소리도 나지 않았다. 세상에, 빈총이었던 것이다!
 곰이 한껏 의기양양해졌다. 조셀린은 자신의 섣부른 행동을 후회했다. 괜히 나섰다가 이제 꼼짝없이 피를 볼 판이었다. 눈앞에서 춤추는 채찍을 보니, 온몸이 마비되어 비명조차 지를 수가 없었다. 위기일발의 순간, 조셀린은 눈을 질끈 감았다.
 탕!
 심장에 맞는 줄 알았다. 그런데 이상하게 아무 느낌이 없었다. 분명 무슨 소린가가 귀청을 울렸는데, 아픔은 전혀 느껴지지 않고 매캐한 화약 냄새만이 코를 찔렀다. 침을 꿀꺽 삼키며 천천히 눈을 떴다. 곰이 바닥에 쓰러져 있었다.
 누구였을까? 콜트?
 그럴 리 없었다. 이렇게 위험한 상황에 이르기까지 구경만 하고 있던 콜트가 절대 그럴 리 없었다. 하지만 아직도 흰 연기를 내뿜고 있는 것은 틀림없이 콜트의 총이었다.
 조셀린은 떨리는 가슴을 애써 진정시키며, 들고 있던 빈총을 원래 주인에게 돌려주었다. 그리고 조용히 술집 밖으로 나갔다.
 다시는 콜트와 얘기도 하지 않으리라. 이유야 어쨌든 자신에게 그 위험한 순간을 맛보게 한 것은 너무나도 잔인한 일이었다. 다시는 섣불리 나서지 말라는 뜻에서 일부러 매운 맛을 보여 준 것일 수도 있었지만, 그렇다 해도 용서할 수 없었다.

Savage Thunder

42

 콜트는 술집을 나가는 조셀린의 뒷모습을 보면서도 따라나갈 생각을 하지 않았다. 아닐, 그럴 수가 없었다. 전에 없이 심장이 터질 듯이 뛰고, 신경이 완전히 마비되어 몸을 움직일 수가 없었다.
 콜트는 자기를 노려보고 있는 램지를 다시 한 번 쳐다보았다. 다시 만나면 총알을 박아 주리라고, 그것도 단숨에 죽이지 않고 천천히 죽음을 맛보게 해주리라고 수도 없이 다짐해 왔던 터였다. 지난날 그에게 받았던 고통과 아픔을 고스란히 선사할 날을 얼마나 기다렸던가. 그런데 오늘 바로 그런 기회가 왔다.
 콜트는 램지의 말을 일부러 외면하고 무시함으로써 그의 화를 돋웠다. 그리고 기다렸다. 채찍을 휘두르게 될 때까지. 하지만 막상 그 시간이 눈앞에 닥치자, 온몸에서 힘이 쭉 빠져 손끝 하나도 움직일 수가 없었다. 현란하게 움직이는 채찍은 콜트의 머릿속에 다시 지난 날의 고통을 일깨워 주었고, 그 고통은 그에게서 전의를 앗아갔다.

채찍이 등을 쫓고 지나갔는데도, 콜트는 무기력하고 망연자실한 상태에서 깨어나지 못했다. 살이 터지고 뜨거운 피가 등줄기를 타고 흘러내렸지만 느낄 수가 없었다.

그런데 그때 조셀린이 나섰다. 그녀가 다칠지도 모른다는 공포가 엄습하면서, 손이 땀으로 축축해졌다. 하지만 콜트는 너무나 약한 자신을 확인하며 여전히 망설였다. 그러다가 조셀린을 향해 날아가는 채찍을 보았다.

탕!

자기도 모르는 사이, 어느새 총이 손에 있었다. 총알은 정확히 그자의 머리통에 가서 박혔다.

램지의 몸뚱이가 질질 끌려 술집 밖으로 사라졌다. 사람들은 램지의 행동에 대해 저마다 한마디씩 수군거렸다. 매일 일어나는 살인사건에 대한 사람들의 반응은 늘 그랬다.

콜트는 후회도 만족도 없었다. 방금 저세상으로 떠난 자에 대한 동정심도 없었다. 오직 조셀린의 얼굴에 떠오르던 지독한 경멸의 빛만이 머릿속에서 지워지지 않을 뿐이었다. 그녀가 왜 그런 표정을 지었는지는 충분히 이해했다. 무슨 변명을 하겠는가?

콜트는 기차역으로 갔다. 짐작대로 조셀린은 기차에 있었다. 침실 문을 걸어 잠근 채로. 문을 두드리려다가 그만두었다. 며칠 같이 지내기는 했지만 결국 포기해야 할 여자에게 굳이 변명을 늘어놓을 이유가 없었다.

콜트는 짐을 챙겼다. 일반실 표를 한 장 끊어, 샤이엔 마을까지 혼자 갈 생각이었다. 조셀린에게는 역무원에게 부탁해 말을 전하면 될 것이다. 나가려는데 거울이 눈에 띄었다. 상처가 어떤지 한번 보고 싶어, 짐을 내려놓고 재킷을 벗은 후 등을 비춰 보았다. 원래 있던 흉터 때문에 새로 난 채찍 자국은 특별히 드러나 보이지 않았다.
「오, 이런 세상에!」
「누구야?」
 콜트는 무의식적으로 총에 손을 대며 몸을 돌렸다. 언제 나왔는지 조셀린이 뒤에 서 있었다.
 조셀린은 얼굴이 하얗게 질린 채로 들고 있던 총을 그대로 바닥에 떨어뜨렸다. 콜트가 당하는 장면을 직접 봤지만 상처가 이 정도일 줄은, 이렇게 심할 줄은 미처 몰랐다. 눈물이 주르륵 흘러내렸다.
「부인, 왜 이러는 거요? 이건 아무것도 아니오. 아까 소몰이꾼이 죽어 자빠졌을 때도 아무렇지 않더니 이 정도 일로 웬 법석이오?」
 콜트의 얼굴이 험상궂게 일그러졌다.
 조셀린은 침을 꿀꺽 삼켰다. 콜트가 왜 저렇게 화를 내는지 알 수 없었다. 자신은 가슴이 찢어질 듯 아픈데……
「제발 그만 하시오!」
 콜트가 버럭 소리를 질렀다. 하지만 조셀린은 그의 목을 덥석 끌어안더니 어깨를 들썩이며 흐느꼈다. 그가 몸을 밀쳐 내려 했지만, 그럴수록 그녀는 더 꽉 매달렸다. 콜트는 단념한 듯 조셀린을 안고 가까운 의자에 가서 앉았다.
「당신 때문에 이렇게 된 게 아니오. 아무것도 아니라는데 도대체 왜 우는 거요?」
「그게 어떻게…… 아무것도 아니라는 거죠?」
 조셀린은 콜트의 어깨에 얼굴을 묻고 더 섧게 흐느꼈다.
「당신과 상관없는 일이란 얘기요. 오래 전부터 있던 상처라구. 아직도 아플까 봐 그러는 거요? 지금은 아무렇지도 않으니 제발 좀 진정하시오.」

「하지만 전에는 무척 아팠을 거 아니에요! 등이 그 지경이 되다니, 오, 가엾어라.」
「잘 들어 두시오, 부인. 진정한 용사는 동정을 받지 않소. 동정을 받으며 사느니 차라리 죽음을 택하는 게 용사다운 길이오.」
「동정이 아니에요! 당신이 겪었을 고통이 안타까운 거지. 당신이 그런 아픔을 겪었다고 생각하니 가슴이 쓰리려요.」
콜트가 고개를 저었다.
「당신이 모르고 있는 게 있소. 이건 날 죽이려던 채찍 자국이오. 이 정도로 맞고도 살아남는 사람은 없소. 하지만 난 살아남았소. 무슨 말인지 알겠소? 이건 영광의 상처란 말이오. 내가 살아 있는 것만으로도 나는 적들을 멋지게 무찔러 준 거요.」
「그렇게 자랑스러운 상처라면 왜 여태까지 숨기고 있었죠?」
잠자리를 같이 할 때마다 어쩌다가 손이 등에 닿을라치면 어김없이 밀어내던 콜트였다. 그런 콜트에게 '당신 채찍 맛을 한번 봐야겠어요!' 하고 말하곤 했는데, 그게 얼마나 잔인한 말이었던가?
「자랑스럽다는 얘기가 아니오. 내가 상처를 숨긴 이유가 궁금하오? 내 등을 보고 당신이 지금 어떤 반응을 보이고 있는지 한번 보시오. 울고불고 하고 있지 않소?」
「전에 당신 가슴 상처를 본 기억이 나는군요. 당신은 그 상처를 감추려 하지 않았어요. 아니 오히려 자랑스러워했죠. 그건 당신이 원하던 상처였으니까. 하지만 이 상처는 아니에요. 원치 않았던 거라, 감추려고 하는 거라구요. 그런데 누가 도대체 이렇게 잔인한 짓을 저질렀어요? 누구예요?」
「아까 죽었소.」
조셀린은 그제야 조각난 그림이 하나로 맞춰지는 기분이었다.
「아, 이제야 알겠군요. 당신이 왜 그자를 보고 꼼짝 못 했는지 말이에요. 난 그자가 내 눈앞에서 채찍을 휘두를 생각만으로도 오금을 못 추겠던데, 당신은…… 오, 주님!」

조셀린은 그의 목을 더 세게 끌어안았다. 그의 아픈 기억까지 다 감싸 안겠다는 듯이.

「그렇게 끔찍하게 당한 것도 모자라 또 한 번 그런 고통을 당하다니…….」

「그만 하시오. 난 하나도 아프지 않았소. 고통을 느끼려면 신경이 살아 있어야 하는데 내 등의 신경은 거의 다 죽었단 말이오.」

「오, 저런!」

조셀린이 다시 울음을 터뜨렸다.

「이번엔 또 뭐요?」

조셀린은 고개만 세차게 저었다. 콜트가 자기 말을 별로 듣고 싶어하지 않는 것 같았기 때문이다. 생각 같아서는 그의 얼굴을 자기 가슴에 안고 싶었지만 너무 노골적으로 유혹하는 것 같아 망설였다.

콜트는 화제를 다른 데로 돌려 조셀린의 흥분을 가라앉혀야겠다고 생각했다. 마침 아까 조셀린이 들고 나오던 총이 생각났다.

「그런데 아까 총은 왜 들고 나온 거요?」

「당신이 들어오는 소리를 못 들었거든요. 그래서 당신이 술집에서 아직 못 빠져 나온 줄 알았어요. 혹시 나쁜 일이라도 생겼을까 봐서…….」

「나를 구하러 나가는 길이었단 말이오?」

「말하자면 그래요.」

콜트는 웃지 않았다. 대신 조셀린의 머리를 뒤로 젖히고 키스를 퍼부었다. 필사적이고 격렬한 키스였다.

두 사람은 그 이유를 잘 알았다. 함께 할 수 있는 시간이 이제 거의 끝나 가고 있었던 것이다.

Savage Thunder

43

열차는 샤이엔 마을로 들어서고 있었다. 창 밖으로 눈보라가 일었다. 지금껏 따뜻한 곳만 골라 여행했던 조셀린은 오늘 처음 눈 구경을 했다. 항상 멀리서 보기만 했는데…….

「말이 이런 날씨를 견뎌 낼 수 있을까요?」

조셀린이 커튼을 다시 내리며 콜트에게 돌아섰다.

「야생마들은 몇백 년 동안 이곳에서 살았소 부인. 그리고 말들이 견뎌 내지 못했다면 지금까지 인디언들이 어떻게 말을 타고 살아왔겠소?」

조셀린은 빙긋 웃었다. 이곳에 종마 사육장을 만들 결심을 확고히 굳혔다. 바베사를 만나면 즉시 애기할 생각이었다. 미련 없이 짐을 챙겨 기차 밖으로 나가던 콜트 때문에 갑자기 내린, 다소 충동적인 결정이었다. 콜트 때문이 아니라면 굳이 이곳에서 말을 키울 이유가 없었다.
「당신도 여기서 말을 기르나요?」
「그렇소. 당신이 내게 주기로 한 망아지도 여기서 키울 거요. 날씨를 못 견뎌 병이라도 나지 않을까 하는 걱정은 붙들어 매시오. 오히려 동물들이 살기에는 더 좋은 날씨니까.」
「그래도 좀 걱정이 되네요. 나 여기서 살까 생각 중이거든요. 내가 말 안 했죠?」
「뭐요? 그게 무슨 소리요? 이유가 뭐냐구!」
조셀린은 붉으락푸르락한 콜트의 얼굴을 차마 똑바로 볼 수가 없어 고개를 돌렸다. 만약 와이오밍에 목장을 만든다 하더라도 콜트가 살고 있는 곳과는 멀리 떨어진 곳에다 만들 테니 걱정 말라고 얘기할 참이었는데, 소리가 나오지 않았다. 목구멍에 돌덩이라도 걸린 듯했다.
잠시 후, 콜트가 조셀린의 등뒤로 다가섰다. 그리고 어깨에 손을 올리더니 한결 가라앉은 목소리로 말문을 열었다.
「내가 화낸 건 잊어버리시오, 부인. 당신이 앞으로 무슨 일을 하든 나와는 상관없는 일이오. 이제 내가 할 일은 다 끝났으니까.」
말은 그렇게 했지만, 조셀린이 지척에 있다는 사실을 알면서도 아무렇지 않게 하루하루를 견뎌 낼 자신이 없었다. 콜트는 조셀린이 샤이엔 마을까지 갔다가 곧 동부로 돌아갈 거라 예상했다. 그런데 그의 생각이 빗나갔다. 그녀가 가 버리고 나면 잊을 수 있으리라 생각했는데, 여기서 살 거라니…….
조셀린은 콜트의 손을 옆으로 쳐냈다.
「당신이 되도록 나와 빨리 헤어지고 싶어한다는 사실을 내가 왜 자꾸 잊어버리는지 모르겠어요. 기차에서 내리는 즉시 호텔만 잡아

주고 당신 갈 데로 가세요. 주기로 한 돈은 일행이 도착하는 대로 당신 누나 목장으로 가져갈게요.」
「아니, 그럴 필요 없소.」
「그렇게 할게요.」
「아니, 필요 없소, 부인.」
조셀린은 입술을 깨물었다.
무슨 뜻으로 하는 소리지? 다시 보고 싶지 않다는 뜻인가? 아니면 이제 모든 것을 잊어버리고 싶다?
서운했다. 코끝이 시큰할 정도로. 둘이 함께 한 일 주일은 조셀린에겐 더없이 소중하고 행복한 시간이었는데, 콜트는 전혀 그렇지 않은 듯했다.
「내가 돈을 가져갈까 봐 그러는 모양인데, 그건 걱정 말아요. 다른 사람을 보낼 테니까. 생각 같아선 지금 주고 싶지만 내 수중엔 그만큼 큰돈이 없어요. 일행이 도착할 때까지 기다리기 싫으면 가까운 은행에 가서 전보를 치면 되니까, 은행으로 갈까요?」
콜트는 고개를 가로저었다.
「돈 같은 건 필요 없소. 당신도 알다시피 난 돈을 바라고 일한 게 아니오. 주기로 한 망아지나 주시오. 그러면 서로 공평해지는 거요.」
「그럼, 그렇게 하기 싫어하던 일을 해놓고 아무것도 받지 않겠다는 얘긴가요? 여행 경비라도…….」
「됐소.」
예상치 못했던 콜트의 행동에 조셀린은 신경질이 났다. 안 그래도 기분이 엉망인데…….
「대체 왜 이래요! 내가 당신을 이용한 데 대해 죄책감을 느끼게 하려고 일부러 그러는 거죠? 그런데 미안해서 어쩌죠? 당신을 실망

사랑은 조금 빠르게 317

시킬 수밖에 없네요. 난 죄책감 같은 거 느끼지 않거든요. 잘못한 게 없으니까요.」

조셀린은 획 돌아서서 쿵쿵대며 밖으로 나가 버렸다.

빌어먹을, 그게 아니었다. 콜트는 그저 자기가 또 어떤 바보 같은 짓을 저지를지 몰라 한시라도 빨리 헤어지고 싶었던 것이다. 안 그러면 사랑을 고백해 버리고 말 것 같았다. 그럴 경우, 조셀린이 어떤 반응을 보일지는 뻔했다. 어이없다는 듯 웃어 버리거나 사력을 다해 도망치거나, 둘 중 하나이리라.

술집에 가 보고 싶다면서 조셀린이 했던 말이 생각났다.

'일행과 합류하고 나면 그땐 정말 꿈도 못 꿀 일이 된다구요.'

조셀린에게 있어 콜트는 술집과도 같은 존재였다. 둘이 있을 때는 담요 한 장을 나누어 덮고 지냈지만, 일행이 도착하고 난 다음에는 그런 일은 꿈도 못 꿔 볼 일이었다. 인디언 혼혈아와 애인 사이였다는 사실이 알려지면, 조셀린은 아마 그 자리에서 졸도해 버리리라. 그런 불상사가 생기기 전에 먼저 모든 걸 원점으로 돌려 놔야 했다.

콜트는 기차 문을 박차고 나가 조셀린을 뒤쫓아갔다. 마구간으로 갈 줄 알았더니 시내로 뚜벅뚜벅 걸어가고 있었다. 위험하진 않겠지만 혹시 몰라 그냥 내버려 둘 수가 없었다. 일행이 샤이엔 마을에 도착하기 전까지, 그래서 그들에게 안전하게 인계하기 전까지, 조셀린은 콜트의 책임이었다.

조셀린은 너무 화가 나서 자기가 지금 어디로 가는지, 누가 자기 옆으로 지나쳐 가는지 전혀 의식하지 못했다. 오늘 아침까지만 해도 콜트는 뜨겁게 사랑을 나누고 나서는 그녀를 부드럽게 품에 안아 주었다. 그런데 이제는 한시라도 빨리 돌아가려고, 그래서 다시는 보지 않으려고 했다. 대체 왜?

이제 다시는 그를 볼 수 없다. 그의 손길도 느낄 수 없다. 앞으로 어떻게 살아야 하지?

발걸음이 서서히 무거워지고 가슴이 아파 왔다. 조셀린은 그 자리에 서서 주위를 둘러보았다. 길바닥에 서서 울 수는 없는 일이었지만 벌써 눈엔 눈물이 가득했다. 그때 누군가 손목을 덥석 잡아끌었다.

콜트인가? 아직, 아직 날 버리지 않은 건가?

하지만 큼직한 손이 조셀린의 입을 틀어막더니, 날카롭고 차가운 금속을 목에 갖다 댔다.

「두목이 널 보고 싶어하지만 않았으면 여기서 당장 숨통을 따 주는 건데. 서툰 짓 하면 가만두지 않을 테니 얌전히 있어.」

조셀린은 그자가 말하는 두목이 누구인지 금세 알아챘다. 그가 시키는 대로 얌전히 있고 싶지 않았다. 이제 다 끝난 마당에 조금 더 살아서 무엇하겠는가? 어차피 죽을 목숨, 롱노우즈 앞에 끌려가 수모를 당하기 전에 죽는 게 나았다.

그곳에는 두 사람이 있었다. 한 사람은 조셀린의 목에 칼을 들이대고 있었고, 또 한 사람은 건물 벽에 기대서서 양손을 코트 주머니에 찔러 넣고 있었다. 총을 숨기고 있는 게 분명했다.

조셀린이 끌려 들어온 이곳은 어둡고 좁은 골목이었다. 누가 지나가지 않는 한 사람들 눈에 절대 띌 걱정이 없는 곳이었다.

남자들은 조셀린을 끌고 갈 생각은 하지 않고 그저 가만히 있었다. 분명히 말이 있을 텐데, 무슨 이유에선지 그들은 말을 끌고 올 생각도, 어디 다른 데로 갈 생각도 않고 하릴없이 시간만 죽이고 있었다. 조셀린에게는 다행한 일이었다. 운만 좋다면 도망칠 기회를 만들 수도 있을 것 같았다.

두 남자의 눈치를 살피고 있던 조셀린이 힘차게 발길질을 하려는 순간, 코트를 입은 사내가 입을 열었다.

「온다, 드웨인.」
 온다니, 누가? 콜트는 아닐 텐데…….
 그는 기차에서 말을 내리고 있거나 아니면 집으로 돌아가고 있을 것이다. 하지만 그들이 기다릴 사람은 콜트밖에 없었다. 왜 이자들이 콜트를 기다릴까? 이유는 하나였다. 없앨 생각이었던 것이다.
 드디어 콜트가 모퉁이를 돌았고, 그 순간 코트 입은 사내가 그에게 총부리를 불쑥 들이밀었다.
「꼼짝 마.」
 콜트는 시키는 대로 했다. 총이 너무 가까이 있어서 어쩔 수 없었다. 조셀린이 갑자기 방향을 바꿔 골목으로 사라졌을 때 한 번쯤 의심을 했어야 했다. 아무 생각 없이 무턱대고 쫓아오기만 한 자신이 바보 같고 원망스러웠다. 조셀린이 따돌리려고 그러는 줄로만 알고……. 어쨌든 다 소용없는 변명일 뿐이었다. 조셀린을 보니, 당장에라도 울음을 터뜨릴 표정이었다. 하지만 아무리 천부적인 총 솜씨를 자랑하는 콜트라도 이번만은 어떻게 해볼 도리가 없었다.
「긴장 풀어, 클린트. 내가 여자 목을 곧 떨어뜨리게 생겼는데 지가 어쩌겠어. 안 그래, 선더? 한데 자네, 내가 누군지 알겠어? 나는 자네를 금방 알아보겠는데.」
「드웨인이군.」
「맞았어. 날 기억해 주다니 이거 영광인걸. 이번에도 빠져나갈 생각을 하고 있겠지? 일찌감치 포기하라구. 그보다도 우리가 어떻게 여길 알고 왔는지 궁금하지 않나? 마일스라는 자 알지? 그자가 이 여자 목적지를 말해 줬거든. 덕분에 우리는 수고스럽게 뒤를 졸졸 쫓지 않고 편하게 먼저 와서 기다리고 있었지.」
「그럼 롱노우즈도 이곳에 와 있나?」
「지난번 일로 얼마나 화가 났는지 물어 보는 게 순서지.」

클린트는 뭐가 좋은지 계속 실실거리고 있었다. 뒤늦게 합류한 사람인지, 조셀린이 처음 보는 얼굴이었다.

「엔젤이 여자를 다시 돌려보냈다는 사실을 알고 두목이 얼마나 펄펄 뛰었는지 알아? 게다가 멍청한 내 동생과 피트가 금에 환장해서 몰래 도망친 후에는 더했지. 두목은 번번이 자기 일을 방해한 자네 숨통을 끊어 놓으라고 했어. 쓸데없이 참견한 데 대한 대가를 치러야지, 안 그래?」

「내가 무슨 참견을 했다는 거지?」

「왜 이래. 우릴 따돌리고, 엔젤을 우리 탐에 몰래 끼워 넣고, 다 자네 짓이잖아, 선더.」

「자네 성이 선더라면서? 쓸 데가 있으니 이름도 한번 말해 봐. 나중에 묘비명이라도 써 주려면 알고 있어야 하잖아.」

클린트도 한마디 거들었다.

「이름? 화이트야.」

「화이트 선더? 흰 벼락이라, 그럴듯하군.」

드웨인이 낄낄거리며 말했다.

「그게 뭐야? 하나도 안 멋있는데, 뭘.」

「이자가 백인 혼혈이라는 거 잊었어? 반은 백인이니까 화이트, 맞잖아?」

「아니, 틀렸어. 화이트는 벼락칠 때 번쩍하는 빛을 말하는 거야.」

콜트는 낮게 말하며 슬그머니 총을 꺼내 드웨인의 이마에 구멍을 내 버렸다. 클린트는 갑작스러운 일에 무척 놀란 듯 방아쇠를 당길 생각조차 못 했다. 다시 콜트의 총에서 불이 번쩍했다. 클린트도 뒤로 쓰러지면서 방아쇠를 당겼지만 그의 총알은 풀썩하며 먼지만 일으켰다.

클린트와 드웨인의 죽음을 자기 눈으로 직접 확인하고 나서, 콜트

사랑은 조금 빠르게

는 조셀린을 일으켜 세워 주었다. 조셀린은 일어나자마자 힘껏 주먹을 날렸다.
「내가 맞을 뻔했어요. 하마터면 내가 죽을 뻔했다구요!」
조셀린이 다시 주먹을 날렸지만 이번에는 콜트의 손에 보기 좋게 잡히고 말았다.
「이제 다 끝났소. 애초에 그자를 맞출 자신이 없었으면 쏘지도 않았을 거요.」
조셀린은 콜트의 품으로 몸을 던졌다.
「요즘 들어 사람 죽는 구경을 너무 자주 하게 되네요. 얼른 여기서 나가요.」
콜트는 큰길 쪽을 바라보았다. 총소리를 들은 사람들이 삼삼오오 모여들고 있었다. 이대로 그냥 가 버리면 안 될 것 같았다. 다행히 평소 안면이 있는 스미스 보안관이 보였다. 금방 얘기를 끝낼 수 있을 것 같았다.
「일이 해결되는 대로 당신을 로키 계곡으로 데려다 주겠소. 그리고 나는 다시 내려와 당신 경호원들이 도착했나 알아보겠소. 그 영국인이 여기 와 있다니 또 어떤 자를 고용해서 당신을 노릴지 모르니까 목장에 숨어 있는 편이 안전할 거요.」
조셀린은 아무 말도 하지 않았다. 중요한 건 콜트가 자신을 버리고 가지 않았다는 것이다.

Savage Thunder

44

「지금 네가 데려온 저 사람은 빌리가 아닌 것 같은데? 성전환 수술이라도 시킨 거야?」

제시는 콜트를 보자마자 인사도 하지 않고 대뜸 물었다. 그러고는 동생을 꼭 끌어안았다.

「이렇게 오래 걸릴 줄은 몰랐어. 그런데 그 쥐방울만한 녀석은 끝내 못 찾은 거야?」

조셀린은 뒤로 약간 떨어져서, 두 남매의 대화를 묵묵히 듣고만 있었다. 이제 보니 콜트는 말이 많은 사람이었다. 새까만 머리에 푸른색 눈동자의 여자를 보는 순간, 조셀린은 그 여자가 제시임을 금방 알았다. 콜트의 이름을 지어 주고 말을 가르쳐 줬다는 사람. 역시 두 사람 말투는 상당히 비슷했다.

콜트가 조셸린을 계속 '공작부인'이라고만 호칭했다. 조셸린은 그가 자기 이름을 잊은 건 아닌지 의심스러웠다.

조셸린은 제시의 남편 체이스와도 인사를 나누었다. 언뜻 봐서는 검은색으로 보이는 짙은 다갈색 눈동자가 멋진 사람이었다. 제시는 스무 살 정도로밖에 안 보였지만, 일곱 살 먹은 아들과 다섯 살짜리 딸, 네 살 먹은 막내아들까지 있는 걸 보니 그보다는 조금 더 나이가 많을 성싶었다. 일곱 살짜리 큰아들은 체이스를 꼭 닮았다. 그리고 조셸린을 보자마자 가슴에 안겨 오던 귀여운 막내는 '콜트 삼촌, 콜트 삼촌' 하면서 콜트를 따라 이리저리 기어다녔다.

조셸린과 콜트가 목장에 도착한 때는 해가 뉘엿뉘엿 넘어갈 무렵이었다. 그날 밤 조셸린은 모처럼 만난 식구들끼리 즐거운 시간을 보내라고 일부러 일찍 잠자리에 들었다. 다음날 아침 깨어나 보니, 콜트는 벌써 마을로 내려가고 없었다.

「내 동생에게 무슨 짓을 한 거죠?」

식당에서 조셸린과 마주 앉은 제시는 어제와는 달리 험악한 표정이었다.

「네? 무슨 말씀이시죠?」

「부인, 무슨 말인지 못 알아듣는 척하지 말아요. 어젯밤 집으로 돌아온 콜트는 몇 달 전 빌리를 찾아 나선 내 동생 콜트가 아니란 말이에요.」

조셸린은 제시의 말이 대충 무슨 뜻인지 알 것 같았다. 제시의 험악한 표정은 사랑하는 동생에 대한 관심과 걱정에서 비롯된 것일 뿐, 다른 이유는 없었다.

「떠날 때는 어떤 사람이었는데요?」

「쾌활하고 늘 즐거운 얼굴이었어요. 그렇게 되기까지 얼마나 힘들었는지 모를 거예요. 참 친절하고 사려 깊은 아이였는데, 어젯밤 다시 나타났을 땐 말수도 줄고 안절부절못하는 기색이었어요. 게다가 당신이 잠자리에 들고 난 후에는 집에서 불빛 한줄기 새어 나가지 못하게 했다구요. 이게 어떻게 된 일인지 알아야겠어요.」
「무슨 말씀을 드려야 할지 모르겠군요. 콜트가 우연히 내 목숨을 구해 주면서 우리는 처음 만나게 됐어요. 내가 아는 콜트는 처음부터 무척 통명한 사람이었죠. 요즘 들어, 그러니까 일 주일쯤 전부터 다소 누그러진 거예요.」
「그러면 어제 무슨 일이 있었나요?」
「우리는 샤이엔 마을에 도착하는 대로 헤어지기로 되어 있었는데 나를 노리는 자들이 또 다른 계략을 꾸미는 바람에 어쩔 수 없이 여기까지 함께 오게 된 거예요. 그가 이상해 보인 이유는 아마 그 때문일 거예요. 아직도 나에게서 벗어나지 못했으니까.」
「벗어나요?」
제시가 그 말에 낄낄거렸다.
「그것 참 재미있는 표현이군요. 다음에 부부싸움 하다가 안 되면 그때는 나도 남편에게서 벗어나야겠어요.」
「좋은 생각이에요. 나도 그럴 거예요.」
조셀린도 웃으면서 대답해 주었다.
「콜트와 말싸움도 했나요? 언제부터요?」
「처음부터요. 왜요? 그게 이상한 일인가요?」
「그럼요. 콜트는 웬만해서는 말싸움 같은 거 안 하거든요. 어쩌다 내가 싸움을 걸어도 조용히 뒤돌아 앉아 있다가, 내가 제풀에 지쳐 잠잠해지면 그때서야 싱거운 소리를 해서 날 웃겨요.」
조셀린은 고개를 설레설레 흔들었다.
「믿을 수가 없어요. 당신이 말하는 콜트와 내가 말하는 콜트가 완전히 다른 사람인 것 같아요.」

사랑은 조금 빠르게 325

「내 생각에도 그래요, 부인.」
「조셀린이라고 불러 주지 않겠어요?」
「'부인'이란 호칭이 싫으세요?」
「꼭 그런 건 아니지만 이름을 부르는 게 편하잖아요. 저, 물어 볼 게 있어요. 콜트는 자기 비하가 좀 심한 것 같은데, 이유가 뭔지 궁금해요.」
「그건 당연한 거예요. 사람들이 걜 곱게 보지 않으니까요.」
「하지만 여기서는 쾌활하고 즐겁게 생활했다면서요?」
「마을 사람들과는 그랬죠. 하지만 가끔 외부에서 온 사람들이 시비를 걸곤 해요. 앞으로도 그런 일이 심심찮게 있을 거구요. 걜 인디언으로 보는 사람들이 없어지지 않는 한은요.」
「하지만 콜트 차림새가 원체 특이하잖아요. 얼굴은 그다지 인디언 같지 않은데, 옷차림 때문에 문제가 생기는 거라구요. 머리만 짧게 잘라도…….」
「다 해봤어요. 백인처럼 행세했다가 무슨 일을 당했는지 알아요? 사실이 들통나는 바람에 기둥에 묶여서 죽도록 채찍질을 당했죠. 그것도 이웃사람한테서요.」
「오, 저런.」
조셀린이 눈을 감고 진저리를 쳤다.
「백 대도 넘게 맞았어요. 살이 다 터져서 꿰맬 수도 없을 정도로요. 하지만 내가 구하러 갈 때까지 자기 발로 버티고 서 있더라구요. 그렇게 모질게 매질을 했는데도 비명 한번 지르지 않았대요. 3주 동안 열이 엄청나게 끓어오르는데, 그만 이대로 보내야 하나 보다 했었죠. 간신히 고비는 넘겼지만 그 후로 한 8개월 동안을 계속 고생했어요. 그런데도 사람들은 콜트를 동정하는 기색이 아니더군요. 아문 상처가 얼마나 흉한지…….」

「나도 알아요.」

조셀린이 들릴 듯 말 듯한 소리로 중얼거렸다.

「안다구요? 뭘요? 콜트의 등을 봤다는 얘긴가요? 아무한테도 보여 주지 않는데……」

「우연히 보게 됐어요.」

「그럼 무척 놀랐겠군요?」

「그때 기분은 정말 말로 표현할 수가 없어요. 속이 다 울렁거리더군요.」

「그 정도로 징그럽던가요?」

제시가 화난 목소리로 쏘아붙였다.

「등에 난 상처가 징그러워서가 아니에요. 콜트가 당했을 아픔과 고통을 생각하면……. 미치지 않고서는 그렇게 흉악한 짓을 저지를 수 없을 텐데.」

「맞아요. 제정신이 아닌 사람이었어요. 자기 잘못도 모르고 있었으니까요. 콜트가 자기의 백합같이 희고 순결한 딸을 꾀어 냈기 때문에 벌을 주는 거라더군요. 그게 이유였어요. 그 여우 같은 계집애는 콜트가 쓰러지는 모습을 끝까지 지켜보고 서 있더라구요. 입을 꼭 다물고.」

제시는 잠깐 말을 끊고 조셀린의 표정을 살폈다. 그리고 다시 말을 이었다.

「미안해요. 이런 얘기까지 할 생각은 아니었는데. 그때 일단 생각하면 너무 화가 나서 이렇게 돼요.」

「괜찮아요, 이해해요.」

콜트가 백인 여자를 그렇게 끔찍이 싫어하는 이유를 이제야 알 것 같았다. 조셀린은 기분이 씁쓸해졌다.

「무슨 경호원이 저렇게 많죠?」

덩치 큰 여섯 남자의 경호를 받으며 말에 오르는 조셀린을 지켜보고 서 있던 제시가 남편에게 물었다.

「정말 신분이 대단히 높은 부인인가 봐.」

「글쎄, 그런 것 같네요. 설마 콜트가 어림도 없는 꿈을 꾸고 있는 건 아니겠죠?」

「무슨 말이야, 제시?」

「콜트가 저 여자를 쳐다보는 눈빛, 당신도 어제 봤잖아요. 어찌나 뜨겁던지, 소파에 불이라도 붙을까 봐 걱정이 되더라니까요.」

「이봐, 제시. 당신 지금 무슨 생각 하는 거야? 설마 중매라도 서겠다는 건 아니겠지? 정신 차려, 저 여자는 영국 귀족이야.」

제시가 남편을 노려보았다.

「내 동생이 저 여자보다 못하다는 소리예요?」

「그게 아니라, 저 여자는 귀족이니까 귀족과 결혼할 거라는 말이야.」

체이스가 당황한 듯 변명을 늘어놓았다.

「벌써 한 번 결혼했대요. 그러니 이제는 자기가 결혼하고 싶은 사람과 하겠죠. 그 남자가 꼭 귀족이 아니어도 말이에요.」

「저 여자가 콜트와 결혼하고 싶어하는 것 같애?」

제시의 입가에 환한 웃음이 번졌다.

「저 여자 눈빛도 심상치 않았어요. 굳이 내가 중매쟁이로 나설 필요도 없다구요. 둘 사이에 분명히 뭔가가 있긴 한데…….」

「상당히 신나는 모양이네?」

「그럼요. 여자가 참 괜찮잖아요. 저 여자라면 콜트의 상처받은 영혼을 치료해 줄 수도 있을 거예요.」

「상처받은 영혼? 당신 제법인데?」

「지금 날 놀리는 거예요, 당신?」
「아니, 그런 거 아니야.」
 제시가 체이스의 멀뚱한 얼굴을 흘겨보더니, '흥' 하고 코방귀를 뀌며 짐짓 화난 듯 쏘아붙였다.
「놀리기만 했단 봐요. 당신 눈에 안 보이는 곳으로 벗어나 줄 테니까요.」
「어떻게 해준다구?」
 체이스가 이미 돌아선 제시의 등에 대고 큰 소리로 물었다. 하지만 제시는 깔깔거리며 집안으로 그냥 들어가 버렸다.

Savage Thunder
45

「여보, 겨울도 잠깐이에요. 우리처럼 난로 앞에 붙어 앉아 빈둥거려 보지도 못하고 이 겨울을 보내 버리면 너무 아쉽지 않을까요?」
「누구 말하는 거야?」
체이스가 모르는 척 물었다. 요즘 들어 제시는 입만 열면 콜트와 조셀린 얘기였다.
「콜트하고 공작부인 말이에요. 아무래도 내가 좀 나서야겠어요」
「둘이 알아서 하도록 내버려 두기로 했잖아?」
「그랬죠. 그런데 두 사람 다 고집이 너무 세서 안 되겠어요. 그 여자가 칼란네 목장에 온 지 벌써 3주째예요. 목장 수리도 거의 끝났고, 가구도 다 들여놨고, 마구간도 새로 지었는데……」
「그 농장이 콜트에겐 어떤 곳인지 말 안 해줬어?」

「말해 주러 갔더니 벌써 계약을 끝낸 다음이더라구요. 그래서 일부러 안 했어요. 그 친구라는 바네사한테만 하고요. 콜트는 통 발걸음도 안 하고.」

「콜트가 안 가더라도, 여자가 관심이 있다면 무슨 핑계를 만들어서라도 만나러 오겠지. 당신이 나서지 않더라도 말이야.」

「자존심 때문에 안 올 거예요. 콜트란 놈이 작별 인사도 안 하고 사라져 버렸으니까요. 여자를 데려온 이후 코빼기도 안 보였잖아요. 그러니까 여자로서는 화가 나기도 하고, 콜트가 자길 좋아하지 않는다고 생각할 수 있죠.」

「정말 그럴 수도 있잖아?」

「아니에요. 콜트도 여자와 비슷한 생각으로 가슴앓이를 하고 있어요. 확실해요.」

「가슴앓이? 또 공작부인을 만나고 온 모양이군?」

체이스가 놀리듯 말하자, 제시는 털이 수북한 남편 가슴에 손톱 자국을 내 주었다.

「이번엔 꼬집을 데를 찾고 있지? 꼬집고 싶은 데가 있으면 우선 거기다 키스부터 해줘. 그 다음엔 꼬집어도 아무 말 안 할게.」

체이스가 은근한 목소리로 말했다.

「순서가 바뀌어도 나쁠 건 없겠죠? 먼저 끄집고 나서 해줄게요.」

제시가 체이스 다리 사이로 손을 집어넣으며 짓궂게 말했다. 체이스가 바짝 긴장했다.

「왜 긴장하고 그래요? 상냥한 아내를 못 믿어서 그러는 거여요?」

「상냥한 아내? 여보, 난 아직도 당신이 터프하고 야성적이라고 생각해. 우리가 처음 만났을 때처럼 말이야.」

제시가 고개를 가볍게 틀어 체이스의 가슴을 핥으며 장난스럽게 말했다.

「하지 말까요?」
「아니, 해.」

 그날 오후 늦게 제시는 언덕 위에 있는 콜트의 오두막으로 향했다. 올라가는 길에 낮은 언덕이 하나 있었는데, 계곡이 한눈에 내려다보이는 그 언덕은 체이스와 제시가 처음 사랑을 나눈 곳이었다. 그때의 추억을 회상하는 제시의 입가에 미소가 떠올랐다. 첫 경험은 정말 황홀했다. 그때 체이스는 결혼할 준비가 안 돼 있는 상태였다. 그러던 어느 날 그가 무작정 제시의 손을 잡아끌고 이곳으로 올라왔다. 그리고…….
 그 후로 긴 세월이 흘렀다. 제시는 아직도 가끔씩 체이스에게 심술을 부렸다. 성질 또한 여전히 급한 편이었다. 하지만 체이스는 그런 제시를 변함없이 사랑해 주었다. 그건 제시도 마찬가지였다.
 콜트의 오두막은 그 언덕보다 조금 더 높은 곳에 자리잡고 있었다. 오두막 옆으로 흐르는 얕은 개울은 제시가 어릴 적 헤엄치며 놀던 곳이었다.
 산봉우리에 눈이 족히 10센티미터는 쌓여 있는 추운 날씨였는데도 불구하고 콜트는 얇은 셔츠 한 장만 입고 나와서 장작을 패고 있었다. 패 놓은 장작이 이미 산더미처럼 쌓여 있었지만, 그는 여전히 땀을 뻘뻘 흘려 가며 힘차게 도끼를 휘둘러 댔다.
 제시는 동생이 그러는 이유를 알 만했다.
「커피 좀 있어?」
 콜트는 고개만 끄덕였다. 마당으로 들어선 사람이 누군지는 안 봐도 알 수 있었다.
「응, 안에.」
 제시는 오두막 안을 둘러보며 잔에 커피를 부었다. 어지럽게 널린

쓰레기와 나뒹구는 위스키 병이 눈에 들어왔다. 커피를 들고 밖으로 나왔는데도, 콜트는 여전히 장작 패는 일에만 열중이었다.

「요즘 말 좀 잡았니?」

비어 있는 마구간을 건너다보며 물었다. 어떻게 얘기 좀 걸어 보려고 꺼낸 말이었는데 콜트는 '아니'라는 한마디로 끝이었다.

「빌리는 다음주에 시카고로 보낼 거야. 엄마도 이제 걔 학교 보내는 건 포기하셨나 봐. 사실 배워 둬서 좋으면 좋았지 나쁠 건 없는데 말이야. 그래서 말인데 너랑 내가 빌리한테 얘기 좀 해보면 어떨까? 마음 고쳐먹는 게 어떠냐고 말이야.」

「그놈은 이미 마음 굳혔던데, 뭐.」

콜트가 다시 도끼를 휘둘렀다. 제시는 커피를 한 모금 마시고 다시 말을 이었다.

「그 외국 사람들이 온 이후로 빌리하고 한번도 못 만났지? 빌리 가기 전에 작별 인사라도 하러 한 번 와. 요즘 너 작별 인사에 너무 야박하게 구는 것 같다.」

「무슨 소리야?」

「공작부인한테도 그래. 우리 집에서 떠나던 날, 얼굴도 안 내밀었잖아. 그 전날 잠자리에 들기 전이 마지막으로 본 거였지? 얼마나 당황했겠니?」

「그런 일로 당황하고 그럴 여자 아니야.」

콜트가 대수롭지 않은 일이라는 듯 대꾸했다.

「그 여자 일 처리하는 솜씨가 제법인 모양이야. 은행에 들어간 지 30분도 안 돼서 일 다 보고 서류 들고 나왔대.」

제시는 장작더미 근처의 나무 밑동에 걸터앉으며 말했다.

「그 서류 칼란네 땅문서고?」

「알고 있었니? 공사는 웬만큼 다 끝났대. 그뿐이 아니라, 그 주위에 땅을 꽤 많이 사 들인 모양이야. 봄에 언덕에다 저택을 지을 거래. 실내 장식은 뉴욕의 유명한 건축가가 맡을 거라고 하더라. 그리고 함께 여행길에 동행해 준 사람들은 모두……」
「어디서 그렇게 많이 주워들은 거야?」
「두어 번 갔었어. 이제 이웃이니까. 먼 데 있는 것도 아니고.」
「잘했어.」
가시 돋친 목소리였다.
「뭐 잘못된 거라도 있니?」
「왜?」
「네 목소리가 그렇잖아. 상당히 불만 있는 말툰데?」
「내가 그랬어?」
「그래. 내가 잘못 들은 걸지도 모르지만. 그래도 공작부인과 너는 친구 사이잖니?」
「여자가 일을 맡겨서 해준 것뿐이야. 그 이상도 이하도 아냐.」
「정말 그게 다야?」
「누나, 왜 그래? 그만 해.」
콜트가 심각한 목소리로 말했지만 그쯤에서 물러날 제시가 아니었다.
「콜트 선더, 이 누나한테는 솔직하게 말하는 게 좋을 거야. 네가 공작부인을 쳐다보는 눈길이 심상치 않았어. 그러니 그 여자한테 관심도 없다는 둥 그런 소리는 말란 말이야. 너도 틈 나는 대로 가서 잘 좀 해봐. 우리 목장 관리인 말이야, 그 사람도 기회만 엿보고 있는 것 같더라.」
「에미트 하웰? 말도 안 돼. 그는 공작부인 아버지뻘이잖아!」
「그게 뭐 어때서? 그 여자 전남편은 그 사람보다 나이가 더 많았다던데, 뭐.」

콜트가 잠깐 제시를 노려보더니 다시 도끼질을 시작했다. 제시는 방법을 바꾸기로 했다. 이렇게 툭 까놓고 얘기하는 건 먹혀들지 않을 것 같았다. 우선 커피부터 한 모금 더 마시고……
「너, 공작부인 뒤를 쫓고 있다는 영국 놈 얘기 알지? 난 여자가 높은 담부터 치고 경비도 삼엄하게 할 줄 알았더니 아니더라. 하도 이상해서 물어 봤더니 여자가 뭐라는 줄 아니?」
제시는 말을 끊고 기다렸다. 시간이 얼마나 지났을까, 드디어 콜트가 고개를 들었다.
「뭐라는데?」
「그 남자를 끌어들일 생각이래. 자기 발로 걸어 들어오도록 유인하겠대.」
「내가 가르쳐 준 방법이야.」
「그럴 줄 알았어. 그럼 얼른 가서 같이 기다려야 하는 거 아니니?」
「경호원들만 해도…….」
「경호원들 도움은 받지 않을 거라던데? 자기 손으로 직접 해치우겠대. 경호원들이 있으면 그자가 접근을 안 할 거라면서.」
콜트가 도끼도 휙 팽개치더니 그 자리를 서성이며 씩씩거렸다.
「어쩌다 그런 미친 생각을 하게 된 거래?」
「모르지. 하여튼 그 여자 용기 하나는 대단해. 나 같았으면 겁이 나서 그런 생각은 하지도 못했을 텐데. 아무리 그래도 주변에 경호원 한두 명 정도는 숨겨 두는 편이 안전하잖아.」
콜트가 아무 말도 하지 않고 오두막으로 들어갔다. 제시는 웃음을 참으며 뒤를 따라갔다. 역시 이 방법이 효과가 있었다.
「가 볼 생각이야?」
「머뭇거리고 있을 여자가 아니야. 자기 손으로 쏜다고 했으면 무슨 일이 있어도 그렇게 하고야 마는 여자라구. 누구든지 가서 말려야 해.」

「그럼 기왕 간 김에 결혼하자고 해 버려. 매일 밤 술타령하는 거 지겹지도 않니?」

콜트가 제시를 돌아보며 으르렁댔다.

「누나 걱정이나 해.」

「너 그 여자랑 결혼하고 싶지? 그치?」

「하고 싶다고 해서 할 수 있어? 그 여잔 백인이라구.」

제시는 이제야 알겠다는 듯이 고개를 끄덕거렸다.

「네가 인디언이라는 것 때문에 여자가 꺼리는 모양이구나?」

「무슨 소리 하는 거야? 그 여잔 인디언이 뭔지도 잘 몰라.」

「그럼 너한테 건방지게 굴어? 하긴 공작부인이라는 여자가 오죽이나 거만하겠니?」

「누나보다 훨씬 나아.」

「그럼 뭐야? 생긴 게 마음에 안 드나 보구나? 시뻘건 머리가 좀 그렇긴 해도 봐 줄 만은 하던데.」

「지난번에 매형이 누나 목을 비틀어 버린다고 할 때 말리지 말걸 그랬어.」

「왜? 내가 뭘 어쨌다구?」

제시가 아무것도 모르는 척 능청을 떨었다.

「무슨 얘기를 하고 싶어서 이러는지 알아. 이제 그만 해둬.」

「내가 방법 하나 가르쳐 주지. 우선 목욕부터 같이 해봐. 여자가 결혼 승낙을 하기도 전에 다른 짓 먼저 하면 안 돼, 알았지?」

Savage Thunder

46

「당신에게 처음 알리는 거예요. 나 결혼하기로 했어요.」
조셀린의 눈이 휘둥그레졌다.
「바네사, 하웰 씨가 어떤 사람인지도 잘 모르면서 그런 결정을 했단 말이에요? 당신 그 사람 만난 지 일 주일밖에 안 됐잖아요?」
바네사는 한참 웃기만 하더니 입을 열었다.
「당신까지 그 일을 알고 있는 줄은 몰랐군요. 당신 요즘 바빴잖아요?」
「그래도 알 건 알아요.」
「어디까지 알고 있는지는 모르겠지만 걱정 안 해도 돼요. 하웰 씨와 결혼할 생각이 아니니까요. 그 사람 덕을 보긴 했어요. 덕분에 로비가 청혼을 했거든요. 질투 작전이 성공한 셈이죠.」

「로비라구요?」

조셀린이 심각한 얼굴로 바네사를 물끄러미 바라보았다.

「왜요? 맘에 안 들어요? 당신도 당신 신분과 전혀 어울리지 않는 사람을 사랑하는데 나라고……」

「바네사, 확실히 해두는데, 난 사랑하는 사람 없어요」

「알았어요, 조셀린.」

바네사가 너무 덤덤한 목소리로 대꾸하는 바람에, 조셀린은 머쓱해져서 고개를 떨구었다.

「나를 사랑하지 않는 남자를 나 혼자 사랑하는 건 바보 같고 한심한 짓이겠죠?」

「그렇죠.」

조셀린이 의아한 얼굴로 바네사를 보았다.

「그 남자는 무뚝뚝하고 오만하고 위험한 사람이라서 안 된다는 얘기는 왜 안 해요?」

「그렇게 나쁜 사람은 아니니까요. 그리고 당신이 그 남자를 사랑하지도 않는다는데 그런 얘길 왜 해요?」

「그래요, 나쁜 사람은 아니에요. 하지만 아직까지 여기에 얼굴 한 번 안 내민 걸 보면, 무뚝뚝하고 오만한 건 사실이에요」

「만나고 싶으면 당신이 찾아가 봐야 할 거예요. 그 사람, 이 목장에 오지 못할 무슨 사연이 있다더군요. 그 사람 누나가 그러는데, 몇 년 전에 여기서 죽을 고비를 넘겼대요. 조셀린, 갑자기 왜 그래요? 어디 아파요?」

아, 이곳이 그에겐 그런 곳이었구나.

「아니에요, 괜찮아요. 그보다도 그 얘기를 좀 일찍 들었으면 좋았을 텐데. 정말 이상한 우연도 다 있군요.」

「뭐가요?」

「하필이면 이 목장을 사게 됐으니 말이에요.」

「여기 오래 있을 것도 아니고 톰까지만 있을 건데요, 뭐. 어쩌면 콜트 씨가 본인의 아담한 오두막에 가서 함께 살자고 할지도 모르구요.」

「그럴 마음 없어요.」

「고집 피울 거 없어요. 사랑을 위해 그 정도 불편은 감수해야죠. 그럼 그 사람도 과거의 상처에서 벗어날 수 있을 거예요.」

「바네사, 문제는 그 사람의 아픈 과거에만 있는 게 아니에요. 그가 여길 오지 않는 건, 나를 보고 싶은 마음이 없어서예요.」

「내 생각은 달라요, 조셀린. 그 사람 누나가 그러는데…….」

「지난번엔 누구 여동생 말만 믿더니 이번엔 누나예요?」

「비꼬지 말아요. 제시는 마우라 같은 거짓말쟁이 사기꾼이 아니에요.」

「그렇긴 하죠. 하지만 허풍이 좀 있는 것 같던데…….」

갑자기 비명 소리가 들리고, 창 밖이 시끄러워졌다. 조셀린이 창 가로 달려갔다. 새로 지은 마구간에서 연기가 피어오르고 있었다. 겁이 덜컥 났다.

「무슨 일이에요?」

「마구간에 불이 났어요.」

조셀린은 문으로 달려가며 대답했다.

「오, 이런! 조셀린, 잠깐만요!」

바네사가 달려와 조셀린의 앞을 가로막았다.

「나가면 안 돼요. 어쩌면 롱노우즈가 당신을 끌어내려고 일부러 불을 낸 건지도 모른다구요.」

「바네사, 지금은 한낮이에요. 롱노우즈가 이런 대낮에 감히 나타나겠어요? 온다면 사람들 눈에 잘 띄지 않는 밤을 틈타서 오겠지요.」

「그래도 모르는 일…….」
「내 말들이 저 안에 있어요, 바네사!」
바네사는 조셀린의 다급한 목소리에 잠시 망설이다가 길을 비켜 주었다. 그리고 조셀린의 뒤를 쫓아 밖으로 나갔다. 해가 중천에 떠 있기는 했지만 자욱한 연기 탓에 사방이 온통 캄캄했다. 경호원들이 말을 구해 내고 있었고, 나머지 사람들도 제각기 맡은 일을 하느라 분주히 움직였다. 놀란 말들의 울음소리가 처량하게 울려 퍼졌다.
「조지는?」
조셀린은 마구간에서 빠져 나오는 하인 한 명을 붙들고 다그쳤다.
「로비가 구하러 갔습니다.」
「안의 상황은 많이 안 좋아?」
「천장까지 불길이 번졌습니다.」
조셀린의 얼굴이 하얗게 질렸다. 조지가 겁에 질려 있을 터였다. 놀라서 날뛰는 조지를 달래서 데리고 나올 수 있는 사람은 조셀린 자신밖에 없었다.
누가 말릴 틈도 없이, 조셀린은 마구간으로 뛰어 들어갔다. 마구간 안은 검은 연기로 가득 차 있었다. 수건으로 입과 코를 가리긴 했지만 매캐한 냄새 때문에 호흡이 곤란했다. 조지를 찾는 것은 둘째 문제고 당장 기침이 너무 심하게 났다.
그때 조지의 갈기를 잡고 용을 쓰고 있는 로비의 모습이 눈에 들어왔다. 조지는 앞발을 쳐들고 버둥거렸고, 그 바람에 로비가 뒤로 나동그라졌다. 어깨를 다쳤는지 금방 일어나지 못했다.
「로비, 괜찮아요?」
「아니, 세상에. 이렇게 위험한 곳에…….」
「그런 얘기라면 나중에 해요.」
조셀린은 급한 대로 블라우스를 찢어 조지의 눈을 가렸다.

「일어날 수 있으면 얼른 일어나서 조지에 타요. 우리 셋 다 무사히 나갈 수 있어요.」

조셀린은 벌써 갈 등에 올라앉아 있었다. 조셀린의 목소리가 들리고 눈앞에 아무것도 보이지 않자, 말도 잠잠해졌다. 로비는 망설이지 않고 조셀린의 지시에 따랐다.

잠시 후, 조지는 문을 박차고 한달음에 밖으로 뛰어나갔다. 안전한 곳으로 나오자, 조셀린은 조지의 눈을 가린 블라우스를 고삐 대신 사용해서 말을 세웠다. 그리고 다른 경호원을 불러 세웠다.

「다른 말들은 어때요?」

「다 괜찮습니다」

그제야 조셀린은 안도의 숨을 내쉬며 로비의 가슴에 몸을 기댔다. 하지만 곧 허리를 꼿꼿이 세우고 자세를 바로잡았다. 옷차림도 그렇지만, 로비와 나란히 앉아 있음을 문득 깨달았기 때문이다. 저만치서 바네사가 달려오더니 두 사람을 보며 깔깔거리며 웃었다.

「말릴 새도 없이 뛰어 들어가 버려서 걱정했는데 여기서 좋은 시간 보내고 있었군요?」

조셀린은 얼굴이 화끈 달아올랐다.

「걱정시켜 미안해요, 바네사. 하지만 조지는 나말고 다른 사람 말은 절대 안 듣잖아요. 그보다 당신 약혼자 어깨 좀 봐 줘야 할 것 같아요. 조지 발에 차였거든요.」

바네사의 얼굴에서 웃음기가 싹 사라졌다.

「뼈가 부러진 거예요, 로비?」

「아니이요. 좀 삐끗한 것뿐이에요. 걱정하지 말아요, 바네사.」

두 사람의 정다운 목소리를 들은 조셀린은 슬며시 웃음 지었다.

「나는 집에 좀 들어가 있을게요. 그 동안 당신은 로비 상처를 치료해 줄 사람을 찾아보세요. 왠지 몸이 으슬으슬하네요.」

「그거야 당신이…….」

조셀린은 바네사의 잔소리가 시작되기 전에 얼른 자리를 떠났다. 지금은 속치마 바람이니, 우선 옷부터 좀 입고 다른 말들의 상태를 살펴보러 나갈 참이었다.

집 앞에 말을 세워 두고 2층 침실로 들어가던 조셀린은 그 자리에 그대로 얼어붙었다. 롱노우즈가 침대에 걸터앉아 있는 게 아닌가. 마치 자기 방에 있는 것처럼 자연스럽게 말이다.

그는 조셀린을 보더니 아주 흡족한 미소를 지으며 총을 겨누었다. 마침내 이 길고 지루한 싸움은 롱노우즈의 승리로 끝나고 마는 것인가.

바네사 말이 옳았다. 롱노우즈의 짓이었다. 그는 마구간에 불을 질러 사람들을 모두 그쪽에 몰아넣은 후, 뱀처럼 집안으로 숨어 든 것이다. 마구간에 있는 동물들이 어떻게 될지는 생각도 않고. 조셀린은 두려움에 앞서 분노부터 치밀어 올랐다.

「문 닫으시오, 부인. 우리끼리 조용히 할 얘기가 있으니.」

롱노우즈가 능글맞게 웃으며 말했다.

「닫고 싶으면 당신이 직접 닫아요!」

조셀린을 보는 그의 회색 눈이 점차 가늘어졌다.

「지금 당신 처지가…….」

「꼼짝없이 당신 손아귀에 들어와 있다는 거 알아요. 쏘고 싶으면 빨리 쏴요. 하지만 내가 장담하건대, 당신은 살아서 이 집을 못 나갈 거예요. 벌레만도 못한 인간 같으니라고!」

「총으로 당신을 쏘진 않을 거요.」

「그래요? 그럼 그 총 이리 줘요. 내가 쏴 버리게요.」

애써 화를 참고 있는 롱노우즈의 얼굴이 보기 흉할 정도로 시뻘게졌다.

「건방진 계집애 같으니! 네 하얀 목을 내 두 손으로……」
「마음대로는 안 될걸? 가까이 오기만 해봐, 눈을 뽑아 버릴 테니까!」

조셀린은 화가 나서 그렇게 쏘아붙이고는 바로 계단으로 내달렸다. 뒤통수에 총을 맞아도 상관없었다.

계단을 반쯤이나 내려왔을까, 조셀린은 문득 멈춰 섰다. 롱노우즈도 멈췄다. 계단 밑에 콜트가 서 있었던 것이다. 롱노우즈의 총에서 불이 번쩍했다. 하지만 먼저 쓰러진 사람은 그였다. 그는 정확히 가슴에 총을 맞고는 풀썩 쓰러져 계단 아래로 굴러 떨어졌다. 그 주위에 피가 흥건하게 고였다.

콜트를 향해 날아가던 총알은 아슬아슬하게 그의 귀를 스치며 벽에 가서 부딪혔다.

「괜찮소?」

조셀린은 벽에 붙어 서서 심하게 떨고 있었다.

「괜찮아요.」

「하지만 내 눈엔 아주 안 좋아 보이오. 위스키라도 한잔 합시다.」

「좋은 생각이군요. 술은 응접실에 있어요.」

「그럼 먼저 가서 기다리시오. 나는 이 쓰레기 좀 치워 놓고 가겠소.」

콜트가 조셀린을 먼저 보내 놓고 시체를 치우려는데, 사람들이 몰려들었다. 총성을 듣고 허겁지겁 달려온 것이리라. 뒤처리는 그들이 맡았다. 그때 바네사가 황급히 거실로 들어왔다.

「이제 별일 없을 겁니다, 바네사. 공작부인도 괜찮을 테니 걱정 마세요.」

콜트가 조용하지만 단호한 어조로 말했다. 바네사는 콜트가 자기

사랑은 조금 빠르게 343

이름을 부르는 것에 너무 놀라 한동안 아무 말도 못 하고 있다가, 그가 사라지자 정신을 차리고 뒤를 쫓아가려고 했다. 그러자 어느새 로비가 와서 그녀의 팔을 잡았다.

「내버려 둬요. 공작부인도 당신도 콜트가 나타나 주기를 기다리고 있었잖아요?」

「그거야 그렇지만……」

「본인이 좋다는데 당신이 왜 나서는 거예요?」

「그건 그래요. 나랑 살 것도 아닌데 말이에요.」

바네사가 피식 웃으며 로비의 말에 찬성했다.

한편, 응접실 안에서는 조셀린이 위스키를 홀짝이며 콜트와 애기를 나누고 있었다.

「당신에게 할말이 있어요. 아까 당신 행동……」

「내가 또 무례하게 굴었소?」

조셀린은 대답하지 않았다. 콜트가 무슨 생각을 하고 있는지 모르는 상황에서 섣불리 말을 했다가 또 말싸움을 하면 어쩌겠는가.

조셀린은 그제야 콜트의 차림이 눈에 들어왔다. 가죽 재킷도, 땋은 머리도 볼 수 없었다. 평소와 같은 건 모카신뿐이었다. 지금 입고 있는 검은 바지며 넓게 파인 푸른 셔츠, 붉은 머릿수건과 모자는 전형적인 카우보이 스타일이었다.

콜트도 조셀린의 속치마 차림에 신경이 쏠렸다. 무안해할까 봐 웃지도 못하고 그저 모르는 척했다.

「콜트, 어떻게 여길 온 거예요?」

「당신이 롱노우즈를 직접 없애려 한다는 애길 듣고 말리러 오던 참이었소.」

조셀린은 피식 웃었다.

「절묘한 타이밍이었군요. 한데 그자의 이름을 끝내 못 알아냈어요.」

「그래서 아쉽소?」

「그래도 몇 년 동안 내 뒤를 쫓아다니던 사람인데, 이름 정도는 기억해 뒀으면 했죠. 어쨌든 몇 년간 그 사람 덕분에 긴박감 넘치게 살 수 있었잖아요」

콜트와 조셀린의 시선이 마주쳤다. 조셀린은 이글거리는 그의 눈빛에 전율했다.

「부인, 나와 결혼해 주겠소?」

조셀린은 눈만 끔벅거렸다. 다리가 휘청거리지 않는 게 신기했다.

이게 꿈인가 성신가? 3주 동안 얼굴 한번 안 비치더니 그 동안 그런 생각을 하고 있었구나.

겨우 마음을 가다듬은 조셀린은 자신도 믿을 수 없을 만큼 차분한 목소리로 입을 열었다.

「글쎄요. 바네사가 그러는데 한때 연인과는 결혼하는 게 아니래요 연애 감정은 길게 못 간다나요?」

「그럼 난 한때 연인밖에 될 자격이 없는 놈이란 말이군?」

조셀린은 자기 농담을 그런 식으로 받아들이는 그에게 순간 분노가 솟구쳤다.

「자격이 없다구요? 또 그런 식으로 말하는 거예요? 그러지 말라고 내가 얼마나……」

「내가 아직도 당신 연인이오?」

「아주 불성실한 연인이죠.」

콜트가 천천히 조셀린에게 입을 맞췄다. 그리고 아주 부드럽고 강렬한 키스가 이어졌다.

「그럼 같이 살면서 연인으로 지내는 건 어떻겠소?」

「괜찮은 방법이군요. 보통 연인들은 사이가 아주 좋으니까.」

「결혼한 사람들은 안 그렇소?」

「결혼하고 나면 늘 좋진 않죠.」
「그럼 그렇게 합시다. 난 아무래도 좋소.」
「그래요? 결혼을 안 하면 아무 보장도 못 받는데요?」
조셀린이 싱글거리며 물었다.
「내가 당신 재산에 관심 있을 거라 생각하오, 부인?」
「아뇨. 당신은 오히려 그 귀찮은 거 아무에게나 다 줘 버리자고 할 거예요.」
「똑똑하군.」
「그리고 언덕 위 오두막에서 살자고 하겠죠?」
「역시 똑똑해.」
「애 낳고 당신 옷이나 빨면서요.」
콜트가 애석한 표정을 지으며 고개를 저었다.
「아니, 총기가 다했군. 내 옷은 내가 빨 거고, 음식도 당신이 할 필요 없소. 당신한테 밥 얻어먹다가 굶어죽고 싶진 않으니까. 그러니 하인을 몇 명 둡시다.」
「애는 어쩌죠?」
「낳고 싶소?」
「그럼요.」
「그 말은 당신이 나를 사랑한다는 뜻이오?」
콜트는 조셀린의 허리를 꽉 끌어안으며 물었다.
「네. 사랑해요, 무뚝뚝한 콜트.」
「왜 이제야 얘기하는 거요? 지난 몇 주 동안 내가 얼마나 괴로워했는지……」
「또 당신 혈통이 문제가 됐나요? 다시 한 번 그런 얘기 하면 그땐 정말 상대도 안 해줄지 알아요!」
「알았소. 나도 순수하고 순결한 당신을 사랑하오, 부인.」

「고마워요」

조셀린이 눈을 빛내며 콜트의 뺨에 살짝 뽀뽀해 주었다.

「그런데 콜트, 왜 당신은 내 이름을 부르지 않아요? 잊어버렸어요? 내 이름은 조셀린이에요」

「알고 있소. 하지만 그 이름은 당신과 어울리지 않소. 당신은 내게 영원한 공작부인이오. 단순하고 욕심 없고 소박한 나의 공작부인.」

「그래요, 당신이 부르고 싶은 대로……」

조셀린은 다시 다가온 콜트의 입술 때문에 그쯤에서 말을 멈췄다.

<끝>

Julie Garwood

Wedding

<신부>에 이은 줄리 가우드의 통통 튀는 로맨스!

맥니어 일당에게 아버지를 잃은 어린 소년 코너.
그는 복수의 맹세를 지키기 위해 알렉 킨케이드 영주를 찾아가 그의 보호와 훈련을 받으면서 용감한 전사로 성장한다.

한편 약혼자와 결혼식을 올리기 위해 스코틀랜드로 가던 잉글랜드의 브렌나는 위장을 한 전사들에게 납치되어, 성질 괴팍한 그들의 영주 코너 맥칼리스터와 결혼하라는 요구를 받는다. 브렌나는 그 납치사건이 자기 약혼자이며 코너에게는 불구대천의 원수인 맥니어에 대한 복수의 첫 단계임을 알지 못한다.

친지와 친구들의 축복 속에 치러지는 행복한 결혼식을 꿈꿔왔던 브렌나.
미개인들처럼 보이는 하일랜드의 병사들에게 둘러싸여 결혼식을 치르는 것은 악몽과도 같은 일이었지만, 10년 전 자신이 코너에게 청혼했다는 사실을 끝내 부인하지 못하고 그와 혼인 서약을 한다.
점차 코너를 사랑하게 되고 용감한 영주인 코너도 그녀의 아름다움에 끌리면서, 그녀는 복수를 위한 전쟁에 말려든다. 그녀가 살아나갈 길은 용감한 코너 맥칼리스터를 신뢰하는 것 뿐인데……

-7월말 여러분 곁을 찾아갑니다.

Johanna Lindsey
실버엔젤
Silver Angel

바리카 하렘에서 시작된 그들의 사랑,
운명이라 말해도 좋다!

1796년 바리카.
태수인 자밀 레쉬드를 살해하려는 음모가 벌어지고, 영국의 데릭 싱클레어 백작에게 편지를 전하는 밀사들이 차례로 암살된다.
우여곡절 끝에 데릭에게 편지가 전달되고, 자밀이 위험에 처해 있다는 걸 느낀 데릭은 바리카행을 결심한다.
바리카에 도착해 19년 전 헤어진 쌍둥이 형 자밀을 만난 데릭 암살사건에 대해 알게 된 데릭은, 그 배후를 밝히려는 계획에 따라 태수의 역할을 대신하게 된다.

한편 찬텔은 법적 보호자 찰스가 늙은 호색한과 결혼시키려 하자, 집에서 도망친다. 그러나 해적들에게 납치되어 노예 신세가 되고……
자밀이 데릭에게 줄 여자 노예를 사들이는 과정에서 바리카의 하렘으로 팔려간 찬텔.
자밀의 잔인함을 알게 된 찬텔은 그를 거부하지만, 신분을 감춘 채 자밀 행세를 하는 데릭에게 점점 마음이 끌린다.
바리카의 하렘, 그곳에서 운명적으로 만난 데릭과 찬텔의 사랑이 시작된다.

-8월초 여러분 곁을 찾아갑니다.

아웃랜더
Outlander

98년 최고의 로맨스로 뽑힌 작품!
전세계가 주목했던 그 소설이 마침내 한국에서 출간됩니다!

스코틀랜드의 풍부한 역사와 지식 속에 펼쳐지는
흥미진진하고 가슴 따뜻한 이야기.
—Publishers Weekly

캔버스 위에 그려놓은 열정과 모험의 대서사시.
환상과 모험, 로맨스, 그리고 성적 긴장, 이 모든 요소가 완벽하게 어우러져
한층 더 격조 높은 즐거움과 완벽한 읽을거리를 제공한다.
—San Francisco Chronicle

1945년, 야전 간호사 생활을 마치고 돌아온 클레어 랜들은 제2의 신혼여행을 즐기기 위해 스코틀랜드의 인버네스로 간다. 고대 입석을 만져보던 그녀가 알 수 없는 힘에 의해 마법처럼 빨려 들어간 외딴 세계.

서기 1743년의 스코틀랜드, 이방인의 땅! 외딴 세계에서 경험하게 된 또 하나의 인생. 그리고 그곳에서 만난 또 하나의 사랑, 제이미 프레이저.

두 남자를 사랑하지만 양립할 수 없는 두 현실, 팽팽한 균형을 유지하는 사랑의 무게, 과연 천칭은 어느 남자를 향해 기울까? 음모의 화살을 피해 펼치는 숨가쁜 모험, 그 안에서 깊어 가는 사랑의 끝은 과연……

저자 Diana Gabaldon은 해양생물학과 생태학을 전공했으며, 12년간 교수 생활을 하다가 지금은 전업 작가로 활동 중이다.
작품으로는 <Dragonfly in Amber> <Voyager> <Drums of Autumn> 등이 있으며, 현재 애리조나 주의 스콧데일에서 남편 그리고 세 자녀와 함께 살고 있다.

옮긴이 김 윤 경

1974년 수원 출생.
한양대학교 독어독문학과 졸업.
고려대 사회교육원 영상번역가 과정 수료.
현재 프리랜서로 활동 중.

사랑은 조금 빠르게

지은이 : 조안나 린지
옮긴이 : 김윤경
펴낸이 : 양장목
펴낸곳 : 현대문화센타
　　　　(122 - 030) 서울시 은평구 대조동 191-1
　　　　전화 : 384~0690 / 1　팩스 : 384~0692
　　　　E-mail : HDbook@netsgo.com　천리안 ID : hdpub
출판등록일 : 1992년 11월 19일(제3 - 448호)

초판 1쇄 인쇄일 : 1999년 7월 9일
초판 1쇄 발행일 : 1999년 7월 13일

값 8,000 원

ISBN 89-7428-117-1

※ 잘못된 책은 교환해 드립니다.